왕의 딸로 태어났다고 합니다

II

왕의 딸로 태어났다고 합니다 Ⅱ

비츄 장편 소설

초판 1쇄 펴낸 날 | 2016년 7월 1일
초판 5쇄 펴낸 날 | 2018년 2월 6일

지은이 | 비츄
펴낸이 | 예경원

기획 | CL프로덕션
편집책임 | 박우진
편집 | 이즈플러스

펴낸곳 | 예원북스
등록번호 | 제396-2012-000132호
등록일자 | 2012. 7. 25
WFN | 제3-002호

주소 | 경기도 고양시 일산동구 호수로 646-24 위너스21 II 빌딩 206A호 (우)10401
전화 | 031-819-9431 팩스 | 031-817-9432
E-mail | yewonbooks@naver.com

ISBN 979-11-5845-556-9 04810
979-11-5845-558-3 (set)

※ 이 도서의 국립중앙도서관 출판시도서목록(CIP)은 서지정보유통지원시스템 홈페이지(http://seoji.nl.go.kr)와 국가자료공동목록시스템(http://www.nl.go.kr/kolisnet)에서 이용하실 수 있습니다.

왕의 딸로 태어났다고 합니다

II

비츄 장편소설

윤지

Contents

제11장
진격의 딸바보

온기를 잔뜩 머금은 손바닥이 내 머리를 쓰다듬는 게 느껴졌다. 왼쪽 팔로는 내 허리를 절대 놓지 않겠다는 듯 강하게 잡고 있었고 오른손으로는 내 머리를 쓰다듬었다.

"오래 기다리게 해서 미안해."

나를 안고 있는 손길, 내 머리를 쓰다듬는 느낌, 익숙한 체취, 그토록 듣고 싶던 목소리, 그토록 느끼고 싶었던 한진수만의 분위기. 나는 느꼈다. 이 한진수가 바로 그 한진수다.

정말 보고 싶었다. 사실, 잘못은 내가 더 많이 했다. 일찍 들어간다고 해 놓고선 들어가지 못했다. 된장찌개 끓여 놓고 있겠다던 진수는 나를 하염없이 기다렸을 게 분명했다. 나는 그 기다림에 부응하지도 못했고 그 흔한 사랑한다는 말조차 하지 못했었다. 난 정말 못된 년이었다. 하지만 나는 따지고 싶었다. 왜 이제야 왔냐고, 나 너만 기다리고 있었다고, 너 말고 다른 남자는 아무도 필요 없다고 그렇게 다 말해주고 싶었다.

'진수야…….'

그러나 아무 말도 할 수 없었다. 그저 목이 메어 와 입술을 꽉 깨물었다.

'나는 어떻게 반응해야 해?'

주위엔 김환성과 교관들이 있다. 피범벅이 된 윌리엄 왕자도 있다. 나는 내 마음이 내키는 대로 행동할 수가 없다.

시간이 조금 흘렀다. 아마도 아주 잠깐의 시간이 흐른 것 같다. 그 잠깐의 시간이 내겐 영원처럼 느껴졌다. 진수의 품에 안겨 있는 이 순간만큼은 내게 있어 영원이고 싶은 순간이었다.

우리 둘째 망나니의 목소리가 들려왔다.

"야, 한진수."

그때, 한진수의 몸이 움찔 떨렸다. 내 머리를 쓰다듬던 손길도 멎었다. 내 귀는 현재 한진수의 왼쪽 가슴에 묻힌 상태. 한진수의 심장이 쿵쾅대기 시작했다.

"꺄아아악!"

나는 나도 모르게 비명을 질렀다. 으악! 깜짝이야. 우리 둘째 망나니의 목소리가 또 들려왔다.

"으랏차!"

그리고 나는 둘째 망나니한테 안기게 됐다. 좋게 말해서 안긴 거고 나쁘게 말하면 '캐치'당했다. 왜 그런 거 있잖아. 캐치볼 같은 거 할 때, 야구공인지 테니스공인지 그런 거 막 서로 던지잖아. 나는 그런 공 신세가 되어 하늘을 날았고 우리 망나니는 나를 공 낚아채듯 그렇게 낚아챘다. 별로 멋은 없었다.

하지만 나는 봤다, 우리 망나니의 표정을. 역시 세상에 믿을 만한 사람은 위대하고 위대한 오빠님밖에 없지? 라고 주장하는 듯한 그 표정을 말이다. 나는 하늘을 날았고 김환성도 하늘을 날았다. 그리고 나는 멀쩡한 상태로 땅에 내려올 수 있었다.

'뭐야……?'

내 눈에는 인상을 잔뜩 찡그리고 있는 한진수가 보였다.

한진수는 목소리를 들었다.

"야, 한진수."

정확하게는 잘 모르겠지만 어딘가 불만에 가득 찬 목소리처럼 느꼈다. 정신을 차렸다.

'나는…….'

기억이 안 난다. 어떤 이름도 모를 놈팽이 하나가 약혼녀를 겁탈하려 했다는 것까지는 기억이 났다. 그런데 그 이후로는 기억이 안 난다. 주위를 둘러보니 대충 짐작은 된다. 김환성은 무력에 관한 한 천재지만, 한진수는 다방면에서 두루 능통하다. 현재의 상황으로 과거의 상황을 더듬는 건 그리 어려운 일이 아니었다. 애초에 저렇게 피떡이 된 놈이 하나 있으면 그건 빤하지 않겠는가.

'내가 저놈을 저렇게 만든 건가?'

그럴 리가. 그도 자신의 힘을 안다. 일반인들은 감히 항거조차 할 수 없는 능력을 가졌다. 그래서 항상 조심하는 편이다. 까딱 잘못해서 죽일 수도 있으니까. 항상 조심해 왔는데 여기서 그런 실수를 했을 리 없다. 분명 했을 리 없는데, 자꾸만 상황이 말을 해줬다. 네가 저 남자를 이렇게 만들었다고.

'내가 어째서……?'

좋다. 그것까지는 어떻게든 넘어갈 수 있겠다. 그런데 왜? 라는 질문에는 스스로 대답하지 못했다.

'내가 왜…… 저 남자를 저렇게 만든 거지?'

이유를 알 수 없었다. 저 남자, 오늘 처음 보는 남자다. 약혼녀를 어떻게 하려고 한 것 같기는 한데, 그렇다고는 해도 교관의 신분으로 해서는 안 될 짓을 저질렀다. 평소라면 절대로 하지 않을 행동이었다.

문득, 이상한 느낌이 들었다. 가슴팍에 뭔가가 꿈틀대고 있는 것 같았다. 한진수는 화들짝 놀랐다. 그리고 저도 모르게 마력을 방출시켰다.

'도대체 이건 무슨 상황인 거냐!'

도통 이해할 수 없는 일들이 계속해서 펼쳐졌다. 한낱 미천한 계집아이가 자신의 품에 안겨 울고 있었다. 그리고 정확하게 기억은 안 나지만 자신 역시 이 계집을 껴안고 있던 것 같다. 상식적으로 말이 안 되는 상황이었다.

"꺄아아아아악!"

비명이 들려왔다. 김상희를 하늘로 던져 버렸다. 한진수 스스로도 깜짝 놀라서 저도 모르게 한 일이었다. 이게 바로 한진수가 항상 힘을 조절하려고 노력하는 이유다. 저도 모르게 실수만 해도 일반 사람은 죽을 수도 있으니까. 지금 같은 경우도 만약 김환성이 아니었다면 김상희는 죽었을지도 모른다.

'머리가 아파.'

머리가 깨질 듯이 아파왔다. 그래, 남자를 내가 때렸다. 이유는 뭔가 있겠지. 어쩌다 보니 계집아이가 내 품에 안겨 있을 수도 있겠지. 좋다. 거기까진 괜찮다. 그러나 그렇게 생각해도 여전히 충격적인 사실이 하나 더 있었다.

'계집아이가 내 품에 안겨 있다는 사실을 자각하지 못했다.'

한진수는 고려 왕국의 사람이다. 고려 왕국의 사람들은 기감이 특히 발달해 있다. 그래서 첩보 활동에도 굉장히 능하다. 한진수는 고려에서도 천재로 통하는 인재. 그런데 김상희가 품에 안겨 있다는 사실을 아예 인지조차 못하고 있었다. 마치 원래부터 자신의 일부였던 것처럼 말이다.

'그럴 리가 없어.'

그는 프리온 나이트다. 그중에서도 신분이 드러나 있다. 신분이 드러난 프리온 나이트는 존경의 대상이지만 또 표적의 대상이기도 하다. 프리온 나이트의 목숨을 원하는 세력은 당장 다섯 군데는 넘게 떠올릴 수 있었다. 그래서 그는 항상 조심한다. 프리온 나이트가 될 때부터 계속해서 조심해 왔다. 그런데 김상희가 안겨 있는 것을 몰랐다.

'미치겠군.'

만약 김상희가 자객이었다면? 만약, 나쁜 마음을 품고 있었다면? 어떤 집단에 의뢰를 받아 칼이라도 들고 찔렀다면? 그럼 무방비로 당했을지도 모를 일이다.

그때, 목소리가 들려왔다.

"야, 한진수! 이게 뭐 하는 짓이야?"

한진수의 날카로운 기감에 뭔가가 잡혔다. 김환성의 마력이 요동치는 게 느껴졌다.

'왕자가 분노하고 있다.'

어째서? 왜? 한진수는 알 수 없었다.

김환성은 아까부터 기분이 나빴다. 이유는 몰랐다. 정확하게는 모르겠는데 한진수가 김상희를 껴안고 있을 때부터 그랬다. 이유는 모르겠지만 둘을 좀 떨어뜨려 놔야겠다는 생각이 자꾸만 뭉클뭉클 피어올랐었다. 하지만 적당한 명분과 이유가 없어 지켜보고만 있었다. 이유도 없이 끓어오르는 가슴을 부여잡고 말이다.

한진수는 이해할 수 없는 말을 들었다.

"야, 똥개가 헝거비냐?"

"예?"

똥개가 김상희를 지칭하는 말임은 알겠다. 그런데 헝거비는 또 뭔지, 도대체 알 수가 없었다.

"애가 물건이냐고? 그렇게 날려 버리면 어떡하자는 거야?"

"……."

김환성은 짜증이 치밀어 올랐다. 진짜 모르겠다. 한진수를 보면 자꾸만 짜증이 난다. 김환석은 그나마 이성적으로 생각하고 판단하는 경향이 강해서 한진수에게 잘해 주려고 많이 노력했다. 그러나 김환성은 아니다. 이성보다는 본능이 앞선다. 김환성은 한진수가 싫었다. 아니, 싫다고 하기에는 또 애매했다. 싫은 건 아닌데, 뭐랄까, 하여튼 싫었다. 김환성 스스로도 이게 무슨 마음인지 잘 몰랐다.

한진수가 침착하게 대답했다.

"왕자님, 혹시 화나셨습니까?"

"어, 무진장. 나 지금 열 받았어."

"왕자님께선 화낼 이유가 전혀 없지 않습니까?"

우르르 땅이 진동을 멈췄다. 김환성이 고개를 갸웃했다.

"어라?"

생각해 보니 그것도 그러네. 나 왜 화내고 있는 거야? 김환성의 표정이 진지해졌다. 왜 화가 난 건지 머리로 떠올려보려고 했는데 적당한 이유가 떠오르지 않았다.

이 상황을 지켜보고 있던 교관들은 당황했다. 그들도 이 상황을 이해할 수 없었다.

"교장 선생님, 지금 이게 무슨 상황이죠?"

그들은 괜스레 긴장했다. 김환성 왕자와 한진수 사이에 보이지 않는 불꽃이 튀고 있는 것 같은 느낌이었다. 이 역시 말도 안 되는 상황이다. 김환성은 한진수에게 잘해 줘야 한다. 그게 맞다. 한진수는 제국에서도 탐내는 인재 중에서도 인재다. 아무리 고려 왕가의 왕자라고 해도 한진수를 막 대할 수는 없는 노릇이다. 그것도 정당한 명분 없이 말이다.

교장이 말했다.

"일단 윌리엄 왕자부터 수습하세요."

반쯤 시체가 된 윌리엄 왕자를 긴급 후송했다. 이대로 놔두면 진짜로 죽겠다. 김환성이 다시 인상을 찡그렸다.

"몰라. 이유 같은 거 없어. 그냥 너 짜증 나."

"……왕자님이 절 적대하는 이유를 전혀 모르겠군요. 합당한 이유가 없다면 저를 향한 분노를 거둬주시기 바랍니다. 이유 없는 분노를 받아들일 만큼 저 역시 여유롭지 않거든요."

교장은 침을 꿀꺽 삼켰다.

"그만두세요, 두 분 다!"

교장의 중재는 전혀 소용없었다. 저들의 팽팽한 신경전-단순한 신경전이 아니다. 보이지 않는 마력의 대결로 엄청난 중압감이 느껴졌다-을 막으려면 제국의 황제 혹은 프리온 나이트의 대대장 혹은 고려 왕가의 왕 정도는 되어야 막을 수 있을 것 같았다. 폭주 직전의 기관차 같은 느낌이랄까.

'마력학원이라는 한 울타리 안에 맹수 두 마리를 풀어놓은 모양새군.'

교장은 앞으로의 일을 생각하니 갑갑해졌다. 아무리 저 둘의 능력이 출중하다고 하더라도 이곳은 학원이다. 학원에는 교칙이 있고 지켜야 할 룰이 있다. 그래야 통제가 된다. 그런데 저 둘은 통제할 수가 없을 것 같았다.

'젠장, 도대체 왜 이런 일이…….'

한편, 김상희 역시 머리를 열심히 굴렸다. 한진수는 그렇다 치고 이 둘째 망나니부터 막아야겠다는 생각이 들었다. 얘는 진짜 대책이 없다. 머리보다는 가슴이 시키는 대로 움직이는 놈이니까. 사실, 이런 애들이 다루기 제일 어려우면서 또 제일 쉽다. 그만큼 단순하다는 뜻이다.

'너무 자주 남발하면 안 되는데.'

그래도 두 눈 딱 감아야 했다. 마력을 느낄 수는 없지만 분위기가 심상치 않다는 건 눈으로 봐도 알 정도였다. 이 둘이 부딪친다면 학원 전체가 박살 나고도 남을 거다.

"오, 오……."

그래도 쉽게는 안 줬다. 일부러 말을 더듬었다. 부끄러운 척 연기도 했다.

"오빠……."

순간, 한진수의 몸이 휘청거렸다. 김환성과 팽팽한 마력 대결을 펼치고 있던 중이었다. 그런데 김환성의 힘이 갑자기 사그라들었다. 마력을 방출하고 있던 터라, 몸의 중심이 앞으로 쏠렸다. 하마터면 자빠질 뻔했다.

김상희가 김환성의 팔을 살짝 잡고 아주 미세하게 흔들었다. 시선은 땅 아래로 향했다. 목덜미가 붉어진 게 보였다.

"오빠, 소녀는 오빠가 화를 내고 계시면 너무나 두렵고 무서워요. 소녀의 심장이 멎어버릴 것 같아요."

감히 왕자의 행동에 제약을 걸지는 않았다. 왕자 보고 '화 좀 내지 마'라고 말하면 그건 불경한 행위가 된다. 그러나 이건 아니다. 단순히 자기가 무섭다고 말하는 거니까. 물론, 일반적인 여자라면 이런 말도 할 수 없겠지만 말이다. 단적인 예로 교장은 눈을 크게 떴다.

'공주 따위가 감히 왕자에게?'

공주가 자신의 감정을 왕자에게 말한다는 것, 이것조차도 이미 충격적인 일임에는 틀림없었다. 하지만 김환성은 이미 김상희에게 알게 모르게 길들여져 있는, 다른 말로 조련이 상당히 많이 진행된 상태다.

김환성이 씨익 웃었다. 기분이 좋아졌다. 오랜만에 오빠 소리를 들었다. 이거, 생각해 보면 별거 아닌데, 들을 때마다 묘하게 기분이 좋다. 한껏 가슴을 펴고 우쭐대며 한진수를 쳐다봤다.

한진수는 이상한 느낌을 받았다.

'뭔가 굉장히 자랑스러워하고 있는 표정이다.'

뭐가 저렇게 자랑스러운 건지는 잘 모르겠다. 하여튼 김환성의 표정은 분명히 그랬다. 마치 승리자의 표정 같았다. 그리고 한진수도 이유는 잘 모르겠는데 괜히 기분이 나빠졌다. 한진수의 시선이 김상희의 손에 닿았다. 김상희가 김환성의 팔을 살짝 붙잡고 있는 게 보였다.

교장의 최후통첩이 들려왔다.

"두 분 다 그만두지 않으면 퇴학과 사퇴를 진지하게 고려하겠습니다."

전교생의 대피 소동은 끝났다. 악마의 등장이니 괴물의 등장이니 하는 말이 많았지만 그런 게 아니었다. 수석 교관 한진수와 고려 왕국의 셋째 왕자 김환성이 윌리엄 왕자를 곤죽이 되도록 때렸다. 그 덕분에 마력이 방출되었고 그 어마어마한 마력 때문에 교관들이 착각했었다.

"무슨 일이 있었는지는 모르겠지만 아무리 고려 왕국 인물들이라고 해도 한 나라의 왕자를 어떻게 그렇게 때릴 수가 있지?"

"무슨 일이 있어도 폭력은 있어서는 안 돼. 이건 엄연한 인권 모독이라고."

고려는 상당히 힘이 있는 왕국이다. 제국도 함부로 하지 못한다.

그러다 보니 상당히 쉽게 표적이 됐다. 소위 말하는 강대국의 '갑질' 논란이었다. '갑질'은 사람들에게 환대받지 못한다. 배척의 대상이다.

그 소문이 고려 왕국에까지 들어갔다. 김훈상에게도 보고가 올라갔다. 김상희와 관련된 일이라면 모를까, 이번 일은 김환성과 관련된 일이었다. 공식적인 보고 외에 다른 보고도 들어왔다. 따로 붙인 스페셜 나이트에게 들어온 보고다. 그것을 통해 전후 사정을 정확하게 알 수 있었다.

관리들이 말했다.

"펜릴 왕국에 적당한 수준의 보상과 화해의 제스처를 취해야 합니다."

"외교적 갈등으로 충분히 번질 만한 문제입니다."

"현재 펜릴 왕국 내 반 고려 시위가 일어나고 있을 정도 입니다."

김훈상이 피식 웃었다.

"쓸어버리지 않은 걸 고맙게 생각하라고 해."

"……예?"

관리들은 귀를 의심했다. 지금 잘못 들은 것 같은데? 뭔가 어마어마한 말을 들은 것 같은데? 이상한 기분이 들었다. 분명 잘못은 이쪽이 했다. 사람들이 말하는 '갑질'을 한 게 맞다.

'폐하께서 분노하고 계시다.'

이유는 알 수 없었으나 김훈상은 분명 분노하고 있었다. 신하들은 그걸 확실히 느꼈다. 김훈상이 말했다.

"제국에 얘기해라."

아니, 갑자기 제국은 왜 튀어나와요? 관리들은 묻고 싶었다. 지금은 제국 얘기가 아니라 펜릴 왕국에 대한 얘기를 해야 했다. 김훈상이 말을 이었다. 그 말을 들은 관리들이 입을 쩍 벌렸다.

"그, 그게 정말입니까?"

김훈상이 말했다.

"제국의 마력학원에 적극적인 투자와 지원을 아끼지 않는다."

관리들은 이해할 수 없었다. 제국의 마력학원에 적극적인 투자를 할 이유가 없다. 무엇보다도 지금의 상황, 그러니까 윌리엄 왕자와 펜릴 왕국에 대한 얘기와는 전혀 상관이 없어 보였다. 관리들은 잠시 입을 다물고 왕의 말을 기다렸다. 왕께서 무슨 생각이 있으실 거라고 생각했다.

김훈상이 말을 이었다.

"자동 마력 충전식 엘리베이터를 보급하고, 자동식 마력 문물을 보급하는 방안을 추진한다."

김훈상의 이어진 설명에도 관리들은 여전히 이해할 수 없었다. 제국의 마력학원에 투자를 하는 것에 무슨 이득이 있으며 또 펜릴 왕국과 무슨 연관이 있단 말인가.

'차라리 좀 더 자본을 투입해서 제국의 마력학원과 같은 명문 시설을 고려 내에 설립하라는 게 더 말이 되는 건데.'

백방으로 생각해 봤으나 역시 이득이 없다. 관리들의 입장에서는 그랬다.

'제국의 마력학원에 투자를 하는 것과 고려 왕국이 무슨 연관이 있

는지 잘 모르겠습니다. 또한 지금은 펜릴 왕국의 사안을 이야기하고 계시지 않으셨습니까?'

미래 세대를 위한 투자라고 말할 수도 있다. 제국의 마력학원에는 각국의 엘리트들이 모이니까. 하지만 고려 왕국은 딱히 그런 투자를 할 필요가 없다. 애초에 잘나가는 왕국이다. 어중간한 왕국은 제국의 마력학원에 많은 투자를 하고 뛰어난 인재를 어떻게든 영입하려 노력하지만, 어차피 고려에는 인물이 많으며 그런 식으로 투자하지 않아도 인재는 알아서 모인다.

'안 그래도 두 왕자가 볼모로 잡혀 있다는 인식이 있는데.'

거기다가 고려왕의 특별 지시로 제국의 마력학원에 대규모 투자를 진행한다? 제삼자가 보기엔 고려 왕국이 제국에 무언가 잘못을 했거나 어떤 뒷거래가 있다고밖에 보이지 않는다. 겉으로 보기에는 말이다.

"알렉스."

"예, 폐하."

"내 지원금 중 일부 떼서 투자금으로 돌려. 네게 맡긴다."

알렉스는 고개를 조아렸다. 왕의 뜻이 무엇인지 알 것 같았다. 다른 관리들과 알렉스는 약간 다른 구석이 있었다. 알렉스는 김훈상의 어린 시절을 모두 지켜봤다. 지금의 김환성보다 더 망나니였다는 것은 둘째 치고, 성인이 된 이후로는 쓸데없는 짓을 일절 하지 않았다. 쓸데없는 짓처럼 보여도 나중에 보면 분명 어떤 성과가 있었다. 김훈상이 괜히 이 시대의 성군으로 불리는 게 아니었으니까.

'과연…… 그런 생각이시군.'

김훈상은 피식 웃었다.

"너희가 염려하는 바는 잘 알고 있다."

"……."

관리들은 김훈상의 몸에서 마력이 꿈틀거리는 게 느껴졌다. 밖으로 은연중 새어 나오는 마력. 사실, 김훈상쯤 되면 마력을 완벽하게 갈무리할 수 있다. 그럼에도 불구하고 이렇게 밖으로 마력이 새어 나온다는 건 김훈상이 굉장히 분노하고 있다는 뜻이었다.

"그러나 펜릴 왕국에 사과는 없다."

"……."

아무도 나서서 '펜릴 왕국에 사과해야 합니다'라고 말하지 않았다. 괜히 말했다가 본전도 못 찾을 것 같다.

"지도에서 지워 버리지 않은 걸로도 그들은 내게 감사해야 할 터."

관리들은 생각했다.

'펜릴 왕국에 사과하라고 주장한 것이 그렇게 기분 나빴던 일인가?'

김훈상의 평소 성정을 생각해 보면 그럴 수도 있겠다 싶었다. 제국 황제에게도 머리를 조아리지 않는 인물이 바로 김훈상 아니던가.

하지만 알렉스의 생각은 조금 달랐다.

'상희 공주님 때문에 엄청나게 화나셨군. 단단히 벼르고 계신 모양이야. 폐하께서 저렇게 마음먹은 걸 보면…… 일대 파란이 일 수도 있겠어.'

제국의 황제가 인상을 찡그렸다.

"고려에서 적극적 투자를 검토 중이라고?"

"예."
"우리 마력학원에?"
"그렇습니다."
"어째서?"
"……파악 중입니다."
아직 학원 내에서 일어난 일에 대해서는 보고가 올라가지 않았다. 원래 황제는 바쁘다. 겨우 학원에서 일어난 일이 황제에게까지 올라가지는 않는다.
"폐하, 마력학원에서 약간의 소동이 있었다 합니다."
그런데 이번 보고는 조금 달랐다. 황제에게 직접 올라왔다. 고려 왕국의 둘째 왕자 김환성과 제국의 프리온 나이트인 한진수와 관련된 내용이라서 그랬다.
황제는 잘 기억나지 않는다는 듯 고개를 갸웃했다.
"펜릴 왕국?"
"예, 서쪽 변방 작은 해안의 도시급 왕국입니다."
황제는 그제야 고려 왕국이 제국의 마력학원에 투자하겠다는 이유를 알 수 있었다.
'그래서군.'
황제는 고개를 끄덕였다.
"고려왕의 제안을 수용하도록 해라."
아무래도 김훈상은 펜릴 왕국에 사과하고 싶지 않은 모양이었다. 그래서 이런 술수를 부리고 있을 터.
'우리 마력학원에 투자를 하겠으니, 이번 사건을 은폐해 달라는 뜻이겠군.'

확실했다. 그렇지 않고서야 많은 돈을 들여 마력학원에 투자할 이유가 없었다. 특히나 자동 구동식 엘리베이터 및 에스컬레이터, 이건 돈이 많이 든다. 애초에 충전식으로 운영되는 거라 일정 시기마다 마력을 충전해 줘야 하며, 그 안에 들어가는 마력석이 꽤 비싸다. 물론, 싼 것들도 있다. 그런 것들은 속도가 느리거나 수명이 짧다.

하지만 고려 왕가에서는 최상위급 호텔에서나 사용할 법한 스펙의 엘리베이터를 제시했다. 뿐만 아니라 각종 시설물 교체와 더불어 신식 기숙사도 새로 지어주겠다고 했다. 새로운 기숙사의 이름은 '고려관'과 같은 고려의 이름을 따기야 하겠지만 그게 어디 대수인가.

'우리로서는 손해 볼 것이 없는 장사야.'

황제는 마력학원의 교장 틸레반을 따로 불렀다.

교장 틸레반은 그날 있었던 일을 자세히 설명해 줬다. 황제는 흥미로운 점을 발견했다. 김상희, 역시 뭔가 특이한 계집이다.

"그 계집아이에게 확실히 뭔가 있군."

계집아이가 윌리엄이란 놈에게 강간당할 뻔했단다. 그런데 그게 그렇게 큰 잘못이냐? 라고 묻는다면 그렇다고 대답하기는 힘들다. 적어도 반쯤 시체로 만들 정도로 중대한 잘못이라고 보기엔 힘들었다.

틸레반이 말했다.

"제 생각은 조금 다릅니다."

"그래?"

황제는 김상희의 가치를 안다. 이것은 제국 내에서도 극비이며 아는 사람이 거의 없다. 알려져서도 안 될 사실이고. 하지만 틸레반은 모른다. 그래서 황제는 모른 척 틸레반의 말을 들어줬다.

"말해봐라."

"예, 아마도 펜릴 왕국과 고려 왕국 사이에 어떠한 알력 다툼이 있었을 것이라 생각됩니다."

"알력 다툼?"

"최근 광물 중 하나인 일렌의 독점권을 놓고 작은 대립이 있었다고 합니다."

"그런 일이 있었나?"

"예, 아무래도 그때 이후로 고려는 펜릴을 찍어 누르려고 작정한 것 같습니다."

"흠……."

그 말도 듣고 보니 그럴듯했다. 고려는 충분히 그럴 힘이 있었다.

"하지만 그런 방식은 김훈상답지 않다. 깨끗이 포기하든 펜릴 왕국을 밀어버리든 둘 중에 하나였겠지."

"그 정도로 커다란 사안은 아니었습니다. 다만, 김훈상의 명령이라기보다는 김환성 왕자의 독단 행동이 아닐까 생각됩니다. 그는 나이트의 대대장이라 최근의 대립에 대하여 어느 정도 알고 있었을 겁니다."

그렇다면 설명이 된다. 하기야, 김훈상이 그런 무역 분쟁에 직접 나서서 중재할 리는 없다. 아무래도 사건을 전해들은 혈기 왕성한 김환성 왕자가 펜릴 왕국에 시비를 걸기 위해 윌리엄 왕자를 두드려 팼을 가능성이 있었다.

틸레반이 다시 말했다.

"결과적으로 황제 폐하께서 저를 이렇게 비밀스럽게 부르시지 않았습니까?"

황제가 기분 좋은 듯 하하! 하고 웃었다.

"그래, 그렇지. 결국 그렇게 됐지."

황제가 틸레반을 부른 이유는 단순했다. 이번 사건을 없던 일로 덮든지, 그도 아니면 윌리엄 왕자가 먼저 커다란 잘못을 저지른 것으로 조작해 달라는 것이었다. 제국 입장에서는 펜릴 왕국 따위는 고려 왕국과 감히 비교할 수도 없는 나라다. 중요도가 그만큼 떨어진다는 소리다. 어차피 그 상황을 목격한 교관은 고작해야 세 명이었다. 그 외 다른 증인도 없고 증거도 없었다. 그렇다면 윌리엄을 나쁜 놈으로 만들면 일은 편해진다. 제국은 고려의 투자를 받고 고려는 펜릴에 사과해야 할 이유가 사라진다. 펜릴 왕국에는 비정한 일이겠지만 서로에게 득이 된다.

"내가 부른 이유를 정확하게 짐작하고 있겠군."

"예."

황제는 피식 웃었다. 다시 생각해 보니 김훈상의 머리에서 나온 것 같다. 국제 관계에 있어서 완벽한 성군이란 건 없다. 아니, 국제 관계에 있어서 성군은 호구라는 말과 일맥상통한다. 국제 관계에 있어서는 성군보다는 폭군이 되어야 맞다. 적어도 그게 자국에는 이익이 된다. 황제가 보기에 김훈상은 철저하게 그런 사람이었다.

'그래서 내가 김훈상을 좋아하지.'

고려 왕국은 펜릴 왕국을 찍어 누를 충분한 힘을 가지고 있다. 그걸 간접적으로 보여주는 일이 될 거다. 순식간에 가해자와 피해자가 뒤바뀌었다. 그것도 고려 내에서 일어난 일도 아니고 제국에서 일어난 일인데 말이다. 고려는 이 정도 힘을 가지고 있으니 알아서 몸을 사리라는 경고가 될 터.

펜릴 왕국은 억울하겠지만 어쩌랴. 국제 관계에 있어서는 힘이 곧 정의다. 펜릴 왕국의 잘못이 있다면 힘이 약하다는 것, 그리고 김훈상의 비위를 거슬렀다는 것 정도가 되겠다.

한편, 김훈상은 히죽히죽 웃었다. 옆에는 알렉스가 서 있다. 알렉스는 김훈상을 힐끗 쳐다봤다.

'저렇게 좋으신가?'

보고 있으면 엄청 웃기다. 히죽히죽 웃다가 또 정색을 하면서 안 웃은 척을 한다. 근엄해 보이려고 노력하는 것 같다. 그러면서도 자꾸 새어 나오는 미소를 감출 수 없는 듯 또 히죽히죽 웃었다.

'김상희 공주님, 편지 자주 쓰셔야겠네.'

그랬다. 지금 김훈상이 읽고 있는 것은 김상희의 자필 편지였다. 알렉스는 저 편지 속에 무슨 내용이 담겨 있는지 알 수는 없었지만 적어도 김훈상의 기분이 무척 좋아졌다는 것 정도는 알 수 있었다.

'아니, 생각해 보면 제국의 마력학원에 투자…… 특히 시설 투자를 하시려는 건 김상희 공주님 때문이 아냐?'

요즘 그가 열심히 공부하고 있는 학문, 사실 정해진 이름 같은 건 없지만 일단 '상희학'이라고 부르고 있는 그것을 토대로 살펴보면 김훈상의 행위는 전혀 다른 각도에서 해석이 가능했다.

국제 관계, 즉 제국 혹은 펜릴 왕국과의 관계, 그리고 김훈상이 투자를 함으로써 얻어지는 이득 및 손해를 모두 배제하고서 다른 관점에서 접근해 보자면,

'김상희 공주님을 편하게 만들어주려고 시설 투자를 대폭 늘렸다면……?'

그러면 또 묘하게 아귀가 맞는다. 엘리베이터, 에스컬레이터, 충전식 마력 전화뿐만 아니라 신축 기숙사 설립까지.

'진짜 그런가?'

에이, 설마. 아닐 거라고 생각했다. 이성은 분명히 그렇게 말했다. 하지만 김상희 공주의 편지를 보며 히죽히죽 웃는 김훈상의 모습을 보면 왠지 진짜로 그럴 것 같다는 기분도 들었다.

그때, 펜릴 왕국에서 사신이 도착했다는 소식이 전해졌다. 편지를 보며 히죽히죽 웃던 김훈상이 인상을 찡그렸다.

"일주일 뒤에 만나보겠다고 전해."

나는 여러 가지 소식을 들을 수 있었다. 가장 먼저 고려 왕국이 제국의 마력학원에 대폭적인 지원을 감행했다는 소식이었다. 뿐만 아니라 황당한 소식도 들었다. 펜릴 왕국의 윌리엄 왕자가 한진수를 공개적으로 모욕했으며 고려 왕국을 무시하는 발언을 일삼았다는 것이다.

'그런 건 못 봤는데…….'

나 같은 경우엔 정보가 많이 제한되어 있다 보니 정확한 상황은 파악하기 힘들었다. 알렉스 학자님이라도 옆에 있으면 물어볼 텐데. 일단 알렉스 학자님한테도 편지를 써놨으니 아마 내 궁금증을 언젠가 풀어주시기는 할 거다.

마력학원 내 기숙사에서, 당연한 말이지만 나는 4인실에 배정되었으며 남자들과 함께 방을 쓰고 있다. 하지만 나와 같이 방을 쓰던 남자들은 계집 따위와 같은 방을 쓸 수 없다며 시위에 들어갔고 이 방에는 일절 들어오지 않았다. 지구식으로 표현하면 왕따를 당하고 있는 셈인데 차라리 다행인 일이었다. 윌리엄 왕자와의 일을 겪고 나니 더 그랬다. 그런데 문이 열렸다. 무서웠다. 그런 일이 또 일어나지 말라는 법은 없으니까.

"야, 똥개."

우리 둘째 망나니였다.

"따라와."

둘째 망나니가 말했다.

"좋은 거 보여줄게."

……야, 윌리엄 왕자가 나한테 그 말 한 거 알지? 돌이켜보면 그때도 약간 분위기가 이상하긴 했다.

"너 왜 그래? 왜 이렇게 바들바들 떨어?"

나도 몰랐는데 내 몸이 그렇게 반응한 것 같다. 윌리엄이 내게 했던 말이었으니까. 김환성은 고개를 갸웃하더니 손가락을 까딱했다. 으악! 뜨거워! 뜨겁다고! 뜨거워!

"뜨, 뜨거워요! 오, 오라버니! 소, 소녀를 죽이지 말아주시어요!"

이 자식아, 사람 태워 죽일 일 있냐?

"추운 거 같아서 따뜻하게 해주려고 했더니."

넌 도대체 정도라는 걸 모르냐? 진짜 명치 때리고 싶다. 아, 물론 머리로는 이해가 된다. 이 정도의 힘을 쓰면 내가 따뜻하다고 느낄 거라고 착각하고 있을 거다. 저 녀석 입장에서는 힘을 조금밖에 안 썼을 게 분명하다. 내 입장에서는 타 죽을 뻔했지만. 진짜 뜨거워 죽는 줄 알았다. 하지만 왕자님께서 날 신경 써주셨다. 그러니까 나는 또 마음에도 없는 말을 해야 했다.

"오라버니께서 절 신경 써주시니 정말 행복해요."

두 번 행복했다가는 타 죽겠지만.

"오라버니의 마력은 정말 놀라운 것 같아요! 소녀에게는 신세계랍니다."

두 번 놀라웠다가는 또 타 죽겠지만. 신세계가 아니라 지옥이다. 우리 둘째 망나니는 나의 리액션에 매우 만족한 듯 고개를 끄덕였다.

"그치? 오빠가 좀 세."

두 번 셌다가는 완전 다 죽겠다. 부탁인데 그만 좀 세줄래?

망나니가 앞장섰다.

"따라와. 좋은 거 보여줄게."

도대체 뭘 보여주려고 저러는지 모르겠다. 망나니는 뭐가 그렇게 마음에 안 드는지 휙 몸을 돌렸다.

"아씨, 안 오냐? 느려 터져 가지고."

어라, 내 몸이 앞으로 쏠렸다. 이 힘, 낯설지 않다. 마력이다. 김환성이 마력으로 날 잡아당겼다. 그리고 아직도 바들바들 떨리고 있는 내 어깨를 힐끗 보고서는 진지한 얼굴로 고민하며 중얼거렸다.

"어떻게 해야 안 춥지? 하여튼 계집아이는 피곤하다니까."

한참을 진지한 얼굴로 고민한 망나니가 외투를 벗어서 내 어깨에 덮어줬다. 참고로 이거 마력 충전식 쾌적 시스템이 적용된 신소재 섬유로 만들어진 옷이다. 가격으로 치면 약 1,200만 원. 망나니가 이쯤 해주면 나도 응당 해줘야 하는 게 있다. 요즘 들어 좀 자주 쓰는 것 같은데, 아, 이러면 안 되는데. 너무 자주 쓰면 익숙해지는데. 옛다, 받아라.

"고마워요, 오빠. 오빠가 신경 써주시니 얼마나 행복한지 몰라요.

세상을 전부 선물 받은 느낌이어요."

망나니의 광대가 승천했다. 어깨를 들썩거리는데, 어깨춤을 추는 것 같은 느낌이었다.

"에헴."

망나니는 자신감이 매우 충만해진 상태로 보무도 당당하게 앞장서서 걸었다.

'여기는…… 제3관 기숙사로 향하는 길인데…….'

제국의 마력학원은 12개의 건물로 이루어져 있다. 그중에서도 제3관은 가장 중요하고 호화스러운 건물이다. 3관에 있는 학원생들이야말로 제국의 마력학원을 떠받드는 중추라고 할 수 있었다. 우리 둘째 망나니가 공부하고 생활하는 곳이기도 했고 말이다.

"짠."

3관의 경우 기본적으로 2인실을 사용한다. 추가 요금을 내면 1인실 사용도 가능하다고 들은 것 같다. 다만, 1인실 사용에는 로열티가 상당히 많이 붙는데다가 인맥을 형성하는 데에 그리 도움이 되지 않아 선호되는 방은 아니라고 알고 있다.

'여긴…… 1인실?'

아니다. 1인실은 아니었다.

'1인실 두 개를 이어붙인 것 같은데…….'

아무래도 그런 것 같다. 망나니가 말했다.

"이제 여기가 네 방이야."

주위를 둘러봤다. 확실했다. 이곳은 1인실 두 개를 이어붙인 방이었다. 달리 말하자면 벽을 텄다.

"오라버님……."

아냐. 망나니가 이렇게 신경을 써줬을 리 없어. 그건 망나니가 아냐. 아니나 다를까, 우리 망나니는 이해가 안 된다는 듯 고개를 갸웃했다.

"넌 마력도 없어서 걸어 다니기 힘들 텐데."

야, 그래도 인간인데. 걸어 다니기는 하거든? 하여튼 진짜 개념이 없다. 여자의 능력이 어느 정도 되는지에 대한 개념 말이다. 개념 없는 놈. 제8관에서 제3관까지는 도보로 약 15분 정도 걸린다. 이 정도 거리면 충분히 걸을 만하다.

'아, 그러고 보니 김환성은…….'

짜아식. 오늘은 명치를 때려주고 싶다기보다는 머리를 한 번 쓰다듬어주고 싶었다. 얘가 여자에 대한 개념이 없는 것과 마찬가지로 나도 얘에 대한 개념이 조금 없었던 것 같다. 내 걸음으로 15분이 걸렸다 함은, 쟤 걸음으로는 3분도 안 걸린다는 소리다. 여차하면 날아서 이동해도 되니까.

'나랑 같이 걸으면 엄청 답답하겠네.'

그런데 그런 내색을 한 번도 안 했다. 일부러 천천히 걷는 거, 그거 생각보다 되게 어려운 일이다. 그냥 천천히 걷는 것도 아니고 '아주 많이' 천천히 걷는 것이니 말이다.

김환성이 투덜거렸다.

"아부지는 왜 이런 쓸데없는 짓을 하는가 몰라."

이야기를 듣자 하니 우리 개차반 씨가 1인실 두 개를 터서 망나니랑 내가 같은 방을 쓰도록 했다는 것 같다.

김환성은 하나도 기쁘지 않다는 듯 어깨를 으쓱했다.

"똥개 따위랑 같은 방을 쓴다고 해봤자 나는 전혀 하나도 기쁘지 않은데 말이야."

……이봐, 너 웃음 참는 거 훤히 다 보이거든. 아무리 봐도 기뻐 보이거든. 그리고 뭔가 핀트가 어긋난 거 같은데.

"난 다 컸는데 하여튼 너무 신경 써주는 것 같단 말이야."

……그래, 좋겠다. 네 똥 굵다.

고려에 펜릴 왕국의 사신이 도착했다. 김훈상이 그 사신을 맞이했다. 황금 단상 위에 거만하게 앉아 사신을 쳐다보더니 다짜고짜 물었다.

"왜 왔지? 난 부른 기억이 없는데."

"펜릴 왕국의 국왕 폐하께서 이 서신을 보냈습니다."

김훈상의 눈썹이 꿈틀거렸다. 지금 시비 거는 거 맞지? 사실상 시비라고 보기에는 힘들었다. 그런데 김훈상은 괜히 기분이 나빴다. 다름 아닌 '압존법' 때문이다. 보통 압존법을 정확하게 지키는 제국 같은 경우, 황제 앞에서 자국의 왕을 말할 때엔 '국왕 폐하께서'가 아닌 '국왕 ㅇㅇ가'라고 낮춰서 말해야 한다. 고려는 압존법에 그렇게 철저한 나라는 아니다. 사신이 압존법을 지키지 않은 것은 고려의 풍토를 이해하고 있어서라고도 할 수 있었다. 그 나라에 가면 그 나라의 법을 따르는 게 맞으니까. 하지만 김훈상은 여전히 기분이 나빴다.

'너희에게 명분이 있다고 생각하는 것 같군.'

상식적으로 생각하면 그렇다. 고려 왕국의 왕자와 고려 왕국의 인물이 윌리엄 왕자를 쥐 잡듯 팼으니, 이건 상당히 큰 문제다.

"읽기 싫은데."

"폐, 폐하!"

고려의 관리들은 김훈상이 펜릴 왕국에 매우 적대적이라는 걸 이미 알고 있었다. 하지만 저렇게 대놓고 적의를 표출할 거라고는 생각하지 못했다.

'어째서 펜릴 왕국과 저렇게 척을 지려 하시는 거지?'

예전에 무역 분쟁이 있기는 했으나 겨우 그것 가지고서 저럴 정도로 치졸한 왕은 아니다. 분명 뭔가 다른 이유가 있을 터.

'보나마나 사과를 하라는 거겠지.'

김훈상이 자리에서 일어섰다. 사신은 무릎을 꿇었다. 자신의 의도는 아니었다. 마력이 그의 몸을 구속했다.

"펜릴의 왕에게 가서 전해라. 사신의 목을 베지 않은 것을 감사히 여기라고. 펜릴 왕국은 나의 아들과 딸에게 무릎 꿇고 사죄하라."

충격적이었다. 아들은 그렇다 쳐도 딸에게 무릎을 꿇으라니. 저렇게 모욕적인 말을 할 줄이야. 관리들은 당혹스런 얼굴로 김훈상을 바라보았다.

'설마, 그 다음은 말씀하지 않으시겠지?'

왠지 분위기를 보아하니 그 다음을 말할 것 같았다. 넘어서는 안 될 선, 그걸 넘어버릴 것 같은 기분이 들었다.

"그렇지 않으면 펜릴 왕국은 지도에서 사라진다."

관리들은 눈을 끔뻑거렸다. 이럴 수가, 진짜 말해버렸다. 일개 국민도 아니고 한 국가의 왕이 저렇게 말했다. 그것도 공식적인 자리에서 공식적인 발언으로. 이건 조건부 선전포고다. 국가 간의 전쟁은 그렇게 쉽게 일어나지 않는 법이다. 그러나 또 의외로, 의외의 사건 때문에 쉽게 벌어지기도 한다.

'폐, 폐하는 도대체 무슨 생각으로……!'

현시점에서 전쟁은 무조건 손해다. 전쟁은 피해야 한다. 김훈상이 쐐기를 박았다.

"내 말 명심해라. 내 말은 진심이니. 일주일의 시간을 주겠다."

윌리엄 왕자는 펜릴 왕국으로부터 얘기를 들었다.

"아니! 난 그렇게는 절대 못 해! 차라리 내가 죽고 말지!"

윌리엄 왕자는 고려의 행태를 이해할 수 없었다. 그래, 계집아이의 처녀를 가지려 했던 것은 잘못이라고 치자. 그것도 정말 많이 양보한 거다. 윌리엄 왕자의 입장에서는 잘못 축에도 못 낀다. 어쨌거나 그건 잘못이라 치자. 그런데 김환성과 김상희에게 무릎을 꿇고 용서를 구하라니, 그렇게는 절대 못 한다.

"왕자님, 그렇게 화를 내실 일만은 아닙니다. 고려에서는 이를 빌미로 선전포고를 했습니다."

"이딴 걸로 무슨 선전포고야! 전쟁이 그렇게 쉽게 일어나는 건 줄 알아!"

"아무래도 고려는 호시탐탐 우리 펜릴 왕국을 노리고 있었던 것 같습니다. 이번 일은 그저 핑계인 것 같습니다."

윌리엄은 혼자서 고래고래 소리를 지르다가 이내 씩씩거렸다. 이건 해도 해도 너무하지 않은가. 제국 쪽에 돈을 풀어 증거와 여론을 조작했다. 믿었던 교장마저도 사실과는 완전히 다른 진술을 했다. 힘이 있으면 명분도 생기는 것 같았다. 정신을 차려보니 어느새 자신은 김환성 왕자와 고려 왕국을 모독한 죄인이 되어 있었다.

"맞은 것도 내가 맞았고 잘못도 걔네가 했는데 왜 내가 빌어? 이게 말이나 돼?"

"왕자님, 제발 전체적인 상황을 헤아려 주십시오. 왕자님의 기분을 모르는 것은 아닙니다. 그러나 왕국의 운명이 달렸습니다."

윌리엄은 입술을 깨물었다. 젠장, 뭔가 잘못 걸렸다.

"말해봐. 나는 아무런 잘못을 하지 않았잖아."

"국왕 폐하께서도, 그리고 저도 왕자님께서 아무런 잘못을 하지 않으셨음을 알고 있습니다. 그러나…… 세상 사람들은 달리 알고 있습니다."

"전쟁 따위 제국에서 허락해 주지 않을걸?"

"헛소문 조작의 배경이 제국이라는 걸 잊으셨습니까?"

"……."

윌리엄은 후우 하고 크게 숨을 내쉬었다. 심호흡을 해봤다. 조금씩 진정이 됐다. 이미 일은 터졌다. 치사하게 고려는 이걸 가지고 왕국을 협박하고 있는 모양이었다.

"좋아. 그럼, 이렇게 해."

윌리엄 왕자가 내 방, 아니, 우리 방을 찾아왔다. 우리 망나니는 아까부터 침대에 누워 드르렁드르렁 코를 골아대고 있었다.

"왕자님, 저 윌리엄입니다."

나는 깜짝 놀랐다. 방금 전까지 망나니는 침대에 누워 코를 골고 있었는데 어느샌가 갑자기 윌리엄의 멱살을 붙잡고 하늘로 들어 올렸다. 움직이는 것을 눈으로 보지도 못했는데, 과연 나이트의 대대장이었다는 사실이 다시 한 번 떠올랐다. 눈으로 보고도 믿지 못할 빠른 속도였다.

"꺼져, 이 개새끼야. 너만 보면 죽여 버리고 싶으니까."

윌리엄은 한참을 캑캑댔다. 허공에 뜬 채 팔다리를 버둥거리고 있는데 저러다 진짜 죽겠다 싶을 무렵 망나니가 윌리엄을 바닥에 패대기쳤다. 윌리엄은 콜록콜록 기침을 하다가 일어서서 무릎을 꿇었다.

"왕자님께 사과하러 왔습니다."

"뭘?"

"감히 제가 왕자님을 먼저 모독했으며 헛소문을 통해 고려 왕국을 모욕했습니다."

나는 무슨 말인지 이해할 수 있었다. 나는 정보가 제한되어 있다. 그래서 여러 소문을 듣고 그 소문들을 토대로 상황을 유추해야 했다. 다행인 것은 내가 그나마 공부를 열심히 해왔기 때문에 상황들을 이해하는 것이 크게 어렵지 않았다는 것 정도.

'제국은 결국 고려의 편을 들어줬고…… 이쪽 세상 기준으로 피해자가 가해자가 된 건가?'

어디까지나 이쪽 세상 기준이다. 윌리엄은 분명 나를 강간하려고 했다. 나는 아직도 그 순간을 잊지 못한다. 지금도 윌리엄을 보면 다리가 후들후들 떨린다. 그러지 않으려고, 당당하려고 하는데 그게 잘 안 됐다.

망나니가 황당한 말을 했다.

"네가 언제?"

윌리엄은 욕하고 싶었다. 네가 배후에서 다 조작한 거 안다고! 어디서 시치미질이야, 이 나쁜 새끼야! 하고 말이다. 물론, 그 속마음을 안다면 김환성은 억울하겠지만.

윌리엄은 김환성을 때려죽이고 싶었다.

'나는 잘못한 게 없어.'

잘못한 게 없었다. 그깟 계집아이 좀 어떻게 하려 한 것이 뭐가 그렇게 큰 잘못이란 말인가. 고려 왕국은 자신에게 너무 많은 걸 요구했다. 빵 한 쪼가리 훔쳐 먹었다고 사형을 시키는 악덕한 법 따윈 없다. 이건 그것보다 더 가혹했다. 계집아이 따위에게 무릎을 꿇고 용서를 빌라니. 잘못한 것도 없는 상태에서 왕자에게 무릎을 꿇는 것도 싫은데, 계집아이에게 무릎을 꿇으라고? 그건 절대로 안 될 말이다.

'고려 왕국도 진짜로 그걸 원하는 건 아닐 거야.'

이 사건을 통해 고려 왕국의 위신을 다시 한 번 드높이고―현재 제국에 두 명의 왕자가 가 있는 것으로 보아 고려 왕국의 힘이 약해진 것이 아니냐는 얘기가 나돌고 있으므로―위치를 공고히 하려는 치졸한 외교 수작이라고 생각했다. 한 나라의 왕자가 여자에게 무릎을 꿇는다는 건, 원래대로라면 있을 수 없는 일이고 그만큼 숙이고 들어간다는 뜻이니까.

김환성이 피식 웃었다.

"너 그런 적 없잖아."

너희가 원하는 게 그거잖아! 소리치고 싶었다.

"나 말고 재한테 사과해야지."

"……."

내가 왜? 난 저 계집에게 잘못한 게 없는데? 그깟 처녀가 뭐 그렇게 대수인데? 그렇게 말해주고 싶었다. 만약 그렇게 묻는다면 이 왕자도 대답은 못할 거다. 김환성은 지금 분명 억지를 부리고 있었다.

"왕자님, 그건 제게 너무 가혹……."

윌리엄은 주위를 둘러봤다. 뭔가 이상했다. 이건…… 소문으로만 듣던 스페셜 필드인 것 같은데. 스페셜 나이트가 사람을 은밀하게 죽일 때 사용한다는 그 스페셜 필드인 것 같다.

"야, 내가 너 죽여 버리고 싶은 거, 겨우 참고 있거든?"

윌리엄의 주위에는 아무도 없었다. 확실했다. 여긴 스페셜 필드다. 그것도 고려 왕가의 핏줄이 직접 펼친 스페셜 필드.

"내 똥개 완전 겁쟁이에 멍청이라 내가 무서운 모습 안 보여주려고 하는데, 내가 만만해 보이니?"

무슨 소리를 하는 거냐! 억지는 지금 네가 부리고 있잖아! 내가 무릎까지 꿇었는데. 말하고 싶었지만 또 참았다. 여기서 말 잘못했다가는 진짜 목이 날아갈 것 같은 섬뜩한 기분이 들었다.

"똥개가 하도 무섭다 해서 내가 욕도 끊었는데."

그것이 욕의 시작이었다.

"씨발 새끼가 진짜 뒤질라고."

그리고 무지막지한 구타가 시작됐다. 으아아악! 비명을 질렀다. 김환성은 표시 나지 않게 티 나지 않는 부분만 골라 때렸다.

"무릎 꿇을래, 안 꿇을래?"

"……절대 안…… 으아악!"

무자비한 구타가 시작됐다. 마력을 적절히 운용하여 상처는 내지 않고 교모하게 내장에 충격을 줬다. 10분이 지나고 20분이 지나고

30분이 지났다. 40분이 지나고 50분이 지나고 1시간이 지났다.

'도대체 어디 간 거지?'

김상희는 지금의 상황을 이해할 수 없었다. 갑자기 김환성과 윌리엄이 사라졌다. 조용해졌다. 1시간이 넘게 흘렀다. 윌리엄 왕자가 눈물 콧물을 빼며 죽도록 얻어맞고 있다는 사실은 꿈에도 몰랐다.

"하, 할게요. 할게요…… 흐…… 흐으윽……!"

그제야 구타가 멈췄다. 매에는 장사가 없었다.

"내일, 걔네 반 애들이 보는 앞에서 무릎 꿇고 사과해."

윌리엄은 '네, 알겠어요'라고 대답했다. 히끅거리면서 울었다. 너무 아팠다. 아파서 죽을 것 같았다. 오줌도 조금 지린 것 같았다. 살면서 그렇게 무시무시한 욕과 구타는 처음 당해 본다.

김상희는 김환성의 목소리를 들었다.

"똥개, 눈 감아."

김상희는 영문은 모르지만 일단 눈은 감고 봤다. 왕자님이 시킨 일이니까. 김환성은 마력으로 창문을 열고 윌리엄의 엉덩이를 뻥! 찼다. 윌리엄이 허공을 가르며 하늘을 날았다. 김환성이 활기찬 목소리로 말했다.

"눈 뜨고 물어왓!"

헝거비가 허공을 갈랐다. 김상희는 문 쪽을 향해 달렸다. 마력학원에 와서도 물어왓은 끝나지 않았다. 내가 기필코 네 명치를 후려치고 말리라, 라는 다짐을 하며 창문과 반대 방향으로 달려간 덕분에 윌리엄이 하늘을 나는 건 못 봤다. 참고로 말하자면 윌리엄은 지금 눈물 콧물을 질질 흘리고 있는 상태였다.

'아씨, 오늘은 왜 이렇게 멀리 던진 거야?'

김환성은 일부러 김상희를 멀리 보냈다. 그리고 창문을 닫고 혼자서 뿌듯해했다.

“이런 게 완전 범죄지.”

“오라버니! 헝거비, 여기 있어요.”

“그래, 우쭈쭈.”

김환성은 또 사리사욕을 채웠다.

“아참, 물어왓 안 시킨다고 했었는데.”

그리고 김상희를 힐끗 봤다. 벌칙을 수행할 차례다. 그런데 또 대놓고 ‘오빠라고 해’라고 말하기는 좀 그래서 가만히 있었다. 김상희는 눈치채지 못한 것 같았다. 김환성은 남몰래 한숨을 쉬었다. 어쨌든 김상희는 험한 꼴 안 봤다. 그래도 김환성은 혹시 몰라 확인했다. 만에 하나 무서운 모습을 봤을 수도 있으니까.

“야, 똥개. 너 나 무섭냐?”

“네?”

김상희는 잠시 고개를 갸웃했다가 배시시 웃으며 지혜롭게 대답했다.

“소녀는 세상에서 오라버니가 제일 좋아요.”

여기 아무도 없는데 뭐 어때. 이런 립 서비스 따위 얼마든지 해줄 수 있다고. 참고로 네가 내 앞에 있을 때엔 네가 제일 좋고, 첫째 망나니가 내 앞에 있을 때엔 첫째 망나니가 제일 좋은 거야. 알겠니? 김상희는 속으로는 그렇게 생각했지만 그래도 겉으로는 행복해 죽겠다는 표정을 지어 보였다.

김환성이 우쭐거렸다.

“그럼, 난 욕 같은 거 하나도 몰라. 하나도 안 무서운 오빠니까.”

"그럼요. 오라버니는 정말 멋져요. 소녀 곁에 계셔 주셔서 정말 행복해요. 소녀는 오라버니를 의지하고 믿는답니다."

김상희는 애가 갑자기 왜 이러나 싶었지만 겉으로는 배시시 웃어줬다.

하루가 지났다. 윌리엄 왕자가 김상희에게 가까이 다가갔다. 사실 어젯밤에는 정말 사과를 해야 하나 싶었다. 많이 고민했다. 그러나 김상희의 얼굴을 보니 그런 생각이 싹 달아났다. 너무나 화가 났다. 왜 이런 수모를 당해야 하는 건지 도무지 이해할 수 없었다. 겨우 이까짓 계집아이 때문에 그런 꼴을 당하고 다쳐야 하는지, 왜 일국의 왕자가 벌레만도 못한 계집 따위에게 무릎을 꿇어야 하는지 이해할 수 없었다. 김상희의 얼굴을 보니 순간, 걷잡을 수 없는 분노가 피어올랐다. 이를 바드득 갈았다. 그 스스로도 자신을 통제할 수 없었다. 이성을 잃었다. 어제의 공포는 곧 김상희에 대한 분노로 바뀌었다.

"이게 다 너 때문이다."

주먹을 들어 올렸다.

그 시각, 수석 교관 한진수에 대한 처분도 내려졌다.

세상에서 가장 유명한 나이트 집단을 꼽아보자면 제국의 프리온 나이트와 고려의 스페셜 나이트가 있겠다. 프리온 나이트는 워낙에 베일에 싸인 집단이라 일단 논외로 치고, 스페셜 나이트는 그 강력함 외에도 다른 것 때문에 유명했다. 바로 고려 왕가에 대한 절대적인 충성심이었다.

스페셜 나이트의 한 명, 이주형은 고민에 휩싸였다.

'진짜 죽여야 되나?'

스페셜 나이트들은 고려 왕가의 직속 나이트다. 고려의 왕인 김훈상과 직통 연결 라인을 가지고 있다. 그래서 이번 상황도 면밀하게 보고하지 않았던가. 김훈상은 누구를 막론하고 일단 김상희에게 해를 가하려 하면 죽여 버리라고 명령했다. 그래도 이건 아닌 것 같다는 생각이 든다.

'그래도 저 정도로 일국의 왕자를 죽인다는 건 말이 안 되는데.'

왕자가 타국의 공주를 때리는 것 정도는 얼마든지 허용될 수 있는 일이다. 그런 걸로 왕자의 목숨을 빼앗는다? 이건 말이 안 된다. 그래서 이주형은 갈등하지 않을 수 없었다.

'폐하의 명령은 진심이었나?'

진심으로 그런 명령을 내렸다면 이주형은 그 명령을 받아들일 자신이 있었다. 그런데 만약 왕이 지나가는 말로, 반쯤 농담으로 그런 말을 했다면 문제가 커진다. 스페셜 나이트가 왕국의 왕자를 죽인다는 건 곧 암살을 의미한다. 선전포고나 다름없다.

'내 행동 하나로 전쟁이 벌어질 수도 있어.'

그도 아니라면,

'……폐하께서 일부러 전쟁을 걸고 계신 건가?'

고려 왕국 내에서는 성군이라 칭송받지만 타국에선 아니다. 자국에게 잘하는 만큼, 타국에서 무언가를 얻어내야 하니까.

이주형이 고민에 휩싸였을 무렵, 다행히도 윌리엄이 주먹을 내렸다. 여전히 분을 참지는 못하는 모양새였지만 어쩔 수 없었다. 교관 한 명이 들어왔기 때문이다. 김환성이 워낙 특이한 케이스라 교관들도 함부로 못하는 거지, 일반적으로 교관은 학생보다 권위가 훨씬 높다.

"너, 나중에 보자."

교관이 있는 곳에서 폭력을 행사하는 건 예의에 어긋나는 행동이다.

"오늘은 아직까지도 해석하지 못하고 있는 고어에 관한 연구를 해 보도록 하겠습니다."

김상희는 이해할 수 없었다.

'저건…… 여전히 한글이잖아.'

지난번에 이 수업을 들은 적이 있다. 그때는 이미 해독이 된 고어라는 설명과 더불어 고어를 해석하는 방법에 관한 수업이었다. 그때 김상희는 바로 알아차렸다. 칠판에 써져 있는 글씨는 다름 아닌 '안녕하세요?'였다.

'내 눈엔 아무리 봐도 그냥 한글인데.'

수석 교관 한진수는 자질 논란에 휩싸였다. 물론 고려 왕가와 한진수를 모독한 윌리엄의 잘못이 크다고는 하지만—이것 역시 조작된 얘기다—그래도 수석 교관이 학생을 그 지경으로 만든 것은 잘못이었다.

교장인 틸레반이 말했다.

"한 단계 강등 처분되었습니다."

최연소 수석 교관이었던 한진수는 이제 수석 교관이 아니라 차석 교관의 자리로 떨어졌다. 한진수는 고개를 끄덕였다.

"처벌이 생각보다 약하군요."

한진수는 스스로의 잘못을 안다. 그날의 일은 자신이 생각해도 잘못한 게 맞았다. 왜 그렇게 화가 난 건지, 어째서 그런 일을 벌였는지 스스로도 이해하지 못하고 있기 때문이다.

"윌리엄 왕자가 먼저 잘못을 했다는 점을 감안했습니다."

한진수는 안다. 윌리엄 왕자가 먼저 잘못한 것은 없다. 이성적으로 생각하면 분명히 그랬다.

"그리고 한 가지 더 말씀드리자면…… 감봉 6개월입니다. 앞으로는 절대 이런 일이 없으셔야 할 겁니다. 교관 생활에 상당한 흠집으로 남을 겁니다."

"예."

교장은 한진수를 이해할 수 없었다. 교장이 본 한진수는 완벽한 천재였다. 매사에 틈을 보인 적이 없었다. 그러니 최연소 수석 교관의 자리를 맡고, 타국 출신으로 프리온 나이트에 들어갈 수 있었을 거다. 그런데 이번의 행동은 정말 의외였다. 그럴 리 없는 사람이 그런 짓을 벌였으니까.

한진수는 걸음을 옮겼다. 딱히 목적지가 정해져 있던 건 아니었다. 그냥 걷다 보니 8관에 도착했다.

제8관 4층, 김상희가 수업을 받고 있는 곳이다.

'김상희.'

김상희를 떠올렸다. 이유는 모르겠는데 가슴이 쿵쾅쿵쾅 뛰었다. 김상희를 안고 있던 그때가 떠올랐다.

'나는 그때…… 어떤 감정을 느꼈던 거지?'

혼란스러웠다. 세상에 태어나서 처음 느껴보는 미묘한 감정이었다. 심장 부근에 아주 작은 애벌레가 살고 있는 것 같았다. 그 애벌레가 심장을 살짝살짝 갉아먹는 느낌이랄까? 한진수의 표정이 심각해졌다.

'정밀 검진을 받아봐야겠군.'

아무래도 몸에 문제가 생긴 것 같다는 생각이 들었다. 그렇지 않고서야 그런 이상한 감각이 느껴졌을 리 없으니까.

그때, 목소리가 들려왔다.

"역시 여기 계셨군요."

"프리지아?"

제국의 6황녀 프리지아다. 그녀가 한진수 때문에 교관직을 신청했다는 건 이미 알 만한 사람은 다 아는 얘기였다. 한진수 역시 그 사실을 알고 있었다.

"여기 계실 줄 알았어요."

"……."

한진수는 대답하지 않았다. 애초에 그는 프리지아와 말을 잘 섞지 않는다. 보통 프리지아가 얘기를 하면 한진수는 무시하는 편이다. 그나마 프리지아가 마력을 가진 여자여서 그렇지, 만약 다른 여자였다면 가차 없이 쫓아냈을 거다. 그런데 오늘은 한 가지 궁금한 게 생겼다.

"내가 여기 있을 줄 알았다는 건 무슨 의미지?"

"남자들은 잘 모르지만 여자에겐 직감이라는 것이 있어요."

"직감?"

허무맹랑한 단어지만 직감이란 말은 자주 듣기는 한다. 마력이 뛰어난 사람의 경우엔 어떤 일이 벌어지기 전에 예측 비슷한 걸 하게 되는데 그걸 직감이라고 부르긴 한다. 그러나 여자가 직감을 가지고 있다니.

한진수는 피식 웃었다.

"헛소리를 지껄이는군."

"저, 곧 암호 해독 수업 들어갈 거예요. 참관하시겠어요, 차석 교관님?"

수석 교관과 차석 교관은 직접적인 수업을 맡지는 않는다. 그건 일선 교관들이 할 일이다. 수석 및 차석 교관은 교관들을 관리하는 편이다. 가끔은 수업 참관을 통해 분위기를 확인하기도 한다.

"김상희 공주도 있어요. 저는 김상희 공주에게 궁금한 것이 아주 많아요. 질문도 할 생각이에요."

"……나랑은 상관없는 일이다."

프리지아가 은근히 몸을 밀착시켰다. 그러곤 한진수에게 팔짱을 꼈다.

"그러지 말고 들어오세요. 저도 아직 수업에 익숙하지 않아요. 그래서 차석 교관님이 옆에 있어주면 큰 도움이 될 것 같아요."

한진수는 인상을 찡그렸다. 이까짓 계집, 그냥 뿌리치면 되는데 이상하게 그러지 못했다. 또 떠올랐다.

'김상희.'

이렇게 어쩔 수 없다는 듯 끌려가면 김상희를 볼 수 있다. 김상희를 볼 수 있다는 생각이 들자,

쿵!

심장이 또 뛰었다. 심장이 갑자기 무거워진 것 같았다. 마치, 그 무거워진 심장이 높은 건물 위에서 땅으로 떨어져 내린 것 같은 기분이

었다. 한진수의 표정이 또 심각해졌다.

'분명 심장에 문제가 생겼다.'

정밀 검진을 꼭 받아야겠다고 생각했다.

나는 혼란에 빠졌다. 뭐야, 얘네들? 단체로 사기를 치는 건가?

'어떻게 고어가 죄다 한글이야?'

그래, 한글인 것까지는 그렇다 칠 수 있다. 그런데 진짜 문제는 '다른 시대의 고어' 혹은 '해독이 불가능한 고어'라고 설명을 하고는 있는데 그것도 전부 한글이라는 거다.

'내 눈이 이상한가?'

음, 이걸 어떻게 표현해야 할지 모르겠다. 내 눈에도 분명 다르게는 보인다. 다른 글씨로는 보인다. 그건 확실하다. 그런데 무슨 소리냐고?

나는 저 글자들을 보면 저 뜻이 자연스레 해석이 된다. 한글을 보는 것처럼 말이다. 아, 이걸 내가 말해 놓고도 이상하긴 한데, 음. 그러니까, 내 눈은 분명 다른 글자로 인식을 하긴 한다. 그런데 내 머리는 저걸 한글로 인식한다는 소리다. 무슨 소리인지 모르겠지? 나도 모르겠다. 젠장, 내 표현력의 한계야. 어쨌거나 중요한 건 나는 암호 혹은 고어라는 걸 모두 읽을 수 있다는 것이었다.

'다음 시간은 프리지아의 수업인가?'

프리지아는 알게 모르게 무시를 많이 받는 교관이다. 제국의 6황녀인 건 아무래도 상관없었다. 아무리 좋게 쳐줘도 그녀는 여자다.

여자로 태어난 이상 존경받기는 힘들다. 그래도 대단하다고 인정들은 하는 모양이었다. 뭐가 어찌 됐든 그녀는 여자의 몸으로 태어나 마력을 갖고 있으며 졸업이 힘들다는 제국의 마력학원을 졸업했으니까. 다른 교관들에 비해 훨씬 쉽게 생각하는 것은 맞지만, 적어도 겉으로 대놓고 무시하지는 못했다.

그때 나는 봤다. 프리지아가 한진수에게 팔짱을 끼는걸. 순간 나는 한진수를 째려볼 뻔했다. 하지만 초인적인 인내심으로 참아냈다.

'한진수, 넌 도대체 뭐야……?'

이 세계에 없는 단어를 알고 있다. 그리고 가끔 이상하리만치 나를 다정하게 대한다. 아니, 적어도 그날의 한진수는 내가 알고 있던 한진수가 맞았다. 비록 그 시간이 불과 몇 초에 불과했을지언정 그날의 한진수는 내가 아는 한진수가 맞았다. 이해할 수 없었다. 나는 솔직히 내가 어떻게 고어들을 자연스레 해석할 수 있는지보다 한진수의 존재가 훨씬 궁금했다.

한진수와 내 눈이 마주쳤다.

"꺅!"

프리지아가 가볍게 비명을 질렀다. 아주 큰 비명은 아니었지만 이곳의 학생들은 전부 들을 수 있을 만한 소리였다. 프리지아가 비명을 지른 이유는 한진수가 프리지아를 밀쳐 냈기 때문이다.

'나랑 눈이 마주쳤기 때문에……?'

아냐, 그럴 리 없어. 저 한진수가 내 눈치를 살필 리 없잖아. 나는 그렇게 확신했다. 하기야 원래 한진수는 프리지아를 별로 안 좋아한다고 들은 것 같다. 솔직히 말해서 프리지아는 예쁘다. 괜히 제국의 꽃으로 불리는 게 아니다. 몸매, 저건 진짜 타고났다. 나 역시 타고 나긴 했지만 나는 몸매를 가꾸려고 진짜 노력을 많이 한다. 그런데 재는 그런 것도 아닌데 몸매가 아주…… 흠, 하여튼. 아니, 뭐, 딱히 부러운 건 아니고. 흠흠.

한진수는 차석 교관의 자격으로 이 수업을 참관한다고 했다. 수업이 시작됐다. 프리지아는 능숙하게 수업을 이어갔다.

"혹시 이 고어, 해석할 수 있는 학생 있어요?"

"……."

아무도 대답하지 않았다. 나 역시 손을 드는 멍청한 짓 따윈 하지 않았다. 남자들 틈바구니에서 잘난 척을 할 수는 없었다. 모난 돌이 정 맞는 법이다. 나는 이들 모두를 당장 내 편으로 만들 자신은 없지만 적어도 나를 싫어하지 않도록 만들 수는 있을 것 같았다. 개차반과 망나니들도 나름대로 조련에 성공했다. 이 세계의 남자들은 단순하다. 워낙에 강한 능력을 갖고 있으니까. 그래서 오히려 다루기 편하다. 초반만 잘 넘어가면 어떻게든 될 거다. 그래서 나는 눈에 띄지 않기 위해 노력 중이다.

그런데 프리지아가 나를 지목했다.

"김상희 공주, 해석할 수 있겠어요?"

뭐야, 갑자기?

프리지아가 빙그레 웃었다.

"고려 왕국 내에서 뛰어난 고어 해석 실력을 인정받았다고 들었어요. 그 실력을 한번 확인해 보고 싶어요. 황제 폐하께서도 친히 인정하신 능력이니."

나는 프리지아를 쳐다봤다. 저 미소에 악의는 없는 것 같았다. 15년을 살아오면서 눈치를 봤다. 눈치에는 나름대로 자신 있다. 프리지아에게 오히려 선의가 느껴졌다. 표정이 꼭 '여자도 할 수 있다는 걸 보여줘요'라고 말하는 것 같다.

'나는 어떻게 해야 하지?'

행동 하나하나에 신경 쓰고 조심해야 할 시점이다. 안 그래도 지금 커다란 사건에 휘말렸기 때문에 더 이상 표적이 되고 싶은 생각은 없었다.

'역으로 생각하면 오히려 기회가 될 수도 있어.'

먼저 나서서 자랑을 하면 잘난 척이 되지만 교관이 시켜서 어쩔 수 없이 하게 되면 잘난 척이 아니게 된다.

'여기서 능력을 조금 드러내는 게 좋을까?'

정말 단순한 건데 나는 또 끝없는 눈치 싸움을 치러야 했다. 그런데 그때, 목소리가 들려왔다.

"야, 윌리엄. 너 내가 시킨 거 했냐?"

……맙소사, 망나니다. 누가 망나니 아니랄까 봐, 8관의 수업 시간에 쳐들어왔다. 교관이 앞에 떡하니 버티고 있는데 교관을 완전 개무시하고서 우리 교실에 들이닥쳤다. '예의 따위, 알 게 뭐야?'라고 주장하는 듯한 모양새였다.

망나니야, 제발. 너 또 무슨 사고를 치려고 하는 거야? 망나니가 충격적인 말을 쏟아냈다.

"똥개한테 무릎 꿇고 빌라고 했잖아."

도대체 무슨 소리를 하는 거야? 이 미친 망나니야! 어떻게 남자가 여자한테 무릎을 꿇어? 그게 말이 된다고 생각해? 이제야 좀 알겠다. 아까 윌리엄이 왜 그렇게 나를 노려봤는지. 저 망나니의 말도 안 되는 주문 때문이다.

학생들은 술렁거렸다.

"김환성 왕자가 도대체 뭐라고 하는 거야?"

"계집한테 무릎을 꿇으라고? 에이, 잘못 들었겠지. 설마."

그런데 정말 이상한 건 제국 학원 차석 교관 한진수의 태도였다.

프리지아는 이상함을 느꼈다.

'왜 한진수 님은 아무런 반응도 하지 않지?'

원래대로라면 이런 경우, 교관이 김환성을 제지해야 하는 게 맞다. 만약 이 자리에 한진수가 없었다면 그녀가 나서서 중재를 했을 거다. 그러나 이 자리에는 차석 교관이 참관하고 있다. 말이 차석 교관이지 실제로 수석 교관의 자리는 공석. 그러니까 직함만 달라졌을 뿐, 한진수는 수석 교관이라고 봐도 무방했다. 수석 교관이 아무런 행동을 보이지 않고 있다.

'내가 나서야 하나?'

그런데 묘한 마음이 들었다.

'혹시 김상희 때문에 저러는 거야?'

그럴 리 없겠지만, 정말 말도 안 되는 가정이지만 가정 하나를 해봤다.

'설마 한진수도 윌리엄이 김상희에게 무릎을 꿇는 걸 바라는 거야?'

그럴 리 없다. 프리지아가 아는 한진수는 철저하게 이 세계에 맞도록 설계되어 태어난 사람이었다. 여자를 벌레만도 못하게 생각하는 사람이다. 그건 이상한 게 아니다. 지극히 정상적이다. 남자가 계집에게 무릎을 꿇는 상황 같은 건, 아예 인정 따위를 안 할 사람이다. 프리지아가 아는 한진수는 분명히 그랬다.

'어째서 안 말리는 거야?'

정말 묘한 마음이다. 사전적인 의미로는 알고 있다. 이 마음의 정체를 말이다.

'질투?'

아니, 그런 건 아냐. 고개를 저었다. 질투 같은 건 해서도 안 되고 할 수도 없다. 아무리 마력을 가지고 태어났다지만 여자는 여자다. 개개인의 능력이란 날개를 가지고 있어도 여자의 벽을 넘을 수는 없는 것이다. 프리지아도 그 사실을 알고 있다. 프리지아는 혼자서 피식 웃었다.

'그래, 그럴 리가 없어. 계집 주제에 질투라니. 그러면 안 되는 거잖아.'

한편, 한진수는 상황을 그냥 지켜만 봤다.

'김환성을 말려야 한다.'

아니, 말리고 싶지 않다. 상반된 두 마음이 머릿속에서 치고받고 싸웠다. 자신도 왜 그런지 전혀 모르겠다. 솔직히 한때는 인정하려고도 했었다. 김상희가 좋다. 그래서 김상희에게 잘해 주고 싶다. 이유는 몰라도 하여튼 그랬다. 그렇게 인정하려고 한 순간, 마음속에서 또 다른 마음이 튀어나왔다. 그런 게 말이 되냐고, 이건 있을 수 없는 일이라고 누군가 그렇게 마음속에 속삭이는 것 같은 기분이었다. 그는 그 이유를 알 수 없었다. 마치 누군가에게 조종이라도 당하는 것 같은 기분까지 들었었다.

프리지아의 목소리가 들려왔다.

"차석 교관님, 중재하셔야 할 것 같은데요."

한진수가 인상을 찡그렸다.

"프리지아."

"네."

"건방지게 훈계하려 들지 마."

"……."

프리지아는 아무런 말도 못 했다. 신분의 격차란 이런 거다. 여태까지는 당연하게 생각해 왔다. 그래도 그녀는 한진수가 좋았다. 한진수는 자신이 가질 수 없는 모든 것을 가진 남자였다. 어쩌면 동경에 가깝다고 해도 좋았다.

"죄송해요."

그런데 또 이상한 마음이 들었다.

'만약…… 김상희가 말했다면…….'

어쩐지 김상희가 말했다면 한진수는 다르게 대답했을 것 같다는 기분이 들었다. 어디까지나 기분이 그렇다는 거다. 실제로 김상희가 그렇게 말했다면 '건방지게 훈계하지 마'라고 말했겠지. 그렇게 이성적으로 생각은 하는데 자꾸만 이상한 모습이 그려졌다.

'김상희한테는…… 따뜻하게 대해 줄 것 같아. 단순히 내 착각일까……?'

한편, 김상희는 김상희 나름대로 의문에 빠져들었다. 도대체 한진수가 왜 안 말리고 있는 건지 모르겠다. 여자라고 해서 예법이나 예의를 모르는 건 아니다. 오히려 남자들보다 훨씬 잘 안다. 그런 걸 잘 지켜야 살아남을 수 있으니까. 사소한 실수 하나만 해도 죽을 수도 있으니까 오히려 훨씬 잘 알고 잘 지킨다. 이 상황은 무조건 김환성이 잘못한 거다. 한진수의 권한으로 막을 수 있다. 이쪽 세계의 상식에서 보자면, 신성한 수업 시간에 교관의 권위를 무시한 양아치 학생 한 명이 '여자에게 무릎을 꿇으라는' 말도 안 되는 억지를 쓰고 있는 거니까. 하나부터 열까지 다 말이 안 되는 상황이었다.

"오, 오라버니."

이러다가 얘 진짜 퇴학당하게 생겼다고 생각한 김상희는 김환성의 팔을 붙잡았다. 이러니저러니 해도 김환성은 의지가 많이 되는 망나니다. 멍치를 때려주고 싶은 건 맞는데, 없으면 안 되는 최후의 보루 같은 그런 느낌.

"오라버니, 저는 괜찮아요."

학생들은 물론이고 프리지아도 눈을 크게 떴다. 뭔가 이상하다. 공주 따위가 괜찮은 게 뭐? 어쩌라고? 누가 물어보기나 했나? 다들 그렇게 생각했다.

"똥개, 너도 입 다물어."

그럼 그렇지. 모두가 보는 앞에서 김상희는 면박을 당했다. 당연한 일이다. 감히 공주 따위가 주제넘게 나섰으니까.

그런데 놀라운 말이 이어졌다.

"나는 저 개새끼가 너한테 무릎 꿇는 걸 봐야 열 받은 게 풀릴 거 같으니까."

"오, 오라버니……."

김환성은 기필코 사과를 받아낼 작정인 것 같았다. 김환성의 몸에서 아지랑이가 피어오르기 시작했다. 한진수는 여전히 말리지 않았다. 교실 안에 팽팽한 긴장감이 감돌았다.

"시발 새……."

김환성은 잠깐 말을 끊었다. 그러고 보니 욕하면 저 똥개가 무서워하잖아. 말을 순화했다. 새에서 말이 끊겼으니 '새'로 시작하는 아무 단어나 대충 떠올렸다.

"새로운 녀석아, 너 어제는 분명히 사과한다고 지껄였잖아."

도대체 언제? 김상희는 알 수 없었다. 왜냐하면 김환성이 그래도 나름 오빠라고 김상희한테는 무서운 모습을 안 보여주려고 했었으니까. 스페셜 필드를 펼쳐서 김상희가 안 보이는 데서 죽도록 팼었다. 화장실 갈 때랑 나올 때랑 마음가짐 다르다고, 윌리엄은 죽어도 사과를 못 하겠다고 버텼다.

'차석 교관도 여기 있어. 날 진짜로 때리진 못할 거야.'

다리가 부들부들 떨려왔으나 버텼다. 다른 건 다 참아도 계집 따위에게 무릎을 꿇는 황당한 짓은 절대로 못 한다. 차라리 죽으면 죽었지, 그건 절대 못 할 일이다.

김환성이 피식 웃었다.

"그렇단 말이지."

아지랑이가 계속해서 피어올랐다.

"죽여 버린다."

결국, 스페셜 나이트 이주형이 나섰다. 아무도 없는 공간에서 누군가가 나타났다. 학생들은 깜짝 놀랐다. 프리지아 역시 마찬가지였다. 저토록 완벽하게 은신을 할 수 있는 사람은 세상을 통틀어도 별로 없다. 이곳엔 고려 왕가의 셋째 왕자 김환성이 있다. 어렵지 않게 저 사람의 정체를 알아차릴 수 있었다.

"스, 스페셜 나이트……?"

고려 왕국의 최강 전력이라는 스페셜 나이트가 모습을 드러냈다. 학생들이 술렁거렸다.

"진짜 스페셜 나이트라고?"

"와, 대박……!"

스페셜 나이트, 이주형이 말했다.

"왕자님, 그만두십시오."

"말리지 마. 난 저 새끼 죽일 거야."

김환성은 칼을 뽑아 들었다. 진짜로 죽이려는 듯 살기가 흘러 넘쳤다. 이주형이 스페셜 필드를 펼쳤다. 스페셜 필드 내엔 이주형과 김환성만 있었다. 스페셜 필드는 밖에서는 안 보인다. 밖에서 보면 두 사람이 그냥 사라진 것같이 보인다.

김환성의 몸에서 아지랑이가 계속해서 피어올랐다.

"나 열 받았어. 너도 말리면 가만 안 둬. 말리지 마."

"무력으로라도 왕자님을 제압해서 말리겠습니다."

김환성은 정말 진심인 듯했다.

"팔 하나 날아갈 각오는 해라."

"폐하의 명령입니다."

그 말에 김환성의 몸이 움찔거렸다.

"아부지의 명령이라고?"

이주형은 정말 이 상황을 이해할 수 없었다. 요즘 들어 도무지 이해되지 않는 것 투성이다. 다른 사람들은 모두 자신이 김환성 왕자를 호위하고 있다고 생각할 거다. 자신 역시 그렇게 생각했다. 그러나 그가 받은 임무는 김상희 공주를 보호하라는 거였다. 사실, 이번에 김훈상에게 유선 보고를 올렸을 때 왕창 깨졌다. 이유를 듣자 하니 그런 일이 있으면 윌리엄이고 나발이고 일단 족쳐 버리지 않고 뭐 했냐는 거다. 솔직히 이주형은 억울했다. 왕이 내린 명령은 '김상희를 보호하라'였다. 이주형의 상식에서 그때의 상황은 하나도 위험하지 않았다.

'죽을 위험도 없었는데. 도대체 내가 왜 까여야 해?'

왕의 명령을 이해할 수 없었다. 죽지만 않으면 장땡 아닌가? 그렇게 이해했는데 그게 아닌 것 같았다. 왕도 그 사실을 인지했는지 명령을 새로 내렸다.

"김상희의 의지에 반하여 손을 대는 사내놈은 모두 손목을 잘라버려."

정말 이해할 수 없다. 그는 명색이 스페셜 나이트다. 은밀하게 모든 일을 진행할 수 있다. 그러나 그 은밀함도 꼬리가 길면 밟힌다. 남자들의 손목을 잘라대면 결국 누가 그랬는지 드러날 수밖에 없다. 도대체 왜 이런 말도 안 되는, 황당하기 그지없는 명령을 내리는 건지. 누가 보면 김상희가 중요한 보물이라도 되는 줄 알겠다.

'그럴 리 없지.'

어쨌든 이주형은 왕의 명령을 따랐다. 김환성도 김훈상의 명령이라는 말을 듣고 화를 누그러뜨렸다. 이주형은 정말로 궁금했다.

"왕자님, 뭐 하나만 여쭤보면 안 됩니까?"

"뭔데?"

"도대체 왜 그렇게 화를 내고 계신 겁니까? 어떠한 경우에도 살인은 즐겁지 못한 일입니다만."

어쩌면 왕자가 살인을 즐기는 사이코는 아닐까 하는 생각마저 들

정도였다. 그것 외엔 이 상황이 설명되지 않으니까. 말도 안 되는 억지를 부려 놓고-여자에게 무릎을 꿇으라는-그 억지를 안 들어주니 죽이겠다? 이건 진짜 사이코나 할 수 있는 짓이 아니겠는가.

“그 새끼가 나랑 한 약속을 깼잖아. 나 약속 엄청 중요시 생각하는 거 알지?”

아뇨, 잘 모르겠는데요. 약속 중요시하는 건 김환석 왕자님이신 거 같은데요. 이주형은 말하고 싶었지만 참았다. 아무래도 뭔가 특별하고 중요한 다른 일이 있는 것 같았다. 스페셜 나이트인 자신에게도 말 못할 속 깊은 사정 말이다. 그나마 짐작 가는 게 하나 있기는 했다.

‘정말로 펜릴 왕국과의 전쟁을 준비하고 계신 건가?’

아직까지는 비밀리에 그 계획이 진행되고 있는 것 같다. 이주형은 진지하게 물었다.

“펜릴 왕국과의 전쟁 때문에 이러시는 겁니까?”

김환성이 고개를 갸웃했다. 다른 사람들이 모두 착각하고 있다. 김환성은 그런 외교 관계 같은 거엔 관심이 전혀 없는 사람이다.

“펜릴? 그게 어디야? 왕국이야?”

이주형은 쓰러질 뻔했다.

김훈상은 소식을 들었다. 윌리엄 왕자가 김상희에게는 절대로 사과하지 못하겠다고 버티고 있단다.

“시간이 얼마나 남았지?”

“약 23시간 정도 남았습니다.”

김훈상은 즉석에서 명령을 내렸다.

"제국에 통보해. 전쟁하겠다고."

"폐, 폐하!"

관리들의 얼굴이 사색이 됐다. 전쟁이 어디 그렇게 쉽게 일어나는 것이던가. 아니, 이건 애초에 전쟁이 일어날 일도 아니다. 그냥 사소하게 넘어가려면 넘어갈 수도 있는 일이다. 전쟁을 해서 얻는 이득이 도대체 무엇이길래 왕이 저러는지 모르겠다.

'토, 통보라니.'

허락을 구하는 것도 아니고 통보라니. 왕이 아무래도 진짜 일을 치를 모양이었다. 김훈상이 말을 이었다.

"나는 분명한 중재안을 제시했다. 그러나 펜릴 왕국의 제2왕자 윌리엄은 나의 제안을 수용하지 않았으며, 이는 곧 나를 무시한 행위가 된다."

관리들은 침을 꿀꺽 삼켰다. 틀린 말은 아니다.

"나는 너희의 왕이다."

김훈상은 주위를 둘러봤다. 특유의 카리스마가 관리들을 압도했다. 공기가 무거워진 것 같은 느낌을 받았다.

"왕의 말은 무겁다. 내 입을 통해 나온 말에는 책임이 따른다. 내 말은 곧 무거운 생명을 가진다는 뜻이다. 그래서 왕은 결코 허언을 하지 않는다. 내 말이 생명을 잃으면 왕의 권위가 땅에 떨어지게 되기 때문이다. 왕의 권위가 추락한 나라는 쇠퇴한다."

관리들은 떠올렸다. 그들의 왕인 김훈상은 펜릴 왕국의 사신에게 '사과하지 않으면 정말로 지도에서 지워 버리겠다'라고 그렇게 말했었다.

"나는 내 말의 권위와 무게를 지키기 위해서라도 펜릴을 지도에서 지워 버리겠다. 내 아들과 딸에게 사과하지 않겠다면."

관리들은 아무런 말도 하지 못했다. 아들에게는 이미 사과했다. 결국 딸에게도 사과를 해야 저 분노가 풀릴 거라는 소리다.

이제 겨우 23시간 남았다. 어떻게든 펜릴 왕국에 연락을 넣어 사과를 하게 만들어야 했다. 관리들도 지금 당장 전쟁을 원하는 건 아니니까. 보통의 경우, 전쟁은 득보다 실이 많다. 이번 경우는 실이 더 많은 경우였다. 강제로라도 윌리엄을 무릎 꿇려야 할 판이었다.

김훈상이 말했다.

"김유신 휘하 스페셜 나이트는 출정을 준비해라."

"예, 폐하."

스페셜 나이트의 대대장인 김유신이 모습을 드러냈다. 한쪽 무릎을 꿇고 대답했다.

"24시간 후, 펜릴의 이름을 고려로 바꾸겠다."

그 말의 의미를 이해한 관리들이 벌벌 떨었다.

"폐, 폐하!"

이거 보아하니 왕이 직접 움직일 것 같다. 펜릴에게 남은 시간은 23시간. 그렇다면 1시간 만에 펜릴을 치겠다는 소리인데, 그게 가능하려면 스페셜 나이트 전원과 스페셜 나이트보다도 강한 국왕 김훈상이 움직여야 했다. 다시 말해, 김훈상이 직접 움직인다는 소리였다. 말도 안 된다. 그는 고려의 국왕이다. 만에 하나 무슨 일이라도 생긴다면 고려는 휘청거릴 수밖에 없다.

"재, 재고해 주십시오!"

김훈상이 물었다.

"김유신, 나 없이 펜릴을 1시간 내에 지울 수 있냐?"

"불가능합니다."

김훈상은 주위를 둘러봤다. 김유신의 대답으로 답은 결정됐다.

한편, 알렉스는 침실로 돌아와 생각에 잠겼다.

'상희학의 관점에서 비추어 보자면…….'

요즘 자꾸만 말도 안 되는 이론들이 떠오른다. 그중 하나가 바로 '딸바보 아빠'였다.

'아냐, 그럴 리 없지. 아무리 딸바보 아빠라도 딸아이가 강간당할 뻔했다고 전쟁을 일으킬 리는 없어. 이런 어처구니없는 상상이라니, 나도 슬슬 미쳐 가나?'

알렉스는 머리를 흔들면서도 고개를 갸웃했다.

'아니, 분명히 그렇긴 한데, 또 그렇지만도 않은 것이 폐하와 스페셜 나이트가 움직인다는 소리는 전면전은 아니라는 소리인데.'

전면전을 하면 많은 피가 흐른다. 아무리 강한 힘을 가지고 있다고 해도 힘과 힘이 부딪치면 피가 흐를 수밖에 없다. 그런데 스페셜 나이트와 왕이 직접 움직인다는 것은 전면전이 아닌,

'수뇌부의 목을 직접 따러 가시겠지.'

기습 침투하여 순식간에 펜릴의 왕궁을 장악하겠다는 소리다. 일반적으로는 말도 안 되는 얘기인데 김훈상과 스페셜 나이트라면 충분히 가능한 일이다.

'도대체 뭘까? 왕께서 노리는 게 뭐지?'

상희학의 관점에서 살펴보자면 딸아이 때문에 분노한 아버지의 모습이라고 대략적으로 설명이 되기는 하는데, 단순히 그것만은 아닌

것 같기도 했다. 아직까지 '상희학'은 이름조차도 제대로 정해지지 않은 정체불명의 학설이었다. 당장 다른 학자들에게 말하면 돌을 맞을지도 모른다. 안 그래도 괴짜로 소문나 있는데 이런 말도 안 되는 이론을 발표하면 학계에서 퇴출당할지도 모를 일이다.

결국 알렉스는 궁금증을 이기지 못하고 김훈상을 찾았다.

"폐하, 아무리 생각해도 이해가 안 됩니다. 왜 그런 더러운 일에 직접 움직이려 하시는 겁니까?"

한 나라의 국왕이다. 편한 자리에 있기만 해도 된다. 김훈상의 표정이 조금 변하며 진지해졌다. 알렉스는 침을 꿀꺽 삼켰다.

'무슨 소리를 하시려고?'

김훈상이 말했다.

"알렉스, 나도 진지하게 묻겠다."

"말씀하십시오."

"나는 왜 이렇게 화가 나지? 김상희에게 무슨 일이 생길 뻔했다고 생각하면 아직도 천불이 치솟는다. 이런 내가 이상한 건가? 아니, 이상한 게 맞겠지."

알렉스는 순간, 자신의 이론이 들어맞는다는 것에 무게를 두고 생각할 수 있었다. 아무래도 상희학이 아주 허무맹랑한 이론은 아닌 것 같다는 생각이 들었다. 김훈상의 개인 책상을 힐끗 쳐다봤다.

'저건…… 김상희 공주님의 손 편지?'

비접촉 마력 보호는 원래 마력이 많이 든다. 심지어 그걸 24시간 내내 운용해 놓고 있으려면 상당히 세심한 컨트롤 능력이 필요하다.

'손 편지에 마력 보호를 걸어 놓으셨어? 도대체 무슨 내용이 있길래?'

알렉스의 학구열이 계속 불타올랐다. 열심히 생각을 해보았지만 답은 간단했다.

'위장 문서로군.'

중요한 기밀문서일 것이 분명했다. 겉으로 보기엔 평범한 편지지만 말이다.

한편, 고려의 왕 김훈상이 직접적인 선전포고를 하자 펜릴 왕국은 난리가 났다.

고려가 경고가 아닌 진짜 선전포고를 했다. 4년 전, 제국에 의해 푸릭스가 멸망한 사건 이래로 가장 커다란 사건이며 대륙을 강타한 소식이었다. 고려 왕국의 국왕 김훈상이 스페셜 나이트에게 직접 명령을 내렸단다. 펜릴 왕국은 비상이었다.

"저희는 고려를 감당할 힘이 없습니다."

"국왕 폐하, 지금 자존심을 챙길 때가 아닙니다."

자존심, 물론 상한다. 윌리엄이 잘못하지 않았다는 것도 안다. 여론과 증거가 조작됐다. 억울한 건 맞다. 그러나 억울하다고 해서 고려가 안 쳐들어오진 않는다. 펜릴의 국왕은 차분히 생각해 봤다.

'아무리 생각해 봐도 우리를 칠 이유가 없는데 어째서지?'

김상희 때문에 화가 났을 거라는 상상은 아예 하지도 못했다.

'예전의 그 무역 건 때문인가? 독점권을 노리고?'

아니다. 겨우 그 정도로 전쟁을 일으킬 리는 없다.

'도대체 어째서냐?'

이유를 알아야 대처라도 할 텐데 이유도 모르니 답답할 지경이었다. 열 길 물속은 알아도 사람 마음속은 모른다더니, 딱 그 짝이었다.

'결국 사과를 하는 수밖에 없다.'

그 역시 아들을 사랑한다. 아들이 계집 따위에게 무릎 꿇는 거 정말 싫다. 고려 왕국은 지금 불가능한 걸 하라고 시키고 있는 셈이다. 그리고 펜릴은 그 불가능한 걸 결국 해야 하는 입장인 거고.

윌리엄에게 전화를 걸었다.

"윌리엄, 방법이 없다. 정말 급하다. 왕명이다. 그 계집에게 무릎 꿇고 사죄하도록 해."

—아바마마!

윌리엄은 울먹거렸다. 이게 말이나 되는 얘기냔 말이다.

—아바마마, 전 정말 너무나 억울합니다. 저는 피해자입니다!

"안다. 나도 네 마음과 상황 모두 알고 있다. 하지만 우리는 몸을 굽혀야 한다. 네 행동 하나에 국민 수만 명의 목숨이 달려 있다."

—아바마마, 한낱 계집아이의 처녀를 빼앗으려 했던 것이 그렇게 큰 잘못입니까? 그게 그렇게 잘못된 일입니까? 저는 그로 인해 김환성 왕자와 한진수 나이트에게 이루 말할 수 없는 고통을 받았으며 엄청난 수모를 겪었습니다.

펜릴의 국왕은 입술을 깨물었다.

윌리엄은 아버지의 전화를 받고서 울었다. 강간 같은 거, 하면 뭐가 어떻냔 말이다. 계집아이가 울면 그만큼 쾌락은 더 커지는 법인데.

"아바마마?"

그런데 이상했다. 말이 들리질 않았다.

"아바마마!"

이유 모를 불안감이 엄습했다. 목이 터져라 아바마마를 외쳤다.

"아바마마!"

그때, 전화기를 통해 윌리엄의 귀에 낯선 목소리가 들려왔다.

—네가 내 딸을 강간하려 했냐?

윌리엄의 몸이 순간 경직됐다. 처음 듣는 목소리다. 이건 말도 안 된다.

'어떻게?'

지금 윌리엄은 아버지와 통화를 하고 있었다. 아버지라 함은 곧 펜릴의 왕이다. 펜릴에서 왕보다 높은 사람은 없다. 그런데 누군가 아버지의 허락도 없이 전화를 가로챘다? 어떻게 이런 일이 있을 수 있는가. 믿을 수 없고, 상상할 수도 없는 일이 벌어졌다.

김훈상은 왕좌에 앉았다. 여긴 고려 왕궁이 아니다. 펜릴 왕궁이다. 다들 23시간 후에 김훈상이 쳐들어오는 줄 알고 있다. 아니, 솔직히 말이 그렇지, 시일이 며칠 걸릴 거라고 생각했다. 전쟁이 어디 그렇게 쉽게 일어나는 것이던가.

펜릴 왕국의 국왕은 무릎을 꿇었다.

'김훈상…….'

국왕뿐만이 아니었다. 관리들 모두가 그랬다. 펜릴의 나이트 역시 제압됐다. 놀라운 건, 그 누구도 수갑이나 밧줄 등으로 제약당하고 있지 않다는 사실이다.

'겨우 20명으로 펜릴 궁을 장악했다. 이게 말이 되는 일인가?'

아무래도 스페셜 나이트에 대한 소문이 축소되어 있었던 것 같다. 언제 쳐들어왔는지도 모르겠다. 저 정도 인원이 움직이면 어딘가에서 티가 나게 마련인데, 아무 제지도 받지 않고 왕궁까지 침입했다. 그것도 왕이 직접 스페셜 나이트들을 데리고 말이다.

펜릴 국왕은 침을 삼키고서 말했다.

"당신은 분명 23시간 후에 이곳을 공격하겠다고 했습니다."

"23시간 후에 쓸어버린다고 했지, 그때 출발한다고는 안 했잖아."

펜릴 국왕은 다시 한 번 주위를 둘러봤다. 그러고 보니 아무도 다친 사람이 없다. 심지어 스페셜 나이트와 싸웠던 나이트들마저도, 생채기 하나 안 났다. 그것은 완벽하게 제압되었다는 뜻이다.

"3시간 남았어. 그때까지 내 딸한테 무릎 꿇고 사과하지 않으면 너희 죄다 죽여 버릴 줄 알아."

펜릴 국왕의 몸이 떨렸다. 저 말 진심이다. 고려의 왕은 허언을 하지 않기로 유명했다. 아들이 사과하지 않는다면 정말로 모두의 목을 베어버릴 인간이다. 그는 애가 탔다. 그래서 아들에게 전화를 걸었다. 아들과 전화를 하고 있는데, 김훈상이 그 전화를 빼앗았다.

"네가 내 딸을 강간하려 했냐?"

이쯤 되자 스페셜 나이트 대대장 김유신은 진지하게 궁금증이 일었다.

'설마 진짜로 김상희 공주 때문에 화가 나서 쳐들어오셨나?'

설마, 아닐 거야. 속으로나마 계속 고개를 저었다. 정말로 그렇다면 전 세계의 모든 사람이 고려 국왕을 손가락질하며 놀릴 거다. 공주가 아닌 왕자의 일이었다고 해도 전쟁을 일으킬, 적어도 타국의 왕궁을 불법 침입하여 점거할 명분은 절대 안 된다. 고려가 아무리 힘이 있는 나라라고 해도 이건 무리수다.

'뭔가 내가 모르는 다른 게 분명 있겠지. 계집에게 무릎을 꿇으라는 건 분명 왕자가 하지 못할 것임을 알고 있기 때문이야. 핑계이자 억지겠지. 다른 걸 이루기 위한.'

분명 뭔가가 있을 거라고 생각은 하는데, 아무래도 가슴 한편은 불안했다.

'진짜로 김상희 공주님 때문에 움직이신 건…… 정말로 아니시겠지?'

만약 정말로 그랬다면 스페셜 나이트들도 반발할 거다. 아무리 왕이라지만 그런 어처구니없는 일에 동원될 수는 없는 법이니까. 정말 그렇다면 스페셜 나이트의 이름이 아까워진다.

김훈상이 피식 웃었다. 김유신은 긴장했다. 그는 김훈상을 안다. 김훈상은 지금 굉장히 화가 나 있다.

"내 말이 농담 같냐?"

김훈상이 말했다.

"김유신, 내가 예고한 시간이 되면 국왕의 목부터 잘라."

"알겠습니다."

윌리엄은 핸드폰을 땅에 떨어뜨렸다. 펜릴 왕국의 왕성이 고려에 의해 점거당했다.

제국의 마력학원에 이상한 소문이 떠돌았다.

"그 소문 들었어? 펜릴인가? 거기 왕국의 왕자가 고려의 공주에게 무릎을 꿇었다던데?"

"에이, 설마."

"진짜야. 들리는 소문에 의하면 고려 왕가에서 직접 압력을 넣은 모양이더라고."

"아무리 그래도 어떻게 왕자가 공주한테 무릎을 꿇어?"

"진짜라니까? 8관에서 있었던 일이고 그 자리에 내 친구도 있었어."

말도 안 되는 소문이었다. 그러나 8관에서 본 사람이 굉장히 많았단다.

"와, 그게 정말이야? 진짜 쪽팔린다. 어떻게 그런 일이 있을 수가 있지?"

"사실 고려에서 펜릴을 안 좋게 보고 있었다나 봐. 이때가 기회다 싶어 잘근잘근 밟은 거지. 왕자가 공주한테 무릎을 꿇을 수밖에 없는 상황이면 갈 때까지 갔다고 봐도 될 거야."

김훈상과 스페셜 나이트가 펜릴 왕궁에 직접 쳐들어갔다는 사실은 대외적으로 발표되지 않았다. 펜릴은 펜릴 나름대로 허술한 경계망과 약한 국력을 드러내고 싶지 않아서 소문을 내지 않았고, 고려는 소문낼 이유가 없어서 소문내지 않았다. 애초에 여기저기 소문을 퍼뜨리고 다닐 만큼 입이 가벼운 스페셜 나이트는 아무도 없었다.

그러나 제국 정보부는 이번 일을 정확하게 파악했다.

"아무래도 스페셜 나이트의 전력에 대한 정보를 수정해야 할 것 같습니다."

이번 일에 대한 보고가 실시간으로 올라갔다. 제국의 정보부는 굉장히 바빠졌다.

"고려 왕국과 펜릴의 거리는 직선거리로 약 2,000킬로미터가량 떨어져 있습니다. 비행기를 타고서 이동한다고 해도 3시간은 족히 걸립니다. 그러나 비행기나 여타 다른 물체를 사용한 흔적이 전혀 없습니다."

"설마 몸으로 직접 움직였다는 소리인가?"

"그럴 가능성이 매우 농후합니다."

"말도 안 된다! 2,000킬로미터를 들키지 않고 이동한다고? 그래, 거기까진 그렇다 쳐도 그렇게 지친 상태로 펜릴의 중심부를 쳐? 그건 우리 제국의 프리온 나이트도 불가능한 일이다."

"스페셜 나이트가 한 차원 더 강해졌을 가능성을 배제할 수 없습니다."

제국의 정보부장 김국현은 고심에 빠졌다. 하나하나 퍼즐이 맞춰졌다. 이걸 보고를 올려야 되나 말아야 하나를 한참 고민했다. 그러나 누락할 수는 없었다. 너무나 중요한 결론이 나왔다.

황제를 찾았다.

"결국…… 이번 일은 고려의 무력시위라고 볼 수 있을 것 같습니다."

황제가 계속 말해보라는 듯 고개를 끄덕였다.

"2,000킬로미터를 아무런 이동 수단도 없이 몰래 침투하여 펜릴 왕궁을 점거했습니다. 그 정도의 능력이라면……."

"우리 제국의 황성에도 침투할 수 있다는 소리겠군."

"결국 고려는 그것을 보여주기 위해 이런 억지를 부렸던 것 같습니다."

이제야 모든 것이 설명이 됐다. 어째서 고려가 이런 짓을 벌였는지, 계집에게 무릎을 꿇으라는 헛소리를 했는지 이해가 된다. 결국 펜릴 따위가 아닌 제국을 향한 시위였던 거다. 조심하라고, 건드리면 안 되는 나라라고 말이다.

'그래서 김훈상이 직접 움직였군.'

김훈상의 능력은 황제도 익히 알고 있는 바다. 황제는 흡족해졌다. 제국 정보부에게 상을 내려야겠다고 생각했다. 대외적으로 알려지지 않은 사실을 빠르게 파악하여 납득할 수 있는 결론까지 내렸으니까.

'뿐만 아니라 왕자가 두 명이나 우리에게 잡혀 있는 모양새였지.'

고려 왕국의 힘이 그만큼 약해졌기 때문이 아니냐는 말이 나도는 걸 황제도 알고 있었다. 그러나 이번 일로 인해 그런 얘기는 쏙 들어가게 될 거다. 스페셜 나이트와 김훈상의 능력이 조금 더 알려졌다.

'일부러 능력을 더 보여준 거군. 그렇다면 숨기고 있는 능력이 더 있을 수도 있겠어.'

스페셜 나이트는 프리온 나이트에 비해 더 많이 노출되어 있기는 하다. 그러나 정확한 능력치를 파악하고 있지는 못했다. 이번 일로 인해 스페셜 나이트의 강함이 더욱 조명될 거고, 고려 왕국이 건재하고 있음을 모든 나라가 알게 될 거다.

'김훈상, 역시 만만한 자가 아냐. 이 모든 걸 계산에 넣고 빠르게 움직였음이다.'

김훈상은 역시 대단했다. 황제는 껄껄 웃었다.

"훌륭하다. 너희에게 포상을 내리겠다."

한편, 김훈상은 이제야 좀 속이 시원해졌다. 다른 건 모르겠는데,

소녀는 너무 부끄러워서 입으로는 '아빠'라고 부를 수가 없어요. 그

래서 편지로나마 결례를 무릅쓰고 아빠라고 부르고 싶은데 괜찮을 까요? 허락만 해주신다면 소녀는 그렇게 부르겠어요.

라고 써 있는 편지를 보니 마음이 흡족해졌다.

"그럼, 괜찮고말고."

저도 모르게 중얼거렸다. 옆에 다소곳한 자세로 앉아 있던 강서영이 고개를 갸웃했다.

"뭐라고 말씀하셨어요? 제가 듣지 못했어요."

"아무것도 아니다."

김훈상은 크흠 헛기침을 했다. 자기도 모르게 혼잣말을 중얼거리다니, 관리들이 봤다면 엄청 놀랐을 거다. 김훈상은 편지를 계속 읽었다.

아빠가 정말 보고 싶어요. 이번에 큰 아량을 베푸시어 펜릴을 용서해 주셨다 들었어요. 소녀는 아빠의 하해와도 같은 넓은 마음씨에 크게 감명받고 말았답니다.

김훈상의 입가에 미소가 걸렸다. 강서영은 저 편지가 도대체 무엇인데 김훈상을 저렇게 웃게 만드는지 알 수 없었다. 어떤 아주 중요한 국가 기밀, 매우 특별한 이득이 걸려 있는 문서가 아닐까 하고 조심스레 예측했지만 역시 알 수는 없었다. 딸내미의 편지라고는 아예 상상조차 못했다.

만약 정말로 전쟁이 났다면…… 그리하여 만에 하나라도, 절대 있어서는 안 될 일이지만 아빠의 몸에 작은 상처라도 났다면 저는 너무나 가슴이 아파 매일매일 엉엉 울었을 것이어요.

여기서 김훈상은 조금 자존심이 상했다.

'내가 펜릴보다 더 센데.'

하지만 그 말은 속으로 생각만 했다. 솔직히 김훈상은 펜릴을 정말로 없애 버리려 했다. 원래 하고자 하는 일이 있으면 반드시 해왔다. 이번에는 조금 참았다. 명분도 약했을뿐더러, 만약 정말로 그렇게 한다면 갑질 논란을 피할 수 없을 테니까. 그래서 개인적인 감정은 잠시 접어뒀었다. 마음 같아서는 펜릴 왕국, 진짜로 없애 버리고도 남았다. 그런데 편지를 읽고 보니 아무래도 잘한 것 같다.

'아빠의 하해와도 같은 넓은 마음씨', 여기에 마음이 다 풀어졌다. 마음이 녹아내린 김훈상이 매우 따뜻한 목소리로 강서영을 불렀다.

"서영."

"네, 제가 여기 있어요."

"잘했다."

강서영은 '네?' 하고 되물을 뻔했다. 하지만 참았다. 김상희에게 보고 배운 게 있다. 삶에 많이 적용하고 있는 중이다. 김훈상의 말이 '딸 하나 잘 낳았다'라는 칭찬인 줄은 꿈에도 몰랐다. 어쨌든 그녀는 김상희에게 배운 것을 실천했다.

"당신이 칭찬해 주실 때마다 저는……."

김상희와 차이점이 있다면 강서영은 몹시 부끄러워한다는 것 정도.

"이리 와라."

김훈상은 참을 수 없다는 듯,

"아니, 내가 가지. 누워."

그랬다가 김훈상은 뭔가 마음에 안 든다는 듯 말했다.

"벗지 마라. 내가 벗길 테니."

"……."

강서영의 얼굴이 새빨갛게 달아올랐다. 그 붉음보다 더욱 뜨거운 밤이 깊어갔다.

저번에는 일이 있어 발표를 할 수 없었다. 나는 암호 해독과 고대어 해석 특기로 이곳에 와 있다.

'튀지 않는 선에서…… 잘난 척하지 않는 선에서 내 능력을 보이는 게 좋아.'

너무 잘난 척을 해도 안 되고, 그렇다고 너무 무능력해도 안 된다. 그 사이의 적정한 선, 그걸 찾아야 했다. 내가 지금 이 자리에서 할 수 있는 건 그게 최선이었다.

프리지아가 나를 쳐다봤다.

"어때요? 이 정도 고어는 해석할 수 있겠죠? 수업 시간에 졸지만 않았다면 충분히 할 수 있을 거예요."

나는 경멸의 시선을 느낄 수 있었다. 프리지아가 날 그렇게 쳐다본다는 소리가 아니다. 프리지아는 오히려 날 호의 어린 눈빛으로 쳐다본다. 학생들이 날 경멸했다. 계집 따위가 고어를 해석할 줄이나 알겠어? 내 귀에 그런 환청이 들리는 듯했다.

나는 저 고어가 어려운 건지 쉬운 건지 모른다. 내 눈에는 무조건 한글로 보인다. 이건 아무래도 더 알아봐야 할 필요가 있는 문제겠지만 하여튼 내 눈에는 한글로 보인다는 게 중요했다.

'아마…… 별로 어렵지 않은 걸 거야. 어렵지는 않으면서…… 그렇다고 아주 쉽지는 않은…….'

프리지아는 호의를 갖고 나를 대한다. 모르긴 몰라도 프리지아 역시 눈치라면 수준급일 거다. 이 세계에 마력을 갖고 태어난 계집이니까. 남자들 틈바구니에 끼어서 생활을 해왔을 테니까 말이다.

'너무 쉽지도 않고 너무 어렵지도 않은, 맞추면 내게 이득이 되는 수준의 그런 문제겠지.'

무능력하지 않다는 걸 보여줄 수 있는, 딱 그 정도의 난이도일 거라는 생각이 들었다. 나는 조심스레 일어나서 그 고어를 해석했다.

이유는 모르겠는데, 프리지아의 표정이 변했다. 프리지아뿐만이 아니었다. 학생들 역시 마찬가지였다. 그제야 나는 실수를 깨달았다.

'아차!'

제12장
이런 걸 첫눈에 반했다고 해

나는 실수를 깨달았다.

'아차!'

너무 긴장했다는 게 변명이라면 변명이겠지. 생각해 보라. 시험의 눈으로 쳐다보는 수십 명의 '남자' 앞에서 고대어 해석을 설명해야 한다. 그냥 평범한 사람들 수십 명 앞에서 발표하는 것도 어쩌면 큰 용기가 필요한 일이라고 할 수 있다. 그런데 '남자들' 앞이다. 내가 아주 사소한 실수라도 한다면 나는 두고두고 비웃음을 받을 터이고, 완벽하게 해낸다면 계집아이 주제에 잘난 척한다는 인상을 줄 수 있다. 내 딴에는 열심히 고민하고 또 고민하는 척을 하면서 해석을 했던 것인데, '고민'에만 너무 집중한 나머지 실수를 하고 말았다.

프리지아가 김상희를 쳐다봤다.

'별도의 해석 작업 없이…… 머리로 해석해서 풀이한다고?'

이건 말이 안 되는 일이다. 머리 회전이 뛰어난 남자들, 그러니까 마력을 활용하여 두뇌의 활용도를 높인 남자들마저도 별도의 풀이 과정 없이 바로 답을 써 내려가지는 못한다. 이 세계의 고어라는 게 그랬다.

내 눈에는 다 똑같은 한글로 보이는데, 얘네들한테는 아니다. 쉽게 설명하자면 수학 같은 거다. 일반 사람들은 수학 문제를 풀 때 대부분 풀이 과정이 있어야 한다. 복잡한 문제면 복잡한 문제일수록 더 그렇다. 그런데 만약 슈퍼컴퓨터의 계산 능력을 가진 사람이 있다고 쳐보자. 그 사람은 아무리 복잡한 계산이 있어도 보는 순간 암산이 된다. 별도의 과정은 필요 없다. 애들이 웅성거리는 것도 들렸다.

"저걸 암산으로 풀었어? 맞춘 거 맞아?"

"교관님 표정 보니까 맞춘 게 맞는 것 같은데?"

"너 저거 암산돼?"

"당연히 안 되지. 그걸 말이라고 해? 쟤 진짜 마력 없는 거 맞아?"

쟤네 입장에서는 말이 안 되는 일이다. 마력도 없는 계집이 암산으로 고어를 해독했으니까. 그러고 보니 중학교 때인가, 고등학교 때인가, 나를 쫓아다녔던 남자애 중에 그런 놈이 하나 있었다. 그 당시에는 아주 재수 없다고 생각했었는데 지금 생각해 보면 대단한 천재였다. 애들이 얘한테 수학 문제 좀 알려달라고 하면 이딴 식으로 대답했었다.

"응? 그게 왜? 당연한 거 아냐?"

다른 애들 입장에선 결코 당연하지 않은데, 그놈의 입장에선 당연했었던 풀이. 그놈은 그냥 수학 문제를 보면 '아, 이게 답이구나' 하고 떠오른다고 했다. 나중에 들어보니 서울대인지 카이스트인지 하여튼 엄청 좋은 대학 갔다고 하던데. 하여튼 다시 본론으로 돌아오자면 내가 그 재수 없는 녀석의 역할을 하게 된 거다.

프리지아가 내게 물었다.

"어떻게 이런 식으로 해석했죠?"

돌이킬 수 없다. 이미 내 손은 저 글자를 번역하여 '올 스탯 슬레이어'라는 단어를 칠판에 써버렸으니까.

'그냥 당연히 그렇게 보이는데요.'

그렇게 말을 할 수는 없다. 이 녀석들은 대부분이 10대다. 나는 10대를 경험해 봤다. 내가 생각했던 것들을 얘네들도 비슷하게 생각할 거다. 내가 그때 그 명문대 갔던 놈을 '재수 없는 놈'이라고 생각했던 것처럼, 얘들도 날 그렇게 생각하겠지.

"다행히 제가 어제 미리 공부했었던 문장이라 운 좋게 맞출 수 있었어요."

프리지아는 고개를 끄덕였다. 별로 긴 글자도 아니고 '올 스탯 슬레이어'라는 짧은 문구였다. 짧은 문구와 더불어, 이게 뭔지 설명하는 요약문 같은 것도 있었는데 나는 그것도 해석을 해야 했다. 물론 이번에는 적절한 모양새를 취했다. 수학 공식을 대입하여 풀듯 이렇게 저렇게 풀이를 하는 척했다. 나는 이런 식으로 어렵게 해석하는 방법도 이미 공부해 놓은 상태다.

아, 진짜 나 칭찬받아야 돼. 이건 진짜 생색내도 된다. 나는 그냥 읽을 수 있는데 이상한 공식과 법칙 같은 걸 외워서 풀이하는 척해야 하니까. 난 한글 해석보다 이게 훨씬 더 어렵다. 이것을 굳이 비유를 하자면 '1+1=2'인데 '1+1'이 어째서 '2'가 되는지를 설명 혹은 증명해야 하는 느낌이랄까?

프리지아는 만족한 것처럼 보였다.

"예습과 복습을 철저히 하는군요."

학생들도 날 쳐다봤다. 묘한 눈빛이었다. 계집아이 주제에 그래도 제법인걸? 하고 말하는 것 같은 눈빛도 있었고 그래 봤자 계집이지, 하고 날 무시하는 눈빛들도 있었다. 뭐, 물론 내가 독심술을 가지고 있는 건 아니다. 15년간 눈치를 보고 살아온 덕분에 터득한 느낌적인 느낌이랄까?

'어쨌든 다행이야. 프리지아도 별 의심은 없는 것 같으니.'

이때까지만 해도, 나는 이 '발표'에 관한 일이 이렇게 넘어가는 줄 알았다.

제국의 마력학원은 각 원생별로 특기를 구분하여 그 특기에 특화된 교육을 진행한다. 그러나 모두가 그 교육만 받는 건 아니었다. 기본적인 소양, 이를테면 인문학, 예절, 예술과 같은 것들을 교양과목으로 배우게 된다.

8관의 학생들, 그러니까 암호 해독과 고어 해석 특기를 받은 학생들 역시 마찬가지였다. 그들은 기본적인 제식훈련과 군사훈련 등을 한다. 물론 타 관의 학생들, 그중에서도 3관의 학생들만큼 엄청난 강도로 수업을 진행하지는 않는다. 그들의 수업에 비하면 이들의 수업은 말 그대로 '교양' 수준이었다.

'아…… 죽겠다.'

그러나 그 교양 수준이라는 건 어디까지나 남자들 입장에서다. 김상희는 정말 죽을 것 같았다. 이를 악물고 뛰었다. 벌써 운동장을 32바퀴나 돌았다. 김상희는 32바퀴를 돌았고 다른 남자들은 벌써 200바퀴를 넘게 돌았다.

남자들은 기본적으로 마력을 갖고 태어난다. 기본 신체 능력에서도 남자와 여자는 차이가 있다. 그런데 마력이 있는 남자들과 마력이 없는 여자는 그 격차가 너무나도 컸다. 남자 입장에서 교양일 뿐, 여자 입장에선 지옥이다.

'절대 포기할 수 없어.'

쓰러지는 한이 있더라도 김상희는 포기할 수 없었다. 적어도 이들에겐 포기하는 모습을 보이면 절대로 안 됐다. 이미 얕잡아 보인 상태다. 예전 윌리엄 왕자의 일이 알게 모르게 퍼져 있어서 당장 누군가 건드리거나 하지는 않지만 그래도 김상희는 철저한 약자였다.

교관 홍상민은 답답했다.

'뭐 저딴 계집이 다 있어?'

솔직히 말해 좀 짜증이 났다. 어쨌든 열심히 하고 있는 것 같아 경고를 주지는 않고 있지만 그래도 능력 자체가 너무 떨어지지 않는가.

'마력 한 움큼 없는 주제에 마력학원이라니.'

황제 폐하의 특명을 받아 왔다는데 도무지 도움이 안 될 것 같은 계집이다. 단적인 예로 남자들이 수백 바퀴를 도는 동안 저 계집은 이제 30여 바퀴를 돌지 않았는가.

김상희는 이를 악물었다.

'교관의 잘못이 아냐.'

그녀는 홍상민을 충분히 이해했다. 저 교관은 마력이 없는 상태가 되어본 적이 없을 거다. 여자의 몸에 대해 전혀 모르고, 알 필요도 없다. 김상희도 과거에 한진수를 답답하게 생각했던 적이 있다.

"아! 좀! 빨리 좀 하면 안 돼?"

김상희가 한진수를 별로 좋아하지 않았던 시절, 한진수가 김상희에게 적극적인 구애를 하던 그 시절에 김상희는 한진수를 탐탁지않아 했다. 하도 좋아한다고 구애를 하니까 한 번 만나주는 정도였었다. 그 당시 김상희는 한진수의 느린 행동을 매우 싫어했다. 커피숍에서 자리를 정리하고 나오는 것만 해도 한나절이 걸렸다.

물론, 김상희의 눈으로 봤을 때 한나절이란 소리다. 한진수는 김상희가 쓰고 아무렇게나 놓은 냅킨이나 빨대 같은 것도 꼼꼼하게 쟁반에 담아 정리했다. 김상희는 그런 한진수가 답답했다. 너무 착했다. 바로 전에 만났던 남자 친구는 정반대의 사람이었다. 활달하고 언제나 자신감 넘치던 사람이었다. 언제나 매너 있게, 앞장서서 김상희를 이끌었었다. 그런 사람을 만나다가 한진수처럼 어수룩하고, 어벙하고, 느린 사람을 보니 답답하다 못해 화가 났었다.

"내가 너랑 있다가는 진짜 속 터져 죽겠다."

그런 말까지 했던 게 떠올랐다.

'내가 진짜 몹쓸 년이었지.'

그렇게 생각해 보면,

'저 교관이 나를 답답하게 생각하는 것도 당연한 일이야.'

저 교관 입장에선 이건 단순히 워밍업 혹은 스트레칭 수준일 거다.

그런데 나는 그것조차 제대로 버티지 못하고 힘들어하고 있다. 다시 말해, 기준 미달 혹은 자격 미달이다.

'쓰러져 죽는 한이 있어도 열심히 하는 모습을 보이자. 잘하진 못해도 최선을 다하는 거야.'

숨이 턱 끝까지 차올랐다. 그런데 그것도 한계에 도달했다. 여자의 몸으로 한계는 분명히 존재하는 법이니까. 정신력으로 어찌어찌 버티긴 했지만 더 이상은 무리였다. 어질어질했다. 그때, 누군가 김상희를 붙잡아줬다.

"괜찮아?"

듬직한 두 팔로 김상희를 반쯤 안다시피 하여 부축해 줬다.

'누구지……?'

윌리엄 왕자의 일이 있다 보니 덜컥 겁부터 났다. 김상희는 봤다. 잔잔하게 웃고 있는 한 남자를 말이다.

김상희를 부축해 준 남자의 이름은 크리스였다. 김상희는 크리스에 대한 정보를 떠올렸다. 크리스에 관한 정보는 그렇게 많지 않았다. 신생국가라 할 수 있는 '백제'라는 작은 국가 출신이며 그곳 왕의 첫째 아들이라는 것 정도. 김상희가 접할 수 있는 정보는 그 정도였다.

'백제라면…….'

백제에 대한 얘기는 어느 정도 알고 있다. 규모가 작은 변방의 약소국이다. 그리고 남존여비의 사상이 다른 곳에 비해 훨씬 옅은 곳이라는 글귀도 본 적이 있는 것 같다.

'아, 그러고 보니…….'

유서 깊은 왕국인, 현재도 매우 강력한 나라 중 한 곳으로 꼽히는 고구려의 왕자가 독립하여 세운 작은 국가라는 게 떠올랐다. 초대 백제의 왕은 특이하게도 부인을 굉장히 아꼈다고 한다.

'그래도 다른 곳보다는 여자를 훨씬 인간적으로 대한다고 들었어.'

아이러니하게도 그런 풍토 때문에 다른 국가에게 업신여김을 받고 있기는 하지만, 일단 내가 책으로 접한 정보는 그랬다.

김상희는 한결 편해진 걸 느꼈다.

'이 느낌은…… 개차반?'

김훈상은 가끔 비행기랍시고—당시 김훈상은 김상희가 실제로 즐거워하는 줄로 착각했었다—마력으로 감싸 김상희를 이리저리 날려대곤 했는데 그때 김상희는 지금과 비슷한 느낌을 받았다. 포근한 무언가가 몸을 감싸는 듯한 느낌.

'숨 쉬기가 한결 편해졌어.'

뒤를 돌아보니 크리스가 자신을 쳐다보며 빙그레 웃고 있었다. 고개를 끄덕이면서 마치 내게 힘내라고 말하는 것 같았다.

'무슨 속셈일까?'

병이라면 병이다. 나는 남자들의 호의를 순수하게 받아들일 수가 없다. 철저하게 약자인 내가 이곳에서 살아남으려면 모두를 적이라 생각하고 매사에 신중하게 행동해야만 했다. 조금 잘해 준다고 덜컥 방심하면 절대 안 된다.

'내게 접근하는 이유가 뭘까?'

며칠이 흘렀다. 언제나처럼 홀로 덩그러니 앉아 있는 김상희에게 크리스가 가까이 다가왔다.

"너 이름, 김상희 맞지?"

"네, 맞아요, 크리스 왕자님."

"너 내 이름 알고 있었어?"

크리스가 빙그레 웃었다.

'확실히 잘생기기는 했네.'

이곳 마력학원의 학생은 대부분 미남이다. 워낙에 좋은 유전자와 혈통을 가진 애들이 모인 곳이다 보니 그럴 수밖에 없다. 크리스는 그중에서도 단연 돋보이는 외모를 가졌다. 특히 김상희는 저 윤기 나는 황금빛 머리카락이 참 예쁘다고 생각했다.

'음, 황금빛이라고 하면 좀 이상하려나?'

갈색이라고 하기에는 좀 밝고 그렇다고 노란색이라고 하기에는 좀 어두운 그런 색깔의 머리카락이었는데 푸른색 눈동자, 하얀 피부와 어우러져 상당히 독특한 분위기를 냈다. 단순히 잘생긴 게 아니라, 특별한 무언가를 가지고 있을 것 같은 그런 느낌이었다.

"그냥 편하게 오라버니라고 불러."

"……네, 오라버니."

김상희는 여전히 크리스를 경계했다. 크리스는 어깨를 으쓱했다.

"네가 날 경계하는 거 알아."

비록 진심은 아니지만 늘 그래왔던 것처럼 입에 발린 말을 했다.

"아니어요. 미천한 계집에게 먼저 말을 걸어주신 것만으로도 저는 충분히 기뻐요."

"너는 말을 어쩜 그렇게 예쁘게 해?"

"제 말을 예쁘게 봐주셔서 감사해요."

크리스가 허리를 숙여 의자에 앉아 있는 김상희와 눈을 마주쳤다. 그렇게 3초 정도가 지났다. 크리스는 밝게 웃었다.

"너, 머리로 생각하고 그렇게 예쁘게 대답하는 거지? 일부러 말이야."

김상희는 순간 당황할 뻔했다. 이곳 남자들은 보통 단순하다. 여자가 말하면 그게 전부 사실인 줄 안다. 이곳은 그런 세계다. 그런데 좀 특이한 놈이 나타났다. 크리스가 김상희의 머리에 손을 얹었다.

"나한테는 안 그래도 돼."

"왕자님……."

"적어도 나한테는 그렇게 억지로 비위 맞춰 줄 필요 없어. 나는 있는 그대로의 너를 바라볼 준비가 되어 있거든."

도대체 무슨 소리를 하는 거야? 김상희는 머릿속이 조금 복잡해졌다. 이놈, 뭔가 이상하다. 그렇다고 마냥 덮어놓고 의심만 할 수는 없는 노릇이다. 단적인 예로 첫째 오빠인 김형석 같은 경우도 있지 않은가. 지금 당장 크리스가 진심인지 아닌지는 판별할 수 없겠지만 만약 김형석 같은 특이 종자라면 무조건 친해져야만 한다. 일단은 정석대로의 멘트를 날렸다.

"저는 있는 그대로의 모습을 항상 보이려고 노력하고 있어요. 감히 제가 왕자님을 속이려 했다면 저는 천벌을 받을 것이어요."

크리스는 마치 다 알고 있기라도 하다는 듯 어깨를 으쓱하고서 김상희와 다시 눈을 마주쳤다.

"뭐, 지금 당장 나한테 마음을 열라는 소리는 아냐. 이상하게 들리겠지만 나는 네 마음을 알 것 같거든."

크리스가 몸을 앞으로 살짝 숙였다. 김상희의 눈에 크리스의 얼굴이 점점 더 크게 다가왔다. 크리스가 김상희의 귓가에 속삭였다.

"네가 놀라지 않게 천천히, 조금씩 다가갈게."

김상희는 겉으로 배시시 웃었다. 마치 천군만마를 얻은 것 같은 표정으로 말이다. 하지만 머릿속은 복잡했다.

'너는…… 어느 쪽이야?'

윌리엄이야, 아니면 김형석이야?

다시 며칠이 흘렀다. 크리스가 상당히 분노한 것 같은 표정으로 말했다.

"너희는 이번 1차 승급 시험 때, 김상희를 못 이겨."

김상희의 얼굴이 파랗게 질렸다. 쟤, 도대체 뭐라는 거야?

"김상희가 1등을 한다에 내 손목을 걸겠어. 왕실 문장으로 인증한 계약서도 쓸 수 있어. 너희는 내가 진짜 손목을 거는 대신 나한테 약속을 한 가지 해줘야겠어."

김상희가 놀란 것과 마찬가지로 학생들도 술렁거렸다. 도대체 크리스가 왜 저러나 싶다.

"김상희가 1등하면 김상희를 따돌리는 짓은 그만해. 잘 대해 주라는 소리가 아냐. 괴롭히거나 무시하지 말라는 소리지. 어때? 이 정도 조건이면 나랑 내기할 만하지 않겠어?"

김상희가 두 눈을 끔뻑거렸다. 이번 시험에선 중간 이상의 성적만 받으려고 했었다. 일단 초반이고 하니 눈치를 더 살피려고 했던 거다.

크리스가 김상희에게 가까이 다가왔다.

"나 왕가 문장 찍은 계약서 쓸 거야. 너 1등 못하면 내 손목 잘려."

왜 그딴 걸 네 마음대로 정해! 김상희는 소리치고 싶었다. 크리스가 김상희의 어깨에 손을 얹었다.

"믿음을 얻으려면 믿음을 보여주는 게 우선이라고 생각했어."

크리스가 다시 밝게 웃었다. 그러곤 김상희의 귓가에 속삭였다. 남자의 입에서는, 적어도 여자에게는 절대로 하지 않을 말이 튀어나왔다.

"내 멋대로 정해서 미안해. 좀 극단적인 방법을 써야 너한테 더 다가갈 수 있을 것 같아서. 너에 대한 믿음을 보여줄게. 그게 내가 할 수 있는 최선이거든."

……상식적으론 이해할 수가 없는 정말 이상한 놈이 나타났다.

김상희는 혼란스러웠다. 크리스의 진짜 의중을 모르겠다. 그녀는 눈치가 빠르다. 크리스는 아무래도 선의로 다가온 것 같은 느낌이다. 그러나 눈치가 만능열쇠일 수는 없다. 크리스의 행동은 분명 이상한 구석이 있었고 김상희의 입장에서는 크리스를 무턱대고 믿을 수는 없었다. 그래도 한 가지는 확실했다.

'나한테도 명분이 생겼어.'

명분이란 거 별거 아닌 거 같지만 나 같은 약자에게는 굉장히 중요하다. 힘이 강하면 없던 명분도 만들어내지만, 약자는 명분이라도 있어야 살아남을 수 있으니까. 그래도 김상희는 일단 크리스를 말렸다. 무턱대고 제안을 받아들이면 안 된다. 그녀가 괜히 15년 동안 예쁨받으며 살아남은 게 아니다.

"감히 계집 따위가 높으신 남학우님들을 어찌 이길 수 있겠어요? 왕자님께서 저를 그토록 어여삐 여겨주시는 것에는 몸 둘 바를 모를 만큼 감사하지만 그 내기는 철회해 주시어요."

김상희는 거의 울먹거리면서도–물론 연기다–할 말은 꼬박꼬박 다했다. 보통의 여자라면 이런 말도 못한다. 한다 하더라도 까딱 잘못하여 일정 선을 넘으면 건방져 보일 수 있다.

"미천한 저 때문에 왕자님이 피해를 입는다면 저는 죄책감에 평생을 괴로워할 것이어요. 정녕 저를 괴롭게 만드실 생각이신가요?"

김상희는 겁에 잔뜩 질린 모습이다. 상황을 지켜보던 남자들이 무언가 이상함을 느꼈다.

'이 계집, 뭔가 다르다.'

뭐가 다른지는 모르겠다. 구체적으로 뭐가 다르냐고 물으면 대답은 못한다. 그런데 다른 계집들과는 뭔가 다르다. 한없이 자신을 낮추고 남자들을 높이면서도 할 말은 또박또박하는데, 그게 건방지지가 않다. 묘했다. 정말 묘했다.

'뭐지, 이 기분?'

이상한 기분이 들었다. 피식 웃음이 새어 나올 뻔했다. 실제로 몇몇은 피식 웃었다. 왜 스스로 웃음이 나오는지는 모르겠지만.

김상희는 아무도 모르게 눈치를 살폈다. 울먹거림, 연약한 척, 이거 의외로 잘 먹힌다. 징징거리는 거랑 연약한 척하는 거랑은 다르다. 징징거리면 짜증을 불러일으킬 수 있다. 징징거림과 연약한 척 둘 사이의 경계를 잘 타야 했다.

'옳지. 이런 계집은 처음이지? 신세계지?'

심지어 이들은 여자라곤 거의 시녀밖에 접해 보지 못한 고귀한 신분이다. 남자들은 원래 단순한 편인데, 제국 마력학원의 남자들은 그중에서도 특히 단순한 편. 살벌한 개차반과 망나니들 사이에서 닳고 닳은(?) 김상희에게는 좋은 먹잇감-하지만 매우 위험한-이라 할 수 있겠다.

크리스가 다시 밝게 웃었다. 김상희는 크리스의 저 미소가 첫째 오빠 김형석의 미소와 비슷하다고 느꼈다. 따뜻한 미소였다.

"그런 거 안 해도 된다고 했잖아."

"……저는."

크리스가 김상희의 말을 끊었다.

"됐어. 아무 말도 하지 마요, 공주님. 나는 약속 철회할 생각 없어. 너 하기에 따라 내 손목의 운명이 결정될 거야."

김상희에게 명분이 생겼다. 김상희는 '왕자님께 폐가 되지 않도록 뼈가 부러지고 살이 녹아내릴 만큼 열심히 노력하고 또 노력하겠어요'라고 말했다. 계집 따위가 '나는 공부 열심히 해서 너희를 이길 거다'라고 말하면 재수 없는 일이지만, '왕자님께 폐가 되지 않기 위해 최대한 노력하겠어요'라고 말하면 수긍할 수 있는 말이 된다. 어쨌든 결과적으론 공부를 열심히 하여 1등을 하겠다는 소리임에는 틀림없지만 포장이 다른 셈이다.

김환성이 침대에 누운 상태로 물었다.

"내기했다며?"

"네, 저를 어여삐 봐주신……."

김상희는 헛기침을 했다. 고려에서는 자신을 지칭할 때 무조건 '소녀'라고 해야 한다. 심지어 그게 왕명이었다. 그딴 걸 왕명이라고. 하여튼 김상희의 속마음과는 상관없이 하여튼 그랬다.

그러나 이곳은 아니다. 15세가 넘은 성년 여자가 자신을 일컬어 '소녀는' 하고 말하면 안 그래도 얕잡아 보는데, 더욱 얕잡아 보인다. '소녀'는 보통 아주 어린 여자아이나 쓰는 말이다.

하지만 김환성은 '소녀는' 하고 말하는 걸 좋아한다. 습관이란 게 무섭다. 마력학원에서 계속 '저는' 하고 말하다가 김환성 앞에서만 '소녀는' 하고 말하려니 헷갈렸다. 다행히 김환성은 그걸 트집 잡지는 않았다.

"소녀를 어여삐 봐준 왕자가 한 명 있어요."

압존법도 잘 지켰다.

"너를? 왜?"

김상희는 순간 환청을 들은 것 같았다. '어떤 놈이야?'라는 말을 들은 것 같은데.

'착각인가?'

제대로 들은 게 맞는지 아닌지 잘 모르겠다. 순식간에 말이 지나간 것 같은 그런 기분이었다. 김상희는 낮에 있었던 일에 대하여 설명해 줬다. 김환성은 침대에서 몸을 일으켰다.

"걔 사이코야? 아니면 변태? 왜 자학을 해?"

김환성은 역시나 자기식대로 해석했다.

"똥개 따위가 1등을 어떻게 해. 손목 자르고 싶으면 나한테 말하지. 안 아프게 잘 잘라줄 수 있는데."

김상희는 속으로 욕했다. 너는 네 여동생을 겨우 그 정도로밖에 안 보냐? 내가 기필코 네 명치를 후려치고 말리라! 그렇게 다짐하는 동안 김환성은 인상을 살짝 찡그렸다.

"진짜 미친놈 아냐?"

김환성은 이유는 모르겠지만 왠지 기분이 나빴다. 윌리엄이 떠올랐다. 주먹을 꽉 쥐었다.

"그 새끼, 죽여 버렸어야 했는데."

워낙 말이 빨라서 김상희는 제대로 못 들었다.

"죄송해요. 소녀가 아둔하여 무슨 말씀인지 잘 못 들었어요."

김환성이 씨익 웃었다.

"아냐, 아무것도."

김환성은 다시 침대에 벌러덩 드러누웠다. 이제 잘 시간이다.

"왕자님, 불 끌까요?"

일부러 왕자님이라고 불렀다. 아니나 다를까, 단순한 김환성은 또 거기에 집착했다.

"왕자님 싫다고 했다."

김상희는 울상을 지었다. 미리 준비했던 레퍼토리를 읊었다.

"소녀가 왕자님을 왕자님이라 부르지 않고 오라버니라 부르면 다른 사람들이 흉봐요. 저를 흉보는 건 상관없지만 오라버니를 흉보는 건 도저히 참을 수 없어요."

원래대로라면 '참을 수 없으면 어쩔 건데, 계집 따위가?'라는 대답이 나오는 게 일반적이다. 하지만 김환성은 기분이 좋아졌다. 어쨌든 자기를 그만큼 생각해 주는 거 아니겠는가. 김환성은 허세를—허세는 허세인데 거짓말이 아니라는 게 제일 무섭다—부렸다.

"괜찮아. 내가 제일 세거든."

김환성은 우쭐대면서 말했다.

"그냥 가서 누워."

불이 저절로 꺼졌다. 마치 '네 오빠는 이런 것도 가능하다'라고 말하는 듯 아주 우쭐거리는 태도였다. 김상희는 속으로 쾌재를 불렀다. 이건 김상희에게는 그렇게 놀라운 일이 아니지만 시녀가 본다면 놀라 까무러칠 일이다. 계집이 있는데 왕자가 직접 마력을 움직여 불을 끄다니! 엄청난 충격을 받을 일이다. 김상희는 아주 천천히, 조금씩 김환성을 조련해 가고 있었다.

어둠 속에서 김환성이 말했다.

"괴롭히는 놈 없냐?"

뭐라고 대답해야 하지? 김상희가 잠깐 생각에 빠졌을 무렵, 김환성의 말이 이어졌다.

"내 똥개는 나만 괴롭혀."

……네?

"주인 허락 없이 똥개 괴롭히는 놈은 내가 패줄게."

네가 왜 내 주인이냐? 나는 똥개가 아니고 인격체라고. 그리고 네가 허락하면 괴롭혀도 되냐? 앙? 제길, 내 자존심. 엉엉.

아니나 다를까, 김환성이 한마디를 덧붙였다. 요즘 들어 매일 강조한다.

"내가 제일 세."

……아, 예. 그러시겠지. 김상희는 겉으로는 행복하게 웃었다.

"세상에서 가장 믿음직한 오라버니가……."

어두워서 보이지는 않지만 일부러 숨을 참아 얼굴을 붉혔다. 아마 저 괴물 같은 망나니라면 이 어둠을 뚫고 얼굴을 볼 수도 있을 거라고 생각했기 때문이다. 만사불여튼튼이다.

"오, 오빠가…… 계셔서 소녀는 정말 든든해요."

어둠에 가려져 잘 보이지는 않지만 김환성의 광대가 하늘 높은 줄 모르고 승천했다. 괜히 혼자 뿌듯해했다.

"암, 그렇고말고."

프리지아는 서류 하나를 결재받기 위하여 차석 교관실을 찾았다.

한진수는 프리지아가 건넨 서류를 대충 훑어보고는 사인을 해줬다.

"나가봐."

"벌써 다 읽으셨어요? 역시 대단하시네요."

프리지아는 조금 특별한 여성이다. 한진수도 아주 함부로는 못 대한다. 어찌 보면 남자와 동급인데 성별이 여자라는 이유만으로 무시당하는 거니까. 사실 일반적인 여자 같았으면 '나가봐'라고 했을 때 바로 '네' 하고 대답하고 밖으로 나갔을 거다. 프리지아니까 안 나가고 버티고 있을 수 있는 거지.

"한 가지 질문이 있어요."

한진수가 프리지아를 올려다봤다.

"김상희는 차석 교관님께 어떤 아이예요?"

한진수가 일말의 망설임도 없이 대답했다.

"내가 사랑하는 사람."

프리지아는 순간 충격을 받았다. 도, 도대체 내가 지금 무슨 말을 들은 거지? 설마……. 사랑이란 단어는 사전에만 존재하는 단어야. 에, 에이, 환청인가? 프리지아가 당황한 사이, 한진수의 말이 이어졌다.

"뭐라고?"

프리지아는 당황했다. 한진수가 왜 이러나 싶다. 그런데 한진수가 좀 이상했다.

"잠시 다른 생각을 하느라 네 말을 못 들었다. 다시 말해봐."

프리지아는 직감했다. 지금 한진수는 자기가 무슨 말을 했는지 전혀 기억하지 못하고 있었다. 한진수는 인상을 살짝 찡그렸다.

'뭔가 이상한 기분이 드는데…….'

방금, 뭐라고 말을 한 것만 같은 기분이다.

'기분 탓인가?'

프리지아가 배시시 웃었다.

"아니에요. 주제님께 감히 제가 질문을 할 수는 없죠. 가볼게요."

한진수는 가볍게 고개를 끄덕였다. 한진수는 방금 전의 일을 기억하지 못했고 프리지아는 기억하지 않기로 했다.

'잘못 들은 게 분명해.'

틀림없이 그랬다. 한진수가 그런 말을 할 리 없으니까.

'분명…… 잘못 들었어.'

프리지아는 걸음을 옮겼다.

1차 승급 시험이 시작됐다. 1년 동안 승급 시험은 총 3회 치러진다. 이 시험을 통과해야만 다음 클래스로 넘어갈 수 있다.

'잘해야 해.'

나는 열심히 노력하는 척했다. 사실 노력 안 해도 된다. 상위 클래스의 학생들은 어떨지 모르겠는데, 여기 클래스의 학생들이 배우는 고어는 매우 쉽다. 해봐야 두 문장을 넘어서지 않는다. 그것도 거의 초등학교 수준. 정말 쉽다. 물론 내 입장에서 쉽다는 거다.

'시간은 넉넉해. 최대한 고민하는 척하면서 쓰자.'

모르긴 몰라도 나는 지금 상당한 집중을 받고 있다. 바로 크리스 때문이다. 크리스가 도대체 뭘 믿고 그리 자신만만하게 내기를 걸었는지 모르겠다. 설마, 진짜로 자신의 손목을 걸어도 될 만큼 내게 믿음을 보여주고 싶다는 어처구니없고 황당하고 또 지나치게 순수한 생각을 하고 있는 건 아니겠지? 아무리 단순하다고 해도 그건 아닐 거야.

나는 시간에 맞춰서 아주 열심히 푸는 척을 했다.

'애들은 어려워하는 분위기인가?'

눈치를 살펴봤다. 다른 학생들은 아무래도 어려워하는 것 같았다. 나는 어려워하는 척했다. 1차 승급 시험이 끝났다. 솔직한 말로 나는 100점을 확신했다. 내가 똑똑하다거나 그런 게 아니고 진짜로 쉬웠다. 이 정도 문제를 틀리면 어디 가서 한국인이라고 말 못 한다. 그러기 전에 내가 쪽팔려서라도 콱 죽어버리고 말 거다. 그래도 나는 나름 대학교까지 나온 지성인이라고. 흠흠.

크리스가 내게 다가왔다. 언제나 그렇듯 옅은 미소를 띠고서 말이다.

"잘 풀었어?"

"왕자님께 폐가 되지 않도록 노력하고 또 노력했어요."

결과 발표는 3일 뒤다. 크리스가 오른손을 내 머리 위에 얹었다.

"그거면 됐어. 결과는 중요한 게 아니거든. 이따가 시간 돼? 잠깐 얘기 좀 해."

얘 도대체 속셈이 뭐야? 왜 이러는 거야, 나한테? 진짜 모르겠다. 항상 웃고만 있으니 속내를 알 수가 없다. 표정을 읽기가 너무 힘들다. 그리고 무엇보다도 얘가 나랑 얘기하고 싶으면 그냥 '따라와. 얘기할 게 있으니'라고만 말해도 된다. 그런데 어째서 굳이 나한테 시간 있냐고 물어보는 건지 정말 모르겠다. 혼란스럽다.

일단 정석으로 대답을 했다.

"왕자님께서 저를 보자 하시니 저는 따르겠어요."

크리스가 여전히 웃으면서 말했다.

"걱정하지 마. 사람 없는 곳으로 안 가. 교관실에서 훤히 보이는 대운동장에서 얘기할 거야. 거기가 아마 3관이랑도 엄청 가깝지?"

……얘, 진짜 이상하다. 정상이 아닌 것 같다. 저 말을 해석해 보자면 윌리엄의 일을 겪은 나를 배려하기 위하여 망나니가 있는 3관과 교관실에서 훤히 보이는–한진수가 바로 볼 수 있는–대운동장에서 얘기를 하자는 소리다. 이 세계에 여자를 이렇게 배려하는 남자가 있던가? 그나마 여자에 대해 많이 연구하고 알아가려 노력하는 알렉스 씨도 이런 배려는 못할 텐데.

'도대체…… 무슨 속셈이야?'

나는 아직 얘를 믿지 못하겠다.

대운동장으로 이동했다.

이곳은 망나니가 있는 3관과 교관실이 있는 2관과 매우 근접해 있으며 특히 수석 교관실, 차석 교관실, 교장실에서 한눈에 내려다볼 수 있는 곳이다. 대운동장 한쪽 편에는 덩굴나무를 키워 차양막을 만들었다. 이 덩굴나무의 이름은 차프론. 태양빛을 일정 수준까지만 통과시켜 딱 기분 좋은 온도의 그늘을 만들어주는 특수한 식물이다. 이곳에 앉아 있으면 꽤나 기분이 좋다고 알려져 있다. 물론 나는 앉아 본 적 없다. 나는 계집이라 남자들의 전유물인 이 휴식 공간을 감히 침범할 수는 없었으니까.

크리스의 목소리가 들려왔다.

"너 내가 되게 이상하다고 생각하고 있지?"

크리스가 내 옆에 앉았다. 다시 바람이 살랑살랑 불어왔다. 크리스의 눈썹 위까지 내려온 앞머리가 가볍게 흔들렸다. 기분 좋은 바람이 불었다. 그 말을 다시 하자면 내 머리카락도 흔들리고 있다는 소리다. 앞머리가 조금 헝클어졌다. 왕자와의 독대 시간을 갖는데 흐트러진 자세로 있을 순 없어 나는 황급히 앞머리를 정리하려고 했다. 보통은 귀 뒤로 넘겨 핀을 꽂아 고정시키는데 아무래도 핀을 어딘가에 떨어뜨린 모양이었다.

'뭐야, 얘 진짜…….'

나는 움찔 놀랐다. 크리스의 손이 내 얼굴 위로 올라왔기 때문이다. 나를 때린다거나 위해를 가한 건 아니었다. 크리스가 내 앞머리를 귀 뒤로 살짝 쓸어 넘겨줬다.

"이해해. 네가 보기에 난 정말 이상할 거야. 이상한 거 맞아. 내가 도대체 왜 그런 말도 안 되는 내기를 했는지, 정말 모르겠지?"

"왕자님께서 제게 믿음을 보여주시기 위하여 그러한 행위를 했다고 말씀하셨어요."

나는 언제나 사실만을 말하려고 노력한다. 내 감정과는 상관없이 실제로 크리스는 그렇게 말했고 내가 그걸 되짚는 건 잘못된 일은 아니니까.

"하지만 넌 그거 안 믿잖아. 아니, 못 믿잖아."

크리스가 활짝 웃었다. 마침 차프론이 햇살을 흡수하여 투영시켜주는데, 한줄기 밝은 황금빛이 크리스의 얼굴을 집중 조명했다. 비록 짧은 순간이었지만 나는 감탄할 수밖에 없었다.

'진짜 잘생기긴 했네.'

특히 저렇게 웃고 있을 때, 잘생겼다는 걸 느낀다. 그냥 딱 거기까지다, 잘생겼다. 그 정도. 왜? 뭐? 그 정도 감상은 말할 수 있잖아. 입 밖으로만 안 꺼내면 돼. 쳇! 그래, 인정할 건 인정해. 내 안에 아줌마 있다.

"너는 우리 백제에 대해서 얼마나 알아?"

"……저는."

크리스가 말을 끊었다.

"네가 접할 수 있는 백제는 책 속의 백제뿐이었겠지."

저 말이 맞았다. 얘 진짜 이상하다. 마치 이 세계의 사람이 아닌 것처럼 여자에 대해 너무 잘 안다. 여자의 상황도 정확하게 인지하고 있었다. 여자에 대한 개념이 있는 남자가 이 세계에 과연 존재할 수 있는 걸까? 마력을 가지지 않고 태어난 우리 형석이를 제외하면 이런 경우는 없다고 봐도 과언이 아니었는데.

"백제는 남자가 여자를 무시하지 않아. 책 속에서보다 훨씬 더, 훨씬 더 많이 여자들은 행복한 삶을 살고 있어."

……믿을 수 없다. 이 세계는 남자가 우월할 수밖에 없도록 되어 있는 세계다.

"대외적으로 알리지 못할 뿐이지. 아, 내가 이런 얘기를 하는 것도 의심스럽겠구나. 대외적으로 하지 못하는 얘기를 왜 한낱 계집아이인 내게 하는 건지 모르겠다고 생각하고 있지?"

얘, 너 독심술 익히니? 혹시 마력을 사용하면 상대의 마음까지 읽을 수 있나? 그렇게 생각해 봤지만 아니라는 결론이 내려졌다. 만약 정말 그랬다면 백제는 제국을 집어삼키고도 남았을 거다. 마력으로 사람의 속마음을 알 수 있다니, 그런 건 우리 개차반도 못하는 일이다.

"너는 지혜로운 아이야. 다른 사람에게 무엇을 발설하면 안 되는지도 알고 있어, 무엇보다도."

"……."

크리스는 잠깐 말을 끊었다. 그리고 나와 눈을 마주쳤다. 얘는 나보다 키가 크다. 허리를 살짝 숙이고 내게 가까이 다가왔다. 내 눈에 크리스의 얼굴이 크게 보였다. 코가 닿을락 말락 한 위치. 나는 치마를 움켜쥐고 어깨를 살짝 움츠렸다.

"난 네가 좋아. 어떻게든 너랑 친해지고 싶고 다가가고 싶었는데, 윌리엄이 망쳤어. 네 안의 마음의 벽을 너무 크게 만들어 버렸어. 그래서 일부러 쇼를 좀 한 거야. '나 이런 사람이다. 그러니까 좀 봐줘라' 하고 말야. 어때? 효과는 직빵이었지?"

말도 안 돼. 나는 믿을 수 없었다.

"백제에서 이런 걸 뭐라고 부르는지 알아?"

"나, 남자가 계집에게 그런 말을 하는 전례는 찾아볼 수 없어요. 저를 시험하시는 거라면 저는 왕자님께 성심성의껏 응하겠어요."

그러나 크리스는 자기 멋대로였다.

"백제에서는 이런 걸 첫눈에 반했다고 해."

크리스가 또 활짝 웃었다.

"이런 말, 처음 들어보지? 이건 백제에만 있는 말이거든."

차석 교관실에서 보면 대운동장이 한눈에 내려다보인다. 일반 사람이 봐도 그렇다. 한진수의 눈으로 보면 더더욱 잘 보인다. 그의 시력은 일반인의 수준을 훨씬 뛰어넘으니까. 한진수는 창문을 열었다.

쨍그랑!

창문이 산산조각이 났다.

그 모습을 본 시녀 강아영은 부들부들 떨었다. 사실 그녀는 이번 시녀 생활에 굉장히 만족하고 있었다. 차석 교관 한진수는 그 어떠한 변태적인 요구도 하지 않았으며 그녀를 아예 무시했다. 있는 사람 취급도 안 했다. 애초에 한진수는 시녀를 필요로 하지 않았으니까. 교장에게도 시녀 따위는 필요 없다고 했지만, 교장이 굳이 시녀를 배정했다. 차석 교관에게 시녀가 없으면 품위가 떨어지기 때문이라고 했다. 어쨌든 강아영 입장에서는 저 무섭디 무서운 차석 교관이 자신을 본체만체하는 것에 만족했다. 그냥 자기 할 일만 하면 됐으니까.

그런데 뭔가 일이 벌어진 것 같았다.

'내, 내가 도대체 뭘 잘못했지?'

머리를 굴렸다.

'유리창에 먼지가 너무 많았나? 그러고 보니 어제 창틀 청소에 신경을 못 썼던 것 같은데…….'

머릿속이 복잡해지고 식은땀이 줄줄 흘러내렸다. 저렇게 유리창을 산산조각 낼 정도면 화가 많이 난 것 같았다.

'빠, 빨리 치워야 해.'

그런데 발걸음이 떨어지질 않았다. 청소를 해야 하는데, 너무 무서워서 다가갈 수가 없었다. 한진수에게 가까이 다가가면 자신의 몸이 저렇게 산산조각 나지는 않을까 하는 무서운 상상이 들었다. 그래도 용기를 내서 가까이 다가갔다. 한진수의 등이 점점 커졌다. 그만큼 더 무서웠다. 죽을 것만 같은 긴장감이 그녀를 옥죄었다.

한진수가 입을 열었다.

"시녀."

강아영은 비명을 지를 뻔했다. 심장이 멎을 뻔했다. 입을 틀어막고 비명을 겨우 참았다.

"가까이 와봐."

손발이 덜덜 떨려왔다. 뭔가를 잘못했다면, 그래서 차석 교관이 화가 났다면…… 그땐 정말로 끝이라고 생각했다.

"차프론 덩굴나무 아래를 봐라."

한진수의 말을 제대로 이해하지 못했다. 너무 긴장했기 때문이다. 한진수의 몸이 움찔움찔 떨리는 걸로 봐서 엄청나게 화가 난 것 같았다.

"저, 저, 저는……."

사실은 이런 반응이 정상이다. 김상희가 굉장히 특이한 거다.

"저게 뭐로 보이지?"

시녀의 눈에 거미 시체가 하나 보였다. 크기가 꽤 컸다. 그녀의 주먹만 한 거미였다. 역시 창틀이었다. 창틀에 죽어 있는 거미, 이 불량한 위생 상태 때문에 차석 교관은 분노한 것이리라.

"죄, 죄송해요. 당장 치우겠습니다."

강아영은 도구도 없이 맨손으로 그걸 집어 들었다. 징그럽다는 생각조차 할 수 없었다. 징그러운 것보다 차석 교관이 화난 게 더 무서웠으니까.

한진수의 목소리가 또 들려왔다. 화난 건 틀림없어 보였다.

"뭐로 보이냐고?"

"거, 거미로 보여요."

강아영의 심장이 쿵쾅쿵쾅 뛰기 시작했다. 눈물이 튀어나올 것 같았다. 너무 무서웠다. 너무 긴장한 나머지 저도 모르게 주먹을 꽉 쥐었고 거미의 시체가 그 악력에 의해 터져 버렸다. 축축한 액체가 그녀의 손바닥을 적셨지만 그녀는 그것도 몰랐다.

한진수는 그제야 시녀를 쳐다봤다.

"뭐 하냐, 너?"

하긴, 시녀 따위한테 뭔가를 기대한 게 잘못이었다. 애초에 시녀에게 질문을 하는 상황조차 이상하지 않은가. 손바닥을 보니 피가 뚝뚝 흘러나오고 있었는데 아마도 거미의 피인 것 같았다.

한진수는 그녀를 스쳐 지나가 버렸다.

'이상한 취미가 있는 계집이군. 거미를 터뜨리는 걸 좋아하나?'

그녀의 예상과 달리 한진수는 강아영을 별로 중요하게 생각 안 했다. 그녀가 뭘 하든 말든 별로 신경 자체를 안 쓴다는 소리다. 그리고 지금은 더욱더 신경 쓰이는 문제가 하나 있었다.

'잡소리가 너무 심해서 잘 안 들려.'

발걸음이 빨라졌다. 마력을 최대한 끌어올려 청력을 극대화시켰다. 크리스의 목소리에 집중했다.

–난 네가…… 어떻게든…… 친해지고…… 윌리엄이…… 버렸어. ……쇼를 좀…… 봐줘라…… 야.

정확하게 들리지 않았다. 대략적으로 들은 내용은 이거였다. 그런데 충격적인 말이 하나 들려왔다. 이상하게 이 말은 또렷하게 들렸다.

–백제에서는 이런 걸 첫눈에 반했다고 해.

한진수는 저도 모르게 주먹을 꽉 쥐었다. 이유는 모르겠다. 짜증이 난다. '첫눈에 반하다'라는 말이 무슨 뜻인지 모르겠는데 하여튼 불길했다. 예감이 매우 안 좋았다.

'첫눈에 반하다라, 도대체 무슨 뜻이지?'

사전에서도 본 적이 없는 문구다.

'짜증이 나는군.'

그때, 한진수는 문득 정신을 차리고 발걸음을 멈췄다.

'나는 또 왜, 또 왜 김상희에게 이렇게 과도한 관심을 쏟고 있는 거냐?'

가끔 이럴 때가 있었다. 이유는 모르겠는데 김상희에게 자꾸만 이상한 관심을 쏟는다. 이성으로 제어가 안 됐다. 그리고 이런 일이 있고 나면 괜스레 짜증이 밀려왔다.

'몸이 정말 이상해진 것 같아.'

이건 의식의 문제가 아니었다. 본능적인 문제였다. 본능적인 혐오감이, 스스로에 대한 혐오감이 물밀듯 밀려왔다. 누가 마치 이렇게 몸을 조작이라도 해 놓은 것처럼 말이다. 정말 이상했다. 김상희를 생각하면 이런 이상한 기분이 들었다. 누군가,

김상희를 미워해라.

김상희를 싫어해라.

짜증 나는 계집년.

건방지고 하찮은 계집년.

이렇게 자꾸만 머릿속에 속삭이는 것만 같은 그런 기분이었다. 이런 기분이 들 때면 스스로도 컨트롤을 할 수가 없었다.

'내일이면 정밀 검진 결과가 나오겠군.'

몸에 이상이 있나 싶어 정밀 검진을 받았다. 내일이면 결과가 나온다. 다시 차석 교관실로 걸음을 옮겼다.

1차 승급 시험의 결과가 발표됐다. 이번 승급 시험 결과 발표는 상당히 이슈가 되었었다. 남자인 크리스가 김상희의 실력을 공증하고 나섰고, 왕가의 문장을 사용하여 자신의 손목을 걸었다는 사실이 알려지면서 꽤나 이슈화되지 않았던가.

1등 김상희. 92점. 그녀는 보란 듯이 1등을 해냈다.

'어, 어라……?'

김상희는 조금 이상함을 느꼈다. 다른 사람들이야 어떻게 느끼든 그녀에게 있어서 시험 문제의 난이도는 초등학교 수준도 안 됐다. 그런데 92점이라니, 뭔가 이상하다. 100점을 맞았어도 모자랄 판에 말이다.

'왜 틀린 거지? 왜 점수가 이렇게 낮아?'

점수가 낮다는 게 중요한 게 아니었다. 당연히 맞다고 생각하고 썼는데 틀렸다는 게 중요하다. 그렇다는 말은 앞으로의 해석에 있어서도 그럴 가능성이 높지 않은가.

'나는 해석하는 방법을 몰라.'

해석하는 법은 확실히 어렵다. 마력을 써서 머리가 핑핑 돌아가는 남자들도 어려운데 김상희는 오죽하랴. 해석하는 방법은 모르고 단순히 한글처럼 인식이 되는 건데, 이러면 문제가 생긴다.

'앞으로도 계속 틀릴 수도 있다는 소리겠지.'

100프로의 확신과 90프로의 확신은 엄연히 다르다. 100프로의 성공은 무조건적인 성공을 보장하지만 90프로의 성공은 다른 말로 하면 10프로의 실패를 포함한다는 소리니까, 전자와 후자는 완전히 다른 개념이다.

크리스가 밝게 웃으면서 다가와 황당한 소리를 해댔다.

“남자들을 이겼다고 해서 너무 그렇게 풀 죽어 있을 필요 없어. 기 죽어 있지 마. 너는 노력했고 노력의 결과를 응당 받았을 뿐이니까.”

너 뭐래니? 김상희는 확신했다.

‘마음을 읽는 능력은 없구나.’

그렇다면 여자에 대한 이해도가 정말로 높다는 소리다. 그런 건 공부를 통해서 얻어지는 게 아니다. 실제 생활과 경험이 뒷받침되어서 지금의 저런 마인드가 만들어졌다고 생각한다.

‘그렇다면…… 첫눈에 반했다는 소리가 진심이야……?’

알 수 없었다. 김상희는 무턱대고 아무나 믿을 수 없는 상황이다. 반 아이들의 웅성거리는 소리가 들려왔다.

“내가 계집한테 졌다고?”

“계집아이가 어떻게 1등을 할 수가 있지?”

그들은 그들 나름대로 충격을 받았다. 계집아이가 정말로 1등을 했다. 이건 말도 안 되는 일이다. 계집 따위한테 지다니, 이 얼마나 치욕적인 일이란 말인가. 다른 학생들은 충격을 받았고, 크리스는 마치 제 일처럼 기뻐했다.

“네가 좋은 성적을 받게 되서 기뻐.”

그리고 김상희를 와락 껴안았다. 의도한 건 아니었는데 김상희는 그의 품에 쏙 안겨 버렸다. 김상희는 언제나처럼 접대용 멘트를 던졌다. 사심이 있는 건 절대 아니었다. 그저 언제나 그러하듯 남자들이 좋아할 만한 말을 해줬을 뿐이다.

“왕자님께서 기뻐해 주시니 저는 몸 둘 바를 모르겠어요. 황송하고 또 부끄럽고 또 행복해요."

그녀의 말을 듣고 밖에서 누군가 걸음을 멈췄다. 분명히 들었다. 황송하고 또 부끄러운데 심지어 행복하단다. 그 누군가의 직책은 차석 교관. 이름은 한진수다.

한진수의 눈이 김상희와 크리스를 향했다. 한진수는 아무도 모르게 입술을 살짝 깨물었다. 크리스의 품에 안겨 있던 김상희는 이상한 느낌을 받았다. 눈을 들어 올렸다.

한진수가 보였다. 눈이 마주쳤다.

제13장
진수…… 너야? 너 맞아……?

이주형은 고민에 빠져들었다. 왕이 내린 명령은 '김상희의 의사에 반해 손을 대는 남자 놈들은 모두 손목을 잘라 버려라'였다. 그런데 저 상황은 김상희 공주도 딱히 거부하는 듯한 모양새는 아니었다.

'이런 경우엔 어떻게 해야 하지?'

애초에 너무 황당한 명령이라서 그렇다. 그는 지극히 정상적인 이 세계의 남자다. 그러다 보니 그 명령을 어느 정도로 수행해야 합당하고 맞는 것인지에 대한 기준을 도무지 잡을 수가 없었다. 그는 여자에 대한 개념도 없다. 그런 그에게 김훈상의 명령은 지나치게 어려운 것이었다.

'지금 저거, 싫어하고 있는 건 아닌 것 같은데.'

바퀴벌레가 인상을 찡그린다고 해서 바퀴벌레의 기분이 나쁜지, 안 나쁜지 알 수 있는 사람이 과연 세상에 얼마나 있을까? 아마 없다고 해도 과언이 아닐 거다. 물론 이주형의 입장에선 바퀴벌레의 기분을 파악하는 것보단 김상희 공주의 기분을 파악하는 것이 훨씬 쉬운 일이기는 하겠으나, 어쨌든 그는 여자에 대해 잘 모른다.

'기분 안 나쁜 거 맞지?'

어려웠다. 너무 어려웠다.

'그렇다면 저놈의 손목은 안 잘라도 되는 거겠지?'

매 순간, 일분일초가 갈등과 선택의 기로였다. 그런데 그때, 누군가 접근하는 게 느껴졌다. 고개를 돌려보니 한진수였다. 한진수는 이쪽을 힐끗 쳐다봤다.

'설마 눈치챘나?'

한진수는 현재 1차 각성을 마친 상태고, 2차 각성이 이루어졌는지 아닌지에 대한 소문은 아직 없었다.

'아직 2차 각성을 할 나이는 아닌데.'

모두가 2차 각성을 하는 건 아니다. 그러나 한진수 같은 천재의 경우엔 2차 각성을 할 가능성이 매우 높았다.

'2차 각성을 하지 않은 상태에서 내 은신을 파악할 수 있는 건가? 아니면 그냥 우연히 날 쳐다본 건가?'

이주형은 이번에도 결론을 내리지 못했다. 삶이 점점 어려워지는 느낌이었다.

김상희는 한진수를 봤다. 한진수도 김상희를 봤다. 둘의 시선이 허공에서 부딪쳤다. 김상희는 움찔하며 몸을 떨었다. 한진수는 눈을 돌렸다. 김상희 따윈 신경도 쓰지 않는다는 듯한 태도였다.

한진수가 가까이 걸어와 말했다.

"교실에서 무슨 짓이냐?"

크리스가 대답했다.

"기쁨의 포옹을 나누고 있었습니다."

한진수는 크리스를 물끄러미 쳐다봤다. 한진수는 차석 교관이며 교내에서 일어나는 일을 전반적으로 파악하고 있다. 김상희가 남자들을 제치고 1위를 했다는 것도 알고 있었다. 그래서 기쁨의 포옹을 나누고 있었던 것 같다.

"운 좋게 1등을 해 놓고 기쁨의 포옹이라니, 계집 주제에."

"그런 게 아닙니다. 제가 먼저 껴안았습니다."

한진수는 크리스를 다시 물끄러미 쳐다보다가 말했다.

"이 계집이 나의 약혼녀라는 사실은 알고 있나?"

"예, 알고 있습니다. 그래서 안 그래도 한번 찾아뵈려고 했습니다."

"학업과 관련한 상담이 아니라면 거부하겠다. 난 그렇게 한가하지 않아."

학생들은 침을 꿀꺽 삼켰다. 차석 교관 한진수는 이미 아주 유명한 인물이다. 현시대에 가장 유명한 사람이라고 봐도 됐다. 타국 출신으로 프리온 나이트에 입단한, 대외적인 활동을 맡아 하고 있는 프리온 나이트 중 한 명이 아니던가. 이 학원의 수석 졸업생이자 무서운 선배였으며 또한 무려 차석 교관이니 한진수가 무게를 잡으면 학생들은 긴장할 수밖에 없었다. 한진수의 태도는 쌀쌀맞기 그지없었다.

김상희는 둘의 대화를 파악할 수 있었다.

'나에 대한 얘기를 하겠다고…… 한 거야, 지금?'

그럴 가능성이 매우 높았다. 이 시대의 약혼은 언제든지 깨질 수 있는 것이었다. 다만, 약혼을 깨려면 남자 측의 입장을 배려하고 존중한다는 의미로 상당한 보상을 해주어야 한다. 그 말을 아주 간단하게 정리하자면 약혼을 깨려면 남자에게 돈을 주면 된다는 소리다. 당연한 말이지만 여자는 아무런 권리도 없다.

'아무래도 그런 얘기가 오간 것 같은데.'

그런데 한진수가 거부했다. 김상희는 묘한 안도감을 느꼈다. 저 한진수는 그 한진수가 아님에도 불구하고 자꾸만 눈이 가고 신경이 쓰인다. 그리고 그날, 윌리엄과의 일이 있었던 그날의 한진수는 예전의 한진수가 맞았다. 그건 확실했다. 그의 품에 안겨 있을 때, 확실하게 느꼈었다.

'한진수라면…… 어떤 일이 있어도 날 포기하지 않아. 설령 왕국을 준다고 해도.'

크리스가 말했다.

"약혼은 언제든지 파기될 수 있는 것 아닙니까? 제가 비록 가진 것은 많지 않지만 김상희 공주를 사고 싶은데요."

김상희는 순간 긴장했다.

'한진수는 날 버리지 않아.'

그렇게 생각은 하고 있지만 그건 어디까지나 자신의 바람일 뿐이라는 사실도 잘 알고 있었다. 정말로 많은 금은보화를 준다면 가치없는 계집인 나 따위는 버려지겠지. 그런 마음도 조금 들어 불안해졌다.

한진수가 입을 열었다.

"꺼져라. 학생과 거래를 할 만큼 나는 궁핍하지 않아. 이 이야기를 한 번 더 꺼냈다간 교관을 모독한 죄로 엄히 다스리겠다.”
그리고 김상희에게 말했다.
“저녁에 차석 교관실에 들러라.”

차석 교관실을 담당하는 시녀 강아영은 당황했다.
‘저 여자는…… 김상희 공주?’
시녀들의 세계에서 김상희 공주는 매우 유명하다. 프리지아처럼 마력을 가진 것도 아니면서 제국의 마력학원에 입학한 여자. 그리고 이번 시험에서 무려 1등을 차지한 여자. 물론, 성적이 나쁜 남자들만 모인다는 암호 해독 및 고어 해석 관련 특기지만, 어쨌거나 1등을 했다는 건 대단한 것이었다. 마력도 없는 몸으로 말이다.
강아영은 한 가지 가정을 떠올렸다.
‘설마…….’
계집 따위가 차석 교관실에 따로 올 일은 없다. 자기 의지로 감히 차석 교관님을 뵙겠다고 할 수는 없었을 거다. 그 말인즉, 차석 교관이 직접 불렀다는 소리다.
강아영은 이제 확신할 수 있었다.
‘예쁘긴 예쁘네.’
김상희 공주는 확실히 예쁘기는 했다. 게다가 나이는 15세.
‘갓 성년이 되었으니 나이도 어린데다가 속살도 탱탱하겠지.’
강아영의 나이는 24세였다. 제국 마력학원의 시녀들 중에는 제법 나이가 많은 편이었다. 그렇게 생각하고 나니 조금 자존심이 상하기도 했다.

'내게는 눈길 한 번 안 주셨는데.'

사실 그걸 좋다고 생각했다. 가끔 변태적인 취미를 가진 교관을 받드는 시녀의 경우엔 정말 힘들어하곤 했으니까. 한진수처럼 시녀를 아예 없는 사람 취급하는 것은 시녀들이 꽤 좋아하는 케이스였다. 그런데 오늘은 좀 이중적인 마음이 들었다. 평소에는 그래서 좋았는데 김상희를 보니 마음이 복잡해졌다.

'저런 스타일을 좋아하시는 건가?'

조금 오기도 생겼다.

'내가 더 잘해 드릴 수 있는데.'

그녀는 나이가 있는 만큼 성 경험이 굉장히 많았다. 남자를 어떻게 하면 기쁘게 할 수 있는지에 대한 교육도 많이 받아왔고. 그건 시녀의 역할이니까 말이다.

그때, 한진수가 말했다.

"내 허락 없이 남자에게 몸을 맡기지 마라."

차를 준비하던 강아영도, 소파에 앉아 말을 기다리던 김상희도 당황했다.

'도대체 무슨 소리야?'

강아영의 상식으로는 이해할 수 없는 말이었다. 남자에게 몸을 맡기지 말라니.

'지금 설마 김상희 공주에 대한 독점욕을 보이고 계시는 거야?'

시녀들끼리 얘기를 나눈 적이 있다. 이 세상에는 여자를 소유물로 여기는 남자들이 있다고. 다른 남자의 손을 타면 그 소유물은 소유물로서의 가치를 잃어버리게 되므로 그냥 죽여 버리는 남자들에 대한 이야기를 많이 들었다.

'저, 저건 경고야!'

너는 내 소유물이다. 그러니까 조심해라, 죽고 싶지 않으면. 강아영에게는 그렇게 들렸다. 아깐 조금 부러워했었는데 그건 실수였던 것 같다. 하나도 안 부럽다.

'불쌍하기도 하지.'

한편, 김상희는 다르게 생각했다.

'너 나한테 왜 그래…….'

과거의 한진수를 떠올렸다. 한진수에 대한 기억 하나하나가 그녀에게는 소중한 추억이었고 이 삶을 버틸 수 있도록 만들어주는 원동력이었다.

"네가 다른 남자 쳐다보는 것도 싫고, 다른 남자가 너 쳐다보는 것도 싫어. 이런 내가 진짜 속 좁아 보이는 거 나도 알아. 나도 이런 내가 싫어. 싫은데 어쩔 수 없어. 다른 남자한테 웃어주지도 마."

예전에 한진수는 그렇게 말했었다. 연애 초반에는 그렇게 티를 안 내더니, 자기는 질투 같은 거 안 한다고 구속하지 않겠다더니 막상 사귀고 난 이후에는 돌변하여 김상희에게 질투를 보여주곤 했었다.

'아냐, 이 세계의 한진수가 질투 같은 걸 할 리가 없잖아.'

한진수가 인상을 찡그렸다.

"너는 내 소유다. 조심하란 뜻이야."

김상희는 말해주고 싶었다. 이봐, 나는 여자라고. 너처럼 잘난 남자들이 마력 써서 못 움직이게 하고 그냥 나 끌어당기면 난 저항도 못해. 근데 왜 나를 조심시켜? 남자들을 조심시켜야지 라고 말하지 못했다. 이런 건 속으로만 생각해야지 진짜 말했다가는 정말로 죽을 수도 있다.

강아영의 손이 덜덜 떨려왔다. 그녀에게 지금 이 상황은 매우 무서운 광경이었다. 역시, 김상희를 부른 것은 경고를 하기 위해서였다.

'역시 김상희에 대한 소유욕을 갖고 계셔. 그런 취급을 받는 여자들의 90퍼센트 이상은 죽는다고 했는데…….'

한진수가 차를 마셨다.

"대답, 안 하냐?"

"조심할게요. 그런데 한 가지 질문을 해도 될까요?"

강아영은 말리고 싶었다. 김상희 공주 겨우 15살밖에 안 된다고 들었는데, 그렇다고 해도 저렇게 개념이 없을 줄은 몰랐다. 지금 경고를 받고 있는 도중인데 거기다 대고 당돌하게 질문을 하겠다니.

'김상희 공주, 오래 살긴 글렀구나.'

여자는 자고로 '네' 혹은 '아니오' 혹은 '감사합니다' 혹은 '죄송합니다' 이 네 가지 말만 하는 게 좋다. 적어도 남자 앞에서는 말이다. 그녀는 그렇게 배웠고 그렇게 가르치고 있다. 그게 그녀의 상식이었다.

"저는 마력이 없어서 남자분들께 감히 저항할 수가 없어요. 미천한 몸으로 태어났으니 당연한 것이겠지만…… 저는 너무나 두려워요. 존경하는 오라버니의 명령을 지키지 못할까 봐 너무 걱정돼요."

강아영은 김상희의 명복을 빌어줬다.

'차석 교관님께 오라버니? 미쳤구나. 단단히 미쳤어. 죽고 싶어 환장한 계집이야. 빨리 자리를 피해야겠어.'

차석 교관은 예의를 굉장히 중시하며, 상당히 무서운 사람으로 통했다. 그 왜, 윌리엄 왕자가 자신을 모욕했다 하여 반쯤 시체로 만들어 버리지 않았던가. 같은 남자마저도 그렇게 만드는 사람인데 여자는 오죽하랴. 그래서 시녀들은 차석 교관 한진수를 매우 두려워했다. 불똥이 튈까 싶어 강아영은 얼른 자리를 피했다.

그런데 한진수의 반응이 이상했다.

"그럼, 오늘은 그놈이 널 억지로 껴안았던 거냐?"

"그, 그런 건 아니어요. 제가 운이 좋아 1등을 하게 된 바람에……."

한진수의 구겨진 표정은 펴질 줄을 몰랐다. 한진수는 한동안 침묵을 유지했다.

'나는 왜 이렇게 기분이 나쁘지?'

그런 생각이 들었다. 김상희가 방금 크리스를 두둔했다.

'억지로 껴안은 게 아니라고?'

그렇다면 김상희도 그 포옹에 응했다는 말이 아니겠는가. 거기까지 생각이 미치자 이유는 모르겠지만 가슴속이 부글부글 끓어올랐다.

"다시 한 번 말하지만 너는 내 소유다."

그때, 한진수의 몸이 휘청거렸다. 중심을 잡지 못하고 그 자리에 잠깐 쓰러졌다. 이건 말도 안 되는 일이다. 일반적인 남자들도 이런 경우는 경험하지 못한다. 마력이라는 것이 있으니까. 그런데 대천재인 한진수가 이런 실수를 하다니. 한진수는 머리가 아픈 듯 으으……! 하고 신음을 냈다. 도대체 무슨 일인지 모르겠다.

"오, 오라버니."

그때, 한진수가 김상희를 와락 끌어안았다. 김상희의 몸이 굳었다. 뭔가 이상했다. 이 느낌, 낯설지가 않다.

시간이 조금 흘렀다.

"된장찌개 끓여 놓고 기다린다고 했잖아."

"……."

뭐야, 이건 지금? 김상희는 아무런 말도 하지 못했다. 이 목소리는 한진수의 목소리다. 그 한진수의 목소리 말이다. 이 세계의 한진수가 말할 때와는 완전히 다른 느낌.

"왜 이렇게 늦게…… 왔어?"

김상희는 뭐라고 대답해야 할지 알 수 없었다. 느낌은 분명 그녀가 사랑했던 한진수의 느낌이었다. 그러나 괜히 입을 잘못 놀렸다가는 정말 큰일이 날 수도 있다. 이곳은 모든 행동을 조심해야 하는 곳이니까.

"왜…… 나 혼자 기다리게 했어? 나 엄청 기다렸잖아. 알잖아, 나한테 너밖에 없는 거. 네가 내 전부인 거 알면서 왜 이렇게 늦게 왔어?"

김상희는 확신할 수 있었다. 이 한진수는 그 한진수였다. 눈물이 북받쳐 올랐다. 뭐가 어떻게 된 건지는 모르겠다. 너무나 갑작스레 일어난 일에 어안이 벙벙했다. 김상희가 입을 열었다.

"진수…… 너야? 너 맞아……?"

한진수는 눈앞의 작은 여자를 세차게 껴안았다. 이것 말고는 자신의 마음을 어떻게 표현해야 할지 몰랐다. 아무 말도 할 수 없었고 다른 어떤 행동도 할 수 없었다. 그저 꽉 껴안고 사랑하는 여자의 체온을 느끼는 것이 그가 할 수 있는 전부였다.

"……알잖아. 나 말 잘 못하는 거. 너 나 항상 답답하게 생각했잖아."

"……."

김상희는 목이 메어 왔다. 이 세계의 한진수라면 저런 말을 할 리 없다. 이 세계의 한진수는 전 세계적으로도 인정받는 톱 클래스의 천재였으며, 언제나 자신감이 넘쳤고 당당했다. 계집 따위에게 약한 말은 절대로 하지 않을 사람이었다.

"정말…… 맞아? 너……."

김상희를 입술을 깨물었다. '너 진수 맞아?'라고 물어보려다가 잠시 입을 다물었다. 여태까지 사랑한다는 말 한 번 못해준 걸 얼마나 후회했던가. 나중에 해주면 되지, 나중에 해주면 되지 그렇게 생각했었는데 그게 아니었다. 나중이 중요한 게 아니라 지금이 중요했다. 지금 그녀는 꿈을 꾸는 것 같았다. 언제 깨질지 모르는 달콤한 꿈 말이다. 이 꿈이 산산조각 나버리기 전에 1초라도 더 빨리 말해줘야 했다. 나는 그래야만 했다.

"내가 아는…… 내가 사랑하는 진수…… 너 맞아?"

한진수의 몸이 바르르 떨렸다. 김상희의 몸을 더 꽉 껴안았다. 김상희의 목 뒤로 무언가 뜨거운 것이 뚝뚝 흘러내렸다.

김상희가 진수의 품에 안긴 채 말했다.

"너…… 왜 울어?"

믿을 수 없었다. 이 한진수가 그 한진수라니, 있을 수 없는 일이지 않은가.

'말도 안 돼.'

그러나 이 세계의 한진수가 자신 앞에서 눈물을 흘릴 리 없다. 결국 인정했다. 이 한진수는…… 그 한진수다. 김상희도 참았던 눈물을 터뜨렸다. 목이 메여 와서 아무런 말도 할 수 없었다. 만약 살아서 돌아간다면 '사랑해'라고 백 번, 천 번 말해주겠다고 다짐했었지만 그런 다짐은 아무런 소용이 없었다. 아무런 말도 안 나왔다. 진수가 그러했듯 상희 역시 진수를 꽉 껴안았다.

한참의 시간이 흘렀다. 한진수가 입을 열었다.

"……미안해."

"……아냐, 난 네가 날 기억해 주는 것만으로도 지금 너무 행복하니까."

김상희의 말은 진심이었다. 남자들에게 하는 입에 발린 말이 아니라, 정말 마음속으로부터 우러나온 말이었다.

한진수는 입술을 깨물었다. 어찌나 세게 깨물었는지 입술에서 피가 났다. 서로 껴안고 있는 상태여서 상희는 진수의 입술에서 피가 나는지 몰랐다. 목덜미에 뚝뚝 떨어져 내리는 게 그냥 눈물인 줄로만 알았다.

한진수가 힘겹게 다시 입을 열었다.

"비참하게 만들어서 미안해."

김상희는 그게 무슨 말인지 바로 이해했다. 역시 이 한진수는 자신이 사랑했고 또 사랑하고 있는 그 한진수가 맞았다. 아주 오래전 한진수는 이렇게 말했었다.

"사람이 가장 비참해질 때가 언제인 줄 알아?"

그때 김상희는 모른다고 대답했다. 그 당시엔 한진수를 별로 좋아하지도 않았었다. 한진수 말고 다른 남자를 얼마든지 만날 수 있다고 생각했었다.

"사랑하는 사람에게 있어서 내가 아무것도 아닌 존재가 되어버렸을 때, 사랑하는 사람의 기억 속에서 내가 사라질 때, 그때가 가장 비참한 거야."

그 당시 김상희는 '뭐 이런 뜬구름 잡는 소리가 다 있어?' 라고 생각했었다. 대놓고 면박을 줄 수 없어서 '아, 그래' 하고 대답했던 게 기억났다.

"약속할게. 나 절대로 너 비참하게 만들지 않아. 언제나 행복하게 해줄게. 나는 비참해도 괜찮아. 나는 너만 행복하면 되니까."

김상희는 그때, '그런 드라마 속에서나 나올 법한 오그라드는 대사 따위 하지 말아줄래?' 하고 말할 뻔했다. 하지만 참았었다. 분명 내용 자체는 오그라들었으나 한진수의 진심은 느껴졌었으니까. 한진수의 진심을 그땐 비웃었었는데 지금은 아니었다. 오히려 그 당시 한진수가 얼마나 비참했을지 짐작하게 되었다.

'난 정말 복 받은 여자였어.'

너 말고도 나 좋다는 남자 많아. 그때 그렇게 말했었다.

'그렇게 나쁜 년이었는데, 나는.'

자신을 그토록 사랑해 주는 한진수에게 '나는 너 말고도 나 좋다는 남자 많아'를 입버릇처럼 말했으니까. 매 순간이 진심이었던 한진수는 얼마나 비참했을까를 생각하니 눈물이 왈칵 쏟아져 나왔다.

한진수의 호흡이 완전히 흐트러졌다. 하도 많이 울어서 그랬다. 그러면서도 계속 말했다.

"약속 못 지켜서 미안해."

"……늦게라도 약속 지켜줘서 고마워."

한진수는 자책하고 또 자책했다. 사랑했던 여자를 기억하지 못했다. 김상희는 자신을 기억하고 있었다. 그러나 자신은 아니었다. 혼자서 얼마나 힘들었을까, 얼마나 외로웠을까를 생각하니 가슴이 찢어질 듯 아파왔다.

시간이 흘렀다. 김상희는 문득 이상함을 느꼈다.

'뭐야……?'

주위에 아무도 없었다. 뭐지?

"진수야…… 너 어디 있어……?"

주위는 어두웠다. 몰랐었는데 불도 켜져 있지 않았다. 김상희는 더듬더듬 걸음을 옮겼다. 김상희의 부름에도 한진수는 대답하지 않았다. 언제부터인진 모르겠지만 창문이 열려 있었다. 창문 밖에서 싸늘한 바람이 불어와 방 안을 한차례 휘젓고 나갔다.

한진수는 혼란스러웠다.

'지금 도대체 무슨 일이 일어난 거냐?'

위를 올려다봤다. 열려 있는 창문이 보였다. 인상을 찡그렸다. 문득 정신을 차려 보니 김상희를 안고 있었고 김상희는 자신의 품에 안겨 울고 있었다. 정확한 상황은 기억이 안 난다.

'건강검진에서는 아무런 이상이 발견되지 않았다고 했는데…….'

이상했다. 가슴이 쓰리고 심장이 아팠다. 뭔가 이상이 있는 것이 틀림없는데, 병원에서는 이상이 없다고 했다.

'왜 난 이렇게 가슴이 아픈 거냐?'

이렇게 아픈 거, 처음이다. 훈련받을 때, 또 스스로를 단련할 때도 이렇게 아픈 적은 없었다. 고통의 느낌이 조금 달랐다. 그에게 너무도 익숙한 근육통 같은 느낌이 아니었다. 고통의 종류가 달랐다.

'괴로워서 미칠 것 같다.'

한진수는 대운동장을 달리기 시작했다. 전속력으로 말이다. 일반인의 눈으로는 잡히지도 않을 속도였다.

'뭐냐, 도대체 왜, 왜 난 이렇게 가슴이 찢어질 거 같은 거냐!'

이유를 알 수 없었다. 마구 달렸다. 어지간하면 땀을 흘리지 않는 한진수의 온몸이 금세 땀에 범벅이 됐다.

교장실 창가에서 교장 틸레반은 눈을 크게 떴다.

"저, 저런 속도라니……."

지금 시간이 늦어 대운동장에 아무도 없어서 다행이지 만약 누군가 있어서 부딪치기라도 한다면 분명 그 상대는 죽어버릴 거다. 물론 한진수쯤 되면 어련히 알아서 피하겠지만 그래도 교장 된 입장에서 걱정이 되기는 했다.

'훈련도 좋지만…… 너무 과한 거 아닌가 싶군.'

그러나 또 생각해 보면 차석 교관이 솔선수범 저렇게 나서서 수련을 하는 것을 보면 다른 원생들도 자극을 받지 않을까 하는 생각도 들었다. 천재 중의 천재라는 한진수도 저렇게 단련을 하는데 일반 원생들은 더욱더 열심히 해야 하지 않겠는가.

틸레반은 오해를 거듭했다.

'노력하는 천재라…….'

하기야 그러니까 저런 대단한 인물이 됐지. 2차 각성도 아직 못했는데도 프리온 나이트에 입단하지 않았던가. 보면 볼수록 대단한 제자였다.

'아이들에게 커다란 자극이 될 거야.'

교장의 생각은 맞았다. 바로 그 다음날부터 전교에 체력 단련 열풍이 불어닥치기 시작했다.

"차석 교관님도 그렇게 하시는데, 나도 해야지."

마력을 완전 방출시키고 다시 회복하는 과정, 그 과정을 계속해서 꾸준히 반복하면 마력을 컨트롤하는 능력도 좋아지고 자신의 한계를 정확히 파악할 수 있으며, 마력의 그릇 또한 커진다. 또한 순도도 높아지며 회복 속도도 빨라진다. 하지만 그 과정이 너무 힘들어 다들 기피하는 훈련이기도 했다. 지구식으로 비유를 들어 보자면 운동이 몸에 좋은 거 다 아는데, 힘들고 귀찮아서 안 하는 것과 비슷했다. 지구의 운동보다는 훨씬 힘든 과정이긴 했지만.

"그래, 우리도 열심히 하자. 노력하면 우리도 차석 교관님처럼 될 수 있을 거야."

새로운 바람이 불었다.

나는 도저히 모르겠다. 방금 일어났던 일이 정말 꿈같았다. 이곳의 한진수는 과거의 한진수였다. 그런데 갑자기 사라졌다. 이유도 모른다. 나는 어둠 속을 더듬어 겨우 출구를 찾아 밖으로 나왔다. 그때까지 한진수는 보이지 않았다. 머릿속이 복잡해졌다.

제3관 기숙사 1인실 두 개를 하나의 호실로 만들어 버린 둘째 망나니가 내게 달려왔다. 얘, 얘 왜 이래?

“야, 똥개, 똥개, 똥개, 이거 봐라.”

“오라버니, 이것은 오라버니의 성적표가 아닌가요?”

아니나 다를까, 역시 1등. 이건 누구나가 예상하고 있었다. 김환성이 1등이 아니면 누가 1등이란 말인가. 얘는 3관 학생으로서 전투 특기를 받았다. 그 유명한 고려의 나이트, 그중에서도 대대장 출신인데 얘가 1등을 못하면 말도 안 되지. 속으로는 그렇게 생각했지만 역시 나의 입은 나의 의지를 배신했다.

“오라버니! 정말 멋져요! 오라버니 최고!”

나는 엄지손가락을 번쩍 들어 올렸다.

“역시 그렇지?”

망나니는 크하하핫! 하고 크게 웃었다. 이곳의 남자들은 단순한 편인데, 김환성은 더더욱 단순하다. 쟤는 분명 이 성적을 받은 게 자랑스러운 게 아니라 내가 ‘오라버니 정말 멋져요!’라고 칭찬해 줘서 좋아하고 있는 걸 거다. 그런데 망나니가 인상을 살짝 찡그렸다.

“칭찬에 영혼이 없어.”

순간 나는 뜨끔했다. 그럴 수밖에 없다. 나는 방금 큰일을 치르고 왔다. 이해할 수 없는 것 투성이다. 나는 초인이 아니다. 그런 일을 겪었는데 완전히 정상이면 더 이상하지. 어휴, 이런 건 어떻게 잘도 느낀다니까. 이 망나니, 조금 진화한 망나니가 된 것 같다.

망나니의 표정이 조금 진지해졌다.

"똥개."

표정이 진지해지면 나는 또 긴장을 해야만 한다. 얘는 표정에 기분이 완전히 드러나는 타입이다. 얘 지금, 정말 진지해졌다. 아, 또 뭔데? 갑자기 왜 그러는데? 미치겠네.

"네, 소녀가 여기 있어요. 말씀하시어요."

"너 몸에서 이상한 냄새나."

표정이 더욱 진지해졌다. 코를 킁킁거렸다. 나는 움찔 놀랐다. 차렷 자세를 하고서 가만히 서 있었다. 제발 망나니야, 쪽팔리니까 그만해 줘. 망나니는 코를 킁킁대며 내 냄새를(?) 맡는데 어찌나 창피하던지. 의도한 건 아닌데 얼굴이 새빨개졌을 거다.

"이상한데? 이건 남자 냄새인데?"

"아, 아니어요. 소녀가 아까 몸을 많이 움직여서 땀을 흘려서 그런 것 같아요. 오라버니께 불쾌한 내음을 끼치게 되어 정말 죄송하게 생각해요. 바로 샤워하고 오도록 할게요. 죄송해요."

나는 후다닥 샤워실로 향했다. 이 자식, 그냥 진화한 망나니가 아니고 진화한 개코 망나니였어. 하기야 마력이 워낙에 뛰어난 놈이니 개코보다 더 좋을 수도 있겠지. 샤워실에 들어왔다. 밖에서 목소리가 들려왔다.

"야, 너 일 똑바로 안 하냐?"

"죄송합니다."

아, 쟤 또 저런다. 이곳에는 2명의 시녀가 배정되어 있다. 지금 쟤는 시녀들을 혼내고 있는 거다.

"너네가 신경을 똑바로 써야지. 죽어볼래?"

재, 저거 습관이다. 망나니가 저렇게 망나니처럼 보이기는 해도 그렇다고 사람을 아무렇게나 막 죽이지는 않는다. 망나니를 15년간 지켜봐 온 내가 내린 결론이다. 하지만 시녀들 입장에서는 아닐 거다. 시녀들이 느끼기엔 저건 진짜 사형선고다.

'아니, 나는 방금 들어왔고, 씻을 시간도 없이 달려들어 성적표를 자랑하던 건 너잖아. 그래서 난 못 씻고 있었던 거고. 재네 잘못이 아닌데 왜 재네를 터냐?'

시녀들이 정말 불쌍하게 느껴졌다. 하지만 내가 도와줄 수 있는 건 없었다.

"신경 좀 써라. 내 똥개한테 남자 냄새가 나는 거 짜증 나니까. 아주아주, 아주아주, 아주아주, 아주아주, 아주 불쾌해."

시녀들이 사과하는 소리가 들려왔다. 뭔가 급히 움직이는 것 같았다. 그런데 망나니가 버럭 소리를 질렀다.

"이게 뭐야!"

아니, 왜 시녀들한테 그렇게 소리를 지르냐? 재네 완전 겁먹었을 텐데. 진짜 죽음의 공포를 맛보고 있을 텐데, 살살 좀 다뤄주지.

그때, 샤워실 문이 열렸다. 나는 꺅! 하고 비명을 지를 뻔한 것을 겨우 참아냈다. 당연한 말이지만 나는 지금 알몸인 상태다.

"오, 오, 오, 오라버니……!"

"야, 똥개. 너, 무슨 일이 있었던 거야?"

망나니의 손에 뭔가가 들려 있었다. 내가 아까 입고 있던 옷이었다. 아니, 천박한 계집의 옷을 왜 왕자님이 직접 들고 있어? 게다가 남 샤워하는데 왜 난데없이 쳐들어와? 지금은 수증기가 많아서 잘 안 보이지만 이제 곧 몸이 보일 거다.

그런데 이상한 게 보였다. 내 옷 뒤쪽에 피가 묻어 있었다.

"너 피났어?"

망나니가 성큼성큼 안으로 들어와 버럭 소리를 질렀다.

"다쳤냐고!!! 야, 넌 가서 의무 교관 데려와."

지금 시각 밤11시, 의무 교관은 자고 있을 시간이다. 물론, 의무 교관은 남자다. 시녀가 남자를 감히 깨워서 데려온다? 원래대로라면 있을 수 없는 일이다.

하지만 고려 왕국의 셋째 왕자가 시킨 일이라면 가능한 일이겠지. 그래도 시녀 입장에서는 충분히 공포스러운 일이기는 할 것이다. 망나니가 불렀으니 오기야 오겠지만, 기분 나쁘다고 시녀에게 해코지를 가할 수도 있으니까. 아니, 나 안 다쳤다고. 둘째 망나니는 내가 다쳤다고 확신하는 것 같았다.

"주인 허락도 없이 누가 다치래! 똥개 주제에 어딜 싸돌아다니는 거야? 죽을래?"

망나니의 손이 내 어깨에 닿았다. 내 몸을 강제로 돌렸다. 나의 부끄러움 따위 안중에도 없는 것 같았다.

"어라……? 안 다쳤는데?"

시간이 흘렀다. 샤워가 끝났다. 망나니가 소파에 앉아 나를 기다리고 있었다. 이것도 진짜 놀라운 일이다. 왕자님께서 공주의 샤워를 기다려 줬으니까. 시녀들은 매일같이 신세계를 경험하고 있겠지.

망나니가 히죽 웃었다.

"자, 그럼 이제 설명해 봐, 무슨 일이 있었던 건지. 거짓말하면 죽을 줄 알아."

소파에 앉은 상태로 손가락으로 소파 끝을 톡톡 두드리며 히죽 웃는 저 모습…… 왠지 두렵다.

나, 살아남을 수 있겠지?

자, 정신 차려. 저 아이의 기분은 능히 짐작할 수 있어. 여러 번 강조하는 거지만 여기 남자들은 단순한데, 그중에서도 단순의 끝판왕이 바로 우리 둘째 망나니다.

'나를 아끼려면 제대로 아껴주라고!'

걔는 일부러 저러는 건지, 아니면 원래 저렇게 타고난 건지 나를 아껴주긴 아껴주는데 좀, 아니, 아주 많이 독특한 방식으로 나를 아낀다. 인격체로 아껴주는 게 아니라 '자신의 소유물'인 똥개로 아낀다. 하여튼 뭐, 이 세계에 태어나 똥개 취급받으며 아낌을 받는 게 어디겠냐마는 그래도 좀 제대로 아껴달라고.

'주인 허락도 없이 어디 가서 다치고 오는 미련한 소유물…… 정도가 되려나?'

아마도 그 정도 느낌인 것 같다.

"똥개, 아까부터 수상해. 몸에선 남자 냄새가 나지, 목엔 피가 묻어 있지. 내가 납득할 수 있는 설명을 해."

어떻게 대답을 해야 할까, 그 짧은 시간 동안 수십 번을 고민했다. 내 말 하나하나는 곧 위험한 외줄 타기니까 눈치를 잘 살펴야 했다. 그리고 나는 짧은 시간 안에 결론을 내릴 수 있었다.

'거짓말을 할 수는 없어.'

만약에라도 거짓말을 했다가 들통나면 정말 큰일이 난다. 지금 상황에서 가장 필요한 건 바로 솔직함이었다. 괜히 다르게 말을 꾸며냈다가는 똥개가 아닌 '왕자에게 거짓말을 한 미친한 계집'이 될 수도 있으니까. 그랬다가는 정말 죽는다. 아무리 나라고 해도.

"오라버니, 사실은 오늘……."

한진수가 불러서 갔어요. 이해할 수 없는 말을 했어요. 그리고 절 갑자기 안아줬어요. 그, 글쎄요. 소녀는 그 이유를 아직 잘 모르겠어요. 저도 모르는 사이 피가 묻어 있었어요. 정신을 차려보니 갑자기 사라졌어요.

이 이야기를 나는 정말 진땀을 빼면서 얘기했다. 왜 진땀을 빼냐고? 그럴 수밖에 없다. 당신 앞에 사자 한 마리가 떡하니 앉아 입을 쩍쩍 벌리고 당신을 쳐다보고 있다고 생각해 봐. 이 사자가 평소에는 당신이랑 제법 친하게 지내는데 지금은 좀 배가 고픈 상태야. 그럼 당신은 평온할 수 있겠어? 참고로 말하면 얘는 사자 따윈 백 마리도 가볍게 찜 쪄 먹는 아이라고.

망나니는 인상을 잔뜩 찡그렸다.

"도대체 이해할 수가 없네."

'그렇죠? 나도 이해할 수 없어요'라고 말할 수는 없었다. 나는 분명 느꼈다. 그 한진수는 내가 사랑했던, 그리고 지금도 사랑하고 있는 그 한진수가 맞았다. 한진수의 손길과 체온, 그리고 그 특유의 따뜻한 분위기는 분명 그 한진수였다.

"똥개가 나한테 거짓말을 할 리도 없고."

망나니는 인상을 더욱 찡그렸다.

"소설을 쓸 만큼 머리가 좋은 것도 아니고."

아참, 참고로 말하면 얘는 아직 내가 1등을 한 걸 모르고 있는 것 같다. 알았다면 어떤 식으로든 반응이 있었을 텐데 아직 3관까지는 소문이 퍼지지 않은 모양이다.

"피는 도대체 뭐였을까?"

김환성은 아주 진지해졌다.

"흠…… 피가 났다라……."

그렇게 중얼거리다가, "야, 똥개. 일로 와" 하고 말한 뒤 기다리는 것조차 귀찮다는 듯 그냥 마력을 써서 나를 끌어갔다.

"오, 오, 오, 오, 오라버니!"

야, 이 자식아! 저기 시녀 오는 거 안 보이냐?

나의 상황을 간략하게 설명해 보자면 나는 지금 김환성의 무릎에 앉아 있는, 아니, 눕혀져 있는 상태다. 무슨 말이냐고? 정말 쉽게 말해, 그 왜, 그런 거 있잖아. 엄마들이 아가들 혼낼 때, 무릎 위에 엎드리게 만들고 손바닥으로 엉덩이 때릴 때 하는 그 자세.

'죽인다! 죽일 거야, 반드시. 반드시 죽인다!'

아, 수치스러워. 수치스럽다고. 나는 성인이라고. 아니, 안에 아줌마 있다고. 진짜 수치스러워. 엉엉. 제길, 두고 보자. 언젠가 복수한다.

김환성은 마력을 활성화시켰다. 그것도 최대한도로.

'아씨, 잘 안 되네.'

김환성은 마력의 그릇과 순도가 굉장히 높다. 괜히 천재 소리 듣는 거 아니다. 그러나 활용 능력은 조금 떨어졌다. 무기로 비유하자면 폭탄이라고 할 수 있겠다. 폭탄은 위력은 강하지만 정밀한 타겟팅은 어렵다. 일단 터지면 주변을 초토화시킨다. 김환성이 딱 그런 꼴이다. 지닌 힘은 강하지만 정밀 조정이 어려웠다.

'집중하자. 집중하자.'

김상희는 어쩐 일인지 얼굴이 굉장히 빨개진 상태.

'오줌 마렵나?'

김환성은 김상희가 수치스러울 거라는 상상은 전혀 하지 못했다. 아니, 그런 개념 자체가 없었다.

'그래도 이 절차를 미룰 수는 없지.'

그래도 주인이 있는 똥개 아닌가. 똥개에게 문제가 있으면 주인이 나서서 찾아줘야 했다. 다른 뜻이 있는 게 아니고 이건 주인의 의무다.

'평소에 연습 좀 해 놓을걸.'

이럴 줄 알았으면 연습 좀 해 놓을 걸 그랬다. 마력을 통해 온몸을 구석구석 살피는 이 작업, 결코 쉬운 작업은 아니었다.

'형아나 아부지는 엄청 쉽게 하던데.'

김환성이 이마의 땀을 닦아냈다. '아, 진짜 힘들었다'라고 생각한 김환성은 그제야 활짝 웃었다.

"진짜 다친 데는 없네."

"오, 오라버니, 시녀가 흉봐요."

시녀는 지금 겉으로는 최대한 아무렇지도 않은 척하고 있지만 속마음은 달랐다. 세상에 벌어질 수 없는 일이 벌어졌다. 공주가 왕자의 무릎에 누워 있다니. 정작 김상희는 지금 수치스러움에 몸 둘 바를 모르고 있지만.

'부러워…….'

시녀의 입장에서는 부러웠다. 어떻게 감히 계집이 무려 고려 왕자님의 신체에 저토록 밀착을 할 수 있을까? 시녀의 입장에서 저 모습은 가히 충격이라고 할 수 있었다. 그래서 대단한 착각을 했다.

'김환성 왕자님은 정말 따뜻하신 분이구나.'

저 얼마나 아름다운 모습이란 말인가. 모습을 보아하니 저 공주는 지금 부끄러워서 얼굴이 굉장히 빨개진 상태. 얼마나 행복하면 저렇게 얼굴이 빨개질 수 있을까? 정말 부러웠다.

'수치스러워. 수치스럽다고. 차라리 죽어버리고 싶어.'

하지만 김상희는 아니었다. 가슴이 애 허벅지에 닿아 있다. 이거 생각보다 정말 창피하다. 신경도 쓰이고.

'누가 망나니 아니랄까 봐!'

김상희는 지금 김환성이 뭘 하고 있는지 모른다. 마력으로 몸을 구속하고 있다는 것만 알 수 있다. 김환성이 지금 평소 하지도 않던 세심한 마력 컨트롤을 바탕으로 자신의 몸을 스캔, 더 정확히 말하자면 정말 다친 데가 없는지 확인하는 작업을 하고 있는지는 꿈에도 생각하지 못했다.

김환성이 고개를 들었다.

"뭘 쳐다봐?"

시녀는 순간 찔끔 놀랐다. 뭐랄까, 김상희 공주를 볼 때와는 느낌이 약간 달랐다. 정확히 어떻게 다른지는 모르겠는데 지금의 김환성은 조금 무서웠다.

'아냐, 저분은 정말 따뜻하신 분이야.'

그렇게 생각할 무렵,

"빨리 차나 놓고 꺼져."

라는 매몰찬 목소리가 들려왔다. 시녀는 허리를 숙이고 황급히 물러섰다. 그래도 김환성 왕자에 대한 호감은 여전했다. 방금 그 장면은 너무나 충격적이면서도 아름다웠으니까.

김환성이 중얼거렸다.

"한진수, 점점 마음에 안 들어."

입술을 깨물었다.

한진수는 땀범벅이 됐다. 얼마나 뛰었는지 모르겠다. 이렇게 마력을 전부 써버릴 만큼 빠르게 뛰는 건 정말 오랜만이다. 이 정도의 힘을 가진 사람은 아무렇게나 막 뛰면 안 된다. 그 충격파로도 유리창이 깨지고 운동장이 파손된다. 심하면 건물 벽에 금까지 간다. 그래서 외부에 별다른 충격이 가지 않도록 마력을 컨트롤하며 달려야 한다. 한진수는 그게 습관이었다.

거친 숨을 몰아쉬었다.

"헉…… 헉……."

차석 교관실에 들어왔다. 차석 교관실은 침실과 바로 연결이 되어 있다. 샤워실도 마찬가지다. 샤워실에 들어가 옷을 벗었다. 강아영 시녀가 한진수의 옷을 받아 들었다.

'어떻게 된 거지, 그 공주는……?'

무서워서 자리를 피했었다. 상황을 잘 모르겠다.

'격렬하게 잠자리를 가지셨나?'

아무래도 그런 것 같다. 도대체 어떻게 하면 차석 교관쯤 되는 남자를 저렇게 지치게 할 수 있는 건지, 김상희 공주를 잘못 보고 있던 게 아닐까 하는 생각이 들었다.

'엄청난 스킬을 가진 여자일 수도 있겠어.'

이 바닥에서 닳고 닳은(?) 자신보다도 훨씬 더 말이다. 착각과 오해가 쌓여 갔다.

한진수가 말했다.

"물 가져와."

김상희에 대한 엄청난 오해를 하고 있던 강아영의 표정이 밝아졌다. 그녀는 기뻤다. 평소엔 아예 없는 사람 취급을 받았다. 괴롭힘 당하는 것보다는 차라리 그게 좋다고 생각했었다. 그런데 그 생각이 조금씩 바뀌고 있었다.

'일을 시키셨어.'

그건 존재를 인정받는 것 같은 그런 느낌이었다. 강아영은 냉수를 쟁반에 받쳐 들고 얼른 달려왔다.

"여기 있어요."

한진수는 냉수를 벌컥벌컥 들이마셨다. 강아영은 속으로 감탄에 감탄을 더했다.

'정말…… 대단하신 분이야.'

신이 정말로 있다면 차석 교관은 신이 빚은 걸작품이라고 해도 좋을 정도였다. 화려하고 뚜렷한 이목구비는 물론이고 세기의 명인이 정성스레 조각한 조각상 같은 탄탄한 몸은 보는 이로 하여금 감탄을 자아내게 만들었다.

'정말 멋지셔.'

무섭고 두려운 건 맞다. 그런데 그것 이상으로, 적어도 지금 이 순간만큼은 황홀할 지경이었다. 땀범벅이 된 상태로 상의를 탈의하고 있는 한진수의 모습을 보며 설레지 않을 계집은 세상에 없다는 확신이 들 정도였다.

'정신 차려!'

실수로 넋 놓고 바라보고 말았다. 일부러 그러려고 그런 건 아니었다. 이건 불가항력이었다. 다행히 차석 교관은 그걸 문제 삼지 않았다.

한진수가 말했다.

“갈아입을 옷 준비해놔.”

“네.”

“그리고 눈 깔아.”

강아영은 침을 꿀꺽 삼켰다. 역시 너무 실례되는 행동이었다. 한진수가 아무리 멋지고 아름다운 육체를 가졌다고는 해도 이건 분명한 결례였다. 솔직한 말로 한진수가 나쁜 마음을 먹으면 강아영 정도는 자르거나 죽이는 건 일도 아니다. 그래서 강아영은 긴장할 수밖에 없었다.

한진수는 터벅터벅 샤워실로 걸어 들어가 물을 틀었다. 따뜻한 물줄기가 그의 머리카락을 적시고 얼굴과 턱 선, 그리고 목덜미를 따라 흘러내렸다.

‘나는 왜…….’

기억도 제대로 나지 않을뿐더러, 방금 이상한 말을 할 뻔했다.

‘그리고 눈 깔아. 김상희가 싫어하니까.’

그걸 겨우 참아냈다. 이상한 일이었다. 순간 이유를 알 수 없는 분노가 치솟아 올랐다. 가슴이 답답해졌다. 한진수의 표정이 조금 변했다. 그는 아주 작은 목소리로 홀로 중얼거렸다.

“김상희, 짜증 나는 계집.”

그리고 고개를 저었다.

“사랑하는…….”

다시 고개를 저었다.

"아니, 짜증 나는 계집."

또다시 이유를 알 수 없는 분노가 치밀어 올랐다. 스스로 감정을 통제하기가 힘들었다.

◆

황제의 밀실.

"아무래도 좀 더 알아봐야 할 필요가 있겠어."

황제가 말했다.

"분명히 그렇습니다."

"만약 그 아이가 이것마저도 해석할 수 있다면 우리는 어떤 방법을 써서라도 이 아이를 구속해야겠지."

황제는 생각에 빠져들었다. 프리지아로부터 정기적인 보고를 받고 있다. 김상희가 이번에 무려 92점으로 1등을 차지했단다. 사실 일개 학원생의 시험 점수 따위 황제는 신경 안 써도 된다. 쓸 필요도 없는 문제다.

'하지만…… 이것마저도 해석할 수 있다면 얘기는 달라지겠지.'

지금은 일부러 시간을 두고 기다리고 있는 중이다. 김상희 공주의 1차 각성이 언제 이루어질지는 모르겠지만 그때까지는 지켜봐야 했다. 그래서 일부러 제국의 마력학원으로 부른 것 아니겠는가. 감시가 편하니까. 그것도 공식적으로 말이다.

"고려와 한진수 측에 약간 잡음이 발생할 수도 있겠지만, 이 글자를 해석할 수 있다면 그 아이를 강제 구금하는 것도 고려하도록 해봐."

"예, 알겠습니다."

그래 봐야 얼마나 큰 잡음이 나겠냐 싶다. 어차피 계집아이다. 고려는 이 계집아이의 가치를 전혀 모른다. 황제, 그리고 황실의 최측근만 안다. 만약 황제나 최측근이 아닌 자가 이 사실을 알게 된다면 그자는 쥐도 새도 모르게 세상에서 없어지게 될 거다.

"아니, 내 앞으로 데려오도록 해라."

"황제 폐하께서 직접 심문하실 겁니까?"

황제가 고개를 끄덕였다.

"내가 직접 보고, 직접 판단하겠다."

제국의 황제가 김상희를 다시 불렀다.

제14장
복수의 칼날을 가슴에 품어라

황제의 밀실. 언제나 그렇듯 주위에는 아무도 없었다. 적어도 눈으로 보기에는 말이다.

황제가 말했다.

"만약 그 아이가 이 글을 해석할 수 있다면 그 자리에서 바로 포박해라."

아무도 없는 허공에서 대답이 들려왔다.

"알겠습니다."

"포박한 뒤, 황제 모욕죄로 감금시켜. 그리고 세간에는 죽였다 발표해라."

"명 받들겠습니다."

황제는 황금 의자에 앉았다.

'김훈상이 이런 일로 제국을 도발하지는 않겠지.'

황제는 김훈상을 상당히 많이 의식하는 편이다. 웬만하면 김훈상의 편의를 봐주려고도 한다. 고려, 아니, 김훈상이 다스리는 고려는 의식을 해야 할 만큼 충분히 강했으니까.

'어차피 한낱 계집아이이다. 일이 그렇게 된다면 한진수에게는 보상을 내리면 되겠지.'

감히 황제를 모욕했다. 즉결 처분되어도 이상할 게 없는 일이다. 한 번 더 명령을 내렸다.

"비밀이 새어 나가는 순간, 너 역시도 죽음을 피하지 못할 것이다."

황제는 눈을 감고 등받이에 등을 기댔다. 만약 김상희가 이 고어를 해석할 수 있다면 죽어야만 할 것이다.

도대체 무슨 말을 하려고 황제가 나를 부를까?

'왜일까?'

나는 이유를 알 수 없었다. 태양 위의 태양, 제국의 가장 높은 황제가 왜 자꾸 날 보려 하는 건지 모르겠다. 생각해 보면 이상한 것 투성이다. 처음에 나를 보겠다고 부른 것도 이상한 일이었고 그 이후 나를 이 학원에 집어넣은 것도 이상하다. 물론 내게 특출한 능력, 그러니까 고어를 해석하는 특수한 능력이 있기 때문에 학원에 입학시켰다고 생각은 할 수 있겠지만.

'그러고 보니…… 내 고어 해독 능력에 관심이 큰 건가?'

그나마 이게 가장 설득력 있는 가정이다. 사람마다 다들 관심사가 있고 좋아하는 영역이 있게 마련이다. 만약 황제가 고어 해독에 특히 큰 관심을 가지고 있다면 어느 정도 납득이 되기는 했다. 물론 어디까지나 '어느 정도'라는 소리다. 어떤 이유를 갖다 붙여도 황제가 계집을 직접 부르는 일은 파격에 가까웠다. 침실로 부르는 게 아닌 이상 말이다.

'나를 침실로 불러들이지는 않을 거야.'

적어도 그 정도 느낌은 있었다. 황제에게선 나를 향한 음욕은 느껴지지 않았다. 내 눈치나 느낌이 만능일 리는 없지만 그래도 그런 느낌이 들었다. 뭐, 정말 냉정한 말로 황제가 나를 어떻게 하고 싶다고 한다면 나는 방어할 도리도 없다. 어쨌거나 내가 이렇게 혼자서 머리를 굴리고 있는 까닭은 간단하다.

'살아남아야 해.'

별거 없다. 이게 다 먹고 살자고 하는 짓이다. '황제가 날 어떤 이유로 부르는 걸까?' 이것을 열심히 고민하고 다양한 상황과 변수를 고려하여 미리부터 할 말을 생각해 놔야 그 앞에서의 실수가 적어진다. 황제 앞에서의 실수는 곧 죽음과도 직결되는 문제. 그러니까 나는 온갖 상황을 가정하여 그에 걸맞은 아주 모범적인 답안들을 미리 생각해 놔야 한다는 거다. 내 입으로 말하긴 좀 그렇지만 나는 나의 엄청난 노력으로 이 자리까지 올 수 있었다.

'황제는…… 정말 무서운데.'

황제가 내게 욕을 했다거나 협박을 했다거나, 뭐, 그런 적은 없었다. 그러나 황제는 황제 특유의 뭔가가 있다. 아우라라고 표현하면 되려나? 역시 제국의 황제쯤 되면 은연중에 절대자의 분위기가 새어 나오는 것 같다. 더더군다나 난 마력도 없는 계집아이고 황제 앞에 서면 정말 긴장이 되어 온몸이 굳어진다. 사실 뭐, 깡패처럼 무섭게 생긴 아저씨가 앞에 있으면 무섭다. 그런데 내가 만나야 할 사람은 깡패처럼 무섭게 생긴 아저씨보다도 훨씬 무서운 황제다. 긴장이 안 된다면 거짓말이겠지. 내가 아니라 남자라고 해도 마찬가지일 거다.

황명을 받고 나는 황제를 알현하러 황궁에 들어갔다. 납작 엎드린 내게 황제가 말했다.

"오랜만이구나. 그만 일어나거라. 그런 과도한 예의는 싫어한다고 일전에도 말했던 것 같은데?"

예를 취해도 욕을 먹고, 예를 안 취해도 욕을 먹는다면 예를 취하고 욕을 먹는 게 낫다. 나는 그렇게 한참을 무릎 꿇고 엎드려 있다가 천천히 일어섰다.

황제는 껄껄 웃었다.

"거참, 말 안 듣는 계집아이구나."

이봐, 나야 괜찮지만 당신이 그런 말하면 일반적인 여자들은 진짜 무서워서 벌벌 떤다고. 이놈이나 저놈이나 여자에 대한 개념과 배려가 너무 없다. 왜 태어나도 이런 세상에 태어난 거야, 도대체!

그때, 황제가 다시 말했다.

"가져와라."

누군가 황제의 방에 들어왔다.

'프리지…… 아?'

프리지아는 내게 찡긋 눈인사를 해보였다. 프리지아는 황제 앞에 무릎을 꿇었다.

"예, 폐하."

"내 앞에서 그렇게 무릎 꿇지 말라고 누차 말했는데…… 이 계집이나 저 계집이나 하여튼 못 말리는 계집들이구나."

프리지아는 황제에게 두루마리? 같은 걸 전해 줬다. 저걸 뭐라고 하더라? 하여튼 종이를 둘둘 말은, 그 왜 사극 드라마 보면 '어명이오!' 하고 외친 다음에 펼치는 그 종이. 황제는 그걸 직접 펼쳤다.

"계집, 가까이 와라."

그리고 내게 시켰다.

"이걸 읽어봐라."

내 예상이 맞았다. 황제는 고어 해독에 특히 많은 관심을 가지고 있는 듯했다. 그나마 조금 마음이 편안해졌다. 긴장을 놓았다는 말은 절대 아니지만 그래도 이 사람이 날 왜 불렀을지 모를 때와 알 때의 그 느낌은 천지 차이다.

'그런데 가만……?'

나는 안심한 나머지 그냥 말을 해버릴 뻔했다. 저 고어, 별거 아니다. 어차피 한글로 보이니까. 1차 승급 시험에서 92점을 받았으며 내 해석 능력이 약간 불안정하다는 것을 스스로 느끼기는 했지만 그래도 일단 얼추 맞지 않는가. 하지만 문제는,

'황제가 직접 나를 보자고 했어. 그리고 고어 해독을 시켰지.'

나는 그 두루마리를 열심히 살펴보는 척하면서 시간을 끌었다. 해석은 당장에라도 할 수 있지만 하지 않았다.

'왜일까? 단순히 나를 시험하기 위해서?'

아니다. 단순히 나를 시험하기 위한 건 아닌 것 같다. 개인적인 호기심을 충족하기 위해서? 그것도 아니다. 황제쯤 되는 사람이 일개 학원생을 일부러 불러서까지 확인을 한다면, 이건 분명 뭔가 있는 것이다.

'나는 어떻게 해야 하지?'

일단, 저 고어가 굉장히 어렵고 해석이 불가능했던 것이라고 가정을 해보겠다. 어차피 내게 주어진 선택지는 두 가지. 하나는 저걸 맞추는 것이고 하나는 모른다고 대답하는 것이다.

눈치를 살폈다. 겉으로는 태연한 체하면서 머리를 굴리고 또 굴렸다.

'맞춘다면…… 어쩌면 황제의 은총을 받을 수도 있어. 아무래도 고어 해독에 관심이 많은 모양이니까.'

그러나 단순히 은총만 받을까? 라는 질문엔 쉽사리 대답하지 못하겠다. 황제의 입장에서 보자면 나는 노예다. 뭔가를 시키면 당연히 해야만 하는 노예. 그러므로 특혜를 주지 않을 수도 있다. 그냥 시키면 당연히 해야 되는 일이고 그렇게 시켜도 되는 입장인데 굳이 뭔가를 해줄까?

'모르겠다고 한다면…… 어차피 계집아이니까 그러려니 하겠지.'

아주 짧은 시간이었지만 나는 수없이 갈등했다. 황제 앞에서의 사소한 행동 하나하나가 내 운명을 바꿀 수도 있는 노릇이니까.

'하지만 황제가 나를 직접 불러서 물었어. 그렇다면 뭔가 직접 확인해야 할 것이 있다는 건데.'

그게 호의일까? 아닐까? 고민 끝에 결국 결론을 내렸다. 모난 돌이 정 맞는 법이다. 핵무기쯤을 갖고 있으면 모가 나도 괜찮지만 힘없는 사람이 모나면 얻어맞는다. 힘없는 사람이 보물을 가지고 있으면 빼앗긴다. 나는 철저한 약자다. 내 능력을 감추기로 결정했다.

"미천한 계집아이는…… 아무리 해석해 보려고 해도 할 수가 없습니다. 너무나 부족합니다. 공부를 소홀히 한 저를 벌하여 주시어요."

나는 정말로 겁을 먹었다. 습관적으로 '벌하여 주세요'라고 말하기는 했는데 이 작자가 진짜로 벌을 주면 나는 큰일 난다. 단적인 예로 남자들이 자기 아들을 혼낼 때 때리듯 날 때리면 나는 아마 엉덩이가 터져 죽을 거다. 마력이 있는 남자들은 마력이 없는 여자들에 대한 배려와 개념 따위는 가지고 있지 않으니까. 다행히 황제는 기분이 좋은 듯 껄껄 웃었다.

"아니다. 네가 고어 해독에 탁월하다 들었다. 이것을 해석하지 못하는 것은 네 실책이 아니다. 학자들조차도 매우 어려워하는 것이니."

황제는 황금 의자에 앉았다. 그리고 피식 웃었다. 순간, 나는 온몸이 굳어버리는 것 같은 느낌을 받았다. 분위기가 변했다. 몸이 굳어버리는 느낌과 동시에 주변의 온도가 싸늘하게 내려앉는 것 같았다. 추워졌다. 몸이 바들바들 떨려왔다.

황제의 목소리가 들려왔다.

"맹랑한 계집."

쿵!

심장이 아주 잠깐 멎었다. 약 1초 동안 뭔가가 내 심장을 콱 움켜쥐고 누르는 것 같았다. 무서웠다. 말로는 형용하기 어려운 공포가 밀려들었다.

"감히 날 속이려 들어?"

마력 구속이다. 몸이 말을 듣지 않았다. 숨이 막혀 왔다. 죽을 것 같았다.

'갑자기 왜……?!'

모르겠다. 머릿속이 텅 비어버린 것 같다.

"사실을 말하지 않으면 정말로 죽여 버리겠다."

죽음의 공포가 온몸을 지배했다. 하지만 실낱같은 이성의 끈은 놓치지 않았다. 15년 동안 이 세계에서 살아남았다. 그동안 배우고 갈

고닦은 건 눈치뿐이다. 죽을 것 같다는, 말로 표현할 수 없는 공포감이 몰려들었지만 참아냈다.

'저 사람은 황제야. 정말 사실을 알고 있다면 이런 쇼는 벌이지 않겠지. 쇼를 벌일 필요가 없는 지위의 사람이니까. 이건 나를 시험하는 거야. 분명해. 확실해 이건.'

대학교 교양 시간에 프로파일 기법과 비슷한 것을 배운 적이 있다. 범인을 압박하여 자백을 유도하는 수법이 있다고 들었다. 아무래도 그것과 비슷한 것 같다. 내 생각은 확신이었다. 생각해 보라. 황제의 입장에서 나를 협박할 이유가 어디 있겠는가. 정말로 그렇게 생각한다면 '감히 황제에게 거짓말을 하다니' 하고 죽여 버리면 그만이다.

'이 세계의 여자들이라면 무서워서라도 사실을 말하겠지.'

얼굴이 터질 것 같았다. 온몸이 폭발할 것 같은 끔찍하고 두려운 느낌. 나는 필사적으로 말했다.

"제가 죄를 지었다면 마땅히 죽어야 합니다. 감히 제가 저의 하늘이자 태양이신 황제 폐하를 기만하려 하였다면 제 목숨이 백 개, 천 개라도 하늘이 저를 용서치 않을 것이어요. 저는 지금 이 자리에서 죽는다 하여도 황제 폐하의 존안을 봐온 것만으로도 충분히 영광이고 행복해요."

순간, 나를 구속하던 마력의 힘이 사라졌다. 황제가 피식 웃었다.

"많이 놀랐느냐?"

나는 캑캑대느라고 대답을 제대로 못했다. 황제가 물으니까 대답은 당연히 해야 한다. 어떻게든 하려고 했다.

"됐다. 그렇게 억지로 대답하지 않으려 해도 된다. 내 잠시 장난을 조금 쳐봤을 뿐이다. 너는 확실히 다른 계집들과는 달리 재미있는 구석이 있구나."

고려 왕국, 왕성 기록의 관.

강서영이 물었다.

"폐하, 무엇을 그렇게 즐겁게 보시어요?"

"둘이 있을 때엔 당신이라 하라고 했을 텐데. 그새 잊었나?"

강서영의 얼굴이 빨개졌다. 10년 전만 해도 '당신'이란 말이 잘 나왔었는데 이젠 잘 안 나온다. 나이를 먹는 증거인 것 같았다.

김훈상은 종이를 읽었다. 그 종이는 다름 아닌 김상희 공주의 손편지. 김훈상이 비웃었다.

"겨우 이까짓 내용으로 내게 자랑을 하다니."

강서영은 조금 이상함을 느꼈다. 강서영은 김상희만큼은 아니지만, 아니, 김상희를 따라가려면 아직 한참 멀었지만 그래도 김상희에게 보고 배운 것이 좀 있다. 지금 김훈상의 표정은 아주 즐거워 보였다.

"가소로운 계집 같으니라고."

헤벌쭉 웃는 저 모습 자체는 아주 행복해 보이는데, 막상 말투는 그렇지 않았다. 말로는 욕하는데 표정은 칭찬하는 그런 느낌이랄까?

'표정만 보면 마치 아들을 얻으신 것 같은 느낌인데…….'

김훈상이 또 히죽 웃었다.

"정말 해괴하지 않나? 겨우 이런 걸로 자랑질이라니. 응당 당연한 일인 것을."

그렇다. 자신의 피를 이어받았으면 1등 정도는 당연한 거다. 그게 설사 계집아이라 할지라도 말이다. 이건 아주아주 당연한 일이며 자랑할 가치도 없는 일이다.

"저는 당신이 무슨 말씀을 하시는 건지 모르겠어요."

김훈상은 자리에서 일어섰다. 때문에 강서영은 당황했다. 오늘 밤은 다른 침실로 가시려나 보다 하는 기분이 들었다. 그런데 놀라운 일이 벌어졌다. 편지라 짐작되는 저 종이를 김훈상이 들어서 직접 책상 위에 올려놨기 때문이다. 저렇게 간직(?)해 놓은 종이가 벌써 세 장이다.

'도대체 무슨 내용이 있기에 저렇게 직접 운반하시지?'

보통은 그냥 마력으로 휙 던진다. 김훈상쯤 되면 뒤로 던져도 원하는 위치에 정확하게 놓을 수 있다. 그런데 굳이 그걸 손으로 들어서 직접 옮기다니. 지구식으로 치자면 만능 리모컨이 있는데 일부러 수동 조작하는 느낌이다.

'설마 내가 모르는 어떠한 은어가 있는 걸까?'

하기야 그럴 수밖에 없다. '가소로운 계집'이라고 말했다. 아까의 말과 합쳐서 생각해 보자면 '한낱 계집 따위가 무언가로 왕에게 자랑을 했다'라는 건데, 상식적으로 말이 안 되지 않는가. 계집이 어떻게 왕에게 자랑을 하겠는가.

'중요한 무역 문서쯤 되나 보다.'

강서영은 신경을 끄기로 했다. 저런 건 알아서 좋을 게 없다. 계집이 감히 왕의 행사에 신경을 쓸 수는 없는 노릇이니까.

김훈상이 말했다.

"가까이 와라."

강서영의 얼굴이 붉어졌다. 일단 침대에서 일어서서 가까이 가기는 갔다. 김훈상이 피식 웃었다. 손을 천천히 들어 올렸다.

"옷은 내가 벗긴다고 했잖아."

강서영의 얼굴이 더욱더 빨갛게 달아올랐다.

"내 즐거움을 빼앗지 마라."

김상희는 겨우 살아나왔다.

'아, 정말 죽는 줄 알았다. 무슨 장난을 그렇게 살벌하게 쳐?'

황제는 장난이라고 말했지만 김상희는 그 말을 전부 믿지는 않았다. 황제가 왜 굳이 장난을 치겠는가. 분명 뭔가 있기는 있었다. 어쨌거나 지금 중요한 건, 범의 아가리 속에서 살아나온 것 같다는 거다.

'하여튼 난 살았어.'

제3관 기숙사로 돌아왔다. 그나마 이 3관 기숙사는 살 만한 곳이다. 우리 둘째 망나니 비위만 어떻게든 잘 맞추면 나한테 이보다 편한 곳은 없다.

……그런 줄 알았다.

"너, 죽고 싶냐?"

이 목소리가 들려오기 전까지는. 여기에 있어서는 안 될(?) 사람이었다. 어째서 네가 여기에 있는 거냐!

도대체 무슨 일일까, 내가 뭘 잘못했을까를 아주 빠르게 고민해 봤다. 눈치를 보아하니 내가 잘못한 게 맞기는 맞는데 뭘 잘못했는지는 모르겠다. 이럴 땐 내가 독심술이라도 익히고 있으면 좋겠다니까. 일단 정석적인 대답은 해야겠지.

"소녀는…… 죽는 것은 두렵지 않으나 죽으면 오라버니의 얼굴을 뵙지 못할 것 같아 그게 너무나 두려워요."

아니, 별로 두렵지 않아. 망나니야, 너 그리고 그러지 좀 말라고. 나는 익숙해져서 그렇다 쳐도 다른 애들은 네가 대뜸 '죽고 싶냐?' 하고 물으면 진짜 벌벌 떤다고. 어휴, 진짜. 정말 리얼이다. 다른 공주라면, 나이가 어린 공주라면 정말로 오줌을 쌀 수도 있다. 김환석 특유의 카리스마와 분위기는 가히 상상을 초월할 정도니까. 오죽하면 우리 둘째 망나니도—둘째 망나니가 힘은 더 세다—첫째 망나니한테 기를 못 펼까. 저 망나니는 나를 또 뚫어져라 쳐다봤다. 김환성도 첫째 망나니를 발견했다.

"형아, 왔어?"

"그래."

"똥개가 죽을죄를 지었어?"

"……."

첫째 망나니는 또 한참의 침묵을 유지하다가 둘째 망나니에게 말했다.

"가서 씻고 와. 냄새가 고약하다."

"그래?"

김환성은 코를 킁킁댔다. 야, 거기 말고. 거긴 암내잖아! 좀!

"냄새 나? 나는 모르겠는데. 씻고 올게."

김환성은 씻으러 갔다. 또 시간이 흘렀다. 얘는 또 왜 이렇게 날 뚫어져라 쳐다보고만 있는 거냐? 뭐라고 말이라도 좀 해봐. 질식사할 것 같으니까.

"너."

"네, 오라버니."

"……."

불렀으면 말을 해라. 왜 말을 못하니? 아니, 안 하는 거겠지만.

"편지."

편지? 음, 그래, 편지. 그게 뭐 어쨌다고? 앞뒤 다 자르고 그거 하나만 말하면 끝이냐? 나보고 어쩌라고? 멍치를 겁나 세게 맞아봐야 똑바로 말할 수 있겠니? 는 그냥 내 속마음이고 나는 차분히, 그리고 최대한 예쁘게 웃으면서 기다렸다.

또 시간이 흘렀다. 적어도 10분 이상은 이 긴장 상태를 유지한 것 같다. 발바닥에 땀날 것 같아.

"왜 난 한 장이냐?"

그제야 나는 알게 됐다, 얘가 왜 이러는지. 얘는 이상하게 내 편지에 집착하는 경향이 있다. 다른 건 잘 모르겠는데 손 편지는 좀 좋아하는 것 같다. 그 왜 내가 여기 오기 전에도 편지하라고 했었잖아.

'개차반한테는 3장 정도 썼었지.'

아마 재는 이걸 따지려는 것 같다. 와, 설마 얘 이거 따지려고 여기까지 온 거야? 아니, 아니지. 뭔가 중요한 얘기가 있다고 제국을 찾는다는 소식을 들었던 것 같다. 겸사겸사 들른 것 같다. 동생 얼굴–나 말고 남자 동생인 김환성–도 볼 겸해서.

'그러니까 개차반한테는 3장, 자기한테는 1장 써줬다고 삐졌나?'

에이, 설마. 그런 건 아니겠지? 저 망나니가 어떤 망나니인데.

'에이, 아닐 거야.'

그리고 얘가 정말로 편지를 좋아하고 집착한다고 가정하더라도 나는 얘가 원하는 걸 다해 주면 안 된다. 언제나 중요하다. 좋아하는 걸 줄 듯 말 듯, 안 줄 듯 말 듯. 너무 줘도 안 되고 너무 안 줘도 안 된다. 나는 언제나 줄타기 중이다.

"아버님은 고려의 태양이시니 소녀가 좀 더 길게 쓴 것 같아요."

가라. 회심의 돌직구.

"소녀는 오라버니를 생각하며 편지를 쓸 때마다 너무나 행복하고 즐거워…… 수십 장을 넘게 쓸 것 같은 불길함에 애써 짧게 자른 것이어요. 소녀의 손과 마음을 주체할 수가 없을 것 같아서요. 그것이 오라버니를 언짢게 했다면 소녀를 혼내 주시어요."

……나는 나를 잊기로 했다. 그래, 내 자존심 따윈 없어. 없는 거야. 으아, 회심의 돌직구. 말이 좋아 돌직구지 이건 사기다. 내가 말하고도 미치겠다. 손가락이 손바닥을 파고들 것 같아. 발가락은 발바닥을 파고들 것 같아. 15년간 이 짓(?)을 해오기는 했지만 정말 도무지 익숙해지질 않는구나. 하지만 한 가지는 확신할 수 있었다.

쟤 지금 좀 풀렸다. 아니, 많이 풀렸다. 다행이다.

김환성도 밖으로 나왔다. 수건으로 머리를 대충 털면서 터벅터벅 걸어 나오는데 물을 제대로 닦지 않아서 물이 뚝뚝 떨어졌다. 너 몸 좋은 거 알겠으니까 옷은 좀 입어줄래? 팬티 바람으로 돌아다니는 거 좀 그렇다 얘.

"다과를 준비해 올게요."

"앉아. 시녀 있으니."

원래대로라면 '네' 하고 대답하고 앉아야 한다. 이 세계에서 여자는 수동적인 동물이니까. 하지만 나는 맞받아쳤다. 원래는 안 되는데 이런 경우에는 괜찮다. 아부성 발언을 다분히 포함한 이런 반항 정도는 애교로 먹힌다. 아마도 죽이진 않겠지. 아마도.

"오라버니들을 위해 소녀가 직접 대접하고 싶어서 그래요. 허락해 주시면 안 될까요?"

김환석은 조금 고민하는가 싶더니 결국 고개를 끄덕였다. 나는 과일을 먹고 있는 김환성의 아구리(?)를 향해 주먹을 날리고 싶은 걸 겨우 참았다. 물론 겉으로는 배시시 웃었으나 아마도 내 이마에는 힘줄이 돋아나고 있지 않았을까?

"그니까 형아, 있잖아, 한진수가 재 막 껴안고, 피 나고 그랬다?"

"……."

김환석 저 자식, 사과 집어 먹으면서 저렇게 무게 잡고 먹어야 돼? 네가 무게 잡으면 일반 여자들은 숨 넘어 간다니까? 좀 편하게 먹게 해주면 안 되겠니?

"그게 끝이 아냐. 크리스인가 뭔가 하는 개똥땡이 같은 놈이 재한테 뭐라더라? 야, 똥개, 너한테 뭐라고 했어?"

그런 어려운 질문하지 마. 걔가 나한테 했던 말들을 내가 너희한테 하면 뭔 말인지 알아들을 수나 있겠냐? 알아듣는다 하더라도 거짓말하지 마라 네 이년! 하고 말하지 않으면 다행이지. 아참, 그러고 보니 이건 말해줘도 되겠다.

"첫눈에 반했다고 말하였어요. 그런데 그게 무슨 뜻인지 소녀는 알지 못한답니다. 현명한 오라버니들께서 알려주실 수 있을까요?"

아니, 없겠지. 이런 말은 사전에도 없는 말이니까. 아니나 다를까, 김환성은 고개를 갸웃했다.

"응? 그런 소리도 했었어? 그게 뭔 개소리야?"
김환석은 여전히 말없이 사과를 오물거렸다.

기본적으로 제국의 마력학원 기숙사에서는 마력학원 학생들만 잘 수 있다. 김환석이라고 해도 그 룰을 무시할 수는 없었다. 저녁이 됐고 이제 밖으로 나갈 시간이다.

'크리스라.'

정확하게는 모르겠는데 '첫눈에 반했다'라는 거, 뭔가 기분 나쁘다. 어감이 별로다. 좀 해괴망측한 느낌이랄까? 이것과 비슷한 해괴한 단어를 굳이 한 가지 더 꼽아보자면 '딸바보' 같은 말이 있겠다.

'뭔가 이상한 말이군. 느낌이 매우 나쁘다.'

제국에서 볼일은 끝났다. 제국의 공작 서너 명을 만나고 돌아왔다. 꽤나 성공적인 만남이었다. 그것까진 좋았는데 크리스와 한진수 얘기가 나와서 기분이 안 좋아졌다.

차석 교관실.

"너 뭐 하는 놈이냐?"

"둘째 왕자님이시군요."

한진수는 자리에서 일어섰다. 한진수는 김환석을 조금 어려워한다. 가진 바 능력과는 별개로 김환석은 김환석 특유의 카리스마가 있다. 감히 거스를 수 없을 것 같은 그런 느낌. 참고로 한진수는 이런 느낌을 고려의 왕과 제국의 황제에게서밖에 느껴보지 못했다. 물론 김환석이 그 정도의 중압감을 가지고 있는 건 아니었지만 하여튼 그 둘과 비슷한 느낌을 갖고 있는 건 틀림없었다.

그러나 한진수 역시 결코 만만한 상대는 아니다.

"차근차근 얘기해 주시죠. 그렇게 말씀하시면 못 알아듣습니다."

"김상희를 껴안았다고?"

한진수는 김환석을 쳐다봤다. 그걸 왜 묻는지 모르겠다.

"결과적으로 말씀드리자면 그렇습니다. 그런데 저는 정확하게 기억이 안 납니다."

"피를 쏟았다고 들었다."

"정신을 차려보니 입술에서 피가 났었더군요. 입술을 깨물었던 모양입니다."

"네 마력 보호를 뚫고 피를 낼 정도면…… 암습이었나?"

"……."

한진수는 그제야 뭔가를 깨달았다. 김환석 덕분에 머리가 맑아지는 느낌이었다. 여태까지 아예 가능성을 배제하고 있었다.

'암습……!'

그러고 보면 좀 이해가 되는 것 같기도 하다. 세상에는 아직 알려지지 않은 비밀이 많다. 수많은 고어, 고대 문명, 그리고 제국조차도 답사하지 못한 대륙의 비밀스러운 곳들까지, 마력을 응용하는 셀 수도 없을 만큼 많은 방법이 있다.

'그 당시 내 정신을 조작하여 이상행동을 보이게 만들고 나를 암습하려 했다고 가정한다면…….'

입술을 스스로 깨문 것이 아니라 공격을 당했던 거라면.

'나는 제국의 프리온 나이트다. 적은 많아.'

왜 진작 그 생각을 하지 못했는지 어처구니가 없을 지경이었다. 너무 방심했다. 스스로의 능력을 너무 과신한 것 같다. 스페셜 나이트 이주형의 은신도 알아차렸으니, 다른 놈들은 공격하지 못할 거라는 근거 없는 자신감, 그게 깨졌다.

'그리고 내가 제정신을 차린 것을 깨닫고 도망쳤겠지. 용의주도한 놈이다.'

김환석이 다시 입을 열었다.

"너는 제국의 프리온 나이트이면서, 왕국의 귀중한 자산이다. 폐하께서는 네가 태어나자마자 고려 왕가의 피를 잇게 하려 내정하셨다. 너는 그만큼 왕국에 중요한 사람이란 뜻이다. 왕가의 허락 없이 함부로 다치지 마라."

김환석은 분노를 억누르며 말했다. 스스로 생각했다.

'나는 왜 화가 나는 거냐?'

여전히 이유를 모르겠다. 한진수의 몸에서 피가 났다? 그런 경우는 아무리 생각해도 암습밖에 답이 없다. 왕국의 귀중한 인재인 한진수가 다쳤으니 고려의 왕자 입장에서는 화가 날 수도 있다. 그러나 그것 때문만은 아닌 것 같았다. 이유는 잘 모르겠는데, 김상희의 얼굴이 떠올랐다.

"미천한 계집 따위를 안는 해괴한 행위를 하니 그런 꼴을 당하는 거다. 앞으로 조심하도록."

그 말을 달리 해석해 보자면 김상희를 안지 말라는 뜻이었는데, 한진수도 김환석의 말에 동의했다. 한진수가 말했다.

"조심하겠습니다."

김환석은 걸음을 옮겼다. 누군가 아는 척을 해왔다. 자신을 미리부터 알고 있었단다. 백제 왕국의 첫째 아들 크리스란다.

"내 위에는 하나뿐인 큰 형님과 고려의 태양, 그리고 제국의 태양 황제 폐하밖에 없다. 내게서 반말을 듣는 것이 기분 나쁘다면 갈 길 가도록 해라."

크리스는 활짝 웃었다. 적의 없는 웃음이었다.

"아닙니다, 형님."

형님이란 말이 괜히 기분 나빴다. 김환석이 물었다.

"첫눈에 반했다는 게 무슨 뜻이냐?"

크리스는 머리를 긁적거렸다.

"글쎄요. 무슨 뜻인진 저도 잘……. 그냥 백제에는 그런 말이 있어서요."

"그렇군."

김환석은 볼일은 다 봤다는 듯 다시 걸음을 옮겼다. 크리스가 허리를 꾸벅 숙여 보였다.

"만나서 정말 반가웠습니다, 형님. 김상희 공주는 제가 잘 지키도록 할게요."

김환석이 멈췄다. 고개를 돌렸다. 김환석 특유의 카리스마가 복도를 가득 메웠다. 복도를 지나다니던 학생들이 일시에 걸음을 멈췄다. 몸에 소름이 돋는 느낌이었다.

"이, 이거 무슨 느낌이야?"

"쉿, 조용히 해. 저 사람이 고려의 둘째 왕자 김환석이야."

"그게 뭐?"

"김환석 왕자한테는 무슨 특수한 능력이 있어서 저주를 내릴 수 있다나 봐. 그래서 죽는 사람들도 있대. 사실이든 아니든 눈에 안 띄게 조심하는 게 좋아."

물론 헛소문이다. 김환석이 가지는 특유의 분위기 때문에 그렇지 김환석이라고 해도 멀쩡한 사람을 저주할 수는 없다.

김환석이 입을 열었다.

"네가 뭔데?"

크리스도 그 말을 예상하지 못했는지 순간 당황했다. 김환석이 다시 말했다.

"똥개는 주인이 책임지는 거다. 제삼자는 빠져."

김환석은 다시 걸음을 옮겼다.

고려로 돌아오는 비행기 안에서 김환석은 크리스란 녀석을 떠올렸다.

'그놈, 뭔가 느낌이 별로다.'

능글능글 웃는 모습이 어떻게 보면 호감적이기는 했지만 이유 모를 적대감이 치솟아 올랐다.

'첫눈에 반했다라…….'

잘은 몰라도 그 말을 들으면 괜히 기분이 나쁘다.

한편, 김상희는 의자에 앉아 열심히 손편지를 썼다. 이제는 써줘야 할 때다. 줄 땐 확실히 줘야 한다. 김환성이 심심한 듯 김상희의 뒤로 걸어와 김상희의 머리를 받침 삼아 턱을 대고 편지를 쳐다봤다.

"뭐야? 형아한테 편지 쓰는 거야? 방금 보고 갔는데 또 써?"

"소녀의 낙이랍니다."

낙은 개뿔, 귀찮아 죽겠다. 김상희는 속마음을 잘 숨겼다. 김환성은 문득 인상을 찡그렸다.

"근데 나한테는 왜 안 써?"

이 자식들이 진짜, 전생에 편지 못 받고 죽은 귀신이 씌였나! 너는 나랑 항상 같이 있는데 편지를 뭣하러 쓰냐! 김상희는 외치고 싶었다. 당연히 외치지 못했지만.

"나도 내놔."

마력도 없는 내가 편지를 그렇게 마구 쓰면 팔 아프거든? 손가락 빠개지면 네가 책임질래? 김상희는 여전히 속으로만 외쳤다. 김환성이 활짝 웃었다. 김상희의 속도 모르고 해맑은 얼굴로 개념 없이 말했다.

"나는 320장 정도면 만족할게."

김상희는 생각했다.

'죽여 버리고 싶다.'

김환성은 그것도 모자라 고개를 갸웃했다.

"그것도 너무 적나?"

무서운 건 진심이라는 거. 김환성이 마음먹고 쓰면 320장, 순식간에 쓴다. 김상희는 인내심을 발휘하며 최대한 예쁘게 웃었다.

"소녀가 진심을 담아 써드릴게요."

김훈상은 김상희의 편지를 읽었다. 오늘이 세 번째 편지다. 알렉스는 직감했다.

'폐하의 표정이 이상하시다!'

표정이 좋았다가 나빴다가를 반복했다.

"알렉스."

"예, 폐하."

"백제라는 곳을 아나?"

"자세히는 모릅니다만…… 역사가 꽤 오래되었죠. 아마 역사로만 따진다면 제국에 거의 맞먹는 수준입니다…… 마는 더 정확하게는 잘 모르겠군요. 굉장히 폐쇄적인 곳으로 알고 있습니다. 대부분의 생활을 자급자족하는 것으로 알려져 있구요. 변방의 작은 왕국입니다."

대륙에는 상당히 많은 숫자의 왕국이 있다. 제국이 관리하는 왕국 외에 이름도 모르는 중소 도시급 나라들도 있다. 제국에서는 그런 곳들까지 가서 세금을 받기는 하는 모양이지만 어쨌든 모든 나라를 제국이 관리하는 건 아니다. 가끔 이름도 모르는 그런 나라들치고 역사가 깊은 곳이 있었는데, 아무래도 백제도 그런 곳인 모양이었다.

"백제에 대해 조사해 봐."

며칠 뒤, 충격적인 이야기가 전해졌다. 나이트의 제6대대장 파커슨이 보고를 올렸다.

"백제를 조사하기 위해 파견 나갔던 나이트와의 연락이 끊겼습니다."

그리고 말을 이었다.

"아무래도…… 사망한 것 같습니다."

대대장이 '~한 것 같다'라고 보고를 올릴 때엔 90퍼센트 이상의 확신을 가지고 말한다는 뜻이다. 백제로 파견 나갔던 제6대대 나이트의 연락이 완전히 두절됐다.

김훈상이 물었다.

"네가 그렇게 말한다면 죽은 것이겠지. 묻겠다. 파견 나이트의 실력은? 상중하로 답해라."

파커슨은 잠깐 생각을 하다가 대답했다.

"하입니다."

"상으로 다시 보내."

이건 가볍게 넘길 문제가 아니었다. 임무를 수행하다 보면 죽을 수도 있다. 고려 역시, 타국의 간첩을 쉽사리 용서하지 않는다. 여기서 용서하지 않는다는 뜻은 죽인다는 뜻이다. 고려뿐만 아니라 대부분의 국가가 그랬다. 정상적인 경로가 아닌, 비정상적인 경로로 침입해 오는 모든 사람은 쥐도 새도 모르게 죽인다. 대부분의 나라가 그렇다. 당연한 말이지만 자국의 간첩이 죽은 걸론 타국에 항의할 수도 없다.

그런데 문제는 '고려의 나이트'가 죽었다는 소리다. 파견 나이트의 실력은 하. 그러나 썩어도 준치라는 말이 있다. 아무리 '하'라고 해도 '고려의 나이트'라는 소리다. 어지간한 국가의 중상급 나이트보다도 강한 게 바로 고려의 나이트다. 그리고 고려의 나이트들은 은신과 침투 및 기습에 특히 발달한 나이트들. 그 나이트가 발각되어 죽었다는—혹은 실종되었다는—것은 상당히 큰 문제라고 할 수 있었다.

'이름 있는 국가도 아니고, 근근이 명맥만을 이어가고 있는 나라가 그 정도의 저력을 가지고 있을 수 있나?'

물론, 파견 나이트가 실수했을 가능성이 더 높긴 하다. 백제, 제대로 들어보지도 못한 이름이다. 조사를 조금 해보니 특별한 건 없고 '역사만 긴' 나라이며 여성을 조금 우대하는 정책을 펴고 있다는 것 같았다. 그것 외에는 별다른 건 없었다.

"알겠습니다."

타국의 감시 및 파견 업무를 주로 맡고 있는 6대대. 6대대의 대대장 파커슨이 주먹을 불끈 쥐었다.

그때, 김훈상이 말했다.

"죽은 놈 이름이 뭐냐?"

"……정윤한입니다."

김훈상이 자리에서 일어섰다.

"가자."

6대대의 나이트들이 훈련하고 기거하는 '웅비관'으로 향했다. 6대대의 나이트들은 다른 나이트들보다 죽음의 위협에 항상 노출되어 있다. 그들에게 있어 죽음이란 그렇게 멀지 않은 곳에 있는 셈이다. 그러나 이번에는 조금 달랐다. 위험한 나라도 아니고 그저 이름만 있는 작은 나라에 침투했다가 죽었다. 이건 명백히 나이트의 실수라고 볼 수 있을 거다.

파커슨은 묵묵히 김훈상의 뒤를 따랐다.

'폐하께서…… 질책을 하시겠구나.'

그럴 수밖에 없다. 강한 나라도 아니고 약한 나라에 갔는데 죽었다? 이건 명백히 나이트의 실수니까. 그리고 부하의 잘못은 곧 상관의 잘못인 것이 바로 군대의 세계다. 곧 나이트의 실책은 대대장인 자신의 실책이었다.

웅비관에 도착했다. 김훈상이 오고 있다는 사실이 미리 알려져 있어 대대원들이 모두 전투복을 갖춰 입고 차렷 자세로 도열한 상태였다.

"차렷!"

선임 나이트가 크게 외쳤다.

척!

고려의 엘리트들답게 그들은 신속, 정확하게 움직였다. 모두가 완벽히 일치된 동작, 절도 있는 동작으로 차렷 자세를 취했다. 선임 나이트는 '국왕 폐하께 대하여 경례!' 하고 외치려고 했다. 그런데 김훈상이 오른손을 들어 올렸다.

"됐다."

김훈상의 오른손에는 국화꽃 한 송이가 들려 있었다. 파커슨은 순간 다리에 힘이 풀릴 뻔했다.

"폐하……."

국왕 폐하의 그릇을 너무 작게 본 것 같았다.

"너희의 동료가 죽었다. 나는 너희의 왕이며 곧 너희의 아버지다."

국화꽃을 파커슨에게 내밀었다.

"형제가 죽었음을 탓하는 아버지는 없는 법이다. 모두 긴장 풀어."

조용해졌다. 모두가 김훈상을 쳐다봤다. 그들도 사실 긴장하고 있었다. 전시에 죽었다면 영광스런 전사다. 그러나 별것도 아닌 임무에 죽었다면 직무 태만이다. 이번 건은 직무 태만이었다.

6대대 대대장 파커슨이 가장 먼저 무릎을 꿇었다.

"폐하!"

차렷 자세로 도열해 있던 6대대 나이트들도 동시에 무릎을 꿇었다.

"일어나. 지금은 내게 무릎을 꿇을 때가 아니다. 너희 형제들의 죽음을 애도할 때다."

충격적인 일이 벌어졌다. 고려의 태양, 국왕 김훈상이 무릎을 꿇었다. 나이트들은 감히 무릎을 꿇은 국왕을 볼 수 없어 머리를 땅에 박았다.

쿵! 쿵! 쿵! 쿵!

거대한 소리가 들렸다. 땅이 터지는 듯한 소리였다. 마력 보호를 일부러 해제하여 나이트들의 이마에서 피가 줄줄 새어 나왔다.

“나는 내가 표할 수 있는 최대한의 예의로 정윤한의 죽음을 애도한다.”

나이트들은 믿을 수가 없었다. 어떻게 국왕이 무릎을 꿇을 수 있단 말인가. 아무리 고인이 되었다지만.

“그리고 나는 너희의 왕으로서.”

나이트들은 땅을, 왕은 하늘을 쳐다봤다. 모두가 정윤한의 죽음을 기렸다.

“그리고 너희의 아버지로서 정윤한의 죽음을 절대 잊지 않겠다. 모두 복수의 칼날을 가슴에 품어라.”

나이트들이 울다시피 하며 소리쳤다.

“충성을 다…….”

그런데 목소리가 들려왔다.

“어라……? 임무 복귀했는…… 헉!”

미쳤다. 이건 미친 일이다.

“폐, 폐하!”

국왕이 무릎을 꿇고 있는데 감히 일어서 있을 순 없다. 황급히 바닥에 엎드렸다. 임무 복귀에 성공한 정윤한은 이게 도대체 무슨 일인지 모르겠다.

‘도대체 뭐가 어떻게 되어가고 있는 거야?’

……어쨌든 파견 나갔던 나이트가 살아서 돌아왔다.

정윤한은 머리를 땅에 박았다. 두 손은 뒷짐 진 상태로 엎드려뻗쳐를 했다. 이름하여 낙하산이라 불리는 자세다. 옆에는 부러진 각목이 벌써 45개다. 각목으로 엉덩이를 내려쳐서 그렇다.

"정윤한, 네가 지금 무슨 짓을 벌였는지 아냐?"

"아니, 대대장님, 저는 진짜 억울합니다. 연락 끊긴 게 제 잘못은 아니지 않습니까?"

"이 새끼가 그래도!"

파커슨도 안다. 정윤한의 잘못은 아니다. 피치 못할 사정으로 인해 충분히 그럴 수도 있다. 정윤한의 보고를 들어보고 나니 그럴 만도 했다. 그러나 정윤한 때문에 김훈상이 무릎을 꿇었다는 사실이 중요했다. 왕을 무릎 꿇게 한 죄, 그건 중죄다.

그런데 목소리가 들려왔다.

"파커슨, 그런 거라면 너부터 나한테 맞아야 하지 않겠냐?"

김훈상은 고개를 절레절레 저었다. 부러진 각목들을 봤다.

"무식한 놈들."

파커슨이 무릎을 꿇었다.

"폐, 폐하, 죽을죄를 졌습니다."

이러나저러나 사망 보고를 올린 것은 자신이었다.

"내가 죽일 것 같았으면 벌써 죽였어. 혼을 냈어도 벌써 냈다. 내가 아무런 조치를 취하지 않은 이유를 그렇게 모르겠냐? 머리는 장식이냐?"

정말 뜬금없기는 한데, 김상희의 얼굴이 떠올랐다. 그래서 저도 모르게 히죽 웃고 말았다. 낙하산 자세를 취한 상태로 힐끗 눈만 돌려 김훈상을 쳐다본 정윤한은 질겁했다.

'저, 저 포인트에서 왜 웃으시는 거지?'

아무리 눈을 씻고 찾아봐도 웃을 구석이 없는데 말이다. 그는 아마 평생 가도 모를 것이다. 딸의 얼굴을 떠올리자 저도 모르게 웃음이 나온 아버지의 이야기, 전설 속에서나 등장할 법한 이야기 아니겠는가.

"내 마음을 귀신같이 읽는 재주를 익혀 보도록 해라."

또 히죽 웃음이 나왔다. 하여튼 그 계집아이는 참 요망하다고 생각했다. 아비의 마음을 어찌 그리 잘 아는지 신기할 정도였으니까. 이놈들도 그래주면 참 좋을 것 같겠다는 생각이 들었다가 흠칫 놀랐다.

'내가 지금 계집아이를 무려 나이트들과 비교하고 있는 건가?'

말도 안 된다. 심지어는,

'나이트들보다 계집이 낫다고 생각하고 있나?'

그렇게 생각하고 있는 자신을 발견하고 충격을 받았다.

'아냐, 이건 아냐.'

나이트는 고려를 떠받치는 기둥이다. 한낱 계집아이와 비교해서도 안 되고 비교할 수도 없는 대상. 이건 자신의 잘못이 맞다.

시간이 흘렀다. 정윤한은 자신의 숙소로 돌아왔다. 고려의 나이트답게 1인실을 쓴다. 주위는 조용했다. 아무도 없었다. 정윤한의 눈이 까맣게 물들기 시작했다. 그의 몸이 약간 이상하게 움직였다. 로봇처럼 뻣뻣한 움직임이었다. 그는 혼잣말로, 아무도 듣지 못하게 중얼거렸다.

"고려 국왕 김훈상, 접선 완료. 파기되지 않았음. 미션 석세스."

내가 어마어마한 사실을 알려줄까?

김상희는 봐라.

이게 얼마나 어마어마한 거냐고? 어떻게 설명해야 할지 모르겠다. 이거 진짜 정말 어마어마한 거다. 아니, 세상에 존재하는 단어로 '어마어마하다'를 표현할 수 없을 정도다. 왜냐하면 이 편지는 바로 우리 고려의 국왕 폐하, 다시 말해 우리 개차반, 또다시 말해 지금 내 아버지인 김훈상이 보낸 편지니까.

'물론 자필 편지는 아니겠지.'

자필 편지일 리가 없다. 누군가에게 시켰을 것이다. 그런데 국왕이 아들도 아니고 딸에게 편지를 보낸다? 이건 정말 충격적인 거다. 아무도 믿지 못하겠지. 물론 내용은 겁나 허접하다.

죽지는 마라.

끝이다. 지구식으로 치자면, 이딴 게 무슨 편지겠느냐 하겠지만 이건 정말 센세이션이라고 할 수 있다. 아, 이걸 뭐라고 설명해야 할지 모르겠네. 하여튼 진짜 대박인 거다. 강조하고 또 강조하는 거 보면 얼마나 대박인지 좀 알겠지.

물론, 나는 이 짧은 글귀에 대하여 '우리 아빠는 세상에서 킹왕짱'이라는 한 문장을 A4용지 서너 장으로 늘려 써야 하는 엄청난 위기에 봉착하게 되기는 했지만.

'이 정도면 개차반도 정말 많이 변한 거네.'

처음에 내가 태어났을 땐 또 계집아이라니, 하고 우리 서영 씨를 타박하지 않았던가. 나는 조금 자신감이 생겼다.

'그래, 조금씩 한 걸음 한 걸음 나가는 거야.'

원래 변화는 사소한 것부터 시작하는 거다. 아예 변화가 없었다면 모를까, 어쨌든 내 주변은 조금씩이나마 변하고 있다. 저것 빼고.

"날아라 헝거비! 훨훨 난다 헝거비! 가랏 헝거비!"

……죽여 버리고 싶다.

"네, 오라버니!"

……내 입은 또 날 배신했지만.

2일 전.

김환석은 아버지를 뵈러 갔으나 보지 못했다. 제국에 다녀온 건에 대하여 보고를 드려야 했는데 기다려야만 했다. 김훈상이 서재에 들어가서 아무도 출입하지 말라 엄금을 내렸기 때문이다.

"제국의 황제가 날 찾아도 바쁘다 그래."

그래서 관리들이 말렸다. 아무리 그래도 황제가 찾는데 바쁘다고 할 수는 없지 않은가. 그래서 김훈상은 대충 말했다.

"그럼 아프다고 해."

저게 무슨 귀신 씻나락 까먹는 소리란 말인가. 관리들은 그렇게 생각했지만 하여튼 김훈상은 그 어느 누구도 서재에 들이지 말라고 했다. 아무래도 대단히 중요한 기밀문서를 작성하는 것 같았다. 그것도 직접 말이다.

'아, 그러고 보면…… 제국과의 은밀한 거래가 있는 것 같다.'

그러니까 저런 태도가 나오는 것 같다. 왕은 언제나 자신들의 예상을 뛰어넘었고 결과적으로 고려를 훌륭하게 잘 이끌어나가고 있다.

'그러니까 지금 이 시간 동안 황제 폐하께서 국왕 폐하께 연락할 일이 절대 없는 거지. 그 두 분은 은밀한 거래를 하고 있는 거니까!'

관리들은 뿌듯해했다. 자신들의 비상한 눈치에 감탄했다. 왕의 마음을 읽는 것, 신하에게 그건 굉장히 중요한 덕목 아니겠는가.

한편, 김훈상은 한참을 고민하다가 결국 한마디를 썼다.

죽지는 마라.

그리고 그것을 품 안 깊숙이 숨겼다. 아무도 못 보게 마력 보호까지 걸고 마력으로 숨겼다. 스스로 생각해도 어처구니가 없다. 왕인 자신이 딸에게 편지라니. 그런데 이거, 안 쓰고는 못 배기겠다. 뭔가 써야 할 것 같은 강박관념 같은 게 있다고나 할까? '이걸 보내면 답장이 또 오겠지?'라는 무의식의 외침은 무시했다.

가장 믿음직한 스페셜 나이트의 대대장 김유신을 은밀히 불렀다.

그것도 밤에 말이다. 김훈상은 엄청 중요한 것을 전달하는 듯 매우 조심스레 말했다.

"절대 내용은 확인하지 말고 은밀하게 김상희 공주에게 전달해라."

"……그렇게만 하면 됩니까?"

김환성 왕자도 아니고 김상희 공주에게?

'그러고 보니 저번에 황제 폐하가 또 김상희 공주를 보자고 했었지.'

그림이 그려졌다.

'아, 그렇다면……!'

황제가 김상희를 굳이 마력학원으로 부른 것에 대한 이유가 설명이 되지 않는가.

'계집을 연락책으로 활용할 생각은 그 누구도 하지 않을 거야. 과연…….'

그렇지 않은가? 비둘기면 몰라도 바퀴벌레로 편지를 전달하지는 않는 법이다. 남자들이라면 아무도 생각하지 못할 방법이다. 상식을 완전히 뒤엎는 거니까. 그런데 국왕과 황제는 역시 달랐다.

'이런 깊은 생각이 있으셨다니.'

왕에 대한 충성심이 무럭무럭 피어올랐다. 아무도 들키지 않게 은밀히 전달해야 하는 거라면 분명 아주아주 중요한 기밀문서일 거다. 외부로 밝혀져서는 절대 안 되는.

김훈상이 작게 말했다.

"절대 기밀을 요하는 일이다. 네가 직접 수고해 줘야겠다."

당연히 기밀을 요하는 일이다. 왕이 딸에게 편지하는 건 절대 있을 수 없는 일이니까. 만약 비밀이 새어 나간다면 왕의 위신이 땅에 떨어지게 될 거다. 그냥 떨어지는 것도 아니고 완전히 곤두박질칠 거다.

"명을 받듭니다."

김유신도 당연히 기밀을 요하는 일이라고 생각했다. 서로 생각하는 '기밀'의 개념이 조금 다르긴 했지만.

하여튼 김유신은 제국으로 향했다. 그리고 제국 마력학원에서 놀라운 상황을 목격했다.

'보고드려야 하나?'

김상희 공주를 단순한 학생으로 봤다면 모르겠지만 이젠 그게 아니라는 걸 안다. 황제와 왕을 잇는 중요한 비밀 다리이지 않은가. 그런 상황이다 보니 아무래도 보고를 올려야 할 것 같았다. 아니, 올려야만 했다. 고려로 돌아온 지나치게 충직한 김유신이 사실을 곧이곧대로 말했다.

"폐하, 김상희 공주의 신변에 문제가 좀 생겼습니다. 징계 위원회가 열릴 모양입니다."

제15장
시체가 된 김상희

며칠 전.

제1차 승급 시험은 김상희가 1등이라는, 모두가 놀랄 만한 결과로 끝이 났다. 사실상 1차 승급 시험은 그렇게 중요하다고 보기는 힘들었다. 1차보다는 2차가, 2차보다는 3차가 더 중요했다. 다시 말해 1차 시험의 비중은 세 번의 시험 중에서 가장 적다고 할 수 있다. 비중이 적었어도 어쨌거나 1차 시험의 1등은 김상희였다. 문제는 이번 팀 프로젝트에 있어서 김상희와 아무도 같은 팀을 하고 싶어 하지 않는다는 것.

'아무리 그래도 계집 따위와 힘을 합칠 수는 없지.'

김상희가 놀라운 능력을 발휘하기는 했지만 그래 봐야 1차 시험이었을 뿐이다.

'김상희가 정말 놀라운 힘을 가지고 있다고 하더라도…….'

그래도 자존심이 허락하지 않는다.

'아니, 그건 분명 운이었을 거야.'

그 자존심은 김상희의 실력을 운으로 치부해 버리고 말았다. 그들이 살아온 환경은 계집의 능력을 인정하기엔 조금 무리가 있었다. 그런데 한 명은 달랐다.

"제가 김상희와 같은 팀을 하도록 하겠습니다."

프리지아는 의외라는 눈길로 크리스를 쳐다봤다.

'크리스.'

프리지아는 크리스를 약간 알고 있다. 프리지아 역시 이 세계의 여인이다. 아무리 마력을 갖고 태어났다고 해도 일단 기본적으로 계집이기 때문에 알게 모르게 무시를 많이 받는다. 그런데 크리스는 약간 특이했다. 다른 아이들이 의식적으로 혹은 무의식적으로 무시하는 눈빛을 보낼 때도 크리스는 항상 호감 어린 눈빛을 보내곤 했으니까. 다른 건 둘째 치고 수업 태도는 정말 좋은 편에 속했다.

'그러고 보니…….'

크리스가 이상한 내기를 걸었다는 소문을 들은 것 같기는 하다.

'참 이상한 아이야.'

프리지아는 고개를 끄덕였다.

"좋아요. 크리스와 김상희, 두 명을 팀으로 인정하겠어요."

물론 다른 학생들은 어이없다는 듯 크리스를 쳐다봤다. 어떤 학생은 크리스를 한심하다고 생각했다.

'계집 따위와 같은 팀을 자청하다니.'

저놈은 남자의 자존심도 없는 것 같았다. 그래도 대놓고 크리스를 무시하지는 못했다. 왜냐하면 크리스는 이 클래스의 '진정한' 1등이었으니까. 다시 말해, 김상희를 제외한 1등, 전체 등수로 보자면 2등이었으니까 말이다.

프리지아가 말을 이었다.

"하지만 이번 팀 프로젝트는 3명이 한 조예요."

어디 보자. 프리지아는 명단을 슥 훑었다. 이번 프로젝트는 각자가 원하는 사람과 조를 편성해야 했다. 그 인원은 총 3명.

"미안. 나는 다른 곳에 붙을게."

크리스는 김상희와 달리 인기가 많았다. 적어도 같은 팀이 되고 싶어 하는 학생은 널리고 널렸다. 크리스와 같이 성적이 좋은 학생과 같은 팀을 하게 되면, 성적에 좋은 영향을 끼칠 수 있으니까 말이다. 하지만 크리스가 김상희와 합류하겠다고 말한 순간, 그 인기는 식어버렸다. 아무리 그래도 계집 따위와 뭔가 같이 일을 진행한다는 건 말이 안 되는 일이다.

프리지아가 결정을 내렸다.

"이동수 학생 한 명이 남네요."

"……네."

이동수에게 눈이 쏠렸다. 이동수는 다른 아이들에 비해 몸집이 굉장히 컸다. 고도, 그것도 초고도의 비만이었으며 살이 너무 찐 바람에 마력의 흐름 역시 불안정하다고 했다. 처음 입학할 때는 제법 엘리트 소리를 들었다. 성적 역시 굉장히 뛰어났다. 크리스가 2등, 그리고 이동수가 3등이다. 불과 한 등수 차이지만 학생들의 선호도는 극과 극으로 갈렸다. 살이 굉장히 많이 찌게 되면서 학생들에게 놀림도 많이 받았다. 그는 다른 아이들에게 점차 소외되었다.

"어쩔 수 없이 이동수 학생이 크리스 학생, 김상희 학생과 같은 팀이 되어야겠어요."

나는 크리스, 이동수와 같은 팀이 되었다. 이번 프로젝트는 크게 두 가지 주제를 가지고 있었다. 하나는 교과서에는 없는 고어를 일정 분량 이상 해석하는 것이었고, 또 하나는 아직 해석하지 못한 고어를 해석해 오는 것이었다.

'진짜 해석하지 못한 고어를 해석하란 뜻은 아니겠지?'

현재 학생이 아닌 교관들, 그리고 날고 기는 학자들도 해석하지 못한 고어를 학생들이 해석할 수 있을 리 없다. 교관들은 학생들에게 '진짜 고어 해독'을 원하는 건 아닐 것이다. 다만 여러 가지 방법으로 해석을 시도해 보고 고민하는 그 과정에서 제법 그럴싸한 답을 내놓는 것을 원할 것이다.

'좋았어.'

크리스는 내게 예전부터 호감을 보여 왔으니 차라리 잘된 것 같다. 어딘가 의뭉스러운 구석이 있어서 완전히 믿지는 못하겠지만, 그래도 내게 적대감이 없다는 것 정도는 확실했다. 그것만 해도 다행이다. 어쨌든 내게 첫눈에 반했다고 고백한 아이다. 당분간 나를 해하거나 하지는 않을 거다.

그런 의미에서 이동수는 내게 적합한 팀원이라고 할 수 있겠다. 이 아이는 남자임에도 불구하고 남자들 틈바구니에 끼어서 기를 못 펴는 아이, 그 왜 동병상련 같은 거 있잖아. 물론 나는 계집이고 재는 남자니까 어마어마한 신분의 격차가 있기는 하지만, 그래도 어디까지나 능력 같은 건 상대적인 거다. 얘는 남자들에게 항상 무시를 받아왔다. 그러니까 일정 부분 나랑 비슷하다는 소리다. 실제로 얘는 나를 막 대한 적도 없고 내게 명령을 내린 적도 없다.

아참, 그리고 한 가지 방침이 내려왔다. 이제 같은 클래스의 학생에게 호칭은 무조건 '학우님'으로 통일하게 됐다. 왕자든 뭐든 그런 거 상관없이 '학우님'이다. 학생의 계급 간 차별을 막기 위한 방침이었다.

"김상희어요. 잘 부탁드려요. 이동수 학우님."

"그래."

얘는 보통 다른 남자들과 말할 때에는 말을 더듬는다. 하지만 내 앞에서는 아니었다. 굉장히 당당해 보였다. 내게 손을 내밀었다. 나는 그 손을 잡았다. 크리스가 그 손을 툭툭 쳤다.

"동수야, 이 손 나만 잡을 거거든?"

크리스는 내 허락도 없이-애초에 내 허락이 필요하지도 않은 일이지만-동수의 손을 치우고 내 손을 꽉 잡았다.

이봐, 악수치고는 너무 과하다고.

"크리스…… 학우님?"

……넌 악수를 도대체 몇 초를 하는 거냐? 내가 정확히 세어봤는데 벌써 15초가 넘게 흘렀다. 이만 놔주시지? 이제 17초가 지나간다.

크리스는 이 세계 상식으로는 여전히 이해되지 않는 말을 아무런 거리낌도 없이 내뱉었다.

"손잡고 있으니까 좋다. 그렇지 않아?"

그래, 너는 좋을 수 있겠지. 사실 넌 잘생겼어. 100프로 믿지는 못해도 일단 착해. 이 세계에는 없는 착함이야. 그래서 네 손을 잡고 있는 게 그리 불쾌하지는 않아. 그래, 손잡고 있는 건 그냥 그렇다 치자. 그런데 문제는 이 분위기 어쩔 건데?

'아무리 봐도 크리스 저놈은 제정신이 아니야.'

대놓고 이렇게 말을 하는 사람은 없었지만 그래도 나는 느껴졌다. 눈칫밥 먹고 살아온 지 15년. 얼굴이 화끈화끈거린다. 애들은 크리스를 정신병자처럼 쳐다봤고 나는 감히 남자의 손을 잡고 안 놔주는 버릇없는 년이 되어버렸다. 과정이 어찌 됐든 결과는 그랬다. 억울하지만 어쩔 수 없었다.

남들의 눈이야 상관없다는 듯 크리스가 씨익 웃으며 말했다.

"잘해 보자고."

다른 애들 생각에 따르면 정신병자이거나 미친놈임에는 틀림없지만 잘생긴 건 확실했다. 잘생긴 놈이 웃으니까 뭐, 보기에는 나쁘지 않다. 아이돌 보는 느낌이랄까? 아냐, 이건 아줌마의 주책이 절대 아니다. 나 말고 다른 여자들을 데리고 와도 아마 비슷할…… 걸? 아마도. 어쨌든 팀이 성립됐다.

사실 이동수는 팀 프로젝트 인원 배정에 큰 불만은 없었다. 김상희라는 계집이야 신경 안 쓰면 그만이고, 크리스와 같은 팀이 되었다는 건 나름대로 좋았다. 크리스가 요즘 비록 미친놈 취급을 받기는 하지만, 그래도 고어 및 암호 해독 클래스에서 크리스를 싫어하는 학생은 없다고 해도 과언이 아니었다. 성적도 좋고 성격도 좋다. 다른 학생들은 이동수를 조롱하곤 했었지만 크리스는 그러지 않았다. 그래서 다행이었다. 뚱뚱하다고 욕하고 놀리지는 않을 테니까. 다른 아이들처럼 이런저런 심부름을 시키거나 하지는 않을 테니까.

'아니, 오히려 다행이야.'

클래스에서 이동수가 유일하게 편하게 대할 수 있는 사람이 한 명 있다. 바로 김상희. 아무리 남자들 중에서 열등하다고 해도 계집보다는 훨씬 낫다. 그게 당연하다. 여기는 그런 세상이다.

그런데 이동수는 뭔가 이상함을 느꼈다.

"크리스 오라버니, 이건 어떻게 해석한 것이어요?"

정말 이상했다.

'저 계집은 분명 92점이었는데.'

해석을 제대로 못하는 것 같다. 기존의 해석 방식을 사용하지 못했다.

'해석 능력이 대단히 떨어져.'

김상희는 이들과는 다른 방식으로 암호와 고어를 해독한다. 이들은 이 세계에서 통용되는 공식과 체계에 맞추어 그것을 토대로 '해석'하는 과정을 취한다. 그러나 김상희는 아니다. 김상희는 모든 고어가 그냥 한글로 보인다. 별다른 해석 과정이 필요하지 않다. 그러다 보니 이런 차이점이 발생하게 되는 거다.

'뭔가 이상하다. 뭔가 잘못됐어.'

그럼 그렇지. 계집 따위가 남자들을 제치고 1등을 할 수 있을 리 없지 않은가. 마력이 있는 여자인 프리지아조차도 1등은 단 한 번도 해본 적이 없다고 들었다. 하물며 마력도 없는 계집 주제에 어떻게 1등을 할 수 있단 말인가?

'저 계집아이만 없었다면 내가 2등이었을 텐데.'

크리스는 애초에 경쟁자로 생각하지 않았다. 크리스가 1등을 하는 건 상관없었다. 그런데 저런 계집아이에게 밀리는 건 죽기보다 싫었다.

'조금 더 지켜보겠어.'

나는 감탄하는 척하면서 말했다. 언제나 그렇듯 립 서비스다. 습관 같은 거.

"크리스 오라버니는 모르는 것이 없는 것 같아요."

크리스가 활짝 웃었다.

"그런데 넌 왜 몰라?"

도대체 또 무슨 소리를 하는 거냐? 크리스는 다 좋은데 가끔 이렇게 뜬금없는 말을 할 때가 있다. 개차반과 망나니들과는 다른 의미로 '명존세'를 부른다.

"네?"

"내가 널 진짜 좋아하는데, 왜 넌 그걸 몰라주냐고."

……야, 훅 들어오지 마. 나는 아직 마음의 준비가 안 됐다고. 음, 솔직히 말하면 크리스가 싫지는 않다. 그렇다고 얘를 좋아한다거나 호감이 있다거나 그런 건 아니다. 아까도 말했듯 뭐랄까, 남자 아이돌을 바라보는 그런 느낌이랄까? 하여튼 귀여운 구석이 있는 아이다. 어쨌든 이런 상황에서는 그냥 무조건 '사실'만을 말하는 게 가장 중요하다. 누가 봐도 트집 잡기 힘든 '팩트' 말이다.

"저는 이미 약혼을 한 몸이어요."

이왕이면 우리 거역 불가능한 개차반 씨도 끌어들이고,

"고려의 태양, 국왕 폐하께서 친히 주도하셨던 일이고……."

거기에 프리온 나이트 한진수도 좀 끌어들이면,

"프리온 나이트 한진수 님께서는 약혼을 성사시킬 생각을 갖고 계시다고 알고 있어요."

모든 사실은 완성. 무려 고려 왕국 개차반 씨와 프리온 나이트 한진수를 핑계 삼았는데 얘가 어쩌랴. 이 핑계를 무너뜨리려면 아마 황제쯤 되어야 할걸?

"흠, 그게 제일 문제네. 넘어야 할 산이 많아. 아버님께 인정도 받아야 하고. 할 게 많다."

누구 마음대로 아버님이냐? 너 그 소리 개차반 앞에서 잘못했다가는 큰일 날걸? 별로 포기하는 모양새는 아니었다. 애초에 이 녀석은 포기를 모르는 것 같았다.

그때 여태까지 잠자코 있던 이동수가 입을 열었다. 내게만 당당한 이 녀석.

"야, 김상희."

"네, 이동수 학우님, 말씀하시어요."

"너 이거 해석해 봐."

어라? 저거 어제 수업 시간에 나왔던 것 같은데? 어떻게 해석했더라? 뭐, 일단 답부터 말해보자면 저건 '태양 제국 잉카 문명'에 관한 내용이다. 긴 내용은 아니고 그저 태양신이 이 땅에 내려와 숨결로 태양을 만들고 달의 신이 내려와 눈물을 흘려 달을 만들고 뭐, 그런 얘기. 별 내용이 없는 신화 얘기다.

문제는 내가 저걸 어떻게 해석하느냐에 관한 거다. 나는 공부를 열심히 한다고는 해도, 기본적으로 머리가 딸린다. 생각해 봐. 슈퍼컴퓨터랑 일반 컴퓨터랑 싸움이 되겠어? 재네는 어마어마한 CPU를 가진–마력이 있으니까–슈퍼컴퓨터고 나는 고물 컴퓨터인데. 복습을 한다고 하는데, 정공법으로 따라가기 힘든 건 사실이다.

'그냥 답을 말해버리면 이상하겠지?'

그렇다고 그냥 모른다고 말하기에도 좀 그렇다. 아까부터 느낀 건데, 얘 뭔가 이상하다. 나를 시험하려는 듯하다. 황제 앞에서는 무조건 모른 척했지만 얘 앞에서는 어느 정도 아는 척을 해야 할 것 같은 기분이다. 그렇긴 한데, 어떻게 얘를 납득시켜야 할지 딱히 떠오르는 게 없었다.

'해석하는 척 연기를 하면 되겠지.'

부끄럽다고 말한 뒤, 공책을 꺼내 해석하는 척을 했다. 어쨌거나 답만 보여주면 되니까. 그래서 나는 일부러 맞춤법 몇 개를 틀리게 하여 글을 적어 보여줬다. 그런데 이동수 이놈, 반응이 이상하다.

"공책 내놔."

크리스가 인상을 찡그렸다.

"이동수, 너 김상희한테 왜 그래?"

이동수는 나한테 말할 때와는 달리 크리스에게는 상당히 조심스럽게 말했다. 말투 자체가 확 달라졌다.

"화, 확인해 봐야 할 게 있어서…… 벼, 별건 아냐……."

별거 아니지 않다. 솔직히 나도 얘가 이렇게까지 나올 줄은 몰랐다. 나는 제대로 해석하는 방법을 모른다. 대충 끼적여 놓기는 했으나 정확한 방법은 절대 아니었다. 하지만 나는 거부할 명분도, 권리도 없었다. 나는 힘없는 계집아이이다.

결국 난 공책을 빼앗겼다. 이동수는 나를 한바탕 노려보고는 공책을 빼앗았다.

“이건 내가 잠시 빌리겠어.”

……빌리는 거 아니고 빼앗는 거잖아? 그런데 괜찮겠어……? 나는 묻고 싶었다. 그거 우리 개차반 씨가 선물해 준 건데. 어떻게 하면 ‘아빠, 나 공책 빼앗겼어요. 잉잉’의 내용을 정중하고 아름답게 표현할 수 있을까를 생각해 봤다.

하루 뒤, 나는 교장실로 호출을 받아야만 했다.

“김상희.”

“네, 교장 선생님.”

“해석해 봐라.”

이거, 느낌이 별로 안 좋다. 나는 이 문제들을 기억하고 있다. 1차 승급 시험 때 나왔던 문제들이다.

‘교장 선생님이 갑자기 왜……?’

나는 이유를 곧 알 수 있었다.

“역시 못 하는군.”

그래, 나는 너희가 하는 방식으로는 해석 못 해. 하지만 그렇다고 내 능력을 모두 까발릴 수는 없잖아? 아마 이걸 밝히게 되면 학자들이 내 몸을 해부할지도 모른다. 개차반이나 망나니가 지켜주기도 전에 말이다. 농담 같지만 진짜다. 여긴 어처구니없는 일이 아주 자주 일어나는 곳이다. 생각해 보면 백주 대낮에 윌리엄에게 그런 일을 당할 뻔한 것도 말도 안 되는 일이지 않은가.

“일단 돌아가 있어라. 곧 징계위원회가 열릴 테니 마음의 준비를 하고 있도록.”

무슨 소리인가 하니,

"아무리 미천한 계집아이라지만 감히 신성한 학원에서 부정한 방법으로 점수를 취득하다니."

교장은 내가 커닝을 했다고 확신하는 것 같았다. 자, 일반적인 상황에서 생각을 해보자. 벌레만도 못한 계집이 커닝을 했다. 그래서 하늘 같은 남자들을 넘어서서 1등을 했다. 이건 뭐 답이 안 나오는 상황이다. 일반적으로 살펴보자면 그렇다. 하지만 내게는 하루의 시간이 있다. 나에 대한 처분이 떨어지는 것도 며칠은 걸릴 거다.

'방법은 있어.'

징계위원회가 열릴 것은 확실했다. 그리고 계집인 내게 엄격한 처벌이 이루어지는 것도 맞다. 매장당하다시피 할 거다. 이곳에 추천을 해준 황제 폐하의 이름을 더럽혔다는 이유로 사형당할 가능성도 매우 농후하다. 어처구니없지만 이곳은 그런 세계다. 이 정도 이유로도 충분히 죽고도 남는다.

'상황을 타개해야 해. 여기서 무너질 수는 없어.'

나는 갈 길이 멀다. 이 개똥 같은 세상에서 뭐 한번 해보지도 못하고 매장당할 수는 없다. 복도를 걷는데 이동수가 날 툭 쳤다. 얘 입장에서 툭 친 거고, 내 입장에서는 매우 아팠다. 2미터는 날아가 넘어진 것 같다. 아이고, 온몸이 쑤시네.

"건방진 계집년! 감히 신성한 마력학원에서 커닝을 해? 찢어 죽여도 시원찮을 년 같으니라고."

모든 상황이 그려졌다. 얘가 날 이상하게 생각했고, 내 해석 노트를 가지고서 교관들에게 고자질을 했고, 교장이 그걸 확인했다. 그래서 이제 징계위원회, 다른 말로 하자면 마녀재판이 시작되겠지.

지금부터 나는 나대로 작전—작전이라 쓰고 살아남기 위한 몸부림이라 읽는다—시작이다.

……그리고 이동수 너, 딱 걸렸어. 여자가 한을 품으면 오뉴월에도 서리가 내리는 법이야.

나는 내 나름대로의 방법을 모색하기로 했다. 심하면 사형을 당할 수도 있다. 다른 건 문제가 안 되는데 황제의 얼굴에 먹칠을 했다는 게 가장 큰 문제다.

'현명하게 잘 대처해야 해.'

나는 기숙사 방으로 돌아왔다. 우리 둘째 망나니는 남의 속도 모르고 드르렁드르렁 코를 골며 잘도 자고 있었다.

'분명 스페셜 나이트가 호위하고 있겠지.'

모르긴 몰라도 분명히 그럴 거다. 나는 뭐 어찌 되었든 상관없겠지만 김환성은 아니다. 김환성은 고려 왕가의 '남자'다. 그러니까 분명히 스페셜 나이트가 있을 거다. 좋았어, 작전 시작이다.

힘없이 걷는 시늉을 했다. 다리에 힘이 풀린 듯 철푸덕 주저앉았다. 좋아, 이만하면 자연스러웠어. 그리고 무릎을 꿇고 바닥에 엎드렸다. 신에게 기도를 하듯 두 손을 모으고 눈물을 쥐어 짜냈다.

"소녀는 정말로 억울해요."

아주아주 작은 목소리로 말했다. 내가 아무리 작은 목소리로 말한다 하더라도, 스페셜 나이트는 그걸 들을 수 있을 거다. 괜히 스페셜 나이트가 아니다.

“소녀가 감히 황제 폐하를 능멸하였다면 이 목숨, 백 개를 드려도 아깝지 않아요. 하지만 소녀는 결단코 그런 일이 없어요.”

열심히 연기했다.

“어찌 미천한 계집 따위가 그런 바보 같은 짓을 하겠어요? 알렉스 학자님의 지도 아래 암호와 고어를 해독할 수 있는 고려 왕가만의 비밀스런 방법을 폭로할 수 없던 것이었는데, 소녀는 황제 폐하의 얼굴의 먹칠을 하게 된 것 같아요. 소녀는 도대체 어찌해야 할까요?”

고려 왕국의 비밀스런 해독 방법과 황제 명예 실추, 이 둘 다 내가 감당하기에는 어려운 것. 아마 스페셜 나이트가 듣기에도 납득하고 있을 거다. 그리고 이 중얼거림은 실시간으로 왕궁으로 보고되겠지.

한바탕 연기를 하고 나는 문득 정신을 차린 듯 일어섰다. 내가 생각해도 나 요즘 연기에 물올랐다. 눈물이 많이 나왔다. 물론 단지 연기일 뿐이라고 하기도 어렵다. 이러나저러나 나는 지금 위기 상황에 빠진 거니까. 지구 상식으로 보면 정말 황당한 일이 아닐 수 없다. 뭐, 쉽게 설명하자면 커닝했다는 것도 아니고, 커닝했다는 의혹 때문에 사형당할 위기에 처한 거니까. 황당하지? 정작 당사자인 나는 얼마나 황당하겠어. 그나마 익숙해져서 다행이다. 이런 어처구니없는 위기, 슬프게도 많이 겪어봤다. 때리지 않으면 사형이라고 왕명을 내리던 몰상식한 작자 아래에서 컸는데 뭐.

그리고 여기서 좀 더 흐느껴야겠지. 깊은 잠에 빠진 김환성도 들을 수 있도록. 나는 흐느끼면서 편지를 들었다.

“소녀는 죽을 때 죽더라도 사랑해 마지않는 아버님과 오라버니들을 위하여 편지를 쓰겠어요. 소녀의 마지막 말이 될…….”

나는 입을 틀어막았다. 사실 이 다음에 무슨 말을 해야 할지 순간

말문이 막힌 건데, 타이밍은 좋은 것 같다. 나는 자리에서 일어서서 편지지를 향해 절을 올렸다. 마치 유서를 쓰는 것처럼 말이다. 적어도 겉으로 보기에는 정말 비장해 보이겠지.

나는 펜을 들었다.

사랑하는 아빠에게.

나는 '아빠'라고 부를 수밖에 없는 이유를 장황하게 설명했다. 마지막이 될지도 모르는 일이니, 죽기 전에 '아빠'라고 친근하게 부르고 싶다는 이 표현을 약 3줄에 걸쳐서 썼다.

그래도 소녀가 세상을 떠나기 전, 아버님을 아빠라 부를 수 있어서 너무나 행복해요. 소녀는 세상의 모든 것을 다 가졌답니다. 저만큼 행복한 계집아이는 아마 아무도 없을 것이어요.

그래, 두 번 행복했다가는 여러 번 사형당하겠지만.

소녀는 아버님이 제 아빠인 것이 너무나 감사해요. 소녀를 아껴주시고 사랑해 주신 것을 소녀는 누구보다도 잘 알고 있어요. 부디 행복하셔요.

살려달라는 말은 하나도 안 했지만 뭐, 뜻은 전달됐겠지.

김상희의 생각과 달리 스페셜 나이트 이주형은 김환성이 아니라 김상희를 호위하고 있다. 이주형은 요즘 좀 이상함을 느낀다.

'김상희 공주는 뭔가 특이하단 말이야.'

뭐랄까, 귀엽기도 하거니와 어떻게 봐도 밉지가 않다. 상식과는 동떨어진 행동을 많이 보이기는 하는데 그 행동들이 괴팍함과 귀여움 사이를 교묘하게 왕복했다. 가끔은 김상희 공주를 보며 흐뭇하게 웃고 있는 자신을 발견할 때마다 화들짝 놀라기도 했다.

이동수가 김상희를 칠 때도 순간 울컥했다.

'내 저 쓰레기 자식을 그냥!'

왜 자신이 울컥했는지 그 이유는 그도 몰랐다. 손목을 잘라 버릴까 했지만 조금 애매했다. 김상희의 의사에 반하여 손을 대는 남자의 손목을 잘라 버리라는 것이 왕명이었는데, 이건 손이 아니라 어깨를 대지 않았던가. 스페셜 나이트 이주형은 지나치게 충직했고 왕의 왕명을 정말 곧이곧대로, 글자 그대로 수행했다.

이주형은 곧바로 보고를 올렸다. 김상희가 편지를 쓰기도 전에 이미 모든 상황은 고려에 전달된 상태.

김훈상이 시종에게 명했다.

"알렉스를 불러."

알렉스가 황급히 달려왔다.

"묻겠다. 고려 학파에 고어를 해독하는 특별한 방법이 있나? 고려만의 특별한 방식."

알렉스는 왕이 왜 갑자기 이런 질문을 하는지 이해하지 못했다. 알렉스는 현재 상황을 모른다. 그런데 김훈상 옆에 스페셜 나이트 한 명이 보였다. 스페셜 나이트가 옆에 있고, 고어에 관해 묻는다. 고려만의 특별한 방식은 없지만 특별한 방식으로 해독하는 한 사람은 알고 있다. 괜히 괴짜 학자가 아니다. 순식간에 상황을 파악했다.

'저 딸 등신의 딸에게 무슨 일이 생겼구나!'

이미 어느 정도 예측은 하고 있었다. 분명 어떤 식으로든 문제가 생길 거다. 지혜로운 김상희 공주는 자신의 능력을 함부로 발설하지 않았을 것이고, 운 나쁘게도 어떤 계기를 통해 교관들에게 들킨 것 같다.

'김상희 공주님은 특별한 방법으로 고어를 해독했으니.'

운 나쁘면 문제가 생긴다는 건 이미 예측 가능했던 일. 그 시기가 조금 이르기는 했으나 알렉스는 당황하지 않았다.

'김상희 공주는 현재 아주 중요하다.'

딸 등신의 딸이라는 것을 제외하고서라도 말이다. 하지만 알렉스가 단단히 오해하고 있는 것이 있다. 주변의 상황을 통합하여 사실에 근접한 결론을 내리는 것이 알렉스의 특기라면 특기였는데, 그 특기 덕분에 황당한 오해를 하고 있는 중 아니었던가. 김상희가 황제와 김훈상의 중요한 비밀 연락책이라는 결론을 내리고 있던 참이었다. 이것은 스페셜 나이트 김유신과 상의한 끝에 내린 결론이었다.

'나를 이렇게 따로 부르신 까닭은…… 그럴싸한 명분을 만들어야 한다는 것이겠지. 그래서 고려만의 특별한 방식이라고 강조하시는 거고.'

물론 아니다. 김훈상은 진짜 몰라서 물어본 거다. 김훈상이 인상을 살짝 찡그렸다.

"알렉스, 대답해라."

"있습니다. 김상희 공주 역시 그 방법을 알고 있습니다. 외부로 유출되어서는 안 되는 저희 학파만의 산물입니다."

김훈상은 무표정한 얼굴로 말했다.

"출발해라."

네? 알렉스는 되물을 뻔했다. '아니, 인간적으로 짐 챙길 시간은 줘야 하잖아요'라고 말하고 싶었지만 말할 수 없었다.

왕이 카드를 하나 건넸기 때문이다.

"필요한 건 현지에서 모두 조달하도록."

알렉스는 함박웃음을 짓고 싶었다.

'왕가의 경비 카드다!'

저건 한도가 없는 카드다. 행복해졌다. 요즘 안 그래도 예산이 부족하던 차였다.

"현재 제국에서만 구할 수 있는 특별한 광물 몇 가지가……."

김훈상이 말을 잘랐다.

"모든 걸 다 사도 좋다. 학문을 위한 투자이니 아끼지 않겠다."

알렉스는 김훈상의 심리 상태를 파악했다. 저 왕, 어지간히도 똥줄 타나 보다. 돈이든 뭐든, 뭐가 어찌 됐든 일단 제국 마력학원으로 보내고 보자, 뭐 이런 심산인 것 같다.

"김상희 공주를 제대로 변호하기 위해서 챙겨야 할 자료들이 조금 있습니다."

자료를 챙기러 간다던 알렉스가 다시 돌아왔다.

"폐하, 김상희 공주를 변호하기 위해 필요한……."

알렉스의 설명이 끝나기도 전에 김훈상은 왕가의 직인을 찍어줬다.

'뭐야? 이거 왜 이렇게 쉬워?'

왕의 직인은 받기 힘들다. 직인이 갖는 무게가 엄청나기 때문이다. 때문에 김훈상은 함부로 도장을 찍어주지 않는다. 아무리 알렉스의 부탁이라고 해도 말이다. 좀 섭섭해졌다.

'내가 예전에 그렇게 도장 찍어달라고 조를 때는 안 찍어주시더니.'

김훈상이 무덤덤한 눈빛으로 태연을 가장하며 독촉했다.

"뭐 해, 빨리 안 가고?"

마치 자신은 급하지 않다고 주장하는 듯 태연한 표정이었다. 하지만 알렉스는 알 수 있었다.

'어지간히 똥줄이 타시나 보다.'

알렉스는 군말 없이 제국행 비행기에 몸을 실었다. 그것도 왕실이 직접 내준 전용 초음속 제트기다. 왕가의 경비 카드를 보니 행복해졌다. 제국행 비행기 안에서 알렉스는 한숨을 내쉬었다.

'어휴, 등신들. 김상희 공주님이 얼마나 중요한 사람인데 징계위원회를 열어? 하여튼 눈치 없는 것들은 그냥 죽어야 한다니까. 황제 폐하와 국왕 폐하를 잇는 중요한 연락책인데 아랫것들이 눈치가 그리도 없어서야.'

그 말을 달리하자면 자신은 눈치의 귀재 아니겠는가. 뿌듯해졌다. 왕가의 경비 카드를 보니 더 뿌듯해졌다. 착각은 깨지지 않을 때 행복한 법이다.

징계위원회가 열렸다. 말이 좋아 징계위원회지 사실 마녀재판이다. 어휴, 그나마 12명 앞인 게 어디야. 모든 교관이 아니라 징계위원회에 소속된 12명의 교관 앞이다. 나는 12명의 교관 앞에 죄인처럼 섰다. 12명의 교관이 둥글게 모여 앉아 심문하는 듯한 눈초리로 나를 쳐다보고 있었다.

교장 틸레반이 말했다.

"김상희, 커닝한 사실을 인정하나?"

모두가 당연히 '인정해'라고 말하는 것 같은 분위기다. 와, 이거 장난 아니다. 평범한 여자라면 여기서 버티지도 못하고 '네, 하고 말았어요. 죄송해요' 하고 말한 뒤 울음을 터뜨렸을지도 모른다. 나야 망나니의 제왕 개차반 김훈상 씨, 그리고 폭풍 망나니 형제인 김환석과 김환성 앞에서 단련됐으니 망정이지, 일반적인 여자라면 이 분위기, 절대 못 버틴다.

증인 신분으로 참여한 이동수가 약간 격앙된 어조로 말했다.

"심문할 것도 없어요. 제가 다 확인했습니다. 저 계집년은 감히 남자들을 상대로 부정한 행위를 저질렀습니다. 그로 인해 황제 폐하의 위신에도 흠집을 냈습니다. 찢어 죽여야 마땅한 계집입니다."

나는 숨을 골랐다. 당황하지 말자. 지금 당장 이 자리에서 나를 죽이거나 하지는 않을 거다. 고려에도 분명 소식이 전해졌을 거다. 안 전해졌을 리가 없다. 오늘 나올 때도 둘째 망나니에게도 흘리듯 말을 해놓고 나왔으니 망나니도 지금 고민하고 있을 거다. 나는 내가 할 수 있는 최선을 다해 최대한 담담한 어조로 말을 했다.

"저는 목숨이 전혀 아깝지 않습니다."

내가 입을 열었다는 것만으로도 교관들은 불쾌한 듯했다. 이거 참 문제긴 하다. 내가 말을 하면 계집 따위가 감히 말대꾸를 한다 하여 욕을 먹을 테고, 말을 안 하면 또 계집 따위가 남자의 질문에 대답하지 않았다 하여 욕을 먹을 테니까. 딜레마라면 딜레마다.

"하지만 미천한 제가 감히 황제 폐하를 욕되게 할 수 없어 이 자리를 빌려 말씀을 드리겠습니다."

감히 황제 폐하를 욕되게 할 수 없다. 이 말은 누가 들어도 수긍할 수 있는 말이니까. 교관들도 내 말을 자르지는 않았다. 100퍼센트 맞는 말을 하고 있으니까 말이다.

"고려에는 고어를 해독하는 고려만의 방식이 있습니다. 그 방식을 감히 제가 퍼뜨릴 수 없어 교장 선생님께 제대로 해명하지 못한 점 정말 송구스럽게 생각하고 있습니다. 그러나 황제 폐하를 욕되게 할 수 없어…… 고민하고 또 고민한 끝에 그 비밀을 밝힙니다."

교관들이 어이가 없다는 듯 나를 쳐다봤다. 그럴 만도 하다. 계집 따위가 감히 고려만의 은밀한 해석 기법을 알고 있다고 말하는 거 아니겠는가. 차라리 닭이 하늘을 난다고 하면 믿을 양반들이다.

이동수가 코웃음을 쳤다.

"황당한 계집아이로군."

김환성은 안절부절못했다. 자리에 앉아 다리를 덜덜 떨기도 해보고 손톱을 잘근잘근 깨물기도 했다.

"커닝은 나쁜 거야. 황제 폐하를 욕되게 했으니 사형은 당연하지."

김환성의 상식상으로도 그랬다. 똥개가 1등을 했다는 사실은 알고 있었다. 그러나 그 이유를 알지는 못했다. 그나마 합당한 가정이 있다면, 그 클래스의 학생들이 전부 꼴통이라는 가정. 그렇지 않고서야 계집이 어떻게 1등을 할 수 있겠는가? 중요한 사실이 아니라서 그냥 대충 그런가 보다 하고 생각했었는데 그게 아닌가 보다.

"계집년 주제에 감히 신성한 시험에서 그런 짓을 저지르다니."

그렇게 말을 하기는 했는데 너무 초조했다.

"아씨, 미치겠네."

사형당해도 싸다. 분명 이성은 그렇게 말하고 있다. 그런 계집 따위가 존재한다면 고려 왕가의 체면도 상하는 것이다.

"왜 이러지, 나?"

초조하고 불안하고 짜증이 난다. 몇 분이 흐르고 나서야 김환성은 자신의 상태를 자각했다.

"걱정돼서 미치겠네."

자리에서 벌떡 일어섰다. 상식적으로 생각하면 김상희가 벌을 받는 건 당연하다. 그건 당연한 거고 이 세계의 질서다.

"그딴 거 알 게 뭐야?"

에이 씨팔, 모르겠다. 그런데 생각해 보니 무슨 방법이 있는 건 아니었다. 잘 모르겠으니까,

"일단 깽판부터 치자."

그렇게 결심했다. 김환성은 남이 들으면 기겁할 말을 아무렇지도 않게 했다.

"죽이지만 않으면 되겠지 뭐."

교관 12명을 상대로 얼마나 깽판을 칠 수 있을지, 그건 잘 모르겠다. 어쩌면 반대로 제압당할 수도 있다. 그런데 지금 당장 떠오르는 방법이 그거밖에 없었다. 뒷일은 나중에 생각하기로 했다.

"어떻게든 되겠지."

12명의 교관은 거대한 마력 파동을 감지했다. 이런 느낌, 예전에도 받은 적이 있다. 과거 윌리엄 왕자 사건 때, 거대한 두 힘이 맞부딪친 적이 있다. 당시 수석 교관이었던 한진수와 고려 왕국 셋째 왕자 김환성이 마력 다툼을 할 때였다. 거의 그때와 흡사할 만큼의 거대한 힘이 느껴졌다. 교장은 인상을 찡그렸다.

'설마…… 또?'

잠시 징계위원회가 중단됐다. 틸레반이 말했다.

"교관들, 어서 나가보세요. 차석 교관에게도 연락하고."

'거대한 마력을 가진 괴물의 등장인가, 그도 아니면 한진수나 김환성인가?'

정답은 멀리 있지 않았다.

"씨팔! 니네 다 죽었어!"

김환성이 고래고래 소리를 지르며 달려오고 있었다. 김상희를 근접 호위하고 있던 이주형이 얼른 스페셜 필드를 펼치고 김환성을 막아섰다.

"왕자님! 무슨 짓입니까! 교관들을 상대로 폭행이라도 하시려고요?"

"아, 몰라! 그딴 거!"

'그딴 거 모르면 안 되지 않습니까? 도대체 무슨 생각입니까?' 하고 묻고 싶었다.

"빨랑 비켜! 내가 졸라 열심히 생각해 봤는데."

"왕자님!"

"상식이고 뭐고 그딴 건 나중 문제잖아! 내 똥개는 패도 내가 패고 죽여도 내가 죽여!"

"왕자님! 그래도 이건 아닙니다!"

"너, 한 번만 더 막으면 너부터 족친다."

그때 이주형이 뭔가를 발견했다. 밖에서는 스페셜 필드 안이 안 보이지만 안에서는 스페셜 필드 밖이 보인다.

"저분은 알렉스 학자님 아닙니까?"

알렉스의 목소리가 들려왔다.

"고려 왕가의 직속 학자 알렉스입니다. 교관님들께 인사 올립니다. 김상희 공주가 억울하게 징계를 받게 될 수도 있다는 소식을 전해 듣고 급히 찾아왔습니다. 김상희 공주 대신 제가 변론을 하도록 하죠."

알렉스가 김상희를 봤다. 정체불명의 학문, 상희학을 공부하던 알렉스가 또 한 가지 가설을 세웠다. 이 가설은 자신의 현재 상태에 기반한 가설이었다.

〈김상희가 억울한 상황에 처하면 주변의 남자들은 화가 난다.〉

스스로 생각해 봐도 좀 이상한 가설이었다. 어쨌든 알렉스가 입을 열기 시작했다. 저 공주님은 황제와 왕을 잇는 중요한 사람이라고, 너희는 모르겠지만. 알렉스는 피식 한 번 웃은 뒤, 화려한 말발로 주위를 접수하기 시작했다.

'어라? 저 사람은…….'

"고려 왕국의 학자 알렉스라 합니다. 반갑습니다."

알렉스 학자님이다. 때마침 좋은 시기에 오셨구나. 아무래도 나나 김환성의 일거수일투족이 고려에 실시간으로 전달되고 있는 것 같다. 내 예상보다 훨씬 빨리 오셨다.

"일단 자료 먼저 정리하겠습니다."

세상에! 저 조그만 가방에서 무슨 서류가 저렇게 많이 나와? 신기한 도구네 저거. 교장 선생님이 말했다.

"귀하가 이곳에 방문하신 이유는 무엇입니까?"

알렉스 학자님이 씨익 웃었다.

"그야 당연히 왕국의 보배 김상희 공주님을 변론하기 위해서죠."

"와, 와, 왕국의 보배?"

"뭐, 뭐라고요! 보, 보배?"

와, 선빵부터 세네. 이곳 상식으로는 말도 안 되는 저걸 그냥 핵직구로 날렸다. 뭐, 나도 잊고 있었지만 거짓말은 아니다. 그래, 왕국의 보배가 맞긴 맞다. 그냥 칭호만 받은 거긴 하지만 어쨌든 그것만으로도 교장에게는 엄청난 충격이겠지. 쳇, 보배는 개뿔, 매일 똥개 취급만 받는데.

"자, 이 자료들을 보시지요."

알렉스 학자님이 손가락을 탁탁 튕겼다. 서류 뭉치들이 이리저리 날아다녔다. 12명의 교관에게 한 뭉치씩 떨어져 내렸다. 역시 마력이라는 건 엄청 편리하단 말이야. 그런데 저거 약간 무례한 행위이기는 하다. 대놓고 무례한 것도 아니고, 그렇다고 또 예의에 맞는 것도 아니고 어중간한 행위. 뭐라고 하기에도 좀 그렇고, 또 가만히 있자니 살짝 기분 나쁜 행위 말이다.

'일부러 자극을 하고 계신 것 같아.'

일부러 자극을 해서 뭔가를 얻어내려는 심산인 것 같다. 그리고 굳이 내 이름 뒤에 '님' 자를 붙였다. 압존법적인 관점에서 보자면 이들을 무시하는 것이 된다.

"결론부터 말씀드리겠습니다. 김상희 공주님이 커닝을 하여 제국을 기만하였다는 그 말, 저는 절대 동의하지 못합니다."

이곳의 대표는 바로 교장인 틸레반. 틸레반이 바로 되물었다.

"하지만 정황이 그렇습니다. 김상희 공주는 자신의 실력을 증명해 보이지 못했습니다."

"김상희 공주님은 고려 왕국만의 특별한 방식으로 계산을 하여 고어를 해독합니다."

좋아! 잘한다, 알렉스 학자님! 슬픈 말이지만 같은 말을 해도 내가 하는 것과 알렉스 학자님이 하는 건 완전히 다르다. 내가 백 번, 천 번 말하는 것보다 알렉스 학자님이 한 번 말하는 게 최고다. 말이 가지는 무게 자체가 다르다.

"특별한 방식이 있다는 말은 처음 듣습니다."

뻥치지 마! 내가 있다고 했잖아.

"그럴 리가요. 눈이 있되 보지 못하고, 귀가 있되 듣지 못하셨겠지요. 김상희 공주님은 여러 차례 고려의 특별한 방식이 있다고 말씀하셨을 텐데요?"

"……."

'계집의 말을 어떻게 믿나?'라고 되묻는 듯한 저 눈길, 황당하긴 하지만 이곳에선 저럴 수밖에 없다. 저렇게 태어났고 저렇게 생활해 온 사람들이다. 저 사람들을 탓할 생각은 없다.

그런데 이동수, 뭔가 마음에 안 드는 것 같은 눈치다.

"부정한 방법으로 1등을 했는데 그걸 숨기려 드는 건 너무 치졸한 행위 아닙니까?"

교관들은 순간 당황한 것 같았다. 이 자리에서 갑자기 이동수가 말을 할 줄이야. 교관들도 가만히 있는데 말이다. 교관들이 제지하기도 전 알렉스 학자님은 기회를 놓치지 않았다.

"어떤 것이 부정한 방법이라는 소리죠?"

"어떻게 마력도 없는 계집이 고어를 그토록 자연스레 해석할 수 있다는 겁니까?"

알렉스 씨는 잠시 눈을 감았다가 떴다.

"그 말인즉, 고려의 모든 학파를 무시하는 것이라 봐도 되겠습니까?"

"그, 그런 뜻이 아니지 않습니까?"

"저는 분명 고려만의 방법이 있다고 했습니다. 귀하가 말하는 것처럼 겨우 계집아이를 위해 고려가 저를 파견했을 것 같습니까? 거짓말을 대신해 주기 위해? 귀하의 논리는 이렇습니다. 계집아이가 고어를 그렇게 해석할 수 있을 리 없다. 그런데 그 계집아이가 1등을 했다. 말이 안 된다. 고로 부정한 행위를 저질렀다. 그래서 처벌해야 한다. 이것 아닙니까? 맞습니까?"

"바, 바로 그것입니다."

알렉스 씨가 피식 웃었다.

"첫 번째 대전제부터가 틀렸는데 그 이후 논리가 어떻게 성립하겠습니까? 계집아이가 고어를 그렇게 해석할 수 없다고요? 그걸 어떻게 확신하죠?"

"다, 당연한 얘기이지 않습니까? 실제로 김상희는 이곳에 계신 여러 교관님 앞에서 자신의 실력을 입증해 보이지 못했습니다."

알렉스 씨가 고개를 끄덕였다.

"과연 그렇군요."

"그렇습니다!"

"자, 상황을 반대로 생각해 보지요. 평소에 벌레만도 못하다고 생각하는 계집아이가 있습니다. 그런데 그 계집아이가 감히 남자들 앞에서 자신의 실력을 뽐낼 수 있다고 생각합니까?"

"실력이 있다면 얼마든지 그럴 수 있지 않습니까?"

아니, 미쳤냐? 절대 못 하지. 잘난 척한다고 안 까이면 다행이겠다. 내가 정말 여러 번 느끼는 건데, 이 세계 남자들은 여자에 대한 개념 자체가 너무나 희박하다. 그런 의미에서 알렉스 학자님은 진짜 변종이다. 설마 뭐, 여성학 이런 거 공부하거나 그러는 건 아니겠지?

알렉스 씨가 말을 이었다.

"그래서 결국 그 실력을 증명해 보였더니 이 꼴이 난 거 아닙니까?"

"제대로 증명하지 못했기 때문입니다."

"증명하지 못하다뇨? 증명하지 않은 것과 증명하지 못한 것에는 큰 차이가 있습니다. 제가 만약 이 자리에 없었고, 김상희 공주님 스스로 자신의 능력을 보여줬다면 역시나 부정한 방법이라 몰아갔겠죠. 아, 여러분을 탓할 생각은 아닙니다. 상식적으로 생각해 보면 맞는 말입니다. 어떻게 계집아이가 고어를 그토록 해석할 수 있단 말입니까?"

알렉스 학자님이 제안했다. 교관들에게 고어를 내오라고 했다. 무작위로 말이다.

"제가 보증하겠습니다. 고려만의 방식으로 해석을 부탁드립니다, 공주님."

고려만의 방식, 그런 거 없다. 지금 알렉스 씨는 12명의 교관 앞에서 뻥을 치고 있는 거다. 내게 살짝 윙크하는 모습은 익살스럽기까지 했다. 저 아저씨 진짜 괴짜는 괴짜라니까.

어쨌든 나는 나만의 방식으로 고어들을 해석해 냈다. 내가 나만의 특별한 방식을 스스로 그냥 하면 자만이자 믿을 수 없는 것-즉, 사기 치는 것-이 되는데, 고려 학자의 보증 아래 특별한 방법을 사용한다면 얘기는 달라진다.

교관들도, 이동수도 눈을 크게 떴다.

"이, 이럴 수가!"

"마, 말도 안 돼……!"

알렉스 씨가 말을 이었다.

"거기 있는 자료들은 김상희 공주님과 우리 고려 학자들이 머리를 맞대고 연구한 내용들입니다. 김상희 공주님의 공이 굉장히 컸지요. 무죄인 사람을 보고 무죄를 증명하라는 어처구니없는 발상은 누구에게서 나온 겁니까?"

"……."

"유죄라 주장하는 사람이 유죄임을 밝혀야 하는 게 정상 아닙니까? 왜 무죄인 사람이 무죄를 증명해야 하죠?"

"……."

"뿐만 아니라 김상희 공주님이 황제 폐하를 욕되게 했다고 주장하는 걸로 알고 있습니다. 그런데 반대로 생각해 보죠. 황제 폐하를 모욕하고 있는 것은 바로 당신들입니다."

틸레반이 움찔했다. 저 말, 굉장히 위험한 말이다. 감히 황제 폐하를 모욕한다니.

"그, 그런 말도 안 되는 말은 삼가 주십시오!"

"황제 폐하께서 김상희 공주를 직접 이 학원에 넣으셨습니다. 황제 폐하께서 김상희 공주님의 능력을 일찌감치 알아차리셨기 때문이죠. 황제 폐하의 안목이 여기 계신 귀하들의 안목보다 낮다고 생각하시는 겁니까?"

"그렇지 않습니다. 말도 안 되는 말씀이십니다."

"그런데 어째서 김상희 공주님의 능력을 그토록 과소평가하시는지 납득이 되질 않네요. 황제 폐하의 안목을 얼마나 낮춰서 보셨는지 궁금하군요. 실제로 황제 폐하의 이름을 욕되게 하고 있는 것은 바로 귀하들이란 생각을 해봅니다."

이유는 사실 간단하다. 내가 계집아이기 때문이다. 지렁이가 하늘을 난다고 말하면 누가 믿을쏘냐. 거의 그런 개념에 가깝다고 보면 된다.

"김상희 공주님이 귀하들 앞에서 능력을 제대로 보이지 못한 것은 첫째, 고려 왕국만의 특별한 해석 기법을 발설할 수 없었기 때문이며, 둘째, 스스로 잘났다 여기는 남자들 앞에서 감히 잘난 척을 할 수 없었기 때문입니다. 이래도 이해를 못하시겠다면 저 같으면 교관 자리 사표 냅니다."

교관들은 충격을 받았다. 저 말을 거꾸로 해보자면 저 계집아이가 충분한 능력이 있음에도 불구하고 그 능력을 보여주지 않았다는 것이 아니겠는가. 그것도 일부러 말이다. 계집아이에게 그런 능력이 있다는 것도 놀랍거니와, 그런 능력을 가지고 있어도 남자들 앞에서는 숨겨야 한다는 것도 처음 알았다. 그런 생각 자체를 안 하고 있었다.

알렉스는 철두철미했다.

"이것은 고려 왕가의 직인입니다. 김상희 공주의 능력이 보장되어 있는 보증 문서죠. 혹시 몰라 제가 받아왔습니다. 직.인.입니다."

김상희 공주의 능력을 보증하는 보증서에는 고려왕의 도장이 찍혀 있었다. 황제의 보증—황제가 김상희를 이 학원에 넣었으므로—뿐만 아니라 고려왕의 직인까지 나타났다.

"설마 계집아이의 무죄를 증명해 주기 위해 고려의 국왕 폐하께서 친히 직인을 찍어주셨다고 생각하십니까?"

모두가 아니라고 생각했다. 그럴 리 없지 않은가. 여담이지만 사실을 되짚어 보자면 김훈상은 생각도 안 하고 그냥 대뜸 도장부터 찍어줬다. 알렉스는 그 과정에서 섭섭하기까지 하지 않았던가.

김훈상은 뭔지 제대로 살피지도 않고 도장부터 찍어줬다. 만약 알렉스가 나쁜 마음을 먹었더라면 왕을 상대로 사기를 쳤을지도 모를 일이겠지만 알렉스는 그러지 않았다. 당시 알렉스는 굉장히 놀랐다. 평소라면 절대 하지 않으실 실수를 이렇게 버젓이 해버리고 있지 않는가. 그래서 알렉스는 상희학에 관한 연구를 더욱더 진척시킬 수 있었다.

—김상희 공주(이하 딸이라고 칭한다)가 위험에 빠졌다는 판단이 들면, 국왕 폐하(이하 아버지라 칭한다)께서는 약간의 심신미약 상태에 빠져들며 논리적 · 이성적 사고 판단이 불가능해진다.

어쨌거나 교관들의 생각과는 달리 고려왕의 도장의 무게는 매우 가벼웠었다.

"이런데도 김상희 공주님을 유죄라고 주장하는 사람이 있다면, 이는 고려 학파를 상대로 선전포고를 하는 것이라 받아들이겠습니다."

"크, 크흠……!"

교관들은 아무런 말도 못했다. 어떻게 감히 고려 학파에게 정면 도전을 하고, 또 고려왕의 직인이 들어간 보증 문서가 있는데 반박을 한단 말인가! 이쯤 되면 만약 김상희가 실제로 잘못을 저질렀다고 해도 눈감아줘야 할 판이다.

틸레반은 생각했다.

'고려 왕가에서 한낱 계집 따위를 위해 거짓말을 할 리는 없다. 진실을 말하고 있는 거야. 하물며 왕의 직인이라니, 백 프로 진실이 아니라면 사용할 리가 없겠지.'

그 진실, 알게 되면 아마 까무러칠 거다. 알렉스의 표현을 빌리자면 딸 등신이 그냥 막 찍어준 거였으니까.

알렉스는 자신만만한 눈동자로 주위를 둘러봤다.

"이의 없으십니까?"

모두가 알렉스의 눈을 피했다. 괜히 눈 마주쳤다가 질문이라도 받게 되면 곤란할 것 같았다. 크흠, 다들 헛기침만 하면서 고개를 돌렸다. 김상희를 문책하던 그 살벌한 기세는 온데간데없이 사라져 있었다. 그런데 누군가 한마디를 더 보탰다.

"저 역시 김상희 공주의 능력을 보증하겠습니다."

모두가 출입구 쪽을 향해 눈을 돌렸다. 차석 교관 한진수의 모습이 보였다.

"차석 교관님……?"

시찰을 돈다고 징계위원회에 참석하지 않았었는데, 시찰이 끝난 모양이다. 한진수가 저벅저벅 걸어왔다. 제국의 프리온 나이트, 세계가 낳은 대천재가 풍기는 위압감은 12명의 교관을 전부 누르면 눌렀지, 결코 밀리지 않았다.

"차석 교관의 자리를 걸고 보증하죠. 이만하면 됐습니까?"

된 게 아니라 너무 넘친다. 거꾸로 생각해 보니 김상희 공주의 능력을 믿지 않으면 황제 폐하를 모욕하게 되는 것이 된다. 게다가 고려왕의 직인까지 있다.

뿐만 아니라 계속 김상희 공주의 유죄를 주장하면 고려 학파와도 싸워야 할 판이다. 그뿐이랴, 차석 교관이 자기의 자리까지 걸고 공개적으로 보증을 하고 나섰는데 여기에 무슨 말을 더하랴. 괜히 말 잘못했다가는 묻힐 판인데.

알렉스는 한진수를 쳐다봤다.

'한진수까지 나타날 줄은 몰랐는데.'

김환성이 나타나 깽판을 부릴 수도 있다고 생각했다. 그럴 가능성이 농후하다고 생각했는데 다행히–이주형이 없었으면 이미 깽판 쳤겠지만—그런 일은 벌어지지 않았다.

차석 교관 한진수가 김상희를 밖으로 데리고 나왔다.

"오, 오라버니."

"감사해할 필요 따위는 없다."

"그, 그게 아니라……."

"나는 고려의 사람이 억울한 누명을 쓰고 있는 게 짜증이 날 뿐."

"그, 그게 아니라 소, 손을……."

한진수는 무덤덤한 표정으로 김상희를 쳐다보다가 이내 화들짝 놀랐다. 그의 입장에서 화들짝 놀란 거다. 한진수는 김상희의 눈앞에서 순식간에 사라졌다.

"쟤는 뭐 급한 일이 있나?"

스페셜 필드를 빠져나온 김환성이 고개를 갸웃했다. 한진수가 창문 밖으로 뛰어내렸기 때문이다. 참고로 이곳은 17층이다. 다시 말해, 한진수가 찔끔 놀라면 17층에서 뛰어내리는 괴현상이 발생한다.

"저, 저기 봐. 차석 교관님, 또 수련을 하고 계셔!"

"마력 풀 방전 상태를 만드시려는 건가!"

이전에 차석 교관 한진수 때문에 수련 열풍이 불었었다. 한진수가 또다시 열심히 달리다. 마력을 가진 남자들이 봐도 제대로 보이지 않을 만큼 빠르게 달리고 있었다. 덕분에 한진수의 얼굴이 붉어진 건 아무도 눈치채지 못했다.

한진수는 미친 듯이 달리면서 오른손에 남아 있는 감촉을 느껴봤다.

'손을…… 잡은 건가……?'

정확히 말하자면 손은 아니고 팔목이었다.

'헉……!'

순간, 학생 한 명과 부딪칠 뻔했다. 겨우 몸을 틀어서 피했다. 땅바닥을 굴렀다. 그 모습이 학생들에게는 신선한 감동으로 다가왔다.

"저렇게 몸을 아끼지 않으시다니."

학생들의 눈으로 보면 한진수는 이곳의 학생들과 부딪칠 일이 없다. 천재니까. 절대 실수 같은 거 안 한다. 실제로 저런 속도로 달리면서도 모래바람 하나 일지 않고 있다. 얼마나 뛰어난 마력 컨트롤 능력을 갖고 있는지 쉽게 알 수 있는 대목이다. 그런 사람이 사람과 부딪친다? 말도 안 되는 일이다. 그런 의미에서 저렇게 몸을 날린다는 건 마력 방전을 위한 하나의 방법으로밖에는 안 보였다. 정작 당사자는 정말 놀라서 피한 거지만 말이다.

'손을…… 잡았다……!'

이게 도대체 뭐라고 왜 아직까지도 심장이 이렇게 쿵쾅대는 건지 모르겠다. 팔목을 잡았는데 뭔가 부드러운 감촉이 손바닥에 남아 있는 것 같은 느낌이 들었다.

'미치겠군.'

뛰어야겠다. 안 뛰면 미칠 것 같았다. 말로 표현은 못하겠는데 하여튼 심장이 마구 뛰었다. 김상희의 얼굴도 계속 아른거렸다. 김상희의 붉어진 얼굴이 다시 한 번 떠올랐다.

'그 계집아이의 팔목에 괴상한 뭔가가 있는 것 같다.'

아무도 눈치채지 못했지만 한진수의 얼굴도 붉어졌다. 손을 자꾸만 쳐다봤다.

'손을…… 잡았다.'

쿵! 쿵! 쿵! 쿵!

심장이 고장 난 것처럼 뛰었다.

우리 둘째 망나니가 말했다.

"야, 똥개."

"네, 오라버니. 소녀가 여기 있어요. 말씀하시어요."

"……물어왔 할래?"

자, 내가 쟤 심리 상태를 유추해 보겠다. 나는 지금 나름대로 큰일을 겪었다. 얘가 나한테 '물어왔 할래?'하고 물어보는 건, 즉 '괜찮아?' 하고 물어보는 거다.

더 정확히 말하자면 얘는 내게 어떤 위로를 건네야 할지 몰라서 저 딴 말 같지도 않은 질문을 하는 거다. 아니, 하면 죽여 버릴 거야, 라는 내 속마음은 철저히 숨겼다.

"소녀가 어찌 감히 오라버니의 행사에 간섭할 수 있겠어요? 다만 물어왔을 하고 나면 소녀는 지쳐서 쓰러질 수도 있을 것 같아요."

그 말에 망나니의 표정이 조금 진지해졌다.

"그럼 하면 안 되겠네. 하여튼 약해 빠져 가지곤."

헝거비를 품 안에 갈무리하는 김환성. 너는 어딜 가나 그 헝거비, 안 떼어 놓고 다니는구나. 용하다 용해.

좋아, 이쯤에서 연기 한번 해줘? 나는 휘청거렸다. 일부러 말이다.

좋아, 어색하지 않았어. 자연스레 다리가 풀렸어. 이름하여 연약한 척이다. 이건 우리 둘째 망나니한테 엄청 잘 먹힌다. 쟤는 '내가 제일 세'를 언제나 주장하는 애다. 그래서 얘 앞에서 연약한 척하면 얘의 허세력을 하늘 끝까지 채워줄 수 있다.

……분명 그랬는데…… 문제가 조금 발생했다.

'이, 이런 걸 원한 건 아니었는데…….'

모두가 나를 쳐다봤다. 아니, 쳐다보고 있는 것 같다. 나는 얼굴을 푹 숙였다. 망나니의 등에 얼굴을 묻었다. 미쳤어! 이건 너무 과하다고 이 자식아!

"에, 에그머니나!"

시녀 중 한 명의 비명이 들려왔다.

그래, 분명 놀랐겠지. 놀랄 수밖에 없어. 귀신이라도 본 것 같을 거야. ……왜냐하면 내가 지금 얘한테 업혀 있으니까. 기절한 척해야겠다. 그래야 그나마 명분이 살지. 멀쩡한 정신으로 감히 왕자님 등에 업히는 정신 나간 공주가 되진 말아야 할 것 아냐.

엄청 충격이겠지. 아마 나를 시체라고 생각하고 있지 않을까? 아니나 다를까, 순식간에 이상한 소문이 퍼지기 시작했다.

뭐, 따지고 보면 그렇게 이상한 소문도 아니다. 얘가 날 업고 걷기 시작할 때부터 나는 이미 예상했다. 이른바, '김상희 시체설'. 시체가 되지 않는 이상 왕자가 공주를 업을 리는 없지 않은가. 그게 지극히 당연한 상식이다. 나는 또 학생들 사이에서 시체로 각인되고 있겠지.

'아, 불행해.'

예전에 왕궁에서도 이런 경험이 있지 않았던가. 또 시체 취급받고 있다.

제3관 기숙사. 나는 내 의지와는 상관없이—망나니의 등에 업혀 있으므로—이곳에 도착했다. 아니나 다를까, 시녀가 비명을 질렀다가 황급히 입을 틀어막았다. 망나니가 말했다.

"아씨, 죽을래?"

야, 그런 말 하지 말라고. 네가 그런 말 하면 쟤 진짜 죽는 줄 알고 겁먹는다니까? 생각해 보면 지금 이 상황이 저 시녀에게는 얼마나 공포스러울까? 장난 아닐 거다.

시체라 짐작되는 공주가 등에 업혀 있는 상태고, 그 상황에서 그 살인자가 '너 죽을래?' 하고 묻는다면 얼마나 공포스러운 상황이겠냐.

망나니는 나를 소파에 눕혔다.

"아, 힘들었다."

그리고 엄청 생색냈다.

"야, 내가 이렇게 천천히 걷는 거 무지 힘든 일인 거 알지?"

암, 알고말고. 너는 세상에서 제일 센 오라버니이며 걸음조차도 빛을 능가하는 어마어마한 속도로 걷는 킹왕짱 센 오빠니까. 날 무섭게 하지 않으려고 천천히…… 어라? 진짜 그러네? 나도 잊고 있었는데 이 망나니, 이상하게 나를 많이 신경 써주는 것 같다. 여자에 대한 개념도 조금씩 생기고 있는 모양이고. 지성이면 감천이라더니, 그 말이 맞기는 맞는 것 같다.

망나니가 말했다.

"쉬고 있어. 난 샤워하러 갈 테니."

시녀가 쭈뼛쭈뼛 다가왔다. 아주 조심스레 다가와서 손가락으로 나를 콕 찔렀다.

"사, 살아 계셔요……?"

그럼, 살아 있지. 네 눈에는 내가 귀신으로 보이니?

"사, 사, 살아 계시군요!"

시녀의 눈에 눈물이 맺혔다. 그래, 언니가 네 맘 다 알아.

"다행이어요."

시녀가 울먹거렸다. 많이 놀랐지? 우쭈쭈. 그래서 한 가지 팁을 주기로 했다.

"가까이 와보렴."

시녀는 여전히 무서운지 쭈뼛쭈뼛 다가왔다.

"얼른, 귀 대봐."

어마어마한 팁이라고. 시녀의 귀에 속삭였다.

"앞으로 오라버니가 '죽을래?'하고 물으면 '왕자님을 위해서라면 기꺼이 죽을 수 있어요'라고 대답하렴."

시녀의 얼굴이 핼쑥해졌다. 그러다 진짜 죽을 수도 있다고 생각하는 것 같다. 야, 아무리 그래도 우리 망나니 그렇게 살인 좋아하는 애는 아니거든? 망나니라서 좀 문제긴 하지만 말이야.

'진짜로 죽이지는 않는다니까?'

뭐, 나는 좋은 팁을 줬으니까 이 팁을 활용하냐 마냐는 네 몫이겠지. 아, 그러고 보니 우리 송수진 씨는 잘 지내고 있나 모르겠네. 나는 송수진 씨가 업어 키우다시피 해서 컸다. 그러다 보니 송수진 씨랑 있는 게 편하다. 손발이 잘 맞는다고나 할까? 내게도 많이 익숙해져 있는 상태라서 답답한 면도 적고.

'송수진 씨를 좀 부를까?'

당연히 내가 내 입으로 '송수진 씨 좀 보내주세요'라고 말하면 안 된다. 절대 그럴 수 없다. 이 세계에서 계집은 계집 나름대로의 방법이 있다.

'개차반한테 편지를 또 써야겠지.'

나는 자못 비장한 얼굴로 책상에 앉았다. 편지의 내용을 구상해 봤다. 별 내용은 아마 안 들어갈 거다. '위대하고 멋지고 상냥하시고 훌륭하신 아빠 덕택에 위기에서 탈출하였어요. 아빠 사랑해요. 그런데 제 시녀였던 송수진 씨가 그리워요. 같이 있으면 편할 것 같아요' 이 짧은 문장을 A4용지 서너 장으로 늘려서 써야 한다. 이런 식이라면 나 소설 써도 되겠어.

사랑하는 아버님께.

……일단 편소설(편지와 소설을 합친 말)부터 쓰고 보자.

고려 왕국 제1대대 스페셜 나이트, 제국 파견 임무 수행 중인 이주형 나이트는 울고 싶어졌다. 국왕이 불쑥 전화를 걸어와 문책했던 것이다.

–너, 임무 태만이냐?

스페셜 나이트는 특별한 신분이다. 제1대대이며 대대장 김유신 외에 국왕인 김훈상이 직속상관으로 있다. 그래서 김훈상과 직통으로 연결되는 라인을 가지고 있다.

실시간으로 보고도 올리고 있는 중이고. 그런데 오늘은 된통 깨지

게 생겼다. 뭔지는 몰라도 왕이 임무 태만이라는데, 거기에 대고 반박할 수 있을 리 없다

"죄송합니다."

–뭐가 죄송한데?

"임무를 태만시했습니다."

–진짜 죽을래?

아니, 나보고 어쩌라고? 이주형은 정말 울고 싶었다. 스페셜 나이트 임무 수행 이래 최대의 위기다.

'이 임무, 맡는 게 아니었는데.'

제국 파견 임무, 엄청 쉬울 거라고 생각했다. 그래 봐야 김상희 공주를 호위하는 일 아닌가. 사실상 엄청난 괴물이 나타나지 않는 이상 제국 내에서, 그것도 학원 내에서 김상희 공주에게 위험한 일이 발생해 봤자 그 수준은 뻔하지 않겠는가.

'도대체 뭐가 뭔지 모르겠다.'

그런데 이 임무 너무 이상하다. '김상희의 의지에 반하여 손을 대는 모든 남자의 손목을 잘라라'가 원래 명령이었다. 나름대로 그 명령, 충실히 이행하고 있다고 생각했다.

김훈상의 목소리가 들려왔다.

–내가 김상희 잘 지키라고 했지?

아니, 당신이 언제요? 왕님, 왕 폐하, 그런 말한 적 없잖아요. 손목 자르라면서요? 이주형의 머리로는 이해할 수 없었다. '김상희의 의지에 반하여 손을 대는 모든 남자의 손목을 잘라라'가 도대체 어떻게 '김상희를 잘 지켜라'가 되는 건지 모르겠다. 의문점은 꼬리에 꼬리를 물고 계속해서 나타났다.

'아니, 그리고 도대체 지켜야 한다는 건 무엇으로부터 어떻게 지키라는 거야?'

이주형의 입장에서 생각해 보면 정말 억울한 일이다. 간단한 예를 들어 보겠다. 얼굴을 향해 주먹만 한 돌이 빠른 속도로 날아온다고 가정해 보자. 이주형의 입장에서는 피할 필요도, 막을 필요도 없다. 그 정도 작은 충격은 마력이 알아서 보호를 해준다. 바람이 분다고 해서 그걸 열심히 막는 사람이 없는 것과 마찬가지다. 하지만 김상희에게는 굉장히 치명적인 위협이 된다.

이주형은 어느 정도의 범위로, 어디까지 김상희를 보호해야 하는 건지 이해할 수 없었다. 이해조차 안 되는데 어떻게 적절한 보호를 한단 말인가.

"폐하, 임무의 범위가 너무 광범위합니다."

이주형은 울고 싶어졌지만, 김훈상은 답답해졌다.

―그것도 모르냐?

개구리 올챙이 적 시절 모른다는 말이 있다. 김훈상이 딱 그 꼴이다. 김상희에게 조련(?)을 당했다. 알렉스의 말을 빌리자면 '딸 등신' 아빠 다 됐다.

딸바보 아빠 입장에서의 '보호'와 스페셜 나이트의 입장에서의 '보호'는 그 개념이 달라도 너무 달랐다.

하지만 김훈상은 그래도 이주형보다는 상황이 훨씬 괜찮았다. 그래도 이해하려면 이해할 수는 있었으니까.

―그럼 임무를 정정하겠다.

"예, 폐하."

이주형은 이제야 좀 살 것 같았다.

-김상희의 신체에 그 어떤 위해도 가해지는 것을 불허한다. 또한 정신적인 괴로움이 닥치는 상황 역시 무조건 배제시킨다.

이주형은 머릿속이 더 복잡해졌다.

"교관에 의한 체벌이나 교육 역시 불가합니까?"

교관에 의한 체벌, 있을 수 있다. 교육 역시 있을 수 있다. 기껌 벌로 운동장을 돌게 만드는 경우도 있다. 혹은 앉았다 일어났다를 시키거나.

-…….

김훈상도 거기에는 답을 하지 못했다. 알렉스가 이 상황을 보면 '역시 딸 등신 맞네' 하고 속으로 생각했을지도 모른다. 이주형은 따지고 싶었다. 거봐요, 당신도 헷갈리잖아!

-그건 스페셜 나이트의 재량에 맡기겠다.

……아니, 그러니까 구체적인 매뉴얼을 달라고요.

김상희는 김훈상을 위한 편지를 썼다. 그 와중에 손님이 찾아왔다.

"알렉스 학자님!"

"어이구, 공주님. 마음고생 많으셨죠?"

"학자님 덕택에 살았어요. 고마워요."

알렉스가 사리사욕을 채웠다.

"그렇게 고마우면 한번 안아주시죠."

김상희는 활짝 웃었다. 알렉스를 보고 있노라면 뭐랄까, 친할아버지를 보고 있는 느낌이다. 알렉스를 힘껏 안아줬다. 알렉스는 한껏 기분이 좋아졌는지 후후 하고 웃었다.

"저한테 감사하실 건 아닙니다."

"네?"

"폐하께서 바로 출발하라 명령하셨기 때문이죠. 김상희 공주님 때문에 급하다고 하니까 보지도 않고 서류에 직인 찍어주시던데요?"

"그, 그랬어요?"

"직항 전용기 타고 바로 날아왔어요."

뿐만이 아닙니다. 저 지금 왕실 경비 카드 받았습니다. 지금 매우 행복합니다. 그 말은 참았다. 알렉스는 주위를 둘러보더니 말했다.

"아마 여기 스페셜 나이트가 있겠죠?"

김상희는 고개를 갸웃했다. 김상희는 모른다. 여기 스페셜 나이트가 있는지 없는지. 김환성이 있는 방이니까 있을 수 있겠다 생각만 하고 있을 뿐이다.

알렉스가 어깨를 으쓱했다.

"여기 어디 있는 거 압니다. 폐하와 김상희 공주님 사이에서 지금 고민이 매우 많을 텐데, 팁을 드리기 위해 왔어요. 스페셜 필드 좀 펼쳐 주시죠."

김상희는 순간 깜짝 놀랐다. 알렉스의 모습이 사라졌기 때문이다.

'스페셜 나이트가 진짜 잠복하고 있었나 보네. 하긴 망나니가 여기 있으니까.'

하지만 그 스페셜 나이트가 자신을 보호하기 위해 은신하고 있다는 건 꿈에도 몰랐다.

알렉스는 현재 상희학을 공부 중이다. 물론 '사도'다. 정통 학문으로 인정받을 거라는 생각은 안 한다. 하지만 나름대로 믿음은 갖고 있었다.

이주형이 되물었다.

"……그러니까 김상희 공주를 마력이 없는 왕자님처럼 생각하면 된다고요?"

아니, 이게 말이야 똥이야? 말도 안 되는 소리를 하고 있네, 이 학자가. 황당해하는 이주형의 얼굴을 보며 알렉스가 말을 이었다.

"일단 속는 셈 치고 그렇게 행동하시면 됩니다. 그러면 모든 게 말끔해져요."

"……마력이 없는 왕자님이라……."

김형석을 떠올렸다.

'그러고 보니…….'

아, 그렇게 생각하면 조금 쉬워지겠다 싶었다. 공주 따위를 감히 왕자님들처럼 생각하라는 건 어이없기는 했지만 그래도 왕실의 대학자 아니던가. 믿어서 나쁠 건 없을 것 같았다.

알렉스는 회심의 미소를 지었다. 이 나이트, 생각보다 순진무구하다. 스페셜 나이트는 보통 은신과 기습, 침투 및 살인에는 특화되었지만 머리를 굴리는 일에는 조금 뒤떨어지는 것 같았다.

'좋아, 실험 샘플 확보다!'

상희학, 이거 공부하면 공부할수록 재미있다. 말도 안 되는 학문인데, 그래서 더 재미있다. 이주형 나이트를 샘플로 쓰기로 했다. 흐흐흐 하고 웃는 알렉스를 보며 이주형은 왠지 찜찜했다.

"뭔가 음흉하게 웃으신 것 같은데 말이죠?"

"에이, 그럴 리가요. 하여튼 저는 좋은 정보를 귀띔해 드렸으니 이제 그만 가봅니다. 제국에서 사야 할 것이 많거든요."

알렉스는 일부러 카드를 슬쩍 내비쳤다. 이주형이 눈을 크게 떴다.

"아, 아니, 그건 왕실 경비 카드 아닙니까?"

어지간한 일이 아니면 잘 내주지 않는, 카드 한도 자체가 없는 무제한 카드. 저걸 내주다니!

'이 사람은 믿을 만한 사람이다!'

왕실 내에서도 굉장히 중요한 사람에게만 지급하는 카드다. 저 카드를 보는 순간, 알렉스에 대한 믿음이 수십 배는 상승했다. 신뢰도 수백 프로 증가다.

'밑져야 본전이다. 왕자님이라고 생각하자.'

알렉스는 또 흐흐 하고 웃었다.

'아주 좋은 실험 샘플이 되겠어!'

제8관 기숙사.

이동수는 방으로 돌아왔다. 이곳은 4인실, 그런데 오늘은 아무도 없었다. 불도 모두 꺼져 있었다.

'아무도 없네.'

불을 켰다.

"어이쿠!"

이동수는 깜짝 놀랐다. 방 한가운데 남자 하나가 다리를 꼬고 의자에 앉아 있었기 때문이다. 4인실은 2층 침대 2개를 쓴다.

“어, 어째서……!”

각 침대 위에 3명의 남자가 손을 들고 무릎을 꿇고 있는 게 보였다. 굉장히 치욕적인 광경이다. 이, 이건 도대체 무슨 상황이란 말인가?

“야, 너. 쥐어 터질 준비는 됐냐?”

의자에 앉아 있던 남자가 일어섰다. 이동수는 놀란 얼굴로 한 걸음 뒤로 물러났다.

“다, 당신은……!”

저 얼굴, 익히 알고 있다. 괴물 같은 무력을 지닌 고려 왕국의 나이트 제9대대 대대장이었던 김환성, 그였다.

김상희에게는 샤워를 하러 간다고 말했던 김환성이 8기숙사에 모습을 드러냈다.

제16장
너무 보고 싶어 미칠 것 같아

"쥐어 터질 준비는 됐냐?"

갑자기 무슨 귀신 씻나락 까먹는 소리란 말인가? 이동수는 김환성을 쳐다봤다. 이동수는 기본적으로 남자들을 조금 어려워한다. 워낙에 무시받고 괴롭힘당하면서 살아와서 그렇다. 그런데 저 남자는 남자들 중에서도 최정점으로 군림하는 남자 아니던가. 일전에 수석 교관-당시에는 수석 교관이었다-한진수와도 호각으로 싸움을 벌였던 전무후무한 천재, 김환성이다.

"그, 그게 무슨……?"

"됐고. 일단 좀 맞자."

김환성은 일방적인 구타를 시작했다.

"허, 허억! 이, 이러시는 이유가 도대체 뭡니까!"

"닥쳐. 돼지 패는 데 이유가 필요해?"

사실 이유 같은 건 없다. 김환성도 안다. '내 동생 괴롭혔으니 그냥 맞아' 이건 이유가 될 수가 없다. 상식적인 선에서 생각해 본다면 말도 안 되는 억지다. 지구식으로 비유를 해보자면 길 가다가 사람 찔러 놓고 '네 얼굴 마음에 안 들어서 찔렀어'라고 말하는 것과 다를 게 없다.

"크, 크아아악!"

이동수는 비명을 질렀다. 아파도 이렇게 아플 수가 없었다. 너무 아팠다. 눈물이 고였다.

"사, 살려주세요."

무릎을 꿇고 싹싹 빌었다. 이러다간 정말 죽을 것 같았다.

"안 죽여. 걱정 마."

대신, 죽기 직전까지 패줄게. 김환성이 다시 주먹을 들어 올렸다. 이동수는 정말 죽겠구나 싶었다. 온몸을 난자하는 엄청난 통증과 죽음에 대한 공포가 그의 육중한 몸을 짓눌렀다. 무릎을 꿇는 것도 모자라 자라처럼 바닥에 납작 엎드려 싹싹 빌었다.

"제, 제가 다, 다 잘못했어요. 흐어어엉!"

서럽게 울었다. 아무리 그가 또래 다른 남자아이들에 비해 열등하다 하더라도 이렇게까지 복날 개 맞듯 맞아본 적은 처음이었다. 기숙사 사감이라든가 교관이 지나가기라도 하면 좋겠는데 그럴 기미는 안 보였다. 김환성은 이동수를 미친 듯이 밟아대다가 시계를 확인했다.

"죽기 직전까지 패야 되는데. 젠장, 너 운 좋은 줄 알아."

도대체 뭐가 운이 좋냔 말이다! 이동수는 소리치고 싶었지만, 그저 서럽게 울 수밖에 없었다. 두툼한 손이 닳아 없어지도록 싹싹 빌었다.

"죄송해요. 제가 정말 잘못했어요."

뭘 잘못했는지는 모르겠지만 일단 빌었다. 정신을 차려보니 김환성은 자리에 없었다. 그는 김환성이 이렇게 서둘러서 사라진 이유를 아마 평생 모를 거다. 김환성은 열심히 달렸다. 아니, 그냥 날았다.

"저, 저기 봐."

"상급 비행술? 학원생 중에 저게 가능한 사람이 있었어?"

김환성이야 워낙 어릴 때부터 이러고 다녔지만 일반 사람들에게는 불가능한 영역이다. 고려 왕가의 핏줄, 그중에서도 천재쯤 되어야 가능한 일이다. 학생들은 날아가는 김환성을 보며 감탄했다.

"잘은 안 보이는데, 김환성 왕자, 아니, 김환성 학우님 아냐?"

"맞는 것 같은데. 김환성 학우 말고 저렇게 자유자재로 비행할 수 있는 사람이 또 있어?"

"국가에 반역이라도 일어났나? 엄청난 속도인데……."

"저런 비행을 선보이면서 저런 속도를 내다니…… 진짜 차원이 다른 괴물이긴 하구나."

아무래도 고려에 엄청난 일이 벌어진 것 같다. 그렇지 않고서야 김환성쯤 되는 사람이 왜 저렇게 황급히 날아가고 있겠는가.

김환성은 날아가면서 투덜댔다.

"아씨, 한 대만 더 때릴걸."

시간이 촉박했다. 이유는 별거 없었다. 고려에 반역이 일어났다든가 하는 이유는 결코 아니었다.

"샤워를 너무 오래 하면 의심하겠지?"

이동수의 악몽은 끝나지 않았다. 도대체 뭘 잘못했는지 모르겠다. 김환성이 갑자기 찾아와 마구 팼다. 죽을 만큼 맞았다. 겉으로 티가 나지는 않았지만 내장이 엄청 상한 것 같았다. 정말 지독한 놈이었다. 그런데 잠시 후 더 지독한 놈이 나타났다.

"뛰어라."

이동수는 이를 악물고 뛰었다. 어째서 차석 교관이 자신을 직접 지도 편달하고 있는 건지 모르겠다.

"속도 느려진다."

눈으로는 보이지 않지만 거대한 마력 파동이 느껴졌다. 마치 뒤에서 커다란 해일이 밀려들고 있는 기분. 모르긴 몰라도 저 해일에 얻어맞으면 최소 전치 2주다. 안 될 수가 없었다. 잘못하면 모가지가 댕강 잘려 나갈 것 같은 공포가 그의 몸을 지배했다. 몸은 힘들어 죽겠다고 외치고 있지만 그래도 달렸다.

"겨우 2천 바퀴밖에 안 뛰었어. 뛰라고 했다."

김환성보다 더 악질 같은 새끼! 이동수는 악에 받쳐 소리칠 뻔했다. 가까스로 참아냈다. 사람이 악에 받치면 호랑이보다 무서운 교관에게 욕을 할 수도 있다는 사실을 처음 알았다. 시간이 흘렀다.

차석 교관의 외침이 들려왔다.

"발 굴러!"

처음에는 분노했는데 이젠 아니었다. 분노가 아니라 서러움이 밀려들었다. 내가 왜! 도대체 내가 뭘 잘못했느냔 말이다! 눈물이 터져나왔다. 이를 악물고 달리고 또 달렸지만 저 악마 같은 차석 교관은 멈출 기미를 안 보였다.

사실 명분은 좋았다. 지금 초고도비만으로 인해 마력 흐름까지 불안정해진 이동수를 차석 교관인 그가 직접 지도해 주고 있는 거니까. 정밀한 마력 컨트롤 능력을 바탕으로 이동수의 신체 상태를 면밀히 파악하여 한계치까지 밀어붙이겠다고는 하는데, 이동수가 느끼기엔 이건 지도가 아니라 괴롭힘이었다.

"헥…… 헥…… 헥……!"

이러다 진짜 죽게 생겼다. 오늘따라 왜 이렇게 죽음의 공포를 느끼는지 모르겠다. 차석 교관이 그의 속마음을 읽기라도 했는지 다시 말했다.

"절대 안 죽으니까 달려라."

그리고 더 잔인한 짓을 했다. 마력 컨트롤을 사용해서 몸을 조종했다. 힘들어 죽을 것 같다. 폐가 터져 버릴 것 같다. 조금 쉬고 싶었다. 그런데 몸이 제멋대로 마구 움직였다.

'그, 그만…… 제발 그만!'

말할 힘도 나지 않았다. 결국 그는 기절해 버렸다.

이동수의 악몽은 여전히 안 끝났다.

"허허허허허허."

제8관 기숙사. 기숙사에서는 한 번도 보지 못했던 남자가 자신의 침대 위에 앉아 허허거리며 웃고 있었다.

"다, 당신은……."

저번에 본 적이 있다. 김상희 공주를 변론하던 고려 왕궁의 학자 알렉스.

"아마 어려운 상황에 처해 있겠지? 이유도 모르고 많은 남자에게 괴롭힘을 당하고 있을 거야. 이를테면 우리 셋째 왕자님이라든지 차석 교관이라든지."

이, 이 할아버지, 귀신이다! 범상치 않은 할아버지였다. 지푸라기라도 잡는 심정으로 물었다. 인상이 꽤 선해 보이는 할아버지라 믿을 만했다. 게다가 학자이지 않은가!

"저, 저는 어떻게 해야 하죠?"

"뭘 어떻게 해?"

"어떻게 하면 이 악몽에서 벗어날 수 있죠?"

알렉스는 다시 허허허 하고 웃었다.

"방법이 있기는 있는데……."

"그, 그게 뭡니까!"

"김상희 공주님한테 잘못했다고 무릎 꿇고 싹싹 빌면 될걸?"

알렉스는 진심이었다. 그러나 받아들이는 입장인 이동수에게는 완전히 다른 문제였다.

'이, 이 사람도 나를 괴롭히러 왔다……!'

상황은 너무나 절망적이었다. 공주 따위에게 어떻게 무릎을 꿇고 빌란 말인가? 이게 얼마나 억지냐 하면, 저번에 고려가 펜릴 왕국에 선전포고를 할 때에 이 방식을 써먹었었다. 두 나라를 전쟁까지 몰고 갈 수도 있을 만큼의 억지, 말하자면 '개억지'다.

'내, 내게 어째서 이런 일들이…….'

또 서러워졌다. 이동수의 마음을 아는지 모르는지 알렉스는 허허

하고 또 웃었다.

"어쨌든 나는 해결책을 전해 줬으니 이만 가지. 부디 즐거운 시간 보내게."

알렉스는 기분이 좋아졌다. 이동수의 상태를 보아하니 아무래도 한진수나 김환성이 움직인 것 같았다. 그렇지 않고서야 저놈이 저렇게 절박하게 '방법이 뭡니까!' 하고 물을 리가 없지 않은가. 사실 알렉스가 이곳에 온 것은 이동수를 괴롭히기 위함이 아니었다. 물론 괴롭혀 주고 싶은 마음이 없던 건 아니다. 그 역시 상희를 굉장히 아꼈으니까. 그러나 그것보다는 오히려 '김상희가 억울한 상황에 처하면 주변 남자들이 화가 난다'라는 그 가설을 확인해 보고 싶다는 욕망이 더 컸다. 그는 천생 학자였다.

'나의 가설이 들어맞았다!'

어째서 이 가설이 맞는지는 좀 더 연구가 필요할 것 같았다. '어째서 공주가 그런 일을 당했는데 왕자나 차석 교관이 직접 움직이는 거지?'라는 질문에는 논리적인 답을 절대 할 수 없었다.

'간만에 연구욕이 불타오르는군!'

알렉스는 신이 났다.

이동수의 악몽은 계속됐다.

"너, 내가 조금 좋게 봐줬었는데 너무한 거 아니냐?"

"크, 크리스?"

이제 이동수는 기숙사에 누가 찾아오는 것만으로도 너무 무서웠다.

"그렇게 지켜주고 싶고 조막만 한 애를 왜 그렇게 괴롭힌 건데?"

괴롭힌 적 없다. 정당한 이의 제기를 했을 뿐이다. 교관들도 납득하지 않았던가.

"너한테 진짜 실망이다. 애들이 널 괴롭히는 이유를 이제 좀 알겠어."

크리스는 한숨을 내쉬고 절레절레 고개를 저었다.

"나, 나는 정당한 이의 제기를 했을 뿐이야……."

"시끄러워. 난 네가 마음에 안 들어. 이번 프로젝트 이후로 서로 말 같은 거 하지 않았으면 좋겠네. 나도 너 모르는 척할 테니까."

"크, 크리스……!"

이동수는 크리스의 '실망했다'라는 말에 큰 충격을 받았다. 그래도 크리스는 이동수에게 호의적인 사람 아니었던가. 마지막 희망마저도 사라지는 것 같은 기분이었다. 이동수가 크리스의 옷자락을 잡았다.

"제, 제발 내 말을 좀 들어줘."

크리스가 뒤를 힐끗 쳐다봤다. 언제나 그렇듯 활짝 웃었다.

"내 몸에 손대지 마. 죽여 버리고 싶어지니까."

이동수는 섬뜩한 공포에 짓눌렸다. 내가 아는 그 크리스가 이 크리스가 맞나 싶을 정도였다. 일순간 사람의 분위기가 너무나 많이 달라졌다.

크리스가 쪼그리고 앉았다. 언제나처럼 활짝 웃으면서 아주 조용하게 속삭였다.

"내가 사랑하는 여자 또 건드리면 그땐 정말 죽여 버린다? 알겠니?"

이동수는 직감했다. 저건 진심이었다.

이동수의 악몽은 거기서도 끝나지 않았다. 징계위원회가 열렸다.

'마, 말도 안 돼……!'

물론 일반 사회의 '재판'에 비해서는 처벌 강도가 훨씬 낮다. 그러나 징계위원회에 회부되어 '유죄' 판결을 받으면 이후 승급이나 성적에 악영향을 끼친다. 이동수가 현재 내세울 수 있는 거라고는 성적뿐인데, 그 성적에 악영향을 받게 생겼다.

교관 중 한 명이 물었다.

"이동수, 강도죄를 인정하나?"

"……."

인생이 왜 이렇게 꼬이나 싶다. 고개를 떨궜다. 인정하지 않을 수 없었다. 사실 빼앗으려고 했던 건 아니다. 잠깐 빌렸다가 요즘 계속되는 악몽에 잊고 있었다. 김상희의 노트 말이다. 그건 빼앗았던 게 아니고 잠깐 빌린 거였는데 어째 일이 이렇게 됐나 싶다.

원래대로라면 그냥 넘어갈 수 있는 일인데, 문제를 제기한 사람이 다름 아닌 국왕 김훈상. 왜 학생들 간의 일에 무려 국왕, 그것도 그 유명한 고려의 국왕이 문제를 제기했는지 모르겠다.

'어째서 고려왕의 직인이 들어간 노트를 일개 공주 따위가 갖고 있는 거냐……!'

이건 예상도 못했다. 어떻게 이런 일이 벌어질 수 있는 거지?

'이, 이건 음모다.'

음모였다. 김상희 공주가 자신을 철저하게 짓밟으려는 음모 말이다. 그래서 일부러 왕의 직인이 들어간 노트를 순순히 줬다. 그 얘기를 미리 했다면 빼앗지도 않았을, 아니, 못했을 텐데.

"……인정합니다."

이건 빼도 박도 못하게 생겼다. 교관들도 골머리를 싸맸다. 다른 사람도 아니고 고려 국왕이 강력한 처벌을 원하고 있는데 설렁설렁 넘어갈 수는 없는 일이었다.

"6개월간 외출 금지와 2차 승급 시험에서 20퍼센트의 페널티를 부과하겠다. 또한 본 교관들에게 제출할 반성문 3장과 김상희 공주에게……."

교관도 솔직히 좀 미안했다. 이 정도로 중죄인가 싶었다. 김상희 공주에게 사과문을 쓰라는 거, 이건 정말 죽기보다 더한 처사 아닌가. 그래도 김훈상이 주장하는 것이다 보니 흘려버리기도 힘들었다. 제국 마력학원 입장에서 고려의 왕은 대단한 후원가다. 새로운 기숙사가 거의 완공되고 있고 엄청난 시설 투자를 받고 있다. 김훈상의 말이라면 어지간한 건 다 들어줘야 한다. 한 학생의 자존심을 완전히 짓뭉개는 거긴 했지만 말이다.

"크흠, 김상희 공주에게 사과문을 작성하도록 해라."

"교, 교관님!"

"이의는 받지 않는다."

이동수는 방으로 돌아와 엉엉 울었다. 어떻게 이런 치욕이 있을 수 있단 말인가! 너무나 서러웠다.

"다, 당신들은……?"

2명의 남자가 보였다. 한 명은 잘 아는 사람이고, 한 명은 잘 모르는 사람이었다. 펜릴 왕국의 왕자 윌리엄과 또 한 사람은 선배처럼 보였다.

그 남자가 입을 열었다.

"도렉스 왕국의 헤일로다. 잠깐 얘기를 나누고 싶은데."

"저, 저랑 말입니까?"

이동수는 요즘 누가 찾아오는 것 자체가 무섭다. 또 자신을 괴롭히러 온 것이 아닌가 싶었다.

"우리는 고려에 정식으로 이의를 제기할 생각이다."

뭐, 뭐라고? 고려에 이의를 제기한다고? 이동수는 눈을 크게 떴다. 그가 자신만만하게 말했다.

"제국 분쟁 기구에 도움을 요청할 거야. 누구보다도 네 억울한 상황을 잘 알고 있다. 너도 함께하지?"

참고로 말하자면 이동수의 악몽은 아직 안 끝났다.

도렉스 왕국의 셋째 왕자 헤일로는 개인적으로 고려를 굉장히 싫어한다. 몇 년 전 사건 때문이다. 그때 헤일로는 제국의 귀빈들이 묵는 호텔에서 묵고 있었다. 그런데 이상한 사실을 알게 됐다. 고려의 왕자가 자신의 식사를 빼앗았다는 것이다. 그래, 거기까진 이해할 수 있다. 뭐, 정말 급했다면 그럴 수도 있다. 그런데 제일 큰 문제는 빼앗은 식사를 계집아이 따위에게 줬다는 거다. 이게 말이나 되는 소리인가? 그때 느꼈던 수치감을 아직도 잊지 못했다. 수치스럽고 치욕스러워서 밤마다 잠을 설쳤을 정도다. 얼마나 도렉스 왕국과 자신을 우습게 봤으면 그따위 행동을 한단 말인가. 비록 김상희 공주에게는 '오다 주운 음식'이 되기는 했지만 헤일로 입장에서는 보물을 빼앗긴 것보다도 더 배 아픈 일이었다.

윌리엄은 말할 것도 없이 김상희에게 악감정이 충만한 상태다.

'나는 정치의 불쌍한 희생양이었을 뿐이야.'

윌리엄은 자신이 이토록 불행한 상황에 처했던 것이―한 국가의 왕자가 계집에게 무릎을 꿇었으니까―정치 싸움 때문이라고 생각했다. 실제로 스페셜 나이트의 힘을 증명한 고려의 입지는 한층 더 높아졌으며 힘이 약화되었다는 소문은 쏙 들어갔다.

지구로 예를 들자면 '핵'을 들 수 있다. 핵을 가진 국가와 그렇지 않은 국가는 국제 관계에서 낼 수 있는 목소리의 크기부터가 다르다. 고려는 '스페셜 나이트'라는 핵을 보유하고 있음을 다시 한 번 세상에 공표했고, 덕분에 고려의 위상은 예전보다 높으면 높았지 떨어지지는 않았다.

'그 계집아이를 그런 식으로 활용할 줄이야.'

물론 아니다. 윌리엄은 대단히 착각하고 있다. 김훈상이 그런 정치적인 계산까지 깔고서 움직였는지, 속마음까지 확인할 길은 없지만 어쨌든 계기는 '어화둥둥 내 새끼가 위협당했어? 그럼 전쟁이다!'였다. 알렉스를 제외한 그 누구도 모르고 있지만. 심지어 김상희도 모른다. '설마 딸 하나 때문에 그런 미친 짓을 벌이겠어?'라고 생각하던 도중 국제 관계에 대한 설명이 떠돌자 그제야 납득할 수 있었다. 당사자인 김상희마저도 그런데 윌리엄은 오죽하랴.

도렉스 왕국의 헤일로가 분한 듯 말했다.

"문제는 고려가 지닌 힘을 과시하기 위하여 주변국들을 깔아뭉갰다는 것이지."

윌리엄이 서류를 하나 내밀었다.

"너도 여기 서명해."

이동수는 남자들에게 굉장히 약하다. 심한 경우에는 얻어맞기도 했다. 지구에서 말하는 왕따, 그게 바로 이동수였으니까. 이동수는 뭔가 잘못되어 가고 있음을 느끼기는 했지만 그래도 거부하지는 못했다.

"조, 좋아."

윌리엄과 헤일로는 확신했다. 정의는 자신들의 편이다. 고려는 너무 갑질을 많이 했다. 응당한 처분을 받아야만 할 것이다. 최소한 보상 혹은 사과는 해야 한다고 생각했다. 그게 10대 후반의 그들이 생각하는 세상의 정의였다.

헤일로가 진지한 표정으로 중얼거렸다.

"우리는 옳은 일을 행하고 있을 뿐이야."

제국 내 분쟁 해결 기구인 '아리랑'의 연합장 이광호는 인상을 찡그렸다.

"이런 쓸데없는 건 보고로 올리지 말라고 했잖아? 안 그래도 바쁘구만."

"그래도 왕자 둘이 포함되어 있어서……."

"인마, 우리 아리랑이야 아리랑. 왕자 이름 뭐 하루 이틀 봐? 이딴 건 그냥 쓰레기통에나 버려. 김훈상쯤 되는 인간의 서명이 들어간 것도 아닌데 무슨."

"그 김훈상과 관계된 안건이라 보고 올렸습니다."

"……그래?"

어느 기관이나 그렇겠지만 분쟁 해결 기구 아리랑은 언제나 일손이 모자라다. 그래서 정말 중요한 안건만 연합장에게까지 올라온다. 김훈상과 관련된 안건, 이건 중요한 안건이다. 그래서 살펴봤다.

"어떤 미친놈들이 이딴 걸 주장해?"

내용을 보니 아주 황당하기 그지없다. 요약해 보자면,

"밥 빼앗겼어요 징징, 전쟁 날 뻔했어요 징징, 혼내주세요 징징, 이거냐?"

"……정확하십니다."

"이런 씨펄!"

이광호는 요즘 예민한 상태다. 서류를 집어 던졌다.

"이 어린 새끼들이 우릴 뭐로 보고!"

그들의 입장에서는 아주 억울하고 커다란 일이지만 이광호가 보기에는 소꿉장난도 이런 소꿉장난이 없다.

"이걸 심지어 김훈상한테 따진다고? 미친놈들 아냐?"

아리랑에서도 다루기 매우 힘들어하는 안건이 몇 개 있다. 특히 고려에 관한 건 그랬다. 고려와 분쟁이 붙으면, 최대한 고려의 편의를 봐주려고 노력한다. 말이 좋아 분쟁 해결 기구고 정의를 추구하는 기관이지 현실은 그렇지 않았다. 고려는 이미 강대국이다. 제국도 함부로 못 대한다. 그런 나라의 비위를 이딴 걸로 거스를 수는 없지 않은가! 고려가 만약 황태자를 암살했다면 모를까, 그 정도 되는 거 아니면 그냥 무시하는 게 답이다.

"버려, 버렷!"

도렉스 왕국의 헤일로는 인상을 찡그렸다. 답신조차 오지 않았다. 뭔가 잘못됐다.

'어째서……?'

왕자가 두 명이나 서명했고, 못 미덥긴 하지만 어느 나라 공작가의 아들인 이동수의 서명까지 들어갔다. 그런데도 이렇게 답신이 없다니.

"아무래도 기각된 모양인데요?"

"그렇다 하더라도 우리에게 답신은 줄 텐데요. 우리는 왕자들인데."

그들은 스스로를 높게 평가했지만 아리랑의 연합장 광호는 그들을 생각조차 안 했다. 며칠을 더 기다려 봤다. 하지만 역시 답신은 오지 않았다. 헤일로가 확인해 보니 기각되었단다. 기분이 매우 나빠졌다. 기각 답신조차 없다니, 고려 때문에 기분이 나빴었는데 제국 때문에 더 나빠졌다.

헤일로가 분한 듯 중얼거렸다.

"그렇다면 마지막 방법을 쓰는 수밖에."

윌리엄이 고개를 끄덕였다.

"결국…… 그겁니까?"

이동수의 얼굴이 핼쑥하게 질려갔다. 얘네들, 뭔가 좀 이상하다. 말을 들어보니 확실해졌다.

"설마…… 김상희에게 무슨 짓을 하려는 겁니까?"

"그렇지. 그깟 계집년 때문에 우리가 수모를 당했으니 제대로 돌려줘야겠지."

"아, 안 됩니다. 무슨 보복을 당할지 모릅니다."

이동수는 이미 보복을 당했다. 그때는 이해할 수 없고 힘들고 무섭기만 했지만 그래도 이젠 깨달았다. 그가 악몽을 꿨던 이유는 바로 김상희를 괴롭혔기 때문이었다. 김상희 주변의 남자들이 자신을 가만두지 않았었다.

윌리엄이 말했다.

"이봐, 이동수. 걱정 마. 설마 김상희를 건드리면 안 된다거나 그런 생각을 하고 있는 거 아니지?"

"위, 윌리엄, 너도 그 때문에 차석 교관님과 김환성에게……."

"멍청한 놈아, 네가 그러니까 돼지 새끼 소리를 듣는 거야. 그게 설마 진짜겠냐? 이게 다 고려에서 우리를 압박하고 지네들 위상을 드높이기 위한 정치적 책략이었다니까?"

'아, 아니, 그런 거 아닌 거 같은데. 나도 안 믿기지만 고려는 김상희를 진짜로 아끼는 것 같은데……'라고 말하고 싶었다. 하지만 윌리엄이 무서워서 말 못했다. 대신 '사실'을 말했다.

"하지만 김상희 공주는 고려의 보배라고……."

이건 그가 직접 들은 얘기다. 징계위원회가 열렸을 당시 알렉스라는 학자에게 직접 들었다.

"뭐?"

"푸하하하핫!"

윌리엄과 헤일로가 동시에 웃음을 터뜨렸다. 보배라니? 그런 말도 안 되는 소리가 어디 있단 말인가! 보배?

윌리엄이 한참을 웃다가 말했다.

"미친 소리하고 있네. 너 진짜 정신이 어떻게 된 거 아니냐?"

헤일로 역시 비웃었다.

"보배? 보배라고? 어디서 그런 헛소문을 들은 거냐, 도대체?"

도대체 믿을 수 있는 소리를 해야 믿지. 계집 따위가 보배라니, 어불성설이다.

'지, 진짠데…….'

말하고 싶었지만 말 못했다. 그는 남자들이 무서웠으니까. 윌리엄이 다시 말했다.

"이제 김상희의 용도는 끝났어. 고려 역시 자신들의 입지를 증명했고 힘을 여과 없이 드러냈지. 하지만 더 이상은 움직이지 못해. 그들이 아무리 강하다 하더라도 여론은 무시할 수 없어. 이미 갑질 논란이 일어나고 있는 판국인데 더 이상 김상희 같은 억지 논리로 타국을 강제하지는 못할 거야."

이동수는 그 말을 계속 듣다 보니 또 그럴싸하게 들렸다.

"내, 내가 좋은 곳을 알아……."

이동수는 이미 괴롭힘을 많이 받아왔다. 가끔 맞기도 했다. 맞기 좋은 장소를 알고 있다. 교관들의 감시가 닿지 않는 곳, CCTV로도 감시가 불가능한 곳, 이동수는 그곳에서 가끔 또래 친구들에게 맞았었다.

윌리엄이 입맛을 다셨다.

"그년 눈에서 눈물 나는 걸 꼭 보고 말겠어."

그러자 몸이 후끈 달아올랐다.

"울고불고 할 때 따먹는 게 제일 좋더라, 나는."

스페셜 나이트 이주형은 요즘 좀 고민에 빠졌다.

'어휴, 내가 왜 이러지?'

자신의 입가를 매만졌다. 자기도 모르게 또 입꼬리가 올라가 있었다. 분명 임무는 힘들다. 힘들다기보다는 애매하고 난해하다. 도대체 뭘 어떻게, 어디까지 김상희를 보호해야 하는 건지 모르겠다. 분명 임무는 어려운데, 요즘 기분이 좋다. 그런데 왜 기분이 좋냐고 묻는다면 대답하지 못할 것 같았다. 이런 기분 처음이다.

김상희 공주가 자신이 있는 곳과는 완전히 반대편을 쳐다보고 허리를 숙이고 있었다.

"언제나 오라버니를 지켜주고 계신 것을 알고 있답니다. 여기 소녀가 딸기랑 바나나를 준비해 놨으니 조금 드시어요."

어이, 거기 아니고 여기야 여기. 이주형은 조금 다급해졌다. 왜 다급해진지는 모르겠는데 하여튼 그랬다. 그래서 벽에 걸린 액자를 툭툭 건드렸다. 이쪽 좀 봐라. 오구오구, 그래, 이쪽이야 이쪽. 이 말을 하고 싶었는데 가까스로 참았다.

"이상하네. 바람도 없는데 액자가 왜 흔들리지……?"

이봐, 그거야 당연히 내가 건드렸기 때문이지! 여길 봐! 나를 보라고!

요즘 이주형이 고민하는 게 이거다. 김상희 공주를 보고 있으면 괜스레 기분이 좋다. 발칙하고 맹랑한데 그게 그렇게 귀여울 수가 없다. 그가 알고 있던 여자들과는 완전히 달랐다.

'여기야!'

그리고 스스로 소스라치게 놀랐다.

'오빠 여기 있어!'

라고 말할 뻔했다. 황급히 입을 틀어막았다. 당황해서 은신이 풀릴 뻔했다. 김환성이 하도 '오빠는', '오빠는' 하고 오빠를 강조하기에 도대체 이게 뭔가 싶었는데 이 단어, 뭔가 묘한 마력이 있었다. 김상희의 입을 통해 오빠 소리를 듣고 싶은 마음이 간절해졌다. 이 기분, 진짜 이상하다.

한편, 김상희는 이미 눈치챘다. 액자가 흔들리는 거, 이미 봤다. '아, 저쪽에 스페셜 나이트가 있겠구나'하고 생각했지만 절대 내색은 안 했다. 모르는 척 연기했다.

"이상하네. 바람도 없는데 액자가 왜 흔들리지……?"

그때, 김환성이 방에 들어왔다.

"오옷! 이게 뭐야! 딸기? 바나나?"

안 돼! 그건 내 거라고! 이주형은 소리치고 싶었다. 김상희 공주가 날 위해 정성스레 씻고 예쁘게 정리한—바나나는 까서 일정한 크기로 잘라 놨다—과일이란 말이다! 왕자님! 그건 내 겁니다!

김환성이 고개를 갸웃했다.

"어라? 이 옆에 뭐가 있는 것 같은데?"

이주형은 황급히 정신을 차렸다. 아무리 마음이 이상해졌기로서니 어떻게 은신을 들킬 수 있단 말인가. 마력을 컨트롤 했다.

"히히, 딸기 맛있다. 고마워, 똥개."

김상희는 또 마음에도 없는 소리를 했다. '그렇게 맛있으면 나도 좀 주지?'라는 말 대신,

"오라버니가 맛있게 드시는 모습을 보기만 해도 소녀는 기쁘답니다."

라고 말했다.

이주형은 집중이 안 됐다. 저거 내 건데. 공주님이 날 위해 준비해 준 건데. 젠장, 어쨌든 은신은 잘했다.

"사실 스페셜 나이트님께 드리려고 준비했었던 건데, 오라버니가 맛있게 드시니 저도 행복해요."

이주형의 입가에 미소가 새겨졌다. 그리고 또 괜히 손가락으로 입가를 꾹꾹 눌렀다. 저러지 않아도 되는데, 안 그래도 되는데…… 하면서도 딸기를 씻는 김상희의 뒷모습을 흐뭇하게 바라봤다. 뭔지는 모르겠다. 그런데 굳이 표현을 해보자면 '오빠 마음'이 이런 게 아닐까 싶었다.

"이것도 내 거!"

야이 망나니야! 내 거다 그거! 이주형은 소리치고 싶었다. 김상희가 말했다.

"오라버니, 이건 스페셜 나이트님을 위해 소녀가……."

김환성이 씨익 웃었다.

"괜찮아. 내가 더 세."

얄밉게 한마디 더했다.

"억울하면 네가 대대장 하든가."

거기까지만 했으면 이주형도 덜 억울했을 거다. 거기에다가 또 한마디를 덧붙였다.

"내 똥개가 준 딸기는 나만 먹는다!"

김상희는 웃었다. 그리고 속으로는 열을 다스렸다.

'그딴 것에서 소유욕 부리지 말라고, 망나니야!'

김상희에게 누군가가 다가왔다. 몸이 완전히 굳었다. 이 얼굴, 절대로 잊지 못한다. 이 얼굴을 보기만 하면 온몸이 경직되고 무섭다. 윌리엄이었다.

"잠깐 나 좀 보지?"

김상희의 몸이 덜덜 떨려왔다. 얘는 또 나한테 왜 이러는 건데? 크리스라도 옆에 있으면 좋겠는데 크리스는 여기 없었다.

'어떡하지?'

하지만 김상희가 윌리엄에게 저항할 수 있는 방법은 없었다. 무엇보다도 얘 앞에만 서면 머리가 제대로 돌아가질 않았다. 호랑이 굴에 들어가도 정신만 차리면 된다고 했는데, 그게 잘 안 됐다. 적어도 윌리엄 앞에서는 말이다.

윌리엄이 앞서 걸었다. 계속 불안해졌다. 좋은 일로 부르는 건 아닐 것 같았다.

'어떻게든 도움을 요청해야 해.'

이 당시까지는 몰랐다. 도움을 요청할 필요가 전혀 없다는 걸. 스페셜 나이트 이주형은 별 생각 없이 뒤따라 걸었다. 그 역시 여자에 대한 개념이 없다. 남자에게 저렇게 반쯤 끌려가는(?) 게 여자에게 얼마나 두려운 건지, 그것도 상대가 자신을 강제로 어떻게 하려고 했던 사람이라면 얼마나 기분이 처참하고 끔찍한 건지, 그것에 대한 이해도가 너무 부족했다.

정말 가볍게 걸었다. 요즘은 기분이 좋았으니까.

'이상하게 김상희 공주님을 보고 있으면 기분이 좋단 말이야.'

절대 아침에 얻어먹은 딸기 때문은 아니다.

"오라버니께서 딸기를 다 드시어서 제가 새로 준비했답니다. 지금 이 자리에 계신지, 계시지 않은지 소녀는 알 수 없지만…… 만약 듣고 계신다면 오라버니께서 오시기 전에 어서 드셔요. 소녀가 해드릴 수 있는 게 이런 것밖에 없어서 정말 죄송해요. 그리고 언제나 감사해요."

그 말을 떠올린 이주형은 싱글벙글 웃으며 뒤따랐다. 그의 발걸음은 굉장히 경쾌했다. 그 사건이 일어나기 전까지는.

CCTV 사각지대, 이동수가 자주 괴롭힘을 당하던 곳. 이동수는 그곳으로 김상희를 데려갔다. 사실 김상희를 여기까지 데려올 때에는 조금 두렵기는 했다.

'어차피 갈 데까지 갔어.'

어차피 괴롭힘 당하는 거야 일상다반사. 크리스마저도 이미 실망했다고 돌아섰다. 그렇다면 뭐가 더 무섭겠는가. 이왕에 이렇게 된 거, 분풀이라도 확실히 해야 했다.

도렉스 왕국의 헤일로가 씨익 웃었다.

"왜? 발버둥이라도 쳐보지?"

김상희는 헤일로가 누군지 알 수 없었다. 왜 나한테 이런 짓을 벌이는 건지 그걸 파악해야 하는데 불가능했다.

'방법이…… 보이지 않아.'

약자에게는 약자만의 방식이 있다. 그런데 지금은 그 약자만의 방식도 떠오르지 않았다. 윌리엄도 흐흐흐 하고 웃었다.

“뭐 구질구질하게 말로 합니까? 그냥 옷부터 찢고 보죠, 저번에 맛도 못 봤는데.”

윌리엄의 눈이 음욕으로 물들었다. 아예 안 건드렸으면 모를까, 이렇게 겁에 질린 여자를 겁탈하는 것이야말로 최고의 쾌락 아니겠는가. 적어도 윌리엄에게는 그랬다.

윌리엄이 침을 꼴깍 삼키며 김상희에게 가까이 다가갔다.

“남자 맛을 보지 못한 처녀의 그곳이야말로 제일 맛있는 반찬이죠.”

그 말을 듣고 스페셜 나이트 이주형은 이성을 놓아버렸다.

이주형은 언제나 그렇듯 은신한 상태로 김상희를 따라갔다. 얘네들이 도대체 뭘 하는가 싶었는데 말을 들어보니 가관이다.

이주형은 처음엔 자신의 감정 상태를 제대로 인지하지 못했다. 뭔가 불쾌한 것 같기는 한데 이게 불쾌한 건지, 그냥 가슴이 근질근질한 건지 알 수가 없었다. 그래서 손가락으로 가슴을 벅벅 긁어봤는데 이 근질근질한 기분은 도저히 가실 생각을 하지 않았다.

‘뭐지, 이 기분은……?’

그때, 알렉스 학자의 충고가 떠올랐다. 왕실 경비 카드까지 받을 정도로 국왕 폐하께 엄청난 신뢰를 받고 있는 학자의 충고 아니던가. 말도 안 되는 충고였지만 그걸 적용해 봤다.

‘왕자님이라고 생각해 보자.’ 그러자 시야가 맑아졌다. 만약 왕자님이 저런 상황에 처했다면 스페셜 나이트는 진작에 튀어 나갔어야 했다. 그런데 그것과도 약간 기분이 달랐다. 왕자님을 구하는 것은 사명감이나 의무감 혹은 충성심 때문이라면, 지금 이 기분은 도대체 뭐란 말인가.

'도무지 설명할 수가 없는 기분이야.'

이 이상한 기분 때문에 조금 주저하는 순간, 목소리가 들려왔다.

"남자 맛을 보지 못한 처녀의 그곳이야말로 제일 맛있는 반찬이죠."

이주형은 이성을 잃었다.

"머리에 피도 안 마른 새끼들이!"

정말 오래간만이었다. 이렇게까지 이성을 잃고 사람을 팬 적은. 그나마 다행인 것은 스페셜 필드를 펼쳐 놨기 때문에 구타의 흔적이 남지 않는다는 것. 그리고 또 한 가지 다행인 점을 꼽으라면 이 세 놈을 죽이지 않았다는 것 정도. 죽이면 일이 좀 커진다.

이주형은 성인이 된 이후로 입에 담지도 않았던 욕설을 한순간에 뽑아냈다.

"이 좆같은 십새끼들이, 뭐가 어쩌고 저째? 처녀? 반찬? 이 씨발 새끼들아, 진짜 뒤지고 싶냐?"

이주형의 욕설은 굉장히 상스러워서 듣는 김상희마저도 인상을 찡그릴 정도였는데, 당하는 입장에서는 어떠랴. 세 남자는 공포에 몸을 바르르 떨었다.

도렉스 왕국의 헤일로가 말했다.

"주, 죽을죄를 지었습니다."

그마저도 입술이 퉁퉁 부어서 발음이 제대로 안 나왔다. 이동수는 아예 기절했다. 너무 많이 맞았다. 살아 있는 게 용할 정도다.

이주형은 문득 정신을 차렸다.

'나는 왜 이렇게 분노를 하고 있는 거지?'

모르겠다. 알 수가 없었다. 아무리 생각해도 이렇게 화가 날 이유가 없는데, 김상희 공주가 겁에 질려 벌벌 떨고 있는 모습을 보고, 또 윌리엄이란 놈이 김상희 공주를 향해 이상한 말을 지껄일 때, 저도 모르게 이성을 잃고 말았다.

'나는 어째서……?'

참고로 설명하자면 김환성도 자기가 김상희를 걱정하고 있다는 것을 깨닫는데 무려 15년이 걸렸다. 어릴 때부터 차근차근 조련(?)을 받아온 김환성도 그랬다. 이주형은 나날이 충격의 연속이라고 해도 과언이 아니었다.

'이건 아무리 생각해도 국왕 폐하의 명령과는 관계없는 것 같은데.'

물론 국왕 폐하의 명령, 그러니까 김상희를 지키라는 명령이 있기는 했으나, 그 명령과는 별개로 너무 과하게 손을 쓴 것 같다는 기분이 들었다.

'너무 심하게 했나?'

어쨌든 손을 썼으니 보고는 해야 했다. 김훈상 직통 핫라인에 연결했다. 너무 심하게 손을 썼으니 조금은 혼날 수도 있겠다는 생각을 했는데 예상과는 조금 다른 일이 벌어졌다.

김훈상의 목소리가 낮게 깔렸다.

—안 죽이고 뭐 했냐?

응? 지금의 이 상황은 뭐지? 이주형은 순간 당황해야만 했다. 그리고 나이트로서 할 말을 했다.

"하, 하지만 그랬다가는 외교 분쟁으로 번집니다. 이미 그놈들이 아리랑에 민원을 넣었다고 합니다. 지금이야 유야무야 묻혀 지나가고 있지만 일이 정말 커질 수도 있습니다."

김훈상이 말했다.

–이주형.

"예, 스페셜 나이트, 이주형."

이주형은 순간 긴장했다. 김훈상은 가끔 편한 모습을 보여주기도 하지만 어디까지나 왕이다. 한진수가 느꼈을 때, '제왕의 기운'이 느껴지는 단 두 명 중 한 명이다. 상대를 압도하는 기운 말이다. 비록 얼굴을 보고 있는 상황도 아니고 핸드폰을 통해 보고를 올리고 있는 중이었음에도 불구하고, 이주형의 등에선 식은땀이 흘렀다.

'폐하께서…… 화가 나신 것 같다.'

김훈상이 말을 이었다.

–네 직책이 뭐냐?

"스페셜 나이트입니다."

–그렇다면 네 임무에만 집중해라. 외교니 분쟁이니, 그건 나의 영역이다.

이주형은 이상한 기분이 들었다. '그 새끼 죽여 버리지 않고 뭐 했냐?' 이런 환청이 들리는 것 같은 이상한 기분 말이다. 잘은 모르겠지만 일단 사과했다.

"……죄송합니다."

한편 김훈상은 통화를 종료했다. 자리에서 일어섰다. 한참을 씩씩대며 주위를 걸어 다녔다.

마침 제국에서 돌아온 알렉스가 왕실 경비 카드를 반납하기 위해 들렀다. 알렉스는 김훈상의 집무실로 돌아옴과 동시에 나가고 싶어졌다.

'허, 헉. 타이밍 잘못 잡았다.'

지금 저 국왕 폐하, 엄청나게 분노한 상태다. 모르긴 몰라도 대규모 무역 거래에서 상당한 출혈이 있었던 것 같다. 그것도 국왕이 저렇게 분노할 정도면 적어도 수조 원 단위가 될 터. 겨우 억 단위에서는 저렇게 흥분한 모습을 보일 리 없다.

'도대체 얼마나 손해가 난 거야?'

나가고 싶었다. 괜히 불똥 튀는 거 싫다. 하지만 이미 들어왔다.

"다, 다녀왔습니다. 옥체 강녕하셨습니까?"

"아니."

알렉스가 이마의 땀을 닦았다.

'경비 카드를 너무 많이 썼나……?'

천하의 알렉스도 김훈상이 지금 왜 화가 났는지 이해할 수가 없었다. 단서가 아무것도 없는 상황에서 김훈상의 심리 상태를 읽을 수 있었으면 학자가 아니라 점쟁이를 했을 거다.

"알렉스."

"예, 폐하."

"질문을 하겠다."

"예, 폐하."

"가슴이 시키는 것과 머리가 시키는 것이 다를 때, 나는 어떻게 행동해야 하지?"

알렉스는 제법 눈치가 빨랐다. 평소의 김훈상이라면 무조건 '머리가 시키는 것'을 한다. 가슴이 시키는 것을 하다가는 패가망신하기 십상이다. 일반 개인이라면 그래도 되는데, 한 나라를 책임지는 왕은 절대 그래서는 안 된다.

'평소라면 당연히 머리가 시키는 것을 하시겠지.'

하지만 이걸 굳이 입 밖으로 꺼내서 묻고 계신다는 건, 반대로 김훈상이 지금 가슴이 시키는 것을 하고 싶다는 것이었다.

"만약 폐하가 국왕 폐하시라면 머리가 시키는 것을 해야 한다고 생각합니다."

이제 좀 감이 왔다.

"하지만 한 아이의 아버지라면 가슴이 시키는 것을 해야 한다고 생각합니다."

아무래도 제국을 다녀온 그사이 김상희 공주에게 뭔가 일이 생긴 것 같다. 그래서 지금 저렇게 분노하고 있는 것 아니겠는가.

'그래, 최근에 딱히 손해 볼 것도 없었어. 힘을 과시한 입장에서 주변국이 심기를 거슬렀을 것도 없고. 그렇다면 답은 김상희 공주 하나뿐이다!'

밤이 됐다. 김훈상은 강서영을 찾았다. 강서영이 자리에서 일어나 김훈상을 맞았다.

"오셨어요?"

"서영."

"네, 폐하. 제가 여기 있어요."

강서영은 문득 김훈상이 외로워 보인다는 느낌을 받았다. 이유는 모르겠는데 하여튼 그랬다.

'내가 도대체 무슨 발칙한 망상을 하고 있는 거야?'

그럴 리 없다. 김훈상은 완벽한 왕 아니었던가. 흔들릴 리도 없고 외로울 리도 없다. 그게 강서영의, 아니, 이곳 여자들의 상식상 맞는 일이다. 남자가 여자에 대한 개념이 없듯, 여자 역시 남자에 대한 개념이 부족하다. 강서영의 눈으로 본 김훈상은 절대 외로워할 리 없는 완벽한 사람이었다.

"서영."

"네, 폐하."

이상했다. 이상하게도 오늘은 자신이 먼저 김훈상을 안아주고 싶다는 생각이 들었다. 그런데 김훈상이 더 이상한 질문을 던졌다.

"너는 내가 왕이길 원하냐, 남편이길 원하냐, 아버지이길 원하냐?"

강서영은 김상희에게 많이 배웠다. 김상희만큼은 아니지만 나름대로 적절한 답을 내놨다.

"당신은 만민의 왕이셔요. 그렇지만 저만의 지아비가 되어주셨으면 하는 발칙한 바람도 갖고 있어요. 아마…… 왕자님들도 그럴 거예요. 왕자님들에게는 하나뿐인 아버지시니까요."

"가까이 와라."

강서영이 김훈상에게 가까이 다가갔다. 강서영은 저도 모르게 김훈상을 꼭 안아줬다. 뭐랄까, 기묘한 마법에 걸린 것처럼 몸이 저절로 움직였다. 정말 놀라운 건 김훈상은 그것에 대해 가타부타 말을 하지 않았다는 것. 강서영의 입에서 저도 모르게 말이 튀어나왔다.

"저의 왕, 제 하늘, 제가 사랑하는 당신. 당신의 세상에 제가 조금이라도 발을 딛고 있다면 당신의 무거움을 나누고 싶어요. 당신…… 지금 너무 외로워 보이셔요. 제가 외로움이란 구렁텅이가 생긴 당신의 마음을 메워줄 수는 없는 건가요?"

김훈상은 피식 웃었다.

"발칙한 계집이구나."

그제야 강서영은 정신을 차렸다. 자기가 도대체 무슨 말을 한 건가 싶어 얼굴이 붉어졌다. 감히 한 나라의 왕에게 저따위 말을 하다니.

"저, 저는……."

"네가 뭐라도 된 것 같으냐?"

김훈상의 손이 강서영의 턱을 들어 올렸다. 말의 내용 자체는 무서웠지만 김훈상의 표정은 온화했고 눈빛은 굉장히 부드러웠다. 그리고 턱을 쓸어 올리는 그 손길은 더 부드러웠다.

"사랑스럽구나."

귓가에 속삭이는 김훈상의 목소리는 달콤하면서도 뜨거웠다.

"아……!"

귓가를 간지럽히는 뜨거운 목소리 때문에 강서영은 저도 모르게 야릇한 소리를 내고 말았다. 아무래도 김상희의 특별 강습(?)은 필요 없을 것 같았다.

온몸에 힘이 축 빠져 버렸다. 어떻게 자신의 입에서 이런 야릇한 소리가 나왔는지, 너무나 민망하고 창피하여 어디론가 숨어버리고 싶었다.

'사랑스럽구나'라는 그 글자가 거대한 불길이 되어 온몸을 집어삼키고 있는 것 같았다.

보름달이 떴다. 한진수는 하늘을 올려다보다가 문득 이상한 기분이 들었다. 그리고 아무도 없는 방에서 입을 열었다.

"됐다……!"

너무나 보고 싶었다. 그 얼굴이 잊히지가 않는다. 저번에는 팔목도 잡았었다. 다른 건 아무래도 좋았다.

"시간이 없어."

지금 당장에라도 김상희를 보러 달려가야 했다. 시간이 얼마나 허락되었을지 모르겠다. 잠깐이나마 이 정신을 되찾았을 때, 김상희를 보고 김상희를 안고 사랑한다고 백 번이고 말해줘야 했다.

한진수는 달리고 또 달렸다. 그리고 창문으로 뛰어내렸다.

"저, 저기 봐! 사, 상급 비행술이야!"

교관들쯤 되면 상급 비행술이 가능하다. 그러나 저 정도 속도의 상급 비행술은 불가능하다. 그냥 상급 비행술이라면 모를까, 저렇게 은밀하고 조용하게, 주위에 피해를 주지 않고—김환성이 상급 비행술을 펼쳤을 때엔 건물의 유리창이 마구 떨렸었다—빠르게 날아갈 수 있는 건 엄청난 능력이 있어야만 가능한 일이었다.

일분일초가 너무나 길게 느껴졌다. 김상희가 보이지는 않지만 고백했다.

"보고 싶어."

빠르게 날았다.

"너무 보고 싶어 미칠 것 같아."

말로 표현을 해봐도 이 터질 것 같은 가슴은 주체가 되질 않았다. 어떻게 참아보려고 해도, 보고 싶다는 단어가 목을 뚫고 올라와 계속해서 목구멍을 비집고 입 밖으로 새어 나왔다.

"사……."

보름달이 구름에 가려졌다. 한진수는 문득 정신을 차렸다. 공중에 둥둥 떴다.

"나는 왜 여기 이러고 있는 거냐?"

혼란스러워졌다. 이상하리만치 심장이 쿵쿵대고 있었다. 가슴에 손을 대봤다. 이 증상, 정말 문제가 생긴 것 같다. 병원에서는 이상이 없다고 했다. 마력 흐름도 나쁘지 않다. 그런데 이 이상한 기분은 도대체 뭐란 말인가.

하늘에 둥둥 뜬 상태로 아래를 내려다봤다. 학생들 몇이 보였다. 이쪽을 쳐다보고 있었다. 상당히 놀란 것 같았다.

"돌아가야겠어."

몸을 돌리려는 순간, 김상희의 모습이 보였다. 어떤 남자가 옆에 있었다. 한진수는 몸을 돌리지 못했다. 몸을 돌리는 대신 어지간해서는 뽑지 않는 검을 뽑아 들었다.

제17장
진격의 딸 등신

이주형이 물었다.

"공주님, 괜찮으세요?"

그 스스로는 자각하지 못하고 있었지만 그의 얼굴에는 근심과 걱정, 그리고 염려가 가득했다. 사실 괜찮고 말고 할 것도 없다. 김상희는 언어폭력에 이미 익숙하다. 태어나자마자 처음 들은 말이 '또 계집아이라니'와 같은 지구 상식으로는 황당한 말이었는데, 이 정도 언어폭력이야 감수할 만했다.

김상희는 이번에도 연약한 척을 했다. 완전히 '척'이라고 보기에는 힘들었다. 실제로 무서웠던 건 맞다. 김상희의 몸이 휘청거렸다. 물론 일부러 그런 거다.

"스페셜 나이트님…… 아."

이주형이 얼른 김상희를 부축해 줬다.

"가, 감사해요. 소녀가 너무나 미욱하여 이렇게 폐를 끼치고야 마네요. 소녀는 정말 못된 소녀예요."

그러자 이주형의 얼굴에 근심 걱정이 또 서렸다.

"그런 말 하지 마요."

아오, 아까 그놈들 완전히 죽여 버릴 걸 그랬다. 그렇게 생각했다가 문득 놀랐다.

'그랬다가는 일이 정말 너무 커져.'

이성적으로 생각하면 죽이지 않는 게 맞다. 그런데 감성적으로는 그놈들, 죽여도 열 번은 더 죽였다.

'폐하께서 어련히 처리하시겠지.'

돌이켜보니 국왕 폐하께서는 그놈들을 정말로 죽여 버렸으면 좋겠다고 생각하시는 것 같다. 역시 논리적으로는 말이 안 되는데, 그가 받은 느낌은 그랬다.

이주형은 순간 온몸의 털이 곤두서는 듯한 느낌을 받았다. 황급히 하늘을 쳐다봤다.

'차석 교관 한진수!'

황급히 검을 빼 들었다.

번쩍!

갑자기 눈부신 섬광이 대운동장을 가득 메웠다. 그와 동시에,

챙!

병장기가 부딪치는 요란한 소리가 터져 나왔다. 이주형이 외쳤다.

"차석 교관! 이게 무슨 짓입니까!"

이번 임무, 진짜 쉬울 줄 알았는데, 착각이었다. 어렵고 난해한 건 둘째 치고, 이렇게 진짜 칼을 빼 드는 날이 오게 될 줄이야. 마력학

원 내에서 이런 일이 벌어질 거라고 누가 상상이나 했겠는가.

한진수 역시 평소 꺼내지도 않는 검을 꺼내 들었다.

"너는 누구냐?"

한진수의 눈이 김상희를 향했다. 김상희는 방금 쓰러질 뻔했다. 분명 힘이 풀렸었다.

"너…… 무슨 짓을 한 거냐?"

"김상희 공주님이 쓰러질 것 같아 부축을 해줬을 뿐입니다."

김상희는 마력을 제대로 느끼지도 못하고 보지도 못하지만 지금의 분위기가 심상치 않다는 것은 알 수 있었다. 만약 마력이 눈에 보인다면, 빨간색과 파란색이 이빨을 드러내고 마구 힘겨루기를 하고 있는 듯한 느낌이랄까.

학생들은 경악했다.

"차, 차석 교관님이 검을 빼 들었어!"

"도대체 무슨 일이지?"

차석 교관쯤 되는 대천재가 검을 빼 들었다는 건, 그만큼 상대가 엄청나다는 뜻이다. 어지간한 상대는 손가락만 까딱해도 제압이 가능하니까.

"차석 교관님과 대등하게 기싸움을 하다니…… 도대체 저 사람은 누구야?"

그들은 저 남자가 스페셜 나이트라는 것을 생각하지 못했다. 이곳에 김환성이 있다면 모를까.

"저 계집애는 김상희 공주 같은데?"

"무슨 일인지 도무지 모르겠네."

김상희는 황급히 앞을 막아섰다.

"오라버니, 고, 고정하시어요."

학생들이 눈을 크게 떴다. 저 계집애, 아무래도 미친년 같다. 감히 차석 교관의 앞을 막아서다니. 그것도 검을 빼 든 차석 교관의 앞을 말이다. 미치지 않고서야 어떻게 저런 미친 짓을 할 수 있단 말인가! 미력을 가진 남자들도 저런 짓은 못 한다. 하물며 미천한 계집아이가 감히 차석 교관의 말을 자르고 앞을 막아서다니.

"미, 미친 계집이야……."

"죽으려면 뭔들 못하겠어."

성난 차석 교관의 검에 김상희의 목이 잘려 나갈 것 같은 환상이 보일 정도였다. 그러나 그들의 환상은 여지없이 무너져 내렸다.

"차, 차석 교관님이 검을 내렸어……?"

차석 교관 한진수가 검을 스르르 내렸다. 그리고 스페셜 나이트 이주형 역시 검을 갈무리했다.

"그렇군. 너는 스페셜 나이트인가?"

"그렇습니다."

"스페셜 나이트가 어째서 김상희를 부축하고 있는 거지?"

이주형은 한 가지 사실이 떠올랐다. 한진수, 대천재임과 동시에 김상희의 약혼자이기도 했다. 그 사실을 떠올리자 이유는 모르겠지만 기분이 왠지 불쾌해졌다.

"그럴 일이 좀 있었습니다. 저는 공주님을 모시고 돌아가야 하니 길 좀 터주시죠."

"차석 교관으로서 어떻게 된 일인지 알아야겠다."

학생들은 웅성거렸다. 멀리서 바라보는 그들로서는 두 사람의 이야기를 들을 수 없었다. 도대체 무슨 얘기를 나누고 있길래 두 사람이 저렇게 진지하단 말인가. 얼마나 진지하냐면 살기가 느껴질 정도였다.

"오라버니, 별일 아니어요. 높으신 오라버니께서 신경 쓰실 일 아니어요."

그 말에 한진수는 인상을 살짝 찡그렸다. '신경 쓰실 일 아니어요'라고 말했다. 신경 안 쓰는 건 당연한 건데 기분이 급격히 나빠졌다. 역시 이유는 잘 몰랐다.

"그렇습니다. 신경 안 쓰셔도 됩니다."

이미 왕에게도 보고가 올라간 상태다. 굳이 차석 교관에게까지 알릴 필요는 없지 않은가. 한진수가 착 가라앉은 목소리로 말했다.

"스페셜 나이트, 너는 본연의 임무로 돌아가라."

본연의 임무는 누가 봐도 왕자인 김환성을 보호하는 거다. 한진수는 당연히 그렇게 생각했다.

이주형이 자신만만하게 말했다.

"제 본연의 임무가 이겁니다만."

"나는 지금 너와 장난을 할 기분이 아니다."

"저도 장난하는 거 아닙니다."

학생들은 이 둘의 대화를 못 듣고 있다. 다만, 김상희는 어안이 벙벙해졌다.

'이주형 씨가 도대체 뭐라는 거야?'

본연의 임무가 나를 지키는 거라고? 에이, 설마. 말도 안 돼. 스페셜 나이트가 공주 따위를 지킬 리 없잖아. 아무리 개차반이 나를 좀 아껴주고 좋아한다고 해도, 왕국 최강의 전력을 이런 일로 허비할 리는 없잖아. 에이, 말도 안 돼.

김상희도 못 믿는데, 한진수는 오죽하랴.

"못 믿으시겠지만 진짜입니다. 제게 내려온 명령서입니다."

별거 없었다. 잘 지키라는 말만 적혀 있었다. 국왕의 명령서까지 나온 판국에 한진수도 뭐라고 더 말할 수는 없었다.

"내가 데려가겠다. 국왕 폐하의 명령을 받드는 것에는 감히 간섭하지 않겠다. 대신 은신해라. 스페셜 나이트가 어찌 이렇게 많은 사람 앞에서 모습을 드러낸단 말이냐?"

"……."

이주형은 반박하고 싶었지만 할 수 없었다. 고려의 스페셜 나이트는 제국의 프리온 나이트에 비해 얼굴이나 인적 사항이 좀 더 알려지기는 했지만 그래도 역시 대외에 공개하고 다니는 건 옳지 못한 행동이다. 한 명, 한 명이 전력인데 타국에 노출시킬 수는 없지 않은가. 괜히 매일 은신해서 다니는 게 아니다.

그게 당연한 건데,

'왜 싫지?'

이유는 역시 모르겠는데 싫었다. 대놓고 지켜주고 싶은 그런 느낌이 들었다. 하지만 한진수의 말이 맞기는 했기에 반박하지 못하고 은신하고 말았다. 명분에서 밀렸다. 젠장. 이주형은 조금 억울했다.

한진수가 피식 웃으면서 말했다.

"내 여자는 내가 지켜."

재, 지금 뭐라고 한 거야? 내 여자는 내가 지켜? 나 지금 잘못 들은 거 아니지?

진수가 내게 가까이 다가왔다. 나를 보며 걱정스런 얼굴을 하고 있었다. '이 세계의 한진수는 저렇게 표정이 다양하지 않을 텐데' 하고 생각한 순간 놀라운 일이 벌어졌다.

……지금 무슨 일이 벌어진 거야?

진수의 입술이 내 이마에 닿았다. 이마에 열점 하나가 피어오르고, 그 열점은 이내 활화산이 되어 온몸을 구석구석 불태웠다. 입술 자체는 조금 차가웠다. 그러나 그 차가움은 부드러웠다. 내 몸이 뜨겁게 불타올라 달콤하게 녹아내릴 것 같은 느낌이었다.

아마 주위에서도 난리가 났을 거다. 그럴 거다. 그러나 주위의 소리는 들려오지 않았다. 지금 이 순간, 이 순간만큼은 나랑 한진수, 딱 둘만 남은 것 같은 기분이 들었다.

나는 나도 모르게 감았던 눈을 조심스레 떴다.

"오라…… 버니?"

진수는 여전히 걱정 가득한 눈초리로 나를 쳐다보며 물었다.

"너…… 정말 괜찮은 거 맞아?"

"……."

따뜻한 목소리였다. 정말 헷갈린다.

"알아, 네 입장 충분히 이해하고 있어. 그러니까 이제 내가 나오면 암호를 말할게. 된장찌개라고. 그러면 안심해도 돼. 시간이 많지는 않겠지만 나는 한진수가 맞아. 너 없이는 아무것도 못 하는 한진수."

어느새 나는 이상한 공간에 들어와 있었다. 아마도 이게 스페셜 필드라고 불리는 거겠지.

"진수야……."

내 의지와는 상관없이 또 눈물이 차올랐다. 모르겠다. 기쁜데, 자꾸만 눈물이 튀어나왔다. 진짜 주책이다. 진짜 바보 같다.

"미안해. 너 더 신경 써주지 못해서, 더 챙겨주지 못해서, 내가 해줄 수 있는 게 아무것도 없어서."

진수가 손가락을 들어 올려 내 눈가를 닦아줬다.

"울지 마. 넌 뭘 해도 예쁘고 심지어 울 때도 예쁘지만 네가 울면 내가 좀 슬퍼."

나는 내 나름대로 씩씩하게 웃었다. 이 상황이 뭔지, 잘 모르겠다. 하지만 한 가지는 확실했다. 이 사람은 내가 사랑했던, 지금도 사랑하고 있는 한진수가 맞았다.

"조금만 슬퍼?"

한진수가 피식 웃었다.

"아니, 엄청 슬퍼. 여기 손대 봐."

한진수가 내 손을 보드랍게 감싸 안았다. 두근두근, 심장이 요동치기 시작했다. 단순히 손을 잡았을 뿐인데, 한진수의 감촉은 내 몸 전체를 감싸 안고 심장을 주물럭거렸다. 그리고 내 손이 한진수의 왼쪽 가슴에 닿았을 때,

"아……."

한진수 역시 나와 다르지 않다는 것을 직감할 수 있었다.

"여기가 막 쓰라리다고 소리치고 있지 않아?"

진수는 이런 말을 자주 하곤 했다. 가끔은 내가 오그라든다며 타박을 주기도 했었다. 드라마에서나 나올 법한 대사를 자주 읊어대곤 했었으니까. 그땐 민망하고 그랬는데 지금은 아니었다.

"그니까 울지 마. 네가 울면 내가 더 아파."

……아니, 정정. 조금은 오그라든다. 그래도 기분이 나쁘지는 않았다. 오히려 좋았다. 진수의 진심이 느껴졌으니까.

한진수가 말했다.

"좀만 더 가까이 와."

내가 가까이 가기도 전에 또 말했다.

"아니, 내가 갈게."

그리고 한진수는 날 꽉 껴안았다. 숨도 못 쉴 만큼 정말 꽉 안았다.

"너는 그냥 가만히만 있어. 내가 갈게. 힘들면 도망가도 돼. 도망가면 내가 쫓아갈게. 약속할게. 알잖아, 나 너 없으면 안 되는 거. 너 없으면 아무것도 못 하는 거. 대신…… 시간은 좀 더 걸릴 거야. 아니, 좀 많이 걸릴 수도 있어."

"……."

무슨 말을 하는지 조금은 알 것 같다. 내가 예상하기로는 이중인격 같다. 그리고 이 인격이 나오려면 어떤 조건이 필요하다거나 이 인격의 유지 시간이 짧다거나, 뭐 그런 거랄까. 나는 아무래도 좋았다. 적어도 지금, 지금 이 순간만큼은 내가 사랑하는 한진수가 맞으니까. 그리고 나를 사랑하는 한진수가 맞으니까.

나는 전생에 한 번도 해주지 못했던 말을 해줬다. 진수의 품에 안겨서 말이다.

"사랑해."

진수가 날 더 꽉 끌어안았다.

"내가 더."

"아냐, 내가 더."

"내가 훨씬 더."

한진수의 오른손이 내 뒤통수에 닿았다. 한진수의 따뜻한 손이 내 머리카락 결을 타고 흘러내렸다.

"죽을 만큼 사랑해."

"……."

나는 아무런 말도 못했다. 진수의 따뜻한 체온보다 훨씬 뜨거운 진수의 진심이 느껴졌기 때문이다. 말은 눈물의 형태가 되어 입이 아닌 눈을 비집고 흘러내렸다.

이주형 나이트의 목소리가 들려왔다.

"공주님?"

정신을 차려보니 한진수는 옆에 없었다.

알렉스는 긴장했다. 저 딸바보, 아니, 딸 등신, 뭔가 일을 내도 단단히 낼 것 같은 기분이다.

"폐하……?"

"도저히 말로는 안 되는군."

김훈상은 입술을 잘근잘근 깨물었다.

"알렉스, 이건 나를 무시하는 행위로 봐도 무방하겠지?"

아뇨, 사실 그렇게까지 가는 건 논리 비약인 것 같습니다만. 김훈상의 논리도 아예 성립 자체가 안 되는 건 아니었다. 나름대로 논리는 있었다. 김상희를 건드리지 말라고 경고를 했음에도 불구하고 건드렸다. 김상희가 중요한 게 아니고, '김상희를 건드리지 말라는 경고를 한 국왕'을 무시했다는 게 중요하다고 말한다면 억지는 아니다.

'사실 그 말을 누가 믿어?'

알렉스도 좀 긴가민가한 상태다. 왕이 진짜로 딸 사랑 때문에 예전에 미친 짓–왕이 직접 펜릴 왕국에 쳐들어갔던–을 한 건 아니라고 생각한다. 사실 그렇지 않은가? 왕자가 큰일을 당했어도 전쟁은 잘 안 난다. 그런데 딸 때문에 그런 일이 벌어진다? 진짜 말도 안 되는 일이다. 그래서 모두가 '김상희'는 그저 '명분 만들기'를 위한 제물이라고 생각했다. 누구나가 다 그렇게 생각한다.

"폐하, 이번에는 좀 더 신중하셔야 할 것 같습니다."

김훈상도 그걸 안다. 그걸 알기는 아는데, 열 받아 죽겠다.

"알렉스."

"예, 폐하."

"나는 결정했다."

"무엇을 말씀이십니까?"

김훈상이 말했다.

"나는 왕이기 전에 사람이다."

'무슨 말입니까? 당신은 언제나 사람이기 전에 왕이라고 말씀하시지 않았습니까?'라고 묻고 싶었지만 참았다. 묻기에는 김훈상의 표정이 너무 진지했다.

"나는 사람으로서 이번 일을 절대 참을 수가 없다."

그제야 알렉스는 한줄기 광명을 찾았다. 사실 한 단어만 바꾸면 쉬웠다.

'나는 아버지로서 이번 일을 절대 참을 수가 없다.'

조금 더 드라마틱하게–이 세계의 기준으로 보면 충분히 드라마틱하다–각색해 보면,

'나는 아빠로서 이번 일을 절대 참을 수가 없다'쯤 되겠다.

스페셜 나이트의 통수권자, 고려 왕국의 정점에 선 국왕 김훈상이 움직이기 시작했다.

김유신은 어지간해서는 왕의 말에 토를 달지 않는다. 그는 그렇게 교육받아 왔고, 사람들이 말하는 김유신의 충정심은 다소 미련하기까지 할 정도였다. 그런데 이번에는 입을 열었다.

"폐하, 진심이십니까?"

진심이라고 믿기 어려웠다.

"김유신, 내가 이런 걸로 농을 던질 것 같나?"

"……그런 건 아닙니다만."

하지만 진심이라고 하기엔 너무 스케일이 크지 않은가!

"김유신, 네가 우려하는 것이 무엇인지 나도 안다."

김유신은 고개를 끄덕였다. 자신이 생각할 수 있는 것을 왕이 생각하지 못한다? 그건 말도 안 된다. 김훈상은 김훈상이기에 김훈상이며, 자신이 충정을 바치는 왕이 아니었던가.

"……명 받들겠습니다."

이번에는 선전포고도 없었다. 고려 왕국은 커다란 일을 터뜨려 버렸다.

제국 정보부 국장 김국현은 식은땀을 흘렸다.

"어, 어떻게 이런 일이!"

이걸 도대체 어떻게 황제에게 보고를 올린단 말인가! 올렸다가는 묵사발 나도 된통 나게 생겼다.

김국현이 책상을 쾅! 내려쳤다.

"여태까지 동향을 파악하지도 못하고 뭘 했나!"

하지만 김국현도 안다. 이건 정보부의 능력 밖의 일이었다. 정보부 요원들이 실수해도 되는 몇 가지 예가 있는데 그중 하나가 바로 스페셜 나이트다. 스페셜 나이트가 마음먹고 움직인 일이다. 알아내면 잘한 거고, 못 알아냈어도 어쩔 수 없는 거다. 그걸 알기는 아는데, 이번 건은 스케일이 지나치게 컸다.

'꼼짝없이 불호령이 떨어지겠군.'

하지만 보고를 하지 않을 수는 없었다. 그는 제국의 정보부장이며 만에 하나라도 자신이 보고를 올리기 전에 누군가 다른 사람을 통해 황제에게 이 소식을 전한다면, 모가지가 날아갈지도 모를 일이다.

황제를 찾았다.

"폐하."

"말해봐라."

김국현은 뜸을 조금 들였다. 제국 정보부의 정보부장은 어딜 가나 어깨를 당당히 펴고 다닐 만큼의 위치에 있는 사람이지만, 권력이란 건 언제나 상대적인 거다. 그는 지금 상당히 긴장했다. 솔직히 말해 쫄았다.

"그, 그것이……."

말을 이었다.

"고려가 펜릴과 도렉스 왕국을 쳤답니다."

아니나 다를까, 황제가 벌떡 일어섰다.

"뭐라고!"

"죽을죄를 지었습니다. 파악하지 못했습니다."

황금 궁정이 바르르 떨렸다. 결코 기분 탓이 아니었다. 황제가 분노해서 마력을 분출하고 있기 때문이다.

'부디 저 분노가 나한테 날아오지 않기만을 바라자.'

김국현은 빌고 또 빌었다. 괜히 옆에 있다가 불똥 맞으면 신싸 피곤해진다. 이 정도로 사형을 시킬 황제는 아니지만, 그래도 일자리를 잃을 가능성은 농후했다. 정보를 제때 파악하지 못하는 정보부는 쓸모없는 기관이니까.

다행히 황제는 이성을 되찾았다.

"후……."

이때가 기회다. 분노의 화살을 다른 곳으로 돌려야 했다.

"김훈상의 행동은 분명 도가 지나쳤습니다. 이것은 저희 제국을 대놓고 무시하는 처사입니다."

황제가 인상을 살짝 찡그렸다. 저 말이 맞다. 그래서 분노하고 있는 거다. 저번에 펜릴 왕궁을 칠 때에도 '허락'이 아닌 '통보'를 해왔었다. 당시 펜릴의 왕자가 김상희에게 사과를 하는 치욕적인 사건이 있기는 했지만, 인명 피해는 없었다. 그래서 유야무야 잘 넘어갔다. 하지만 이번 사건은 달랐다.

황제는 분노를 다스렸다. 저번에 통보를 해왔을 때도 기분이 좋지는 않았다. 그래도 어쨌든 자존심 강한 김훈상이 통보라도 해줬으니 그러려니 하고 넘어갔다.

'김훈상의 속셈이 도대체 뭐지?'

뭔가 다른 속셈이 있을 거다.

'제국을 도발할 리는 없어.'

제국이 고려를 함부로 대하지 못하는 것과 마찬가지로 고려 역시 제국을 함부로 대하지 못한다. 사실상 따지고 보면 제국은 고려보다 훨씬 강하다. 전체적인 화력은 그랬다.

'분명, 뭔가 감추고 있는 꿍꿍이가 있다.'

김훈상쯤 되는 걸출한 인물이 아무런 생각도 없이 그따위로 움직였을 리는 없었다. 황제가 명령을 내렸다.

"김국현, 진상을 철저하게 파악하도록 해. 김훈상에게 뭔가 속셈이 있다. 그걸 파악해라."

김국현이 조심스레 물었다.

"예, 폐하. 그런데 고려에 대한 처분은……?"

고려는 감히 제국에 통보조차 하지 않고 두 나라를 쳤다. 두 나라 역시 제국에 매년 조공을 바치는 나라이다. 특히나 도렉스 왕국 같은 경우는 펜릴 왕국보다 덩치도 더 컸고, 제국에서 소비되는 해산물의 30퍼센트가 넘는 양을 충당하고 있는 나라였다. 그만큼 제국과 긴밀한 나라이기도 했고.

황제는 입술을 살짝 깨물었다.

"잠시 보류하도록 한다."

김훈상, 도대체 무슨 생각이냐?

와, 진짜 '놀랄 노' 자다. 편지가 또 왔다. 두 번째 편지다. 왕으로부터 친필 편지를 받는 공주가 있다? 이건 누가 들어도 안 믿을, 말도 안 되는, 아예 거론될 가치 자체가 없는 개소리다. 하지만 내 눈앞에 이렇게 편지가 떡하니 있는데 믿지 않을 수도 없다. 우리 개차반 씨가 나한테 보낸 편지다.

혼내줬다.

저번에는 '죽지 마라'였는데 이번에는 '혼내줬다'였다.

'이게 도대체 뭔 소리래?'

나는 도무지 영문을 알 수 없었다. 죽지 마라라는 건 어쨌든 나름대로 이해는 할 수 있었다. 뭐 그래, 죽지 말라는 건 나름대로는 걱정해 주고 있다는 뜻이잖아. 그런데 혼내줬다니? 뭘 혼내줘? 좀 더 구체적이고 자세하게 써주면 네 손가락은 부러지기라도 하는 거니?

……라고 생각했는데, 이 개차반, 스케일이 엄청나다.

"고려가 도렉스 왕국과 펜릴을 하루 간격을 두고 동시에 쳤대."

"그 와중에 나이트가 7명 넘게 죽었다는데, 고려 쪽 피해는 전무하고."

"대박! 그게 진짜야?"

"대박이지. 또 어떻게 보면 왕국 두 개를 접수하는 데 나이트 7명밖에 안 죽인 건 대단한 거 아냐? 완벽하게 제압했다는 의미잖아."

도렉스 왕국의 국왕과 펜릴 왕국의 국왕은 무조건적인 항복을 선언했다고 했다. 왕궁이 점거당하는 바람에 변방의 병력이나 다른 병력들은 어떻게 손쓰지도 못했단다. 그야말로 완벽한 기습이라고 했다.

"펜릴은 저번에 그렇게 당하고도 또 당한 거네?"

"그만큼 스페셜 나이트의 저력이 엄청나다는 거겠지."

개차반은 도대체 무슨 생각인 거야? 설마 '혼내줬다'가 저 두 나라를 혼내줬다는 건 절대 아니겠지? 그럴 리가 없어. 아무리 개가 날 조금 아낀다고는 해도 이건 스케일이 너무 크다. 내 생각에 그건 아닐 것 같다.

정말 잘 쳐주고, 잘 쳐줘서,

'지구의 딸바보라고 생각해 봐도…….'

지구의 딸바보쯤 되는 인간이라고 생각해도 말이 안 된다. 쉽게 예를 들면, 학교에 갔는데 딸내미가 큰일을 당할 뻔했다고 해서 그 동급생의 나라를 친다는 게 말이나 되는 소리인가?

어쨌든 이 엄청난 스케일의 대사건은 우리 학원을 완전히 강타해 버렸다. 우리 반뿐만 아니라, 전술과 외교 쪽을 공부하는 학생들에게는 더욱더 큰 이슈가 되었다. 골자는 두 개였다. 도대체 어떻게 이틀 만에 두 왕궁을 접수하여 속국화시킬 수 있었는지, 또 국왕 김훈상의 생각은 무엇인지.

"제국에 통보조차 하지 않았대. 그래서 황제 폐하께서 화가 단단히 나셨다는 것 같던데."

내가 생각해도 그렇다. 아무리 우리 개차반 씨가 자기가 말하는 것처럼 제일 세다고는 해도 감히 제국을 이런 식으로 도발할 리는 없었다.

그리고 또 이어지는 사건.

"고려가 두 나라를 제국에 헌납하겠다고 하던데……?"

"그게 무슨 소리야?"

국제 정세가 너무나 빠르게 흘러갔다. 원래 두 나라는 제국에 속해 있기는 했다. 그러나 완전히 제국 소속은 아니었다. 더 정확하게 말하자면, 속국이라기보다는 제국에게 조공 혹은 세금을 바치는 독

립적인 세력에 가까웠다. 그런데 이제 그게 바뀌게 된 거다. 아예 제국 소속의 나라로. 고려가 제국에 그걸 바쳤단다.
학원에 열풍이 불어닥쳤다.

–고려 국왕 김훈상이 진짜 노리는 것은 무엇인가!

드디어 고려가 입장을 발표했다. 이 소식은 너무나 충격적이고 놀라워서 듣는 사람들 모두가 그 소식을 믿지 못했다.

–김상희는 고려의 보배임을 선포하는 바이며.

미친 소리다. 어떻게 계집 따위가 다른 나라도 아니고 무려 고려의 보배란 말인가. 계집 따위가 보배라면 그럼 남자들은 뭐가 되는가? 남자들을 완전히 무시하는 행위 아니겠는가!
사람들은 이렇게 생각했다.
"고려에는 보배라는 뭐, 다른 의미의 단어가 있는 거 아닐까?"
하지만 그런 게 아니었다. 말 그대로 진짜 '보배'를 뜻했다.

–김상희를 능욕하는 것은 곧 고려를 능욕하는 것이라 수차례 경고했음에도 불구하고.

경고를 하기는 했다. 문제는 그 경고를 아무도 믿지 않았다는 것.

'김상희'는 어디까지나 고려가 억지를 부리기 위해 펼쳤던 억지 명분 아니었던가. 모두가 그렇게 생각했다. 심지어 알렉스와 김상희까지도 그렇게 생각했을 정도니 말 다했다.

—우리의 경고를 무시한 펜릴과 도렉스 왕국을 공격했으며.

이쯤 되자 제국의 정보부는 진짜 헷갈렸다.

"설마, 진짜는 아니겠지?"

김국현은 검지로 책상을 톡톡 두드렸다. 초조해졌다. 저 발표가 진짜일 리가 없다. 진짜일 리도 없고 진짜여서도 안 된다. 차라리 볼펜이 진화해서 사람이 되었다는 걸 믿고 말지.

'꿍꿍이가 도대체 뭐지?'

일단 중간보고를 위해 황제를 찾았다. 그런데 한 가지는 확실해졌다. 황제의 기분이 급격히 좋아졌다는 거다. 그건 다행인 일이었다.

"그래, 그렇군. 그런 것이었어."

"……."

김국현은 말을 하지 못했다. 그는 아직 사건의 전말을 파악하지 못했다.

"결국 김훈상도 우리 제국의 눈치를 볼 수밖에 없었던 거지."

"……가르침을 청합니다."

"우리에게 허락을 구했다면 당연히 허락하지 않았을 것이다. 통보했다고 해도 우리가 막았겠지."

국제 평화를 지키는 건 제국의 몫이니까.

"김훈상은 그걸 알고 우리 몰래 쳤다."

"그것만으로도 커다란 죄입니다."

"하지만 김상희를 걸고 넘어졌지. 김상희는 내가 학원에 직접 넣은 계집이다. 놈들은 감히 내가 직접 선별한 계집아이를 자신들의 욕망의 도구로 사용하려고 했어. 그래서 나는 분노하게 된 것이다."

아뇨, 딱히 분노한 얼굴은 아닌 것 같습니다만. 사실 그런 거, 신경도 안 쓰고 계셨잖아요. 김국현은 머릿속에 떠오르는 생각을 애써 꾹꾹 눌러 담았다.

"김훈상이 나의 분노를 알아차리고 두 나라를 쳤다. 고려는 그렇게 함으로써 세 가지 이득을 얻었다. 하나는 스페셜 나이트의 힘을 다시 한 번 광고할 수 있었고, 또 하나는 우리 제국에게 밉보이지 않을 수 있었다는 것, 그리고 마지막 하나는 제국에게도 명분을 줬다는 것이다."

두 왕국을 제국에 고스란히 바쳤다. 제국으로서는 생각지도 못한 수확이었다.

"우리는 전쟁을 막지 않았다는 오명을 벗을 수 있어서 좋고, 고려는 고려 나름대로 좋고. 물론 세간의 욕은 감수해야겠지만 김훈상이 그 정도 욕을 감수하지 못할 위인도 아니고."

김국현은 뭔가 느낌이 이상했다. 좀 아닌 것 같다. 지금 황제는 뜻하지도 않게 두 나라를 공짜로 얻게 되어 뭔가 놓치고 있는 것 같다.

'아무래도 이상해 이번 일로 고려에게 피해가 있었으면 있었지, 이득은 그렇게 크지 않다.'

스페셜 나이트가 강한 것은 모두가 안다.

'정말 황제 폐하를 회유하기 위해서, 저번에 무턱대고 통보한 것을

사과하는 의미에서, 명분 있는 선물을 주기 위해서 그렇게 움직일 인물인가? 김훈상이?'

대답은 '아니오'였다. 뭔가가 더 있었다. 하지만 황제는 이미 확신하고 있는 모양이었다. 어쩌면 그렇게 믿고 싶은 걸지도 모른다. 일단은 이쯤에서 물러서기로 했다.

"폐하의 혜안은 언제나 놀라우십니다."

상희학을 배우기 전까지 절대 파악할 수 없는 김훈상의 심리 상태를 파악하기 위하여 제국 정보부는 숨 가쁘게 움직였다. 정말 바빠졌다.

사실 나는 우리 개차반 씨가 엄청난 스케일의 대사건을 일으킨 것에 관해서 그렇게 복잡하게 생각을 하고 있는 건 아니다. 내가 뭘 생각한다고 해서 뭐가 바뀌는 것도 아니다. 어떤 사람들은 우리 개차반 씨가 무슨 정치적 의도를 갖고 있는지 파악하려 애쓰고 있지만 나는 아니다. 그보다 나는 신경 써야 할 문제가 있었다.

'곧 결혼식 날짜가 다가오고 있어.'

결혼식. 지금의 한진수는 내가 아는 그 한진수가 아니다. 하지만 나는 안다. 저 한진수 속에는 내가 사랑하는 한진수가 있다.

'방법이 있을 거야.'

나는 지금 이 순간에도 진수가 너무 보고 싶다. 진수의 품에 안겨 있고 싶다. 그리고 나도 진수를 안아주고 싶다. 비록 지금의 한진수는 내게 공포의 대상일지 몰라도 말이다. 지금의 한진수에게 나는 손가락 까딱하면 죽일 수도 있는 하찮은 존재지만, 나는 한 가지는 확실히 말할 수 있다. 그럼에도 불구하고 나는 한진수를 사랑한다.

이제 겨우 한 달 남았다.

'한진수는 예정대로 결혼식을 치를까……?'

알 수 없었다. 약혼은 남자 측에서 얼마든지 파토 낼 수 있는 거다. 그리고 중요한 일이 있으면 얼마든지 미룰 수 있는 거고.

알렉스 학자님에게서 편지가 왔다. 거기에는 놀라운 소식이 한 가지 적혀 있었다.

고려의 학자들이 지금 김상희 공주님 때문에 난리가 났어요.

고려의 학자들은 열띤 토론을 이어갔다.

"당연히 우리가 모르는 정치적 책략이 있으실 겁니다."

토론의 주제는 '김상희'였다. 김훈상이 공식적인 입장을 발표하면서 김상희가 왕국의 '보배'라고 못을 박아버렸다.

"폐하께서는 자신의 행동에 정당성을 부여하기 위하여 김상희 공주를 보배로 인정하셨을 가능성이 높습니다. 상황이 이미 이렇게 커진 이상, 왕국의 입장에서는 김상희 공주가 무조건 보배여야만 하는 거죠."

토론의 결과는 대충 이랬다. 왕이 공주를 진짜로 보배라고 여기고 있을 리는 없다. 하지만 왕국의 입장상 김상희 공주는 무조건 왕국의 보배여야만 한다. 그래야 타국을 쳤던 것에 대한 설명이 되고 이유가 되니까.

한편, 알렉스는 약간 다른 견해를 가졌다.

'물론 저 말이 근거 없는 말은 아냐. 당위성을 부여하려면 뭐가 됐든 김상희 공주는 왕국의 보배여야만 해. 하지만…… 폐하께서는 김상희를 정말로 사랑하시기 때문에 그런 일을 저질렀을 확률이 높아.'

학자들이 또 말했다.

"폐하께서는 이러한 일을 아주 오래전부터 계획하시고 계셨던 것 아닐까요?"

"오! 그럴 가능성이 매우 농후합니다!"

모두가 고개를 끄덕였다. 사실 공주에게 보배라는 칭호를 주는 것은 당시에는 이해가 안 됐다. 아무리 김상희 공주가 고어 해독에 관한 실마리를 제공하고 수학적, 과학적 지식의 기반을 마련했다고는 해도 한낱 계집아이 아닌가. 10만 원짜리 일을 한 노동자에게 1억을 주는 사장은 없다. 계집아이 따위에게 보배라는 칭호는 너무 거창하지 않은가!

"그땐 이해하지 못했었는데 이제는 이해가 되는군요."

"역시 폐하이십니다. 수년 전부터 이 일을 준비해 오신 것 아니겠습니까?"

역시 알렉스의 생각은 조금 달랐다.

'생각을 조금만 바꿔보면 오히려 엄청나게 황당한 답이 나오지.'

물론 대놓고 주장할 수는 없었다. 학계에서 퇴출당할 수도 있고 심하면 돌 맞아 죽을 수도 있다. 상희학은 말도 안 되는, 그야말로 기존의 상식을 완전히 뒤엎어 버리는 몹시 해괴하고 파격적인 학문이었으니까.

'폐하께서 김상희를 정말로 사랑하시고 또 정말로 보배라고 생각한다면, 모든 상황은 복잡한 계산 없이 간단명료하게 정리되지.'

그렇다. 그렇게 해석하면 모든 상황이 간단하게 정리된다. 알렉스는 혼자 피식 웃었다.

'내가 도대체 무슨 말도 안 되는 상상을.'

상희학은 아직 발표될 수 없는 학문이다. 이것이 정설이 되기 전까지는 그저 '말도 안 되는 망상'으로 치부하는 것이 마음 편할 것이다. 연구는 계속하되 입은 열지 않기로 했다.

약혼이라는 건 얼마든지 파토 날 수 있다. 여자 쪽에서는 할 수 없지만, 남자 쪽에서는 가능한 일이다. 그런데 이번에는 조금 달랐다. 김상희와 한진수의 경우가 그랬다.

김훈상이 말했다.

"마음에 안 들어."

일반적인 상황과는 달라도 아주 많이 달랐다. 김훈상의 팔을 베고 누운 강서영이 김훈상의 가슴팍에 얼굴을 묻고 되물었다.

"제가 무엇을 잘못했나요?"

엄청난 발전이다. 원래대로라면 겁에 질려 아무 말도 못 했을 거다. 김상희를 보고 배운 최대 수혜자를 뽑으라면 당연히 강서영이다.

"곧 결혼식이군."

강서영은 그제야 깨달았다. 이제 조금 있으면 김상희와 한진수의 결혼식이 있을 거다.

"한진수는 왕국의 자랑 아닌가요?"

김훈상은 고개를 끄덕였다. 그건 당연한 일이다. 제국에서도 스카우트하려고 호시탐탐 기회를 노리고 있는 녀석이다. 하지만 마음에 안 든다. 이성적으로 생각하면 하루라도 빨리 한진수를 사위로 삼으려고 노력해야 했건만 그러고 싶지가 않다.

"김상희는 왕국의 보배다."

강서영은 이럴 때마다 헷갈렸다. 왕이 진심으로 저런 말을 하는 건지, 아니면 뭔가 다른 정치적 의도가 숨어 있는 건지.

그래서 강서영은 용기를 냈다. 평소라면 용기를 내지 못했겠지만 지금은 용기를 낼 수 있었다. 이렇게 몸을 가리던 모든 천 조각들을 벗어 던지고 뜨거운 사랑을 나눈 뒤, 김훈상의 품에 안겨 있을 때, 이때라면 어떤 말을 해도 용서받을 수 있을 것 같은 기분이었으니까. 강서영은 이게 사랑받는다는 느낌인지는 몰랐다. 하지만 김훈상이 자신을 아껴줄 것 같은 기분은 들었다.

"폐하, 폐하께서는 김상희 공주를 사랑하시나요?"

김훈상은 자신의 팔을 베고 누운 강서영을 지그시 쳐다봤다.

"건방지구나, 감히 왕에게 사적인 질문을 던지다니."

내 느낌이 틀렸던 걸까? 폐하께서는 화가 나셨을까? 강서영은 조금 무서워졌다. 김훈상의 목소리가 조금 매서워졌다.

"네 질문, 그게 말이 된다고 생각하나? 겨우 공주 따위를 내가?"

강서영은 이제 정말로 무서워졌다. 하긴, 말도 안 되는 일이다. 어떻게 이렇게 멍청한 질문을 던질 수 있단 말인가.

'멍청한 계집 같으니라고! 너 진짜 왜 그랬어.'

'우리 상희라면 이런 바보 같은 질문은 하지 않았을 거야' 하고 자책했다. 김훈상이 자신을 쳐다보고 있는 이 순간순간 일분일초가 너무 무겁고 무섭게 느껴졌다.

잠시 후 놀라운 대답이 이어졌다.

"그런 말도 안 되는 질문에 아니라고 대답할 수 없는 나도 나를 이해할 수가 없다."

"당신……?"

"서영, 나는 너를 보면 언제나 내 품에 안고 싶다. 네 입가에서 가느다란 신음이 새어 나오는 것이 좋고, 네 붉어진 얼굴을 보는 것도 좋다. 특히 넌……."

김훈상이 강서영의 귀를 살짝 깨물었다. 혀로 귀를 핥으면서 부드럽게 애무했다.

"아……!"

강서영은 저도 모르게 옅은 소리를 내고 말았다.

"이곳이 민감하지. 나는 너를 안을 때마다 항상 느낀다. 사랑스럽다고."

"……."

강서영은 얼굴이 잔뜩 붉어졌다. 몇 년 사이 많이 느꼈다. 김훈상은 이제 예전의 김훈상이 아니다. 정말 많이 바뀌었다.

"그런데 김상희를 생각할 때엔 느낌이 조금 다르다."

"……."

김훈상은 딱히 대답을 필요로 하는 것 같지는 않았다. 혼자서 말을 이어갔다. 강서영은 조용히 그 말을, 밖에서라면 아무도 믿지 않을 충격적인 말들을 잠자코 들었다.

"나는 그 아이가 내 눈에 보이지 않으면 불안하다. 저번처럼 또 괴롭힘을 당하지는 않을까, 밥은 잘 먹었을까, 길 가다가 넘어지지는 않았을까."

여자는 기본적으로 마력이 없다. 그래서 남자보다 훨씬 연약하다. 하지만 그렇다고 해도 길 가다가 잘 넘어지지는 않는다. 그러나 그런 사실이 김훈상에게는 별로 중요하지 않은 듯했다. 김훈상의 눈에 김상희는 그저 길 가다가도 자빠지는 그런 애처럼 느껴지는 것 같았다.

"그 아이에게 편지가 오면 나는 그 편지를 수십 번씩 반복해서 읽는다. 그 작고 어린것이 타국에서 홀로 떨어져 온갖 멸시를 받으며 공부를 하고 있을 거란 생각만 하면 나는 도저히 가만히 있을 수가 없다."

"당신은 상희 공주를 많이 사랑하고 계시는 거예요."

김훈상은 아무런 말도 하지 않고 눈을 살짝 감았다. 그러곤 강서영의 이마에 가볍게 키스했다.

"……아무래도 내가 오늘 쓸데없는 말이 너무 많았군."

강서영은 김훈상의 등을 가만히 쓸어내렸다. 넓기만 해보였던 이 등이, 지금은 가녀리게 느껴졌다. 꼭 안아주고 싶었다.

"쓸데없지 않아요. 폐하께서는 김상희 공주를 사랑하고 계신 것이어요. 틀림없어요."

"감히 왕에게 계집 따위가 가르침을 내리려는 것이냐?"

강서영은 이번에는 겁먹지 않았다. 꽤나 당돌해졌다. 그저 김훈상의 등을 어루만지듯 쓸어내렸다.

김훈상이 피식 웃었다.

"이 기분, 나쁘지 않구나."

이 기분이 이상한데 나쁘지가 않다. 묘하게 위로받는다는 그런 느낌이었다. 김훈상은 고려 왕국의 최정점에 위치한 자다. 제왕으로 교육받아 왔고 제왕으로 살아왔다. 그는 사람 김훈상이기 이전에 국왕 김훈상이었다. '그의 모든 말에는 정치적 책략과 외교적 술수가 숨어 있을 것이며, 모든 말이 결코 가볍지 않을 것이다'라는 것이 일반적인 사람들의 생각이다. 그는 사람이기 이전에 왕이니까.

그런데 지금 계집 따위에게 가르침을 받고 있는 상황이다. 감히 계집이 자신을 위로한답시고 등을 쓰다듬고 있다. 정말 말도 안 되는 상황이다.

'이 기분…….'

신기하게도, 이 기분이 좋다. 강서영이 수줍어하며 말했다.

"……사랑해요."

김훈상은 대답하지 않았다. 아니, 대답하지 못했다. 강서영의 양 팔목을 붙잡은 상태로 몸을 일으켰다. 몸을 가려주고 있던 비단 이불이 물처럼 흘러내렸다. 강서영이 눈을 질끈 감았다. 김훈상의 입술과 강서영의 입술이 겹쳐졌다.

김훈상과 강서영에게 밤은 너무나 짧았다.

내 결혼식이 이제 한 달 앞으로 다가왔다.

'모르겠어.'

좋은 건지 나쁜 건지, 도무지 모르겠다. 물론 한진수를 사랑하는 것은 틀림없다. 나는 한진수 이외의 다른 남자를 남자로 생각해 본 적 없고, 앞으로도 한진수 외에 다른 남자를 만날 생각도 없다. 지금 크리스가 내게 적극적으로 대시를 하고 있기는 하지만, 내가 크리스를 보는 느낌은 눈이 즐거운, 딱 그 정도다.

'하지만 지금의 한진수는…….'

그런데 묘했다. 지금의 한진수는 내가 아는 그 한진수가 아니다. 지구의 그 한진수가 아니라 세계의 추앙을 받고 있는 대천재 한진수다. 그렇다면 나는 과연 누구랑 결혼을 하는 것일까? 똑같은 외모, 똑같은 목소리를 가진 그 한진수와 결혼하는 것, 그게 내가 사랑하는 한진수와 결혼하는 것과 같을까?

'정말 모르겠어.'

어차피 결혼은 내정되어 있다. 거부할 수는 없는 노릇이다.

'그래도 도망은 치지 않을게.'

내가 사랑하는 한진수가 내게 말했다. 도망쳐도 된다고, 그럼 자기가 쫓아오겠다고, 시간이 조금 걸릴지도 모르지만 언젠가 되돌아오겠다고 말했다.

예전에 진수는 내게 말했었다.

"나는 다시 태어나도 무조건 너랑 결혼할 거야."

그래서 내가 되물었었다.

"내가 만약에 너보다 엄청 연상이고, 엄청 못생겼고, 뚱뚱하고, 엄청 가난해도?"

진수는 이렇게 대답했었다.

"나는 네가 예쁘고 착해서 좋아하는 게 아냐."

사실, 나는 이때 조금 찔렸었다. 나는 진수에게 결코 '착한 여자'는 아니었다. 특히 연애 초기에는 난 정말 못된 년이었다.

"나는 네가 그냥 수희라서, 그래서 좋아하는 거지."

솔직한 말로 나는 진수의 이런 대사가 좋았다. 오글거리는 말이지만 진수는 언제나 진지했었다. 재미는 없었지만 진심은 있었다. 그때, 나는 좋으면서도 괜스레 몸을 부르르 떨었다.

"닭살!"
"진짜야."

나는 좋으면서도 피이 하고 소리 내며 괜히 토라진 척했다. 왜 토라진 척을 했냐고 묻는다면 나는 이렇게 대답할 수밖에 없다. 너무 민망해서.

"다시 태어난다면 나는 네가 그 어떤 모습을 하고 있더라도 알아차릴 수 있어. 나보다 나이가 10살쯤 많아도, 아니, 100살쯤 많아도 나는 너를 찾아서 사랑한다고 고백할 거야. 약속할게."
"어휴, 말이나 못하면!"

내 기억에 의하면 그때 우리는 키스를 했었다. 부끄럽지만 흠흠,

내가 먼저 덮쳤다. 이 말을 했을 때엔, 나도 정신을 많이 차렸을 시기였었고, 나도 진수를 나름대로는 많이 좋아했을 시기였다.

흠흠. 하여튼 뭐, 내가 먼저 덮친 건 넘어가도록 하고. 어쨌든 중요한 건 내 결혼식이 다가오고 있다는 거다.

문제는 그 결혼식이 조금 미뤄졌다는 것이다. 김환성은 내가 깎은 사과를 오물거리면서 잘도 씹어 먹었다. 야, 나도 좀 권하라고. 나도 사과 좋아한다고, 이 망나니야.

"한진수가 다른 곳으로 출장 간다네?"

"……네?"

"프리온 나이트로서의 일이 생겼나 봐."

나는 놀랄 수밖에 없었다. 프리온 나이트가 움직인다 함은, 곧 어떤 나라 하나가 지워질 수 있다는 의미를 내포하고 있으니까. 우리 둘째 망나니도 정확하게는 잘 모르는 것 같았다.

하기야 프리온 나이트 자체가 워낙에 비밀에 가려진 집단이다. 어디로 가는지, 무슨 일을 하는지, 그런 게 알려진다면 그건 이미 프리온 나이트가 아닐 거다.

망나니가 자리에서 벌떡 일어섰다.

"그래서 똥개 너, 결혼 좀 나중에 해야 되겠다."

"……네?"

"그 출장 기간이 안 정해져 있거든. 언제 돌아올지 몰라."

……야, 근데 너 왜 이렇게 즐거워하냐? 뭐 잘못 먹었냐? 뭘 좀 잘못 먹어줬으면 좋겠다. 얘가 캑캑거리며 괴로워하는 모습을 보면 좀 즐거울 것 같은…… 아, 이건 아닌가? 흠, 나 변태 아니다. 그냥 쌓인 게 많아서 그래.

하지만 고려 왕가의 핏줄. 고려 왕가의 마력을 가지고 있는 이놈이 그럴 리 없다. 특히나 무식하리만치 강대한 마력을 가진 망나니다. 만약 목구멍을 뭔가가 막아버린다면 마력이 무식하게 뚫어버리겠지.

김환성은 매우 신나 했다. 그것도 아주아주 많이. 신난 만큼 흥분했다.

"날아라, 헝거비! 훨훨 날아랏!"

……야, 저거 나보고 주워 오라고? 열려 있던 창문을 향해 날아간 헝거비는 정말 하늘 끝까지 날았다. 어디까지 날아갔는지 보이지도 않았다. 김환성은 내게 저걸 주워 와라 마라 말도 없이 사과를 계속 오물거렸다.

'설마, 진짜 주워 오라는 건 아니겠지?'

설마, 아닐 거야. 아니지, 망나니야? 네가 망나니이며 진화한 망나니이기는 해도, 그렇게 경우 없는 망나니는 아니잖아. 제발!

몇 분 뒤, 크리스가 찾아왔다. 크리스의 손에는 헝거비가 들려 있었다. 김환성도 이미 그 사실을 알고 있었던 듯 딱히 놀라지는 않았다.

크리스는 김환성에게 인사를 한 뒤, 나를 쳐다보며 환하게 웃으며 말했다.

"너한테는 미안한 말이지만, 결혼식 못 하게 되어서 난 정말 기뻐."

김환성은 고개를 끄덕였다. 저 말에 동의하는 것 같았다.

"너도 안 돼. 안 줘."

어라? 방금 김환성이 뭐라고 한 거 같은데? 말이 너무 빨라 제대로 못 들었다. 마력 없는 여자들을 배려 좀 해달라고, 이 자식아.

김환성이 헝거비를 받아 들면서 물었다.

"여긴 웬일이냐?"

언제나 그렇듯 크리스는 환하게 웃었다.

"김상희 공주에게 재미있는 제안을 하나 하려구요."

제18장
한진수, 네게 있어서 김상희는 어떤 존재지?

크리스의 제안은 이 세계의 관점으로 봤을 때 상당히 놀라운 것이었다. 크리스 같은 성격을 가지고 있다는 것 자체가 일단 놀라운데, 이 아이의 제안은 더욱더 놀라웠다.크리스가 싱긋 웃었다.

"데이트를 하자는 거야."

"소녀는 약혼을 한 몸이어요."

"그 결혼, 기약 없이 미뤄졌잖아. 약혼 같은 게 중요한 것도 아니고."

크리스는 약혼 같은 건 아무런 문제도 되지 않는 듯 화사하게 웃었다. 김환성은 굉장히 불만인 듯 사과를 향해 신경질적인 포크질을 퍼부었다. 크리스의 말이 맞기는 맞다. 결혼은 기약 없이 미뤄졌고, 약혼 같은 건 중요한 게 아니다. 남자 쪽에서 파토 내려고 하면 얼마든지 낼 수 있다. 우리 망나니도 그 사실을 알고는 있는데, 기분이 나쁜 모양이었다.

우리 망나니가 일어섰다.

"이놈이고 저놈이고 다 마음에 안 든단 말이야."

이봐, 입안에 든 사과는 다 삼키고 말해주면 안 되겠니?

"야, 너. 왜 내 똥개한테 그딴 거, 뭐라더라…… 데…… 뭐?"

"데이트입니다, 왕자님."

"그래, 그거. 그거 상당히 기분 나쁜 단어야. 그게 뭐하는 건데?"

"호감이 있는 남녀가 만나서 서로 즐거운 시간을 보내는 거죠."

"즐거운 시간?"

우리 망나니가 눈을 크게 떴다. 이거 뭔가 불안하다.

"그럼 똥개, 나랑 데이트하자."

야, 넌 데이트가 뭔지도 모르잖아. 그리고 너랑 데이트했다가는 난 하루 종일 헝거비를 물어 와야 할 것 같다고, 이놈아!

크리스는 생글생글 웃으면서도 자기 할 말은 다했다.

"왕자님, 제가 먼저 데이트 신청했습니다."

"그래서?"

크리스는 제법 똑똑했다.

"왕자님께서 모르신다고는 생각하지 않습니다. 설마하니 모르시진 않겠죠. 김환성 왕자님은 천재라는 소문이 파다하니까요."

그 말이 맞기는 맞다. 좋게 말해 무력, 더 직설적으로 말하자면 싸움 하나는 기똥차게 잘한다. 그런데 머리는 좀 단순한 편이다. 한 가지에 특화되어 있는 녀석이다. 아니나 다를까, 우리 망나니가 고개를 끄덕였다.

크리스가 말을 이었다.

"대단한 왕자님께서 설마 모르시진 않겠죠, 데이트는 처음 신청한 사람하고 단둘이 하는 것이 규칙이라는 것을 말이에요. 기본적인 룰인데 설마 그 룰을 깨뜨리시려는 건가요?"

그런 룰이 있다는 거 처음 듣는다. 하지만 크리스는 우리 망나니의 자존심을 교묘하게 건드렸다.

"다, 당연히 그런 것쯤은 다 알고 있지."

망나니야, 너 왜 근데 울상을 짓고 있니? 뭔가 말려들어가고 있는 기분이 드는 것 같은데. 그리고 정작 왜 내 의사는 묻지도 않고 너희끼리 그러고 있냐? 나는 눈에 보이지도 않냐!

"이번에는 제가 먼저 김상희 공주를 빌리도록 하겠습니다. 대신 다음번에는 왕자님께서 데이트를 하실 수 있도록 도와드리죠."

설마, 저런 말도 안 되는 협잡질(?)에 넘어가지는 않겠지? 아니, 막말로 나는 김환성이 '너 따라와'라고 말하면 어딜 가도 따라가야 한다. 그래도 우리 망나니는 나를 어떻게 하거나 죽이거나 그러지는 않을 거다. 적어도 그런 부분에 있어서는 믿을 만한 망나니다. 어쨌든 김환성이 뭐 하자고 하면 나는 무조건 해야 하는 입장인데, 도와주긴 뭘 도와줘? 저거야말로 그냥 조삼모사지.

우리 망나니, 또 쓸데없는 곳에서 자존심을 부렸다.

"흥, 그딴 데이트 따위 전혀 관심 없어."

"저는 데이트에 큰 관심이 있습니다. 제가 김상희를 빌리도록 하죠."

하지만 크리스도 간과한 게 있었다. 우리 망나니가 단순하다는 것까지는 파악을 했으나 막무가내라는 건 파악하지 못한 것 같다.

"근데 넌 싫어. 안 줘."

"……예?"

이만하면 단순한 김환성을 구슬릴 수 있다고 생각했었는지 크리스는 고개를 살짝 갸웃했다.

"내 똥개야. 주인 없이는 아무 데도 못 가."

……야, 누가 똥개냐? 나는 사람이라고. 엉엉.

크리스와 김환성은 30여 분간 비슷한 얘기를 반복했다. 결과적으로는 크리스의 패배였다. 김환성에게는 그 어떤 논리도, 이성적인 이유도 통하지 않았다. 원래 논리가 통하지 않는 상대가 상대하기 제일 어려운 법이다. 애초에 김환성을 그런 걸로 설득할 수는 없었다. 차라리 '김상희 공주가 같이 있는 거 싫어한대요'라고 모함이라도 했다면 통했을지도 모른다. 결국 크리스는 백기를 들었다.

"이번 주말…… 함께 가시죠."

김환성도 데이트를 막을 권리는 없다는 것을 아는지, 그쯤에서 합의를 봤다. 스페셜 나이트 이주형은 인상을 찡그렸다.

'저 잡것은 도대체 뭐냐?'

김상희 공주를 좋아한다며 끈덕지게 들러붙는 저 모습, 예전부터 봐왔었다. 그런데 '데이트'라는 단어를 들으니까 묘하게 기분이 나빴다. 왜 기분이 나쁜 건지는 여전히 파악하지 못했지만 하여튼 그랬다. 이주형은 크리스가 마음에 안 들었다.

'뭔가 마음에 안 들어.'

그래서 골탕 좀 먹여주려고 했다. 정말 유치하긴 했지만 이렇게라도 해야 할 것 같은 느낌이 들었다.

'넘어지기나 해라.'

은신을 한 상태로 슬쩍 발을 걸었다. 김상희 공주 앞에서 좋은 모습을 보여주고 싶은 모양인데, 우스꽝스러운 모습으로 자빠지면 참 보기 좋을 것 같다는 유치한 생각이 들었다. 그런데 역효과다.

“크, 크리스 학우님!”

김상희가 얼른 달려가 크리스를 부축해 줬다.

‘이런 젠장!’

이걸 원한 게 아니었는데. 뭔가 망했다. 왜 상희 공주가 저런 놈팽이를 걱정한단 말인가!

김상희는 걱정스러운 얼굴로 물었다.

“괜찮으셔요?”

김상희는 표정이 굉장히 다양하다. 애초에 그녀의 삶 자체가 ‘연기’다. 그녀가 하고 싶은 말, 하고 싶은 행동, 그 어떤 것도 할 수 없다. 살아남기 위해 처절한 몸부림(?)을 펼치고 있는 중이다. 그러다 보니 ‘걱정을 하는 척’을 하면 정말 진심으로 걱정하는 것처럼 보인다. 물론, 지금은 완전히 ‘척’은 아니었다. 크리스는 좀 심하게 넘어졌다.

김환성이 낄낄대고 웃었다. ‘아이고, 배야! 거기서 왜 자빠지냐!’ 하고 마음껏 비웃었다. 이주형은 봤다.

‘왕자님, 일부러 마력 써서 더 세게 넘어뜨렸어!’

오죽하면 나무로 이루어진 의자 하나가 완전히 박살 났을까. 그런데 문득 이상함을 느꼈다.

‘크리스란 놈, 이상한 놈이다.’

처음에는 그냥 망했다고 생각했다. 김상희 공주가 저렇게 걱정을 하는 모습을 보자 괜히 부아가 치밀었지만 그건 잠깐이었다.

‘저놈, 뭐지?’

돌이켜 생각해 보면 일부러 넘어진 것 같다는 느낌이 강하게 들었다. 김환성의 마력 공격도 충분히 방어할 수 있었던 것 같다는 기분이 들었다. 그럼에도 불구하고 일부러 더 크게 넘어진 것 같다.

'기분 탓이겠지?'

그럴 거다. 크리스는 그저 고어 및 암호 해독 클래스의 일원일 뿐이다. 고어 및 암호 해독 클래스는 제국 마력학원 내에서 최하위권의 클래스다. 아무리 반쯤 장난이라고 해도 스페셜 나이트가 일부러 발을 걸면 피할 수 없다.

'묘하게 기분이 이상하단 말이야.'

하지만 고개를 저었다. 왜 이런 기분이 드는 건지는 모르겠지만 중요한 건 아닐 거다. 애초에 지금 심리 상태 자체가 이상했다. 자꾸만 유치해지고 저놈을 괴롭혀 주고 싶고 그런다. 본인도 왜 그런지 알 수 없었다.

어쨌든 김상희와 크리스, 김환성의 데이트 약속이 잡혔다. 3일 뒤였다.

송수진은 벌벌 떨었다.

'도, 도대체 어째서…….'

시녀는 남자들 앞에 서는 것 자체를 두려워한다. 어쩔 수 없다. 동물로 비유한다면 시녀는 작은 개구리요, 남자는 뱀쯤 되는 존재니까. 충분히 공포스러운 대상이다. 그런데 지금 송수진을 직접 부른 사람은 그냥 뱀도 아니고, 굳이 비유해 보자면 '슈퍼 왕뱀'쯤 되는 뱀이었다.

'폐하께서 나를 어쩐 일로……?'

너무 무서웠다. 그 자리에서 무슨 실수라도 했다가는 아마 쥐도 새도 모르게 죽을 거다. 식은땀이 줄줄 흘렀다.

그녀는 꿈에도 몰랐다. 김상희와 김훈상이 서로 편지를 주고받는다는 것을. 그리고 김상희의 편지에 송수진이 있으면 좋겠다는 말이 들어가 있었다는 것을 말이다. 사실 안다고 해도 송수진은 그 사실을 믿지 못했을 거다.

일단 편지를 주고받는 것 자체가 말도 안 되는 일인데, 심지어 그 편지에 공주가 뭔가를 요청했다고 해서 왕이 그걸 들어준다? 절대로 있을 수 없는 일이다. 차라리 해가 서쪽에서 뜬다면 믿고 말지.

김훈상이 말했다.

"가라."

"예, 예! 폐하."

송수진은 전혀 이해하지 못했다. 무턱대고 가라니. 사실 말을 이해하고 자시고 할 것도 없이 너무 긴장한 상태여서 말을 제대로 듣지도 못했다.

그런데 스페셜 나이트가 나타났다.

'서, 설마……!'

그녀도 고려인이다. 스페셜 나이트가 있다는 것을 알고 있고 스페셜 나이트는 스페셜 필드라는 걸 펼쳐서 사람을 쥐도 새도 모르게 죽인다는 것도 알고 있다.

'사, 살려주세요!'를 외치고 싶었지만 말을 하지 못했다. 그냥 깨끗하게 포기하기로 했다. 왕이 자신을 죽이려고 한다면 자신은 저항할 수조차 없다. 저항하면 곱게 죽을 것도 괴롭게 죽을 수도 있다.

'우리 공주님을 뵙고 죽는다면 여한이 없을 텐데…….'

송수진은 김상희를 굉장히 좋아했다. 그녀에게는 김상희가 그녀 세계의 전부였으며 거의 유일한 친구나 다름없었다.

스페셜 나이트라 짐작되는 남자가 말했다.

"따라와."

"예."

차라리 죽을 거라고 생각하니 마음이 편해졌다. 아마도 어디론가 끌려가서 처분되겠지. 자신은 쓸모가 없어진 시녀였고 자신을 대체할 여자들은 널리고 널렸으니까.

'우리 공주님…… 잘 지내고 계셔요.'

정말 이상했다. 비행기라는 거, 처음 타본다. 어째서 비행기로 왔지? 그걸 생각할 겨를도 없었다. 요즘에는 이런 곳에서 사형을 집행하나 싶었다. 덜컹! 하고 하늘로 날아오르는 순간 정말 죽는구나 싶었다. 너무 무서웠다. 너무나 무서운 나머지 그녀는 정신을 잃었다.

나이트는 어처구니가 없었다.

"얜 왜 기절해?"

여자가 왜 공포에 떨고 있는지 이해하기엔 나이트는 여자에 대한 개념이 너무나 없었다. 좀 짜증이 났다.

"미친 계집아이군."

제국 공황에 도착하자 기절한 송수진을 마력으로 들어 올려 마력 학원으로 향했다. 마음 같아선 어디 던져 버리고 싶었지만 왕의 엄명이 있어서 그러지도 못했다. 김상희 공주에게 이 계집을 안전하게 잘 배달하라는 게 명령이었다. 송수진이 느낀 공포는 나이트는 절대 이해할 수 없을 것이다.

김상희는 두 팔을 활짝 벌렸다.

"수진!"

이제 김상희는 송수진보다 키가 더 크다. 그런데 송수진의 반응이 조금 이상했다.

"고, 공주님!"

그녀는 김상희한테 달려와 엉엉 울었다.

"설마 공주님께서도 변을 당하신 건가요?"

시녀는 김상희의 소식을 제대로 알 수 없다. 그녀들은 그녀들만의 세계에 갇혀 지낸다. 김상희가 왕국의 보배라고 공표했다는 말을 어디선가 듣기는 했는데 그건 절대 사실이 아닐 테니까 믿지 않았다. 아니, 믿지 못했다.

지금 송수진의 눈에 보이는 건, 귀신 김상희였다. 아무래도 김상희도 변을 당한 것 같았다. 그래서 하늘나라에서 이렇게 만나고 있는 거겠지. 그도 그럴 것이 송수진은 기절을 했고, 기절한 송수진을 나이트가 여기까지 데려왔다. 어처구니없는 일이지만—남자가 여자를 옮긴 거니까—그 일이 실제로 일어났다.

"공주님! 우리 작은 공주님! 어쩌다가……."

송수진은 흐느꼈다. 눈치의 귀재인 상희도 이 상황은 이해할 수 없었다.

"왜, 왜 그래, 수진? 무슨 일 있었어?"

"저는 죽은 것이 하나도 억울하지 않아요. 하지만 우리 공주님은 아니잖아요. 우리 공주님이 얼마나 예쁘고 사랑스러우신 분인데 어떻게…….”

김상희는 그제야 알 수 있었다. 단서를 찾았다. 김상희는 한숨을 내쉬었다. 개차반, 또 대충 설명한 것 같다. 사실 내 부탁을 들어준 것만으로도 놀라운 거니까 그에 대해 왈가왈부하지는 않기로 했다. 어차피 왈가왈부할 수 있는 것도 아니지만.

“수진, 진정해.”

김상희는 약 30분에 걸쳐 상황을 설명해 줬다. 수진은 자신이 살아 있음에 놀라워했고, 나이트가 자신을 데리고 왔다는 것에 다시 한 번 놀랐다. 수진은 상황을 알게 되자 굉장히 들떴다.

“공주님! 저는 그럼 비행기를 탄 유일한 시녀가 되는 것인가요?”

“수진이 기뻐하는 모습을 보니까 좋네.”

김상희는 씁쓸해졌다. 겨우 저런 걸로 이렇게 기뻐하는 모습을 보니 착잡했다. 비행기는 지구라면 그냥 돈만 있으면 누구나 탈 수 있는 거다.

“저 왕궁을 벗어난 본 것은 이번이 처음이에요.”

지구에서 태어났다면 집 밖으로 얼마든지 나갈 수 있었을 거다.

‘시녀로 태어나서 시녀로 죽는다라…….’

그나마 공주들은 바깥나들이라도 할 수 있지, 시녀들은 아니었다. 왕궁에서 태어나거나 아니면 갓난아기 때 왕궁으로 팔려와 평생을 왕궁에서 산다. 문득, 이상한 생각이 들었다.

‘그러고 보니 40세가 넘은 시녀는 폐기 처분한다는 말도 들은 것 같은데…….’

김상희도 그게 사실인지 아닌지는 알 수 없었다. 그냥 그런 소문이 있었다. 그런데 생각해 보면 40살이 넘은 시녀는 아직까지 본 적이 없었다. 김상희는 팔뚝에 소름이 돋았다. 여태까지 신경 못 쓰고 있었는데, 어쩌면 진짜로 그럴 수도 있지 않을까?

'말도 안 돼…….'

'아닐 거야. 아닐 거야'라고 생각해도 가슴 한편은 불안했다. 불안한 마음을 부여잡고 조심스레 물었다.

"수진, 내가 이상한 말을 들었는데……."

솔직히 묻고 싶지 않았다. 그 대답이 두려웠다. 나는 여태까지 내 삶을 꾸려 나가기에 정신이 없었다. 특혜를 많이 받고 있음에도 불구하고 그랬다. 그렇다면 시녀들은 얼마나 힘든 삶을 살고 있을까? 평민들은 어떻게 살고 있을까? 더 솔직히 말하자면 의식적으로 생각하기를 거부해 왔던 것 같다. 내 삶도 힘든데, 지금은 나도 아무것도 할 수 없는데, 그러니까 지금은 살아남는 것에만 집중하자. 이렇게 스스로를 위안해 왔던 것 같다. 하지만 이번에는 물었다.

"수진, 내가 묻는 말에 솔직히 대답해 줘."

"네, 공주님."

나는 시녀들이 40세가 넘으면 어떻게 되는지에 대해서 물었다. 송수진은 희미하게 웃었다.

"글쎄요……."

"수진, 진심으로 묻고 있는 거야. 어떻게 되는 거야? 나는……."

폐기 처분된다는 말을 들은 적이 있다. 사실인지 아닌지, 나는 이 자리에서 확인을 해봐야 할 것 같았다. 어떻게 그럴 수 있단 말인가. 사람을 폐기 처분한다니. 아무리 이 세계라고 해도 너무 심한 것 아닌가? 절대 있을 수 없는 일이다. 있어서도 안 되는 일이다.

"우리 어여쁜 공주님은 모르시는 것이 나을 것 같아요."

"수진, 솔직하게 말해줘. 나도 대답 듣는 게 두려워. 하지만 듣고 싶어."

"……."

수진은 뜸을 들이다가 말했다.

"보통은 두 가지로 갈려요. 궁을 나가든지……."

궁을 나갈 때에는 돈을 조금 준다고 한다. 큰돈은 아니지만 남은 생을 어떻게든 살아갈 수 있을 정도로.

"그도 아니면 편안하게 죽든지. 둘 중에 하나를 선택해요."

그리고 이어진 말은 충격적이었다.

"70퍼센트 이상의 시녀들이 편안하게 죽는 것을 선택해요."

"……."

충격받았다. 스스로 죽는 것을 선택하다니.

"40세까지 시녀에게 주어진 일을 잘했고, 사고 없이 40세가 되어서 죽는 거라면 명예로운 일이니까요."

"……거짓말."

나는 믿을 수 없었다. 40세가 되어 명예로운 죽음을 선택한다니. 거짓말이다. 차라리 그것보다는 일평생을 궁 밖으로 벗어나본 적이 없는 시녀들이 바깥세상으로 나가는 것이 두려워 죽음을 선택한다는 것이 훨씬 설득력 있을 것 같았다.

'정말 이 세계는…….'

많이 익숙해졌다고 생각했는데 역시 아니었다.

'이대로는 안 돼.'

송수진은 활짝 웃었다.

"시녀의 일에 신경 써주는 공주님은 상희 공주님밖에 없을 것이어요. 우리 어여쁜 공주님."

크리스의 데이트 신청은 내게 굉장히 좋은 제안이었다. 바깥세상을 경험해 볼 수 있는 기회. 솔직한 말로 나도 바깥세상이 두렵다. 공주로 살아도 힘든데, 그보다 훨씬 하층민인 평민으로 살아간다는 건 아마도 지옥에서 사는 것과 같을 것이다. 하지만 이곳의 여자들은 그러한 삶이 당연하다고 여기면서 살아가겠지만.

'내 세계는 너무나 작고 협소해.'

그랬다. 나는 왕궁과 제국 마력학원, 이 두 곳을 제외하면 가본 곳이 거의 없다. 이 세계에 대한 정보는 대부분 책으로 얻었다. 크리스는 귀신같이 내 마음을 알아차렸다.

"김상희, 표정이 별로 안 좋네."

"아, 아니어요."

"역시 나랑 데이트를 해야 하는데 왕자님이 껴서 별로지?"

크리스는 김환성이 발끈하기 전에 초코바 하나를 내밀었다.

"이번에 제국 내에서도 물량이 부족해서 난리가 난 허니 초코바예요. 왕자님을 위해 준비했습니다."

"이, 이, 이딴 거 누가 조, 좋아할 줄 알고!"

이봐, 망나니야, 그런데 왜 손이 그쪽을 향하니? 어휴 정말. 저 망나니, 진화한 망나니임과 동시에 단순하게 진화한 망나니다. 어쩜 저렇게 단순할 수가 있냐, 인간이. 어디 가서 내 오빠라 하지 마라, 창피하니까.

우리 망나니는 크흠 헛기침을 했다.

"성의를 봐서 받아주도록 하지."

어쨌든 우리의 2박 3일 일정이 시작됐다. 고려로 가는 비행기에 몸을 실었다.

'생각해 보면 나는 정말 엄청난 특혜를 받고 있어.'

여자가 비행기를 탄다는 것조차도 이미 대박이다. 당연한 말이지만 비행기를 조종하는 건 남자의 마력이다. 남자가 몸소 힘을 써서 운전하는 물체에 여자가 편안히 타고 간다는 것 자체가 어불성설이다.

'나는 도대체 어떻게 해야 할까?'

옆에서 코를 골고 있는 우리 망나니는 아무런 생각이 없어 보였고, 크리스는 나를 보며 생글생글 웃고 있었다.

"상희 공주는 아직도 나를 너무 못 믿는 것 같아."

"제가 너무 아둔하여 무슨 말씀인지 잘 모르겠어요."

"너 아직도 나 경계하고 있잖아."

크리스는 등받이에 몸을 기대며 활짝 웃었다.

"천천히 다가갈게. 경계해도 괜찮아. 그럴 수밖에 없어. 나도 충분히 이해해. 어쨌든 내 마음은 진심이라는 거, 시간이 지나면 알게 되겠지."

나는 조심스레 물었다.

"저는 크리스 학우님께서 왜 저를 그렇게 좋아한다고 말씀하시는지 이해가 잘 되지 않아요. 저는 미천한 계집아이일 뿐인데……."

"말했잖아."

크리스가 다시 생긋 웃었다. 저 미소, 지구에서 태어났으면 여자 여럿 홀렸을 거다. 인정한다. 쟤는 진짜 잘생겼다.

"한눈에 반했…… 으악!"

잠버릇인지 아닌지는 모르겠지만 김환성의 주먹이 크리스의 안면을 강타했다. 김환성이 눈을 떴다.

"뭐야……? 무슨 일 있었어?"

크리스의 한쪽 콧구멍에서 피가 흘러내렸다. 저 망나니, 일부러 친 거 같은데. 심증은 가지만 물증이 없었다.

"누나!"

일순간에 시선이 집중됐다. 저 외침을 문자로 표현해 본다면 '!!!!!!!!'쯤 되지 않을까 싶다. 다시 말해 엄청나게 컸다는 소리고, 이곳 고려의 거대 국제공항인 송도 국제공항 안을 쩌렁쩌렁 울렸다는 소리다.

오구, 우리 환혁이. 불과 4달 정도 안 봤는데, 벌써 쑥쑥 컸다. 나보다도 키가 크니까 말 다했다. 우와, 우리 환혁이. 오구, 우리 환혁이. 지금 당장에라도 달려가 엉덩이를 툭툭 때려주고 싶었지만 참았다. 여기는 보는 눈이 많다.

주위에서 쑥덕거리는 것이 느껴졌다. 들리지는 않지만 아마도 콩가루 집안이라고 욕을 하고 있을 거다.

'가정교육을 도대체 어떻게 받았길래?'

'누나라고? 사람들이 이렇게 많은데 어떻게 저런 식으로 부를 수가 있지?'

아마도 그런 식으로 욕하고 있지 않을까 싶다. 단적인 예로, 예전에 우리 개차반 씨와 길을 걸을 때 팔짱을 끼고 있었다는 이유만으로 어떤 남자가 시비를 걸지 않았던가. 남자 망신시키지 말라고.

환혁도 이제 그런 것에 대해 조금은 알고 있는 건지 필드를 펼쳤다. 김환성이 씨익 웃었다.

"스페셜 필드는 그렇게 펼치는 거 아냐."

그리고 엄청 잘난 척했다. 어깨를 쭉 펴고 턱을 높이 들며 나를 한 번 쳐다본 뒤 웃어주는 거, 절대 잊지 않았다. 쟤는 진짜 허세 빼면 시체인 것 같다.

"이렇게 하는 거지."

우리 환혁이가 나한테 달려들었다. 어어어, 어어, 너, 넘어진다. 넘어진다. 결국 나는 넘어졌다. 그렇다고 완전히 넘어진 건 아니다. 크리스가 나를 받쳐 준 덕분에 살았다.

'에구, 요 녀석도 여자에 대한 배려가 진짜 없네.'

환혁이가 나를 좋아하는 건 안다. 그래서 이렇게 달려와서 나를 부둥켜안았다. 하지만 너무 세게 안았다는 게 문제다. 남자라면 상관없겠지만 나는 여자다. 환혁이의 힘을 이기지 못하고 넘어질 뻔했다. 남자는 넘어져도 안 아프다. 하지만 여자는 넘어지면 아프다. 그렇다고 환혁이를 나무랄 수는 없는 노릇이다. 대신 정보는 전달해 줬다.

"왕자님, 여자는 넘어지면 아프답니다."

"왜 아파? 상아는 괜찮던데?"

상아는 마력이 있잖니! 그러고 보니 상아가 안 보인다. 만약 상아도 마중 나왔다면 기쁨은 두 배가 되었을 텐데.

"마력이 없는 여자는 넘어지면 아주아주 아파요. 저는 아파서 엉엉 울지도 몰라요."

"그, 그건 안 돼!"

몸은 많이 컸는데 어리광 부리는 모습을 보니 아직도 애기는 애기다. 뭐랄까, 이런 걸 갭모에라고 하던가? 정신연령은 아직 초딩인데 몸은 고딩에 가까우니…… 아, 귀엽다. 진짜 귀엽다 내 새끼. 그런데 우리 환혁이가 투정을 부렸다.

"왜 인사 안 해줘?"

무슨 말인가 생각해 봤는데, 이 아이가 정말로 '아기'의 모습을 갖추고 있을 때 인사랍시고 볼 뽀뽀나 이마 뽀뽀를 해줬던 기억이 났다. 진짜 '아기'의 모습을 갖고 있었는데 어떻게 그걸 기억하고 있는지, 진짜 대단하다면 대단한 일이다.

나는 우리 귀여운 환혁이를 보고 배시시 웃은 뒤, 환혁이의 이마에 가볍게 키스해 줬다. 가벼운 쪽 소리가 났다.

우리 둘째 망나니가 투덜거렸다.

"다 큰 사내자식이 계집한테 앵겨서 뭐하는 짓이야? 혼나 볼래? 쪽팔리지도 않냐?"

"형아는 좋겠다."

"뭐가, 인마?"

아, 안 돼, 환혁아. 너, 뭐, 뭔가 이상한 말을 하려는 것 같아.

"기숙사에 같이 있으면 형아는 맨날 맨날 인사받을 거 아냐! 으, 부럽다!"

……저질렀다. 불평하던 김환성이 씨익 웃었다. 야, 너는 안 귀엽다고. 너는 인사해 줄 의욕이 안 생긴다고. 물어왔이나 하지 말라고는 내 속마음이고, 나를 쳐다보며 씨익 웃는 망나니를 보며 왠지 불길함을 느꼈다.

"그럼, 나는 인사 매일매일 받지. 그렇지?"

……망했다. 가정교육의 폐해인 것 같다. 어떻게 한 건지는 모르겠는데 내 귓가에만 이상한 울림 같은 게 들렸다. 마치 악마의 속삭임 같았다.

"이제 인사 제대로 안 하면 사형인 줄 알아."

왕자가 공주의 배웅을 나간다는 것은 매우 이례적인 일이다. 그러나 왕궁 학자들은 이제 수긍하는 분위기다.

"적어도 겉으로는 김상희 공주가 정말로 왕국의 보배인 것처럼 행동하셔야 하니까요."

그리고 좀 이상한 건,

"그런데 김환혁 왕자님은 김상희 공주를 정말로 좋아하시는 것 같던데요?"

"에이, 설마요. 모두 교육의 일환일 겁니다. 고려의 왕자님이시니, 어린 나이부터 정치 교육을 받고 있으실 테고……."

그렇게 생각하자 또 놀라웠다. 김상희 공주가 이런 식으로-전쟁 명분으로-사용될 줄 미리 예측했던 것처럼, 아주 옛날부터 김환혁 왕자가 김상희 공주를 좋아하고 따르지 않았던가. 역시 이 일은 아주 오래전부터 계획된 일이 틀림없었다. 역시 왕은 대단했다.

"그런데 갑자기 왜 고려로 복귀하신 거죠?"

거기에 알렉스가 대답했다.

"크리스라는 남자아이가 있는데, 데이트 신청을 했답니다."

"데이트요?"

그건 또 무슨 단어인가 싶었는데 학자들은 이내 그 뜻을 떠올렸다. 지금은 쓰이지 않는 단어, 아주 오래된 고어에서나 발견할 수 있는 단어였다.

"설마 지금은 사라진 단어인 그 데이트 말씀이십니까?"

"그렇습니다. 김상희 공주에게 첫눈에 반했다고 고백했다 합니다. 제가 알아본 바에 의하면 첫눈에 반했다는 건 한 번 보고 사랑에 빠졌다는 의미죠."

그래도 학자들은 공부를 많이 한 편이라, 저런 외계어같이 어려운 말도 쉽게 이해했다. 적어도 머리로는 말이다.

"그런 해괴망측한 말이 있다니."

"그러면 크리스라는 사람이 김상희 공주를 사랑한다는 소리입니까?"

사랑 역시 절대 흔하지 않은 단어다. 학자들쯤 되니까 한 번에 그 뜻을 떠올렸지, 일반인들은 아마 모르는 단어일 거다.

"맞습니다. 일단 대외적으로는 그러네요."

"도대체 어느 나라의 어떤 지위입니까? 무슨 꿍꿍이죠?"

"일전에 6대대 나이트를 파견하여 조사를 보냈던 백제 왕국의 첫째 왕자라고 합니다."

"백제라……."

학자들은 생각했다.

'아무래도 폐하께서 또 무슨 책략을 꾸미고 계신 것 같다.'

그렇지 않고서야 아무런 이유도 없이 이름도 알려지지 않은 소규모 국가 백제에 나이트를 파견하고, 또 그곳의 왕자가 김상희 공주에게 그런 식으로 접근할 리 없지 않은가.

알렉스만 생각이 조금 달랐다.

'그냥 눈에 보이는 그대로 믿는다면 정말 간단명료한데, 문제는 그럴 가능성이 희박하다는 거지.'

아니다. 희박하지 않다. 오히려 그냥 눈에 보이는 그대로에 가까웠다. 학자들은 아예 다른 방향으로 생각했고, 그나마 알렉스는 진실에 근접한 상태지만 믿지 못할 뿐이었다.

학자들의 밤은 또 깊어갔다. 백제, 크리스, 김상희 공주, 나이트. 이 네 가지 단어를 토대로 왕의 혜안이 무엇인지 깨닫기 위해 불철주야 노력했다.

크리스가 말했다.

"오빠만 믿고 따라와."

……어이, 너도 오빠 타령이냐? 굳이 자기 입으로 그렇게 '오빠'를 붙여야겠어? 너도 우리 망나니한테 옮았니? 라고는 해도, 크리스가 말하는 '오빠'는 그렇게 느끼하거나 부담스럽지는 않았다. 정말 자연스럽게 들렸다.

'오빠'란 단어를 들은 우리 망나니는 기분이 매우 언짢아진 듯한 태도로 퉁명스레 물었다.

"어딜 가려는 거냐?"

크리스가 생긋 웃었다. 저 미소, 진짜 백만 불짜리다. 인정.

"김상희 공주는 바깥세상을 많이 알고 싶어 해요. 자기가 경험한 세계가 너무 좁다는 걸 알아요."

정말 보면 볼수록 신기한 애다. 어떻게 여자에 대해 저렇게 잘 알고 있을까? 또 나에 대해 어떻게 저렇게 잘 알고 있을까? 정말 백제란 나라가 좀 궁금해졌다.

"마음 같아선 우리 백제로 데려가고 싶었지만, 괜히 상희가 무서워할 것 같아서 고려로 온 거예요. 그래도 이곳이라면 안심할 테니."

그거야 내 옆에 환성이도 있고, 우리 환혁이도 있고, 아마도 스페셜 나이트도 함께 있을 테니까 뭐, 안전이야 하겠지.

'크리스의 마음은 진심일까?'

아직은 잘 모르겠다. 그런데 진심일 것 같다는 기분이 조금씩 들었다. 나에 대해 정말로 관심을 가지고 나를 애정 어린 눈으로 보지 않으면, 이런 배려는 절대 불가능할 테니까.

"그래서 이곳을 먼저 보여주려고 해요. 뭐, 솔직히 데이트답진 않지만. 자, 이제 도착! 모두 내려주세요!"

나는 차에서 내렸다. 처음 보는 곳이었다.

크리스가 손을 들어 김상희 공주의 눈을 가려줬다.

"상희 공주는 마음의 준비를 단단히 해야 할 거야."

그러고서 얼른 핑계 대듯 말했다.

"이렇게 하지 않으면 김상희 공주는 굉장히 충격을 받을 거라 어쩔 수 없어요, 왕자님."

김환성은 인상을 찡그렸다. 저 자식, 뭔가 마음에 안 든다. 김상희의 눈을 가리고 있는 저 모습, 정말 마음에 안 든다. 짜증이 나는데 하지 말라고 할 이유를 찾을 수 없었다. '내 동생이니까 건들지 마!

만지려면 내 허락받고 만져! 절대 허락 따윈 안 해주겠지만'이라고는 말할 수 없지 않은가.

김상희는 마음의 준비를 했다. 대략적으로 어떤 곳인지는 파악할 수 있을 것 같았다. 마음의 준비를 하는 한편, 크리스에 대해 약간의 의심을 품었다.

'마력으로 내 시야를 가려도 충분할 텐데.'

마력으로 해도 충분한 걸 굳이 손을 사용하고 있다.

"이제 손 뗀다. 마음 단단히 먹어. 대충 어떤 곳인지 파악은 하고 있을 테니, 보기 싫으면 관둬도 돼."

"아니어요. 마음의 준비는 됐어요."

김상희는 다른 세계를 경험해 보고 싶었다. 지구에 있을 때에 흔히 들었던 말이 있다. '서민의 삶을 경험해 보지 못한 국회의원이 어떻게 서민을 위한 정책을 필 수 있겠냐?' 라는 말이었다. 마찬가지다.

'나는 공주로만 살 순 없어.'

언제가 될지 모르고, 가능할지 불가능할지도 모르지만 그녀는 이 세계가 싫었다. 여자가 남자 위에 군림하는 세상을 바라지는 않지만 적어도 사람답게, 인간답게 살아갈 수 있는 세상이 되었으면 좋겠다. 그러기 전엔 최소한 평민 여자들이 어떻게 살아가고 있는지, 경험하지는 못하더라도 최소한 보기는 해야 하지 않을까?

'나는 저들에 비해 굉장히 행복한 삶을 살고 있는 거야.'

크리스가 김상희의 눈을 가리고 있던 손을 치웠다. 김상희는 침을 꿀꺽 삼켰다.

'역시 홍등가…….'

지구와 별반 다르지 않았다. 양옆으로 투명한 유리창이 있고 그 안에 여자들이 완전히 발가벗은 상태로 자신의 몸매를 드러내고 있었다. 대낮임에도 불구하고 말이다. 남자들은 거만한 걸음걸이로 거들먹거리고 걸으면서 여자를 골라내고 있었다.

'여자들도 있어.'

김상희는 다시 한 번 충격을 받았다. 남자 손님만 있는 것이 아니라 여자도 많았다.

'생각해 보면 당연한 일이지.'

이 세계는 여자가 압도적으로 많다. 여자도 사람이다. 성적인 욕구가 없다면 거짓말이겠지. 김상희도 아직 나이가 어려서 그렇게 욕구가 큰 편은 아니지만, 적어도 지구에서는 달랐었다. 적어도 사랑하는 사람이 옆에 있을 때, 그러니까 진수가 옆에 있을 때엔 김상희가 먼저 덮친 적도 있었다. 어쨌든 성적인 욕구를 감히 남자에게 풀어달라고 할 수는 없는 노릇이고, 그래서 같은 여자를 사서 해소한다.

크리스가 내게 물었다.

"책에서는 볼 수 없는 내용이지?"

"……."

김상희는 대답하지 못했다. 책에는 이런 세계는 없었다. 그럴 수밖에 없었다. 김상희가 접한 책은 왕궁 '기록의 관'에 있는 책들이며, 그곳에 있는 책은 이런 뒷골목의 얘기까지 다루지는 않으니까.

누군가 메가폰을 들고 크게 말했다.

"어제 들어온 7살짜리 여아 있습니다. 완전히 처녀입니다."

김상희는 주먹을 불끈 쥐고 입술을 깨물었다. 7살짜리 여아며 처녀란다. 남자들의 발걸음이 그곳으로 향하는 걸 봤다. 경매를 하려는 것 같았다.

김상희는 애써 억지웃음을 짓고 김환성을 쳐다봤다. 단순히 쳐다본 게 아니라 팔짱까지 꼈다. 당연히 김환성의 얼굴에는 웃음꽃이 만개했다.

"오라버니."

"왜?"

김환성은 별 생각 없었다. 이런 홍등가 같은 거, 별로 관심도 없고 신경도 안 쓴다. 김환성에겐 이런 건 그냥 길거리에 흔하디 흔한 가로수 같은 광경이었다.

"저 아이가 너무 불쌍해요."

"왜?"

김상희는 눈물을 꾹 참고 있는 저 아이를 외면할 수가 없었다. 그게 이 세계를 바꾸는 거랑 무슨 상관이 있느냐고 묻는다면 대답할 수 없었다. 저런 아이가 이 세계에 딱 한 명 있냐고 묻는다면 당연히 아니라고 대답할 것이다. 지금 어딘가에서도 저와 비슷한 일이 비일비재하게 일어나고 있을 거다.

'하지만 절대 그냥 두고 볼 수는 없어.'

오지랖이라고 해도 좋고, 착한 척이라고 해도 좋았다.

'어떻게 7살짜리 여자아이를 욕구 해소의 도구로 쓸 수가 있어?'

'미친놈들' 하고 속으로 욕을 해줬다.

"수진이 제 시녀로 왔으니 왕궁에 시녀가 부족하지 않을까요?"

김환성은 고개를 갸웃했다.

"그게 왜?"

김환성은 그런 거 신경도 안 쓴다. 왕궁에 시녀가 부족하든 말든 그게 자기랑 무슨 상관이냔 말이다. 김상희는 고민했다.

'이제 한걸음 더 나아가야 할까?'

여태까지는 굉장히 소극적이었다. 뭔가를 원해도 직접적으로 '달라'고 말한 적은 없었다.

'괜찮…… 을까?'

김상희는 짧은 시간 동안 아주 많이 고민했다. 뭔가를 갖고 싶을 때, '저게 아주 예뻐요'라고 말하는 거랑 '저거 사주세요'라고 말하는 거랑은 완전히 다르다. 더군다나 상대는 김환성, 진화한 망나니이며 고려 왕국의 왕자다.

'어차피 언젠가는 넘어가야 할 산이야.'

원래 한 번이 어렵지 그 다음부터는 쉽다.

'차라리 상대가 둘째 망나니라 다행이야.'

만약 상대가 김환석이었다면 시도도 안 해봤을 거다. 김환석이라면 '닥쳐'라고 말했을 게 뻔하다.

'하지만 우리 둘째 망나니는 그래도 첫째 망나니보다는 좀 착한 구석이 있으니까.'

결국 용기를 내서 말했다. 무서워서 아부도 덧붙였다.

"오빠, 오빠가 소녀를 위해 저 아이를 사주시면 안 될까요?"

김환성의 입이 벌어졌다. 김상희의 고민 같은 건 애초에 필요 없었던 것 같다.

"이주형!"

스페셜 나이트가 모습을 드러냈다.

"예, 왕자님."

김상희의 고민을 비웃기라도 하듯 대뜸 말했다.

"저거 사 가지고 와."

"……예?"

김환성이 활짝 웃었다.

"나 지갑 없어."

이주형이 울상을 지었다.

"갚을 거야. 갚는다고. 그니까 얼른 사 갖고 와."

"지, 진짜 갚으실 겁니까?"

김상희는 안도의 한숨을 내쉬었다. 김환성, 역시 쉬웠다. 사달라고 하니 그냥 사줬다. 상식적으로 생각하면 역시 말이 안 되는 일이다. 공주 따위가 감히 왕자에게 무언가를 사달라고 하다니. 그리고 왕자가 그걸 사주다니. 더 재미있는 건 그 상황을 지켜보고 있던 이주형도 그것에 딱히 이상함을 느끼지 못했다는 것. 만약 이 상황을 고려의 학자들이 봤다면 게거품을 물고 쓰러지거나 알렉스에게 '당장 상희학을 정식 학문으로 채택합시다!'라고 말했을지도 모를 일이다.

옛다, 서비스다. 오늘은 풀 서비스로 갈게. 김상희는 립 서비스를 맘껏 퍼부었다.

"오빠가 소녀의 오빠라서 정말 다행이어요. 너무너무 듬직하셔요. 오빠는 정말 세상에서 제일 멋진 오빠셔요."

그 말에 김환성의 광대가 높이 승천했다.

오빠 소리, 내가 한 번에 3번 이상 한 적은 처음이다. 웬만해서는 잘 안 해주려고 한다. 너무 자주 해주면 임팩트가 떨어지니까. 우리 망나니는 어깨를 활짝 폈다.

"엣헴, 그렇지?"

"공주님, 돈은 제 지갑에서 나가는데요?"

망나니가 퉁명스레 말했다.

"갚는다니까?"

"언제까지요?"

"하여튼 금방 갚아!"

그런데 이주형 나이트가 이상한 소리를 했다.

"어쨌든 제 돈에서 나가는 겁니다, 지금은요."

"알아, 안다고. 얼른 가서 사와, 경매 끝나기 전에!"

이주형 나이트가 나를 쳐다봤다.

"공주님, 이거 일단 제 돈에서 나가는 거라니까요?"

나는 눈치를 봐야만 했다. '도대체 저 아저씨가 무엇을 원한단 말인가……'를 생각해 봤는데 그렇게 어렵지 않았다.

'설마?'

저 아저씨도 오빠 소리가 듣고 싶은 건 아니겠지? 에이, 설마. 저 아저씨, 내가 알기론 나이가 30살이 넘었을 텐데? 정확하게는 몰라도 30대 초중반이라는 소리를 들은 것 같다. 아, 물론 외모는 20대 초중반으로 보인다. 얘네는 마력이라는 얼토당토않은 사기 능력을 갖고 있어서 성장은 빠르고 노화는 느리니까.

"소녀는 이주형 나이트님께도 정말 큰 감사를 느끼고 있어요. 정말 감사해요."

"큼……."

이주형 나이트는 자기가 원하는 답이 아니었다는 듯, 코끝과 인상을 함께 찡그렸지만 내 말이 예법에 어긋난 건 아니라 딱히 딴죽을 걸진 못했다.

'그래도 스페셜 나이트 체면이 있는데 오빠라고 하라고 하지는 못하겠지?'

그런데 내 패배다. 스페셜 나이트 체면, 그런 거 없나 보다.

"저도 오라버니 소리 좀 들어 봅시다."

……아, 예…… 오라버니.

누군가 말했다.

"3억."

경매장이 조용해졌다. '3억이라고? 어떤 미친놈이 그런 말도 안 되는 숫자를 부르는 거야?' 하고 모두가 뒤를 쳐다봤다. 나이는 10대 중반 정도로 보였다.

경매를 진행하던 사회자 역시 떨떠름한 듯했다. 방금 전까지 최고액이 8천만 원이었다. 사실, 귀족가의 버려진 계집이라면 1억 이상도 받을 수 있겠지만 이 계집은 그렇게까지 특등품은 아니었다. 또 아주 예쁜 것도 아니었다. 그저 처녀이며 나이가 7살이라는 것, 그 희귀성을 인정받아 8천만 원까지 올라간 거다.

사람들은 모두 어이없다는 얼굴로 쳐다봤고, 화를 참지 못한 누군가가 비난했다.

"이봐, 꼬맹이. 3억이라니? 미친 거 아냐?"

"왜요? 돈 있으면 내면 되는 거 아닙니까?"

나 참, 어처구니가 없군. 3억이란 돈이 있으면 어디 한번 내봐. 다들 어처구니없다고 생각했다. 10대 중반의 꼬맹이에게 그렇게 큰돈이 있을 리 없지 않은가. 있다고 해도 저런 어린 계집애에게 3억을 쓰는 인간이 어디 있단 말인가. 차라리 집 한 채를 사고 말지.

소년이 지갑에서 3억짜리 수표를 하나 꺼냈다. 가장 권위 있는 제국 은행에서 발행된 수표였다.

"이거면 되죠?"

노련한 사회자마저 말을 더듬었다.

"3, 3, 3, 3어, 3억 입니다! 3, 3억입니다! 더, 더 이상은 없으십니까!"

이건 진짜 대박이다. 8천만 원도 많다고 생각했는데 무려 3억이라니, 진짜 잭팟이 터졌다!

이주형 나이트가 인상을 찡그렸다.

"왕자님, 재가 사고 쳤는데요?"

"너 겨우 3억도 없냐?"

"저 같은 월급쟁이가 무슨 3억이 있어요?"

스페셜 나이트는 월급이 그렇게 높지 않다. 물론, 일반적인 사람들보다는 훨씬 높다. 연봉으로 치자면 1억이 넘는다. 애초에 그들은 돈 때문에 스페셜 나이트를 하는 게 아니다. 돈 보고 할 거면 스페셜 나이트 때려치우고 용병 회사를 차리는 게 훨씬 낫다.

김환성은 불만이었다. 겨우 그까짓 3억, 그거 그냥 대충 저금통에서 꺼내면 나오는 돈인데, 지갑을 안 갖고 온 게 실수였다. 3억? 웃긴다. 30억도 부를 수 있다. 왜냐하면 김상희가 '처음으로' 갖고 싶다고 말한 '물건'이었으니까.

김환성이 말했다.

"아씨, 야, 크리스. 그거 나한테 팔아."

"안 됩니다."

"30억 줄게."

"싫습니다."

"그럼 300억?"

이주형의 등에서 식은땀이 흘러내렸다. '왕자님, 미쳤습니까? 저런 계집 사는데 300억이요? 뭐, 저딴 말 같지도 않은 소리를. 차라리 그중에 1억만 빼서 나 좀 줍쇼' 하고 말하고 싶었다.

크리스는 여전히 싫다고 했다.

"안 됩니다. 김상희 공주가 갖고 싶다고 말한 아이니까, 제가 선물해 줄 겁니다."

김상희는 남몰래 한숨을 내쉬었다. 여기서부터 극명하게 차이가 갈리지 않는가. 크리스는 저 여자아이를 일컬어 '아이'라고 했고, 김환성은 '그거'라고 했다. 여자에 대한 인식 자체가 완전히 달랐다.

김환성은 여전히 이해할 수 없다는 듯 말했다.

"너 멍청이냐? 300억은 나한테도 큰돈이야."

"그렇게 큰돈을 왜 쓰시려고 하는 겁니까?"

"그, 그거야……."

김환성은 충격에 빠졌다. 그러고 보니 내가 왜 300억이나 쓰려고 하고 있지? 한두 푼도 아니고. 3억이면 모를까, 아니, 30억만 되어도 좀 큰돈이다. 아무리 고려 왕가의 왕자라고 해도 300억은 결코 적은 돈이 아니다. 김환성은 딜레마에 빠져들었다. 아무래도 미친 것 같다. 정신을 퍼뜩 차리고 보니, 뭔가에 홀린 것 같은 기분이었다.

김상희가 그 틈을 교묘하게 파고들었다.

"오라버니, 괜찮아요. 오라버니의 마음만 받을게요."

일부러 오빠 대신 오라버니라고 불렀다. 김환성이 울상을 지었다. 김상희가 말을 이었다.

"오라버니의 선물은 다음번에 받을게요. 비록 마음뿐이지만 소녀는 너무나 행복해요."

다시 말해, '실제 물건'은 없고 '마음'밖에 없다는 소리다. 그걸 아주 교묘하게 돌려서 말했다. 게다가 '다음번에 받을게요'라면서 실리까지 챙겼다. 사실 객관적으로 살펴보면 선물이라는 거 누군가 주면 감사하게 받는 거고, 안 주면 어쩔 수 없는 거다. 그런데 일부러 말을 빙빙 돌려가면서 김환성으로 하여금 '안 주면 나쁜 놈'처럼 느껴지게 만들었다. 실제로 김환성은 지금 나쁜 오빠가 된 것 같은 기분에 사로잡혔다.

크리스는 결제를 하고 여자아이를 인도받으러 잠깐 자리를 떠났다. 크리스의 뒷모습을 바라보면서 김환성은 이를 바드득 갈았다.

'뭔가 기분이 찜찜해.'

세상에서 제일 센 오빠라고 큰소리 땅땅 쳐놨는데 크리스에게 진 것 같은, 동생에게 줄 생애 첫 번째 선물-자기 입으로 갖고 싶다고 말한-을 빼앗긴 것 같은 기분이다.

김환성이 투덜거렸다.

"뭔가 짜증 나."

그런데 누군가가 다가왔다.

"이 계집, 팔려고 오신 겁니까?"

참고로 김환성, 지금 기분 안 좋은 상태다.

"흐음, 상태를 보아하니 귀족가의 여식 같은데?"

호호호 하는 웃음소리가 들려왔다.

"방금 보잘것없는 계집이 3억에 팔린 거 보셨죠? 이런 계집이라면 훨씬 더 높은 값을 받을 수 있을 겁니다."

참고로 지금 스페셜 나이트 이주형도 옆에 있다. 현재 기분이 매우 꿀꿀한 고려 왕가의 왕자 김환성과 스페셜 나이트 이주형이 동시에 남자를 쳐다봤다. 거기에 인수인계를 마친 크리스도 왔다.

"무슨 일이죠?"

남자는 크리스를 알아봤다. 하찮은 계집애에게 3억을 쓴 엄청난 부자! 다시 말해 호구다. 돈 많은 호구. 이 호구를 다시 한 번 잡으면 또다시 잭팟을 터뜨리는 것도 무리는 아닐 것이다. 남자는 크리스에게 굽실거렸다.

"이 아이를 팔러 오신 것 같습니다."

남자의 말에는 묘한 기대가 담겨 있다. '이 아이, 당신이 방금 사버린 그 여자애보다 훨씬 예쁘고 뽀얗지 않습니까?'라고 은근히 주장하는 듯했다.

'제발 걸려들어라!'

아무렇지도 않게 3억을 썼다. 그렇다면 이 계집은 훨씬 비싼 값에 거래할 수 있을 터!

김환성과 이주형, 그리고 크리스까지 남자를 쳐다봤다. 세 남자가 동시에 쳐다보자 남자는 뭔가 이상함을 느꼈다. 그런데 그 세 남자 말고 다른 남자의 목소리까지 들려왔다.

"너 뭐 하는 놈이냐?"

김상희도 익히 알고 있는 목소리였다.

내가 아는 망나니는 두 명이 있다. 한 명은 진화한 망나니요, 한 명은 망나니 중 망나니인 상망나니다. 그 상망나니는 다른 공주들과 시녀들에게 있어서는 공포의 대상이며—어쩐 일인지 제국의 귀빈 호텔에서는 좀 좋은 이미지로 통하고 있는 것 같기는 하지만—최상위 포식자다. 그리고 하늘 위에 아버지와 황제, 하나뿐인 형님밖에 없는 줄 아는 천상천하 유아독존형의 나 잘났소 망나니다. 그 망나니의 목소리가 들려왔다.

“왕명에 의거하여 너를 현행범으로 긴급체포한다.”

“그, 그게 무슨 말씀이십니까?”

남자는 당황했다. ‘이게 무슨 날벼락이란 말인가!’라고 주장하는 것 같은 황당한 표정이다. 사실 나도 황당하다. 음, 이런 예가 적절할지는 모르겠는데 굳이 예를 들어 보자면 물을 마시고 있는데, 그 물 마시는 행위가 불법이라고 잡아간다는 거랄까? 얼마나 황당할까?

팔려고 온 계집아이처럼 보여 그 계집아이를 흥정하려는 행위, 이건 저 남자에게 굉장히 당연한 일이며 일상적인 일일 것이다. 물을 마시는 것처럼 말이다. 그런데 그 행위를 했더니 난데없이 왕명에 의거하여 현행범 체포. 이거 굉장히 큰 문제다. 왕명에 의한 긴급체포는 어지간해서는 이루어지지 않는 법이니까. 우리 둘째 망나니를 호위하는 듯 보이는 나이트 4명이 순식간에 달려들어 남자를 덮쳤다.

“저, 저기 무슨 일이지?”

“저거…… 나이트 문장인데?”

“나이트가 어째서 이곳에……?”

“나이트가 호위하고 있잖아. 답은 정해져 있는 거지.”

“왕족……!”

헉! 사람들이 놀라는 게 보였다. 저들에게 있어 남자 왕족은 아마도 천외천의 외계인 같은 존재일 테니까. 아주 무자비한 절대왕정이나 독재주의는 아닌지라, 판타지 세계나 중세처럼 무릎을 꿇고 머리를 박고 그러는 건 아니었으나 다들 우리 망나니의 눈치를 보고 있었다.

“무, 무슨 짓입니까! 저는 억울합니다!”

“닥쳐. 왕명에 반발할 생각이냐?”

나조차도 궁금해졌다. 왕명이 도대체 뭘까? 왕명이 뭐기에 갑자기 난데없이 '남자'를 저렇게 포박해 버리는 걸까?

첫째 망나니가 나를 쳐다봤다.

"어이."

"네, 왕자님. 소녀가 여기 있어요. 말씀하시어요."

망나니의 인상이 찡그려졌다.

"김환성, 김상희를 불러봐라."

김환성도 이 상황이 이해가 되지 않는 것 같았다. 그래도 뭐가 그리 재미있는지 싱글벙글이다. 환성이는 나를 보며 말했다.

"똥개!"

'……죽고 싶냐? 김상희를 부르랬지 똥개라고 부르랬냐!'라고 따지고 싶지만 나는 여전히 속마음을 숨기고 마음속 칼날을 갈며 대답했다.

"네, 오라버니."

첫째 망나니가 나를 물끄러미 쳐다봤다. 나는 15년간 눈치를 보며 살아왔지만 첫째 망나니의 표정을 읽는 건 상당히 힘들다. 저렇게 포커페이스를 유지하는 것도 쉬운 일은 아닐 텐데 참.

"어이."

"네, 왕자님. 소녀가 여기 있어요. 말씀하시어요."

첫째 망나니가 지나가는 듯한 말투로 말했다.

"대답이 길군."

나는 필사적으로 저게 무슨 말인가를 생각해야만 했다. 말 하나하나에 조심해야 하는 게 내 입장이다. 내가 뭘 잘못했는지보다는 뭐가 저 포커페이스 천상천하 유아독존 상망나니의 마음에 들지 않았을까를 생각해 봤다. 답은 그리 어렵지 않게 나왔다. 딱 세 가지 단서만 조합하면 됐다.

'네, 왕자님. 소녀가 여기 있어요. 말씀하시어요.'

'네, 오라버니.'

'대답이 길군.'

답은 나왔는데, 좀 믿기 어렵다.

'설마…….'

내가 완전히 예의를 차리고 대답을 한 것이 마음에 안 들어서?

첫째 망나니는 시원한 답을 내려주지 않았다. 차라리 우리 둘째 망나니처럼 '오빠 해봐! 오빠!'라고 말하면 명확하기라도 하지, 저놈은 저러고 끝이다. 이러면 나는 어떻게 해야 할지 또 한참 눈치를 살펴야 한다. 그렇다고 그냥 '네, 오라버니' 이렇게 말할 수도 없고.

환성이는 그런 격식 별로 신경 안 쓰지만 환석이는 다르다. 저놈은 목에 칼이 들어와도 예의니 격식이니를 차릴 망나니다. 뭐, 목에 칼이 들어오기도 전에 나이트들이 막겠지만 하여튼. 흠흠.

남자는 나이트에 의해 제압당한 상태로 바닥에 쓰러졌다.

"저, 저는 억울합니다! 저는 하늘을 우러러 왕명을 거역한 적이 단 한 번도 없습니다!"

"입 닥쳐."

와, 설명 따윈 불허한다는 저 모습. 아니, 내 편을 들어줘서 고맙긴 한데 어떻게 사람이 저럴 수 있는 건지. 이 세계의 남자 입장에서는 정말 억울한 노릇이 아니겠는가.

"끌고 가."

"예, 왕자님."

졸지에 왕명을 거역하게 된 남자는 나이트에 의해 끌려갔다.

김환석이 말했다.

"넌 뭐 하는 계집이냐?"

이런 말이 나오면 김상희는 언제나 긴장을 한다. 김환석은 어떤 의미에선 김훈상보다 더 상대하기 어려운 타입의 사람이었으니까. 김상희뿐만 아니라 김환성도 약간 긴장했다.

"형, 화났어?"

"넌 조용히 하고 있어."

그래도 동생이라고 '입 닥쳐'라고는 안 했다.

'또 내가 뭘 잘못한 거야?'

지구의 상식적으로 잘못을 했든 안 했든 그건 중요한 게 아니다. 아무리 옳은 일을 하고 좋은 일을 한다 하더라도 그것이 왕자님의 기분을 나쁘게 했다면 옳지 못한 일이다. '어휴, 내 팔자야' 하고 한숨을 내쉬어 보지만 한숨만 가지고는 아무것도 변할 게 없다. 그래도 김상희는 이 세계에는 없는 여자다. '넌, 뭐 하는 계집이냐?'라는 아주 뜬금없는 질문에 아주 지혜로운 답을 내놨다.

"이제나 저제나 고국 땅에 계신 제가 가장 사랑하는 오라버니를 그리워하며 매일 밤 잠들지 못하는 어리석은 계집아이여요."

당연한 말이지만 고국 땅에 있는 오라버니는 김환석 하나뿐이다. 저 문장은 상당히 중의적으로 해석될 수 있다.

'고국 땅에 계신, 제가 가장 사랑하는 오라버니'라는 뜻이 될 수 있고, '고국 땅에 계신 제가 가장 사랑하는 오라버니'로 해석이 될 수도 있다. 전자는 '제가 가장 사랑하는 오라버니'가 되고, 후자는 '고국 땅에 있는 오라버니 중 가장 사랑하는 오라버니'가 된다. 사람은 대부분의 경우, 자신의 입장에서 듣고 해석한다. 특히나 김환석처럼 높은 위치에 있는 사람은 더욱더 그렇다.

김환석은 전자로 해석했다. 다시 말해 '가장 사랑하는 오라버니는 바로 나'라고 해석했고, 김환성은 후자로 해석했다.

'고려에 있는 오빠 중에서 제일 사랑한다는 말이지!'

굳이 '고려에 있는'이란 단서를 붙였다는 말은 그렇다면 고려가 아닌 다른 곳에 있는, 그러니까 제국에 있는 왕자인 자신을 가장 사랑한다는 뜻 아니겠는가!

두 왕자는 동상이몽을 꿨다. 김상희가 노린 게 이거였다. 같은 말이지만 다르게 해석할 수 있는 여지를 줌으로써 일거양득의 효과를 노렸다. 두 왕자는 느리지만 착실히, 저도 모르는 사이에 조금씩 조련되어 갔다.

"계집의 사랑 따위 받을 필요도 없고 받고 싶지도 않다."

그런 것치고는 김상희의 편지를 정성스레 보관하고 있다는 것이 이상한 일이지만, 어쨌든 김환석의 어조는 상당히 많이 누그러졌다. 다른 사람은 몰라도 김상희는 느낄 수 있었다.

'좋았어, 화는 풀렸어.'

그렇다면 재가 왜 화가 났는지 알아볼 차례.

"그런데 소녀가 오라버니를 언짢게 한 것이 있다면 소녀를 벌하여 주시어요."

다시 한 번 말하자면 이런 말, 김상희밖에 못한다. 다른 여자들은 진짜로 벌줄까 봐 무서워서 못한다. 하지만 김상희는 안다. 이런 말 해도 절대 벌 안 준다.

"따라와라."

곧 김상희는 알 수 있었다.

'내가 이럴 줄 알았어.'

원래 김상희는 고려에 입국함과 동시에 바로 왕궁에 들러 김훈상에게 인사를 하려고 했다. 김훈상이 무려 편지도 두 장이나 보내줬고—그래 봐야 2장 합쳐서 8글자에 불과하며, 김유신과 알렉스는 그것이 황제에게 보내는 기밀 편지인 줄로만 알지만—이번에 자신을 위하여 엄청난 일을 벌인 것도 안다.

물론, 김상희 역시도 김훈상이 오직 자신을 위해서 두 나라를 접수했을 거라고는 절대 생각하지 않지만 하여튼 대외적으로는 그렇게 발표가 되지 않았던가.

'성의를 먼저 보였어야 했는데.'

김상희는 생각했다.

'설마, 개차반 씨 삐졌으려나……?'

정말 문제는 왕이 삐지면 공주 따윈 죽을 수도 있다는 거. 긴장감이 스멀스멀 피어올라오기 시작했다.

나는 다급해졌다.

"소녀는 너무나 높으신 아버님을 뵈오니 정말 정말 정말로 행복해졌어요."

우리 개차반 씨는 첫째 망나니에 비해서 표정 읽기가 제법 쉽다. 쟤, 지금 삐졌다. 이건 단순한 감이 아니고 확신이었다. 아이고, 두야. 그래서 선수를 쳤다. 나중에, 아주 나중에 써먹으려고 했던 카드인데 미리 꺼내야겠다.

“소녀가 아버님을 위하여 틈틈이 요리를 연습했어요. 비록 미천한 실력이지만 제 손으로 직접 만든 음식을 아버님을 위하여 준비하고 싶은데…… 아버님께서 허락해 주실 수 있을까요?”

개차반은 건성건성 대답하는 듯 고개를 끄덕였다. 하지만 나는 봤다. 쟤, 지금 입가 씰룩였다. 정확하게 본 건 아니다. 워낙에 찰나였다. 하지만 나는 확신할 수 있었다. 개차반은 허락할 거다.

“너 따위가 만든 음식이 과연 맛이나 있겠냐?”

말 좀 예쁘게 하면 어디가 덧나냐? 뭐, 하루 이틀 일도 아니다만, 네 입으로 왕국의 보배라며? 보배를 좀 보배 취급해 달라고!

‘진짜 보배는 아니겠지만.’

아마 나는 모르는 어떤 정치적 책략이 숨어 있기는 하겠지만. 어쨌든! 대외적으로는 왕국의 보배 아닌가! 네가 그렇게 나온다면 나도 다 방법이 있다고. 넌 엄청 잘난 개차반이지만 들어는 봤나, 밀당이라고?

“소녀의 투박한 손길을 거친 음식이 아버님의 귀한 입속으로 들어간다면…… 역시 너무나 큰 결례겠지요……?”

일부러 슬픈 표정을 지었다. 어차피 넘어올 거 다 알아.

“소녀는 소녀의 손으로 아버님을 대접하고 싶다는 생각이 너무나 간절하여…….”

오늘은 좀 오래 버티네?

“실례를 저지른 것 같아요. 소녀 따위가 음식이라니…….”

그래, 나 따위가 어떻게 요리를 하겠어? 그 명성 높은 주방장들이―물론 남자다―요리를 하는데 말이야.

결국 개차반이 말했다. 그럴 줄 알았다니까.
"어디 한번 해봐라."
한마디를 덧붙였다.
"맛은 없겠지만."

주방장 강성천은 기분이 매우 나빴다. 그의 주방은 신성한 공간이다. 왕에게 올리는 음식을 만드는 주방. 그는 자신의 요리에 프라이드가 있었고, 왕에게 대접하는 음식을 만드는 초일류 셰프라는 자부심이 있었다.

'말도 안 돼.'

그런데 여자 따위에게 자신의 주방을 내주라니, 절대 말도 안 된다. 자존심이 와장창 깨지는 느낌이다. 같은 남자라고 해도 일정 수준 이상의 실력이 되지 않으면 보조로도 안 쓰는 강성천이다.

'이건 나를 무시하는 처사다.'

마음 같아선 사표 쓰고 나가 버리고 싶다. 어차피 왕궁 말고도 갈 곳은 널리고 널렸다. 짜증이 무럭무럭 치밀어 올랐다. 신성한 주방에 계집 따위를 들이다니. 하지만 다른 곳을 갈 수는 없었다. 지난 7년의 세월이 고스란히 담겨져 있는 그만의 주방이었고, 왕이 특별히 만들어준 공간이었으니까.

'후…… 참자…….'

한 번은 참기로 했다.

"감히 계집 따위가 내 주방을……!"

그는 일류 주방장이다. 그것도 마력을 사용해서 만드는 음식의 달인이다. 왕명이라 토를 달지는 못했지만 그는 한심하다는 듯 김상희를 쳐다봤다.

'저딴 것도 음식이라고…….'

칼질이나 뭐나, 모두가 흠투성이다. 요리를 한다는데 마력도 없는 계집의 수준은 안 봐도 뻔하다. 보고 있자니 짜증이 확 치밀어, 그는 밖으로 나갔다. 가슴이 너무나 답답해져 왕궁 공터에서 으아아아! 괴성을 질렀다.

'어디, 얼마나 맛있나 두고 보겠어.'

사실상 게임이 될 리가 없다. 지구로 생각하더라도 일류 셰프의 음식이 평범한 여자의 음식보다 맛있을 거라는 건 거의 당연한 일 아니겠는가.

한편, 주방을 보조하는 시녀 중 한 명인 성숙진은 벌벌 떨었다.

"나, 난…… 죽을 거야……."

그녀는 주방에 필요한 식기나 조미료 등을 담당하는 시녀였다. 그녀는 셰프인 강성천 때문에 아무도 없는 이른 새벽 3시 정도에 몰래 주방에 들어가 식기나 조미료 등을 채워 넣는다. 혹여나 들킬까 봐서 불도 못 켜고 아주 희미한 양초 불에 의지해서 일을 한다. 일을 하기는 해야 하는데, 강성천은 계집이 주방에 들어오는 것을 극도로 싫어했다.

그래서 이렇게 몰래 할 수밖에 없었다. 그래도 그동안 어찌어찌 잘해 왔는데, 어제 큰 실수를 했다. 소금과 설탕을 바꿔서 넣은 것이다. 왕에게 올라가는 식사다. 그 전에 셰프가 맛을 볼 텐데, 그러면 정말 죽은 목숨이다. 아니면 죽기 직전까지 맞든가.

시녀들은 구석에 쪼그려 울고 있는 성숙진을 보며 한숨을 쉬었다. 남 일 같지 않았기 때문이다. 그녀들이 할 수 있는 건 위로밖에 없었다. 얼마나 맞을지 모른다. 맞다가 죽을 수도 있다. 시녀들에게 있어 그런 실수는 절대로 용납되지 않는 중죄다.

잠시 후 김상희의 요리가 완성됐다. 어차피 대단한 걸 요리하려는 건 아니었다. 돼지고기 등심 구이에 야채샐러드, 고등어 생선 조림, 브로콜리 버섯 무침에 소고기 스튜와 귀리를 섞은 잡곡밥 정도.

그런데 문제가 생겼다.

'맛이…… 너무 이상해.'

뭔가 잘못됐다. 맛을 봤는데 이게 아니다. 정말 정말 맛이 없다.

'시, 시간은 다 되어 가는데…….'

그때 밖으로 나갔던 강성천이 주방에 들어왔다.

"시간 다 됐습니다. 조금이라도 지체할 수 없으니 빨리 가야 합니다."

감히 공주 따위가 왕의 식사 시간을 어길 수는 없는 노릇이었다. 아마도 김훈상은 이미 식당으로 향하고 있을 것이다. 김상희는 눈앞이 노래지는 것 같았다.

'바, 방법을 생각해야 해.'

김훈상은 언제나 바쁘다. 누구나에게 그렇겠지만 그에게 있어 시간은 곧 금이다. 아니, 일반 사람들에게 시간이 금이라면 김훈상에게 있어 시간은 퓨리어스 몇 병쯤은 될 거다. 일반 사람들이 갖는 시간보다 훨씬 무거운 시간을 가지니까. 그렇기 때문에 언제나 시간을 효율적으로 사용한다. 허투루 버리는 시간이 거의 없다.

김훈상이 이 세계 기준으로 허투루 버리는 시간이 몇 가지 있는데 그중 하나는 아내들과 보내는 시간이요, 또 하나는 김상희에게 쓰는 시간이다.

단적인 예로 서재에 몰래 숨어서 기밀 편지인 양 편지를 밀봉하고 스페셜 나이트 대대장 김유신에게 몰래 쥐어주며 김상희와 편지를 주고받고 있다. 만약 김유신이 그 편지가 황제에게 보내는 기밀문서가 아니라 김상희의 안부를 묻는 편지인 줄 안다면 뒷목을 잡을지도 모를 일이다.

어쨌든 김훈상은 시간을 효율적으로 사용하기 위해 모든 시간을 분 단위로 계획하여 사용한다. 식사 시간 역시 마찬가지다. 그의 저녁 식사는 6시 정각에 시작되며, 잠시 쉬는 시간을 포함하여 6시 30분까지 이어지게 된다.

6시. 김훈상이 테이블에 앉았다.

'머리가 아프군. 마력석 알론의 수급량 조절이라.'

고려는 마력석 알론을 상당히 많이 생산하는 국가다. 그런데 요즘 공급량이 많아진 건지, 가격이 너무 떨어졌다. 이대로면 타산이 안 맞게 생겼다. 차라리 당분간 손해 보는 한이 있더라도 공급을 줄이는 게 낫겠다는 판단이 든다. 하지만 또 마냥 그러기도 힘든 것이 제국이 알론을 원한다.

'제국은 우리의 채굴 속도와 능력을 정확하게 파악하고 있을 거다.'

정확하게 파악을 하고 있는데 일부러 공급량을 줄이는 것은 안 된다. 김훈상은 제국을 두려워하지는 않지만, 필요 이상으로 자극하지는 않는다. 누가 뭐래도 제국은 현시대의 최강자니까.

머리가 아파왔다. 식사가 운반됐다. 요즘의 식사는 '맛을 즐기기 위한' 식사가 아니다. 그저 효율적으로 시간을 사용하기 위해 휴식을 취하고 에너지를 얻는 투자 시간이다. 오늘도 마찬가지였다.

'식사 후에 바로 대책 회의에 들어가야겠군.'

아무것도 눈에 들어오지 않았다. 그냥 습관적으로 밥을 먹다가 김훈상은 신경질적으로 포크를 탕! 내려놨다. 덕분에 옆에 진땀을 삘삘 흘리며 서 있던 김상희는 깜짝 놀랐다.

'크, 큰일이야.'

지구에서라면 그냥 간 좀 잘못했고 실수였다고 하면 그만이다. 식당에서 이런 실수가 벌어졌다면 죄송하다고 환불을 해주거나 음식을 다시 내오거나 서비스를 더 주면 된다. 적어도 이 행위로 인해 목숨을 위협받지는 않는다.

김훈상은 기분이 매우 나빴다.

"주방장 데려와."

거의 유일하다시피 한 휴식 시간이다. 습관적으로 먹기는 한다만, 그나마 맛있는 것을 먹어야 한다. 이러라고 비싼 돈 주고 주방장 고용한 거 아닌데, 음식을 어떻게 이따위로 하나 싶다.

겁에 잔뜩 질린 시녀 하나가 얼른 달려갔다. 그런데 김훈상은 문득 이상한 기분이 들었다.

'뭔가 엉성한데?'

요리 자체가 별로다. 일단 비주얼부터가 원래 먹던 음식들과는 천지 차이. '이딴 것도 음식이라고' 하는 생각과 동시에 오늘은,

'설마.'

그제야 눈에 들어왔다. 한쪽 벽면에 죄인처럼 서서 거의 울먹거리고 있는 김상희의 모습이.

주방장 강성천은 속에서 천불이 터졌다. 그러기에 왜 그런 계집 따위를 주방에 들이냔 말이다. 왜 부르지는 알 것 같다. 왜 이따위 음식을 냈냐고 하겠지. 따질 말은 많았다. 하지만 상대는 왕이다. 맛없다고 뭐라 하면 '죄송합니다, 주의하겠습니다' 그 말밖에는 할 수가 없을 것 같다. 적어도 주방을 떠나고 싶지 않다면 말이다.

'제기랄.'

'그래도 옆에서 도와줬어야지! 음식을 봐줬어야 할 것 아니냐!'라는 말이 들려오면 어떡하나 싶다. 그런데 그가 들은 말은 참으로 황당하기 짝이 없었다.

"네게 큰 상을 내리겠다."

"……예?"

"내가 먹어본 음식 중 최고다. 내가 너를 주방장으로 고용한 보람이 있구나."

……설마, 그럴 리가. 강성천은 고개를 갸웃했다. '실례지만 폐하, 저도 먹어보면 안 됩니까?' 하고 묻고 싶었다.

"아주 훌륭하다."

'설마, 왕은 저 음식을 김상희가 만들었다는 것을 모르고 있는 건가?' 하는 생각이 들었다. 아무래도 그런 것 같다. 그러니까 자기 칭찬을 하고 있지.

"맛있게 드셨다니 저는 영광입니다."

강성천은 충격을 받았다. 김훈상에게 칭찬을 들을 줄이야! 눈으로 보기엔 허접하기만 한 저 음식들이 그토록 맛이 있단 말인가! 도대체 어떤 레시피와 특수한 방법으로 만들어졌단 말인가!

'도대체 어떻게 한 거지?'

그는 여자를 싫어했다. 거의 경멸하는 쪽에 가까웠다. 그런데 그 계집이 만든 음식이 왕을 춤추게 만들었다. 어떻게 이럴 수 있단 말인가. 가치관 자체가 송두리째 흔들리는 걸 느꼈다.

'김상희 공주에게 물어야겠어.'

김상희가 다르게 보였다.

나는 정말로 조마조마했다. 개차반 씨가 포크를 탕! 내려쳤을 때, 정말로 놀랐다. 지금 당장에라도 무릎을 꿇고 빌어야 할 것 같은데 분위기가 묘하게 흘러갔다.

'내가 만들었다는 거…… 알고 저러는 거야, 모르고 저러는 거야?'

처음엔 기분 나쁜 듯 주방장을 불렀다가 조금 있다 보니 갑자기 칭찬 세례다. 나는 이해할 수가 없었다.

식사가 끝났다. 개차반이 내게 물었다.

"그런데 넌 왜 계속 여기 있는 거지?"

……그걸 이제 묻냐? 나 30분 동안 아무것도 못 하고 그냥 서 있기만 했는데. 너 내 아빠 맞아요?

나는 기분이 매우 나빴다. 감히 한 나라의 국왕의 식사를 이따위로 만들다니, 주방장을 불러 따끔하게 혼을 내야겠다고 생각했다. 그런데 잊고 있었다. 오늘의 식사는 김상희 공주가 만든다고 했다. 다시 먹어봤다.

'이딴 걸 음식이라고.'

다시 먹어봤다.

'이까짓 실력을 가지고 감히 왕의 식탁에 식사를 올려?'

괘씸했다. 하지만 이상하게 자꾸만 포크가 움직였다. 그래도 먹다 보니 먹을 만하지 않은가. 어차피 식사란 에너지원을 얻으면 그만이다. 어떻게든 에너지원은 얻을 수 있을 것 같았다.

'송수진에게 요리를 가르치라 해야겠군.'

강성천 주방장이 헐레벌떡 달려왔다. 나는 김상희 모르게 김상희를 힐끗 쳐다봤다. 그래, 무섭겠지. 감히 이따위 음식을 왕의 식탁에 올렸으니까. 나는 따끔하게 한마디를 하려고 했지만 그러지 못했다. 벌벌 떨고 있는 김상희를 보게 된 내 입은 나의 의지와는 반대로 움직였다.

"아주 훌륭하다."

아니다. 정말 맛이 없었다. 하지만 왕 체면에 딸의 음식이 맛있다고 칭찬할 수는 없는 법이다.

"내가 먹어본 음식 중 최고다. 내가 너를 주방장으로 고용한 보람이 있구나."

……이 정도면 겁에 질리지 않겠지? 그래, 인정하겠다. 나는 이상한 정신병에 걸렸다. 정신과 의사들과 상담을 할 수도 없다. 왕이 미쳤다는 소문이 돌 테니까. 난 김상희를 아주 아끼는 병에 걸려 버렸다. 왕자들보다도 더욱 신경이 쓰인다. 내가 생각해도 미친 게 맞다. 그것도 굉장히 많이 미쳤다. 미쳤다는 것을 머리로 알고는 있는데 고쳐지지가 않는다.

'아비 앞에서 벌벌 떨지 말아라. 내가 네 아버지다.'

생각만 하고 말은 하지 않았다. 어떻게 이런 망측한 말을 입 밖으로 낼 수 있단 말인가. 왕자들에게도 해주지 않은 말이다. 나는 왕이며 공주 위에 군림하는 자다.

일부러 이렇게 말했다.

"그런데 넌 왜 계속 여기 있는 거지?"

원래 김상희 너 따위는 신경 쓰고 있지 않다는 듯, 이유는 모르겠는데 그래야 할 것 같았다. 이상하게 김상희와 관련된 일이면 이성적인 판단이 힘들어진다. 나는 모든 그릇을 깨끗이 비웠다. 이토록 과식을 한 것은 정말 오랜만이다. 빈 그릇을 쳐다봤다.

'내 딸이 나를 위해 만들어준 첫 번째 음식인가?'

목소리가 들려왔다.

"아부지, 아니, 아버님, 뭐 기분 좋은 일 있어요? 왜 생글생글 웃고 있어요?"

한진수는 작전 장교로 투입됐다. '붉은 산맥', 독기가 매우 강하고 길을 잃기 쉬워 어지간한 탐험가가 아니면 찾지 않는 미개척 지역이다. 현재 프리온 나이트 내 한진수의 직위는 '소령'이다. 이번 작전의 총괄 책임자인 '준장' 최익현이 말했다.

"한진수, 네가 프리온 나이트를 지휘해라. 이번 작전은 별로 어렵지 않으니."

"알겠습니다."

어차피 작전 장교는 직접 전투 지역에 투입되지 않는다. 한진수는

조작 패널을 받아들었다. 프리온 나이트 조작 패널에는 현재 가용 가능한 병력의 숫자와 위치, 그리고,

'이것이 소환 스위치인가?'

소환 스위치가 내재되어 있었다. 정사각형 형태. 작은 노트북과 비슷한 형태의 그것의 액정을 손가락으로 건드렸다.

최익현의 말이 이어졌다.

"마력을 좀 더 끌어올려."

그러자 느껴졌다.

'이것들이 프리온 나이트의 기운.'

전투 지역과는 상당히 거리가 떨어져 있다. 직선거리로 약 700미터 정도. 저 멀리, 거대한 무언가가 보였다. 몸체가 적어도 10미터는 넘는 것 같았다.

'그리고 저것이 진짜 프리온 나이트.'

프리온 나이트는 베일에 가려진 신비 단체다.

'어쩌면 저것들은 사람이 아닐 가능성이 높다.'

제국의 문명은 도대체 어디까지 발달이 되어 있는 것이란 말인가? 소환 버튼을 눌러 소환을 했더니 거대 병기가 나타났다. 아무래도 저건 사람이 아닌, 로봇과 비슷한 개념인 것 같았다.

한진수는 눈을 잠깐 감았다. 그가 지금 하려는 짓은 '학살'이었다.

'나는 프리온 나이트다.'

프리온 나이트는 제국에 충성해야 한다. 적어도 프리온 나이트에 속해 있을 때에는 그렇다.

"패널과 접속을 끊지 말고 명령을 내려."

최익현의 지시에 따라 한진수는 명령을 내렸다. 프리온 나이트가

움직였다. 거대한 폭발음도 들리지 않았다. 붉은 산맥 속, 별로 크지 않은 화전민 마을 하나가 순식간에 사라졌다. 소환했던 두 기의 프리온 나이트와 교신했다.

–생체 반응 무.

–미션 클리어.

한진수는 문득 이상함을 느꼈다. 단순한 로봇이 아닌 것 같다는 기분이다. 사람이긴 사람인 것 같은데,

'계집의 목소리……?'

확실하지는 않았다. 그런데 문득 계집의 목소리인 것 같은 기분이 들었다. '계집'이란 단어를 떠올리자 하나뿐인 약혼녀가 떠올랐다.

'김상희…….'

이따금씩 계속 생각난다.

'내가 프리온 나이트가 아니었다면 결혼할 수 있었을 텐데.'

한진수는 고개를 저었다. 그깟 결혼, 그게 도대체 뭐가 중요하겠는가. 그에겐 프리온 나이트의 일이 훨씬 중요했다. 적어도 머리는 그렇게 말했는데 너무나 찝찝했다. 결혼하고 싶고, 김상희를 옆에 두고 싶다는 속마음의 외침을 그는 애써 외면했다. 인정하지 않았다. 아니, 인정할 수 없었다.

한진수가 최대한 무덤덤한 어조로 말했다.

"미션을 클리어했습니다."

직접 사람들을 죽인 건 아니지만 분명 느껴졌다. 최소 60명 이상의 사람이 한 줌의 재로 사라졌다. 왜 이런 짓을 벌인 건지는 알 수 없었다. 굳이 이 산속 깊은 곳까지 찾아와 화전민 마을을 없애 버리다니.

최익현이 말했다.

"다음 지역으로 이동한다."

"예."

한진수가 걸음을 옮겼다. 그런데 최익현이 한진수를 다시 불렀다.

"한진수."

"예."

한진수가 몸을 돌렸다. 최익현과 눈이 마주쳤다. 최익현이 한진수의 눈을 뚫어져라 쳐다봤다. 한진수의 눈동자가 조금 흐려졌다. 최익현이 말했다.

"너는 지금의 일을 모두 잊는다."

한진수가 그 말을 따라하다시피 대답했다. 목소리의 높낮이가 없었다.

"저는 방금의 일을 모두 잊었습니다."

"내 명령을 따르겠다면 지금 오른손을 들어라."

한진수가 오른손을 들었다. 보통은 이 정도에서 끝낸다. 하지만 최익현은 이 정도로 끝내지 않았다. 상대는 한진수다. 제국에서도 탐내는 세기의 대천재. 과거 김훈상의 재능을 뛰어넘을지도 모르는 재목이다.

"지금 너는 무엇을 떠올리고 있나?"

원래 입력된 키워드대로라면 '제국의 영광'이라고 답해야 한다. 한진수가 괴로운 듯 인상을 찡그렸다. 그러곤 무언가를 말했다.

"제국…… 아니…… 제…… 김…… 제…… 국…… 김…… 상…… 희……."

최익현은 고개를 갸웃했다.

'뭔가가 잘못됐나?'

몇 가지 키워드를 더 던져 봤다. 전혀 이상함이 없었다. 딱 두 가지 질문에만 이상 반응을 보였다.

"지금 네게 가장 소중한 것은?"

이 질문의 대답 역시 원래대로라면 '제국의 영광'이다. 한진수가 또 힘겹게 대답했다.

"제국…… 아니…… 제국…… 아니…… 김…… 상…… 희…… 입니다……."

그때 최익현은 놀라운 것을 하나 더 발견했다. 한진수의 눈에서 눈물이 뚝뚝 떨어지는 것을 봤다. 한진수는 고장 난 로봇처럼 '김…… 상…… 희…… 상…… 희…… 상…… 희…… 사…… 랑…… 김…… 상…… 보고…… 사…… 랑…… 너무……' 하고 중얼거리다가 크아아악! 하고 비명을 질렀다.

'이게 도대체 어떻게 된 일이지?'

김상희가 모르는 곳에서 한진수의 본심이 김상희를 애타게 찾았다.

'뭔가 있다. 보고를 올려야겠어.'

그때, 한진수가 정신을 차렸다.

"죄송합니다. 제가 잠시 다른 생각을 했던 것 같습니다. 뭐라고 하셨습니까?"

최익현이 어깨를 으쓱하고선 물었다. 최면은 다시 사용할 수 없다. 재충전의 시간이 필요하다. 그냥 농담하듯 물어봤다.

"한진수, 네게 있어서 김상희는 어떤 존재지?"

한진수는 최익현을 쳐다봤다.

'왜 저런 쓸데없는 질문을 던지는 거지?'

김상희의 이름을 듣는 순간, 또 쿵! 하고 심장이 내려앉는 것 같은 기분이 들었다. 병원에서는 이게 병이 아니라고 했다. 병원도 이유를 모른다고 했다. 일상생활에는 문제가 없으니 좀 더 경과를 지켜보자고 했다. 그러나 이번에는 그 쿵! 하는 충격에 대해 깊게 생각하지 않았다.

'제국에서 김상희에게 필요 이상의 관심을 가지고 있어.'

그게 무엇을 의미하는 것일까? 국가가 개인을 원한다? 그런데 그 개인이 힘이 없는 약자다. 그렇다면 국가는 그 개인에게서 원하는 것을 빼앗겠지.

그게 뭔지는 모른다. 다만 황제쯤 되는 자가 김상희에게 관심을 가지고 있다는 건, 김상희에게 일반인들은 모르는 무언가가 있다는 뜻이다. 그렇게밖에 해석할 수 없었다.

'김상희에게 관심이 쏠리는 건 바람직하지 않다.'

아무리 농담조로 던진 말이기는 하지만 갑자기 김상희에 대해서 묻다니, 정확하게는 잘 모르겠지만 괜히 느낌이 이상했다.

'나는 어째서 이런 간단한 대답을 머뭇거리고 있는 거냐……?'

김상희와 관련된 일이면 언제나 머리가 굳어버린다. 이게 굳어버리는 건지, 어떤 건지 잘 모르겠다. 마력의 흐름이 끊기는 느낌이고, 사고 체계가 엉키는 것 같다.

"……그런 계집, 이름도 잘 기억이 안 납니다. 무가치한 계집일 뿐입니다."

이 말을 하려고 천하의 한진수가 갈등하고 또 갈등했다. 머리가 아파왔다. 김상희는 가치 없는 계집이다. 그런 쓸데없는 계집 따위, 아들이나 잘 낳으면 그만이다. 머리가 더욱 아파왔다. 김상희를 미워해라. 누군가 귀에 대고 속삭이는 것 같았다. 악마라는 것이 있다면 악마의 속삭임 같은 그런 느낌이었다.

'제발 닥쳐!'

머릿속이 웅웅거렸다. 직속상관 앞이라서 불편한 내색은 하지 않았지만, 그는 그 이상한 속삭임에 맞서 싸워야만 했다. 몇 초가 흐르고 나서야 마음이 진정됐다. 하지만 마력 흐름은 이미 흐트러졌다. 최익현도 그걸 눈치챘다.

"아무리 천재라 해도 첫 전투는 긴장되는 법이지. 하지만 마음을 편하게 먹어라."

"……예."

한진수는 앞장서서 걸었다. 다음 작전지 역시 '붉은 산맥' 내에서 이루어진다. 하늘을 올려다봤다. 초록색 나뭇잎 사이사이로 보이는 파란 하늘에 뭔가가 보이는 기분이었다. 뭔가가 기억날 듯 말 듯 이상한 기분이 들었다.

"약속할게. 나 절대로 너 비참하게 만들지 않아. 언제나 행복하게 해줄게. 나는 비참해도 괜찮아. 나는 너만 행복하면 되니까."

김상희의 얼굴이 떠올랐다. 그의 머릿속에서 김상희는 웃고 있었다. 언제나처럼 배시시 웃고 있었는데, 그 모습은 별로 행복해 보이지 않았다. 가짜 웃음, 혹은 연기를 하고 있는 것 같은 그런 기분이었다. 생각해 보니 자신도 연기를 하지 않았던가.

'그런 계집, 이름도 잘 기억이 안 납니다. 무가치한 계집일 뿐입니다.' 이 말을 하는 게 너무 힘들었다. 이유는 모르겠다. 이 말을 하기가 왜 그렇게 힘들었던 건지. 한진수는 스스로도 모르는 사이, 혼자서 아무도 듣지 못할 만큼 작게 중얼거렸다.

"보고…… 싶어. 죽을 만큼……."

알렉스는 이주형과 만났다. 알렉스에게 있어서 이주형은 굉장히 중요한 사람이다.

"어이구, 우리 귀한 스페셜 나이트가 오셨구만!"

이라고 말은 했지만,

'실험 샘플 1호다!'

알렉스에게 있어 이주형은 귀중한 실험 샘플 1호다.

"자, 그래, 어떤 일이 있었지?"

이주형은 알렉스가 조금 무서워졌다. 참고로 이주형은 게이가 아니다. 남자들끼리 사랑을 하는 것에 반대하는 입장은 아니지만 딱히 취미도 없었다.

또 참고로 말하면 알렉스는 이미 유명한 게이다. 또 참고로 말하면 그래서 김훈상이-당시 김훈상 스스로도 자각은 못하고 있었지만-안심하고 알렉스를 김상희의 교습 선생으로 붙였던 거다.

'뭔가 기묘한 열망이 뒤범벅된 눈빛이다!'

스페셜 나이트 이주형은 알렉스의 눈빛이 두려웠다. 원래 스페셜 나이트는 기습, 침투 및 살인에 특화된 사람들이다. 사람 죽이는 거, 결코 쉬운 일 아니다. 김상희와는 다른 의미로 눈치를 아주 잘 살펴야 했다. 사냥감이 어떤 생각을 하고 있는지, 언제 방심하고 있는지,

그 모든 정보를 취합하여 움직이게 된다. 그가 본 알렉스는 지금 굉장한 흥분 상태였으며, 위험한 상태였다. 이주형은 세 걸음 정도 뒤로 물러섰다.

"학자님, 심장박동이 매우 높습니다만."

알렉스는 흐흐 하고 웃었다. 몸이 근질근질한지 손가락까지 꿈틀거렸다. 이주형은 계속 뒷걸음질 쳤고, 알렉스는 어서 말해보라며 이주형에게 점점 가까이 다가갔다. 이주형의 등이 벽에 닿았다.

"어서, 어서, 말해보게."

지구식으로 표현하자면 벽 키스 같은 그림이 그려졌다. 이주형은 울고 싶어졌다. 그렇다고 스페셜 나이트쯤 되는 사람이 고령의 학자를 밀치거나 때릴 수도 없는 노릇이다. 심지어 이 학자는 왕실의 경비 카드까지 자유로이 사용할 수 있는 엄청난 실세가 아닌가.

그때, 목소리가 들려왔다.

"어라? 둘이 사귀어?"

"와, 왕자님, 그런 거 아닙니다."

"에이, 뭘 부끄러워하고 그래? 나이 차이는 좀 나지만 뭐, 나는 별 생각 없어. 둘이 연애를 하든 말든."

김환성이 킥킥대고 웃었다. 알렉스의 눈이 번뜩거렸다.

"왕자님!"

왕자님이라고 쓰고,

'실험 샘플 2호다!'

실험 샘플 2호라고 읽는다.

'이주형보다 훨씬 훨씬 훨씬 더 귀중하고 소중한 샘플이 되겠어!'

김환성도 문득 인상을 찡그렸다. 당황해서 말도 더듬었다.

"가, 가까이 오면 죽빵 날린다."

알렉스가 물었다.

"왕자님, 혹시 김상희 공주가 외간 남자와 스킨십을 하고 있다고 가정한다면 기분 나쁘지 않습니까?"

김환성이 눈을 크게 떴다.

"그걸 어떻게 알았어?"

김환성에겐 그런 경험이 있다. 바로 어제. 크리스가 김상희의 눈을 가려줬을 때 그랬다. 마력을 써서 해도 되는데 굳이 손을 갖다 대는 건 뭐람? 짜증이 치밀어 올랐었다.

알렉스는 한줄기 광명을 찾았다. 이 실험 샘플, 최고다! 단순하기까지 하다. 보통은 이런 질문에 '에이, 그럴 리가 있겠냐?'라고 대답하는 게 정상이다.

'역시 상희학은 헛된 학문이 아냐.'

아주 오랜 옛날, 이 세계가 둥글다고 주장한 미친 인간이 있었다. 그 인간은-이름도 남아 있지 않다. 역사에는 미친놈이라고 기록되었다-학계에서 퇴출당했었다. 수백 년이 흐르고 나서 그것이 사실로 밝혀지게 되었다. 알렉스는 상희학 역시 그럴 거라고 믿어 의심치 않았다.

"그건 왕자님이 김상희 공주를 아주 많이 좋아하고 있어서 그런 겁니다. 그런 걸 질투라고 하죠."

"헹, 그건 똥개일 뿐이야."

"하지만 그 똥개가 주인의 품을 벗어나는 건 싫으시잖아요."

"그, 그, 그건 그렇지. 왜냐하면 똥개는 주인이 없으면 아무것도 못 하거든."

"그 말인즉, 똥개가 뭔가를 하는 데 도움을 주고 싶다는 건가요?"

"으, 응?"

김환성은 자신 스스로도 듣지 못한 내면의 목소리를 알렉스의 입을 통해 들었다. 알렉스가 씨익 웃었다.

"주인이 없으면 아무것도 못 하니까, 주인이 챙겨줘야 하는 거 아닌가요?"

"그, 그렇지. 똥개는 멍청하니까."

"어쨌거나 결론은 챙겨주고 싶다는 거네요?"

"……."

김환성은 뭔가 얘기가 잘못되어 가고 있다는 것을 느꼈다. 이거 아닌데? 뭔가 좀 말려들어가는 기분인데? 그런데 알렉스가 딱히 틀린 말을 하는 건 아니어서 반박도 할 수 없었다.

"제가 새로운 단어를 사전에 등재시킨 건 알고 계시죠?"

"몰라."

김환성은 그런 거에 관심 없다.

"제가 딸바보라는 걸 등재시켰거든요. 그런데 이번에는……."

알렉스는 심호흡을 했다. 아직 학자들에게는 말할 수 없다. 뜻을 설명했다가는 돌 맞아 죽는다.

"시스터 콤플렉스라는 단어를 만들어볼까 합니다."

"그게 뭔데?"

"아주 중요한 단어입니다. 그러기 위해선 위대한 왕자님의 도움이 꼭 필요합니다. 제 얄팍한 지식만 가지고는 힘들군요."

김환성은 '위대한'이란 단어에 꽂혔다.

"그래, 나만 믿어."

알렉스는 쾌재를 불렀다. 왕실 경비 카드를 얻었을 때만큼이나, 아니, 그 이상으로 기뻤다.

'실험 샘플 2호다!'

나는 강서영 씨를 찾았다. 강서영 씨는 화장을 하다 말고 나와 나를 반겨주었다.

"상희야."

어이구, 우리 강서영 씨, 그래도 나이를 먹어가고는 있구나. 잔주름도 좀 보이고. 생각해 보면 좀 불공평하다. 남자들은 안 늙는다. 우리 개차반 씨도 20대 중반으로밖에 안 보인다. 물론 개차반 특유의 포스와 분위기가 있어서 좀 오묘해 보이기는 한다. 눈으로 보이는 나이는 20대인데 느껴지는 나이는 30대 이상이랄까? 하여튼 개차반 씨는 그렇게 팔팔한데 강서영 씨는 이제 좀 나이를 먹었다. 뭐, 어디까지나 비교적 그렇다는 소리다. 이 정도면 김태희나 이영애 옆에 있어도 꿀리지 않을 것 같다.

"어머니, 그간 강녕하셨지요?"

"응, 나는 네 덕분에 하루하루가 행복하단다."

강서영 씨의 행복한 얼굴 너머로 나는 봤다, 시녀가 침대 시트를 갈아 나오는 것을.

'어제도 한바탕하셨나 보네.'

무엇을 한바탕했냐고 묻는다면 노코멘트 하겠다. 나는 아직도 생생히 기억한다. 내 보배 수여식이 있던 날, 강서영 씨가 지르던 그 엄청난 비명을. 누가 들으면 사람 잡는 걸로 오해할 그 비명.

'요즘에도 그러나?'

알 수 없었다.

"상희야, 질문 하나만 해도 될까?"

어래? 무슨 질문을 하려고 갑자기 이렇게 무게를 잡으실까? 설마 뭐, 신음…… 흠흠, 아니, 뭐라고 해야 해? 하여튼 그런 소리를 잘 내는 법, 이런 거 말하는 건 아니겠지? 설마. 그런 건 나라도 대답 못 해준다고.

"네, 말씀하시어요."

"나는 하루하루가 행복해. 그분이 밤마다 찾아와 날 아껴주시고 사랑스럽다고 말씀하여 주시고……."

나는 거기서 충격을 받았다. 뭐라고? 개차반 씨가 사랑스럽다고 말해준다고? 헐, 말도 안 돼. 우리 개차반 씨가 달라졌어요.

애초에 '사랑'이란 단어가 흔히 쓰이는 게 아니다. 특히나 남성과 여성 사이에 있어서 '사랑'이란 단어는 그냥 없는 단어라고 보면 된다.

'도대체 개차반 씨한테 무슨 일이 있었던 거야?'

……어쩌면 내 생각 이상으로 개차반 씨는 많이 변한 건지도 모르겠다. 단서를 얻었다. 개차반 씨, 많이 변했다. 그렇다면 이제 나도 좀 더 적극적으로 들이대도(?) 되지 않을까 싶다.

"나…… 이렇게 행복해도 되는 걸까?"

그런데 약간 이상했다.

"어머니……?"

자세히 보니 강서영 씨의 온몸에서 땀이 흥건히 배어나오고 있었다. 이마에도 땀이 송골송골 맺혔다. 나는 황급히 강서영 씨의 이마에 손을 댔다. 세상에, 열이 펄펄 끓어오르고 있잖아.

"괘, 괜찮으세요?"

그냥 단순한 열이 아닌 것 같다. 이건 정말 심각했다. 손을 댔는데 뜨거울 정도다. 단순한 감기 같은 게 아닌 것 같았다. 거짓말 조금 보태서, 저 정도면 피가 끓어오를 것 같은 그런 기분까지 들었다. 뭔가 일이 잘못됐다.

나는 크게 외쳤다.

"시녀! 시녀 없어!"

이건 예삿일이 아니다. 어쩌면 독 같은 걸 먹었을 수도 있겠다는 생각이 들었다. 시녀들은 어딜 갔는지 보이지 않았다.

털썩, 강서영 씨가 쓰러졌다.

"어, 어머니!"

나는 머릿속이 새하얗게 변했다. 일이 잘못되어 간다는 느낌이 점점 더 강하게 들었다. 호흡을 확인해 봤다. 호흡이 느껴지질 않았다. 이대로면 5분 내에 죽어버릴 것 같았다. 나는 입술을 깨물었다. 이대로 강서영 씨를 죽게 내버려 둘 수는 없었다. 비록 내 영혼의 어머니는 아닐지라도 적어도 내 몸의 어머니는 맞았다. 이 세계에서 강서영 씨는 나의 엄마가 맞다.

'무슨 수를 써야 해.'

도대체 무슨 일이 벌어지고 있는 건지 모르겠다. 멀쩡하던 사람이 갑자기 왜! 어디론가 도움을 청하러 가기는 늦었다. 나는 혼자서 엘리베이터도 사용하지 못한다. 나는 미친 짓을 좀 하기로 했다. 상황이 급박해지니 나도 모르게 미친 짓을 해버렸다.

"아빠!!!"

또 외쳤다.

"오빠!!!"

……저질러놓고 나니 퍼뜩 제정신이 돌아왔다.

나 지금…… 무슨 짓을 한 거야? 공주 따위가 감히 왕과 왕자를 부르는 거야?

제19장
내가…… 네 아버지다

김상희가 오빠와 아빠를 불렀다. 머리보다 몸이 먼저 반응했다. 강서영이 죽어가는 걸 도저히 그냥 보고 있을 수가 없었기 때문이다.

"아빠!!!"

그리고,

"오빠!!!"

이름하여 '부자 소환 사건'은 고려 왕궁 내에서 전에도 없었고, 후에도 없을 전대미문의 대사건으로 기록되게 되는데, 하여튼 김상희의 외침과 동시에 모습을 드러낸 건 황당하게도 이주형이었다.

"공……."

'공주님 무슨 일이죠?'라고 물으려고 했다. 그도 지금 눈앞의 상황이 안 보이는 건 아니다. 그러나 저게 저렇게 큰일인지는 알 수 없었다. 공주가 오빠와 아빠를 부른다는 거, 그것도 저렇게 큰 소리로 부른다는 거, 여러모로 문제가 많은 일이다. 이주형이 만약 김상희를 만나기 전의 마음가짐이나 상태였다면 지금 분노했을지도 모를 일이다. 어떻게 공주 따위가 저렇게 안하무인일 수가 있느냔 말이다. 하지만 지금은 아니다. 오히려 김상희 공주가 부른 '오빠'의 호칭에 은근슬쩍 편승하려 끼어들었다. 마치 김상희가 부른 '오빠'에는 자신도 포함된다는 듯 말이다. 하지만 이주형은 '공' 이외엔 아무런 말도 할 수 없었다.

"충!"

'공주님 무슨 일이죠?'라는 질문보다는 '충!'이라는 인사가 훨씬 다급했으니까. 어느새 김훈상이 나타난 것이다.

이주형은 침을 꿀꺽 삼켰다.

'설마…… 사용하신 건가?'

아마도 지금쯤이면 학자들과 회의를 하고 있을 시간이다. 학자들과 주로 회의를 갖는 '화합의 관'과는 직선거리로만 따져도 1,300미터 이상이 떨어져 있다. 길을 따라 걸어오면 2,000미터 이상 떨어진 곳이다. 그런데 김상희 공주의 '오빠!' 소리가 끝나기도 전에 김훈상이 모습을 드러냈다. 확실했다. 결국 그걸 사용하신 거다.

'신체에 무리가 굉장히 많이 가는 불완전한 기술인데.'

뿐만 아니라, 저 기술은 아직 함부로 공개해서는 안 된다. 일반 나이트들도 모르는 기술이다. 오직 김훈상과 스페셜 나이트만이 공유하고 발전시켜 나가고 있는 기술인데, 이렇듯 공개를 해버렸다.

'타국의 귀에 들어가지 않기만을 바라야지.'

자고로 자국의 전력이 타국에 고스란히 노출되는 것은 바람직하지 못한 일이다. 이쪽이 사용할 수 있는 패가 하나 사라지는 셈이니까. 그런데 이주형은 또 찔끔 놀랐다.

콰광! 콰과과광!

왕궁 내에서 이게 무슨 소란이란 말인가. 지금 이곳에는 국왕 폐하께서 계시다. 그런 곳에서 이런 무자비한 진동이 느껴지다니. 이건 마력에 의한 진동이다. 어떤 강대한 마력이 기록의 관을 통째로 흔들며 부숴 대고 있었다. 침을 꿀꺽 삼켰다.

'어떤 미친놈이냐!'

국왕을 위협하는 어떤 세력이 지금 이 순간을 노렸을 수도 있다. 지금 저 기술을 사용한 왕의 상태는 정상은 아니다. 아주 장거리를 이동한 것이 아니기 때문에 그렇게 큰 타격은 없겠지만 하여튼 평소보다 약화되었다는 건 틀림없는 사실이다.

이주형은 검을 뽑아 들었다. 강대한 기운이 가까이 다가왔다. 쾅! 거대한 소리, 거대한 진동과 함께 바닥이 뚫렸다.

"왜 불러!"

이주형은 검을 놓칠 뻔했다.

'크, 큰일 날 뻔했다.'

하마터면 왕자님께 검을 겨눌 뻔했다. 그건 중죄다. 그 어떤 이유나 상황에서도 절대 범해서는 안 될 실수다.

"아부지?"

"조용히 해라."

이주형은 슬금슬금 걸어가 바닥에 뚫린 구멍을 쳐다봤다.

'다행이야. 내가 칼을 빼 든 거, 못 보신 거 같아.'

아래를 쳐다봤는데,

'세상에…….'

구멍이 우수수 뚫려 있다. 아무래도 저 아래에서부터 차례차례 지붕을 뚫고 날아온 것 같았다.

'아니, 그냥 하늘로 날아오시든가 하지, 왜 구멍을 다 뚫어 놓으셨대? 너무 당황하셨나?'

고개를 돌린 이주형은 정말 충격적인 장면을 봤다.

"제, 제가 하겠습니다!"

왕이 인공호흡을 하고 있다. 그것도 섬세한 마력 컨트롤을 바탕으로 한 마력 인공호흡이다. 왕이 어찌 저런 허드렛일을 한단 말인가. 스페셜 나이트인 자신이 있는데.

김훈상은 인공호흡을 멈추지 않은 상태로 손만 내저었다. 조용히 하고 있으라는 뜻이다. 그러나 이주형은 가만히 있을 수 없었다. 왕이 움직이고 있는데 자신이 가만히 있으면, 그만큼 불경한 짓이 어디 있을까.

"아닙니다. 제가 하겠습니다."

마침, 김상희와 잠시 얘기를 나누려고 찾아왔던 알렉스 역시 김상희의 외침을 듣고 헐레벌떡 달려왔다. 그래도 알렉스는 지붕을 뚫거나 하지는 않았다. 정상적인 경로로 찾아왔는데 아니나 다를까, 예상했던 일이 펼쳐져 있었다.

국왕 김훈상, 둘째 왕자 김환석, 셋째 왕자 김환성, 그리고 스페셜 나이트 이주형, 이렇게 4명의 남자가 보였다.

그는 학자다. 머리가 굉장히 좋다. 쓰러져 있는 강서영, 울먹거리고 있는 김상희, 네 명의 남자, 김상희의 외침, 부서져 있는 바닥, 이 단서들을 가지고 모든 상황을 유추해 냈다. 알렉스는 이주형을 말렸다.

"이주형 나이트, 그만두게. 폐하를 방해하지 말고. 지나친 충정이

때로는 독이 될 때도 있는 법."

이주형은 또 찔끔 놀랐다. 스페셜 나이트 직을 수행하면서 오늘처럼 여러 번 놀란 적이 없었다.

'김환석 왕자님은 또 언제 오셨대?'

이건 명백한 실수였다. 만약 김환석 왕자가 아니라 암살자였으면 방어하지도 못하고 죽을 뻔했다. 스스로를 자책해야만 했다. 이래서야 스페셜 나이트라 할 수 없다.

김훈상이 몸을 일으켰다. 강서영을 안아 들었다. 그리고 어디론가 사라져 버렸다. 알렉스는 깜짝 놀랐다.

"뭐, 뭐지?"

실수를 자책하며 충격에 빠져 있던 이주형은 또다시 충격에 빠졌다. 홀로 이동도 아니고 누군가를 데리고 이동이라니. 저 경지, 들어본 적도 없다. 저 기술의 이름은 별거 없다. 워프라고 부르는 기술이다. 아직 밝혀진 기술이 아니다. 고려 스페셜 나이트가 개발하고 있는 기술이며 아직 불완전한 기술. 그리고 고려의 비장의 패이기도 했다.

'어째서 이렇게…… 왕자님들은 그렇다 쳐도 김상희 공주와 알렉스 학자까지 있는데 저런 기술을 그냥 사용하시는 거지? 도대체 어디로 가신 건가?'

아픈 사람이 있으면 병원으로 가는 것이 당연하다. 하지만 이건 당연하지 못한 일이다. 왕자가 아픈 것도 아니고 계집이 아픈데, 그 계집을 왕이 안고 국가 기밀인 기술을 사용하여 병원으로 간다? 애초에 말도 안 되는 일이다. 그래서 이주형은 왕이 병원으로 갔다는 생각을 못했다.

왕궁 내 회복의 관. 고려 왕국 내 최고의 의료진이 모여 있는 의료기관이다. 왕족과 귀족들이 주로 사용하는 시설. 평민도 사용할 수는 있으나 돈이 너무 많이 들어 이용하고 싶어도 이용하지 못하는 의료계 최고 권위기관이다. 그곳에 한바탕 난리가 났다. 왕이 직접 계집을 안아 들고 모습을 드러냈기 때문이다. 달려온 것도 아니고 날아온 것도 아니다. 갑자기 모습을 드러냈다.

김훈상이 모습을 드러낸 곳은 회복의 관 관장인 미첼의 앞이었다. 미첼은 깜짝 놀라 엉덩방아를 찧었다. 미첼이 그러든지 말든지 김훈상은 뜬금없이 말했다.

"치료해라."

미첼은 자신의 귀를 의심해야만 했다. 편안하게 죽여라도 아니고 치료해라라고?

"너를 믿는다, 미첼. 반드시 살려내라."

제국 정보부는 언제나 바쁘다. 오늘 또 바빠졌다. 제국 정보부 국장 김국현이 충격적인 소식을 받아들었다.

"직선거리로 1,300미터 이상 떨어진 곳에서 모습을 드러냈다고?"

"예, 왕궁 내에 심어둔 첩자로부터 온 정보입니다. 확실하다고 합니다."

"그렇다는 건 엄청나게 위협적인데……."

정말 위협적인 거다. 김훈상이 만약 암살을 시도하려고 한다면 불가능한 대상이 거의 없어지는 것이 아닌가. 1,300미터 이상 떨어진 곳에서 갑자기 나타나 찌르고 도망친다면 경호 자체가 불가능해진다.

"언제, 어떻게 그런 기술을……."

하지만 정보부 국장 김국현은 한 가지 가능성을 놓치지 않았다.

"쇼일 가능성도 높다."

몇 가지 단서가 있다. 여자를 안고 이동했다. 공주의 부름에 응답했다. 이 두 가지 단서만 놓고 보더라도 굉장한 센세이션이다. 있을 수 없는 일이니까.

"저런 기술은 분명히 극비일 것이야. 고려의 숨겨진 패라고 할 수 있으니."

모르면 모르되, 알면 그래도 대책을 세울 수는 있을 터. 그런 의미에서 저 기술이 밝혀진 이상 모르던 때보다 위협이 훨씬 줄어들었다는 건 확실했다.

"그런 의미에서 일부러 사건을 키웠다고 볼 수 있지."

표면적인 사건만 놓고 해석하면 제국의 정보부 국장 자리에 앉지도 못했다. 아무리 봐도 일부러 이슈로 만든 것 같다. 왜 그랬을까를 생각하면 이유는 간단했다.

"어떤 속임수가 있다."

일부러 상황을 크게 만들고 이런 기술이 있다고 광고하는 꼴이지 않은가. 그 말인즉,

"지금 제국 교역부가 고려와 마찰을 겪는 중이라고 했지?"

결국 외교적 압박을 가하기 위함일 확률이 높았다.

"예, 마력석 알론 때문에 협의점을 찾고 있는 중이라고 했습니다."

"그래, 제국을 상대로 무력을 과시하려는 속셈인 것 같군."

1,300미터를 순간 이동하는 기술? 그런 게 있었으면 고려는 벌써 세계를 제패했을 거다. 멀리서 갑자기 나타나 왕이나 황제들을 암살해 버리면 그만이지 않은가.

그러나 김국현의 보고를 받은 황제는 약간 생각이 달랐다.

"네 말에도 분명 일리가 있다. 하지만 그런 기술이 실제로 존재할 수 있다는 것을 가정한 상태로 움직여라."

"……예, 폐하."

"김훈상은 언제나 상식을 뛰어넘는 자니."

고려에만 비밀의 패들이 있는 게 아니다. 제국에도 공개하지 않은 패들이 있다. 아니, 오히려 고려보다 훨씬 많을 거다.

"붉은 산맥 쪽 상황은 어떻게 되고 있지?"

"수확이 조금 있었다고 합니다."

"좋군."

황제는 눈을 감았다.

'김훈상은 멍청한 자가 아니다. 제국을 상대로 무력시위를 할 리는 없어. 그렇다면 뭐지? 뭔가가 더 있는 것은 분명한데.'

만약 그런 기술이 실제로 있다고 한다면 굉장히 피곤해진다. 솔직한 말로 고려를 그냥 쓸어버리고 싶다. 실제로 불가능한 건 아니다. 프리온 나이트를 전원 대동하면 가능하긴 한데, 문제는 그랬다간 황족들이 모두 죽어버릴 수도 있다는 것. 황제는 피식 웃었다.

'그런 자가 있어야 나도 사는 재미가 있겠지.'

지금 당장은 쓸어버려야 할 적이 아니라, 함께 가야 할 동지다.

"아직까지는 말이야."

김훈상은 강서영을 회복의 관에 맡긴 뒤 김상희를 불렀다. 김상희는 자신이 무슨 짓을 저질렀는지 잘 알고 있다. 작게 부른 것도 아니고 많은 사람이 들을 수 있을 정도로 '오빠'와 '아빠'를 불렀다. 한낱 계집아이의 외침 때문에 남자 4명, 그것도 왕과 왕자, 스페셜 나이트가 움직였다는 것부터가 이상한 일이기는 한데, 이건 중죄다. 아무리 김상희라도 벗어날 수 없는 중죄. 아니, 죄라고 하기에도 미안할 정도로 상식을 벗어난 미친 짓이다.

김훈상이 말했다.

"나가라."

김상희는 눈앞이 노래지는 것 같았다. 너무 긴장해서 아무것도 눈에 들어오지 않고 귀에 들어오지 않았다. 나가라는 말, 아무래도 왕궁을 떠나라는 것 같다. 죽일 것 같지는 않은데, 이렇게 빈털털이로 쫓겨나면 아무것도 할 수가 없다. 어제 봤던 그 여자아이처럼 경매대에 올라 몸값이 매겨지고 팔려지겠지. 황급히 무릎을 꿇었다.

"아버님, 소녀가 너무나 경황이 없어……."

"이주형."

이주형이 모습을 드러냈다.

"김환성과 함께 김상희를 밖으로 내보내."

김상희는 거기서 약간 이상함을 느꼈다. 김환성과 함께? 그렇다는 말은 아주 내쫓지는 않겠다는 뜻인데?

김훈상이 다시 말했다.

"아니, 잠깐."

김상희를 일으켜 끌어내려던 이주형이 멈칫했다. 김상희는 몸을 바들바들 떨었다. 어깨에 뭔가가 닿았다. 묵직한 느낌. 김훈상의 양손이 김상희의 양어깨에 닿았다.

"나를 봐라."

김훈상이 한쪽 무릎을 꿇고 앉았다. 김상희와 눈을 마주치기 위해서.

"아버님, 소녀가 정말 잘못했어요. 어머니가 죽을 것 같아 소녀는……."

"나를 보라고 말했다."

김상희는 고개를 천천히 들어 올렸다. 무표정한 얼굴의 김훈상이 보였다. 하지만 김상희는 느낄 수 있었다. 저 눈빛, 결코 화가 난 눈빛은 아니었다.

"이주형, 지금부터 입을 닫고 눈을 닫고 귀를 닫아라."

이주형은 김훈상이 시키는 대로 마력으로 자신의 모든 감각을 차단했다. 적 진지에서 상대에게 자신을 들키지 않기 위해 자신을 시체처럼 만들어버리는 기술이다. 왕궁 내에서 사용하게 될 줄은 몰랐지만.

"김상희, 두려워하지 마라."

김상희가 김훈상과 차마 눈을 마주치지 못하고 눈길을 피하자, 김훈상이 손끝으로 김상희의 턱을 들어 올려 억지로 눈을 마주쳤다.

"네 아버지를 두려워하지 마라. 나는 너를 지키는 자다. 너를 해하지 않아. 나는 언제나 네 편이며 너와 함께할 것이다. 내가…… 네 아버지다."

김훈상이 피식 웃었다.

"이왕이면 아빠라고 부르든지."

충격을 받아 아무런 말도 못 하고 있는 김상희의 이마에 김훈상이 살짝 키스했다.

“몸 조심히 잘 다녀와라. 이 자리에서 언제나 늘 기다리고 있을 테니.”

김훈상은 몸을 일으켰다. 부드러운 마력이 김상희의 몸을 일으켜 주었다. 그리고 이주형의 오감을 다시 깨웠다. 방금 전의 따스했던 모습은 거짓말이기라도 한 듯, 김훈상은 차가운 표정으로 말했다.

“이 건방진 계집과 함께 왕궁 밖으로 나가라. 지금 당장.”

김상희는 알 수 없었다. 왜 이렇게 한밤중에 자신을 쫓아내듯 내보내 버리는지 말이다.

깊은 밤, 알렉스는 침대에 누웠다.

‘김상희 공주님을 오늘 밤에 내보내실까, 아니면 내일까지 데리고 계실까?’

아마도 오늘 내보내실 거라는 생각이 들었다.

‘내일 확인해 보면 될 터.’

자신의 가설이 맞는다면 분명 오늘 내보내셨을 거다. 알렉스는 밤새 잠을 자지 못하고 뒤척거렸다.

아침 해가 밝아왔다. 알렉스는 혼자서 중얼거렸다.

“왕궁에 한차례 바람이 불겠어.”

몇 시간 전.

김환석은 책상에 앉았다. 김환석은 자신의 능력을 정확하게 파악했다. 그는 김환성보다 무력이 약하다. 쉽게 말해 싸움을 못한다. 하지만 그는 그만의 특기를 갈고닦았다. 그는 요즘 무언가 새로운 것을 발명해 내는 것에 심취해 있는 상태다. 실제로 왕궁 내 몇몇 자동 시스템은 김환석이 직접 고안하여 설계했고 이미 쓰이고 있는 것들도 있다.

그에게 요즘 꽂힌 것이 하나 있다. 그래서 저녁만 되면 두문불출하고 방에 틀어박혀서 그것에 관하여 생각하고 연구했다. 이때만 되면 시녀들은 김환석의 방을 찾기가 너무나 무서워진다.

"오, 오늘은 네 차례 아니었니?"

"그럴 리가! 난 어제도 다녀왔다고."

저녁 7시. 김환석 왕자가 티타임을 갖는 시간이다. 일단 시녀들 입장에서는 무조건 차를 대령해야만 한다. 그러나 또 김환석은 자신이 무언가에 열중하고 있을 때 방해하는 것을 싫어한다. 특히나 뭔가에 열중하고 있을 때에 옆에서 자그마한 소리라도 냈다가는 불호령이 떨어진다. 시녀들에게 있어서 김환석은 공포의 대상이다. 결국 오늘 차를 내가게 된 시녀는 울상을 지었다. 다른 시녀들은 자신이 걸리지 않아 다행이라고 생각하면서도 차를 내가게 된 시녀가 불쌍하다는 생각을 했다.

'노크를…… 해야 할까, 하지 말아야 할까?'

원래는 하는 게 맞다. 당연하다. 그런데 김환석은 방해받는 걸 싫어한다. 그렇다고 차를 안 내갈 수도 없다. 딜레마에 빠졌다. 노크를 하느냐, 안 하느냐. 지구 기준으로는 정말 사소한 건데 시녀 입장에서는 생과 사를 오가는 중요한 갈림길이 될 수도 있다. 결국 시녀는 노크를 했다.

똑. 똑. 똑.

대답은 들려오지 않았다. 그래서 더 무서웠다. 대답을 하지 않으셨다는 건 들어오라는 허락인지, 아니면 신경 쓰고 싶지 않다는 건지 파악할 수 없으니까. 원래 상대가 어떤 마음을 가졌는지 모를 때가 제일 무서운 법이다.

김환석은 스탠드를 켜 놓은 상태로 뭔가에 굉장히 집중하고 있었다. 시녀는 아주 조심스레 발걸음을 옮겼다. 테이블 위에 차를 아주 아주 조심스레 올려놨다. 약간의 소리라도 나면 안 됐다.

한편, 김환석은 문득 짜증이 치밀어 올랐다.

"어이."

시녀의 몸이 굳었다.

"네, 네, 왕자님."

"내가 작업할 때 방해받는 거 싫다고 했냐, 안 했냐?"

소통의 부재 때문에 이런 일이 생긴다. 시녀에게는 시녀의 입장이 있다. 시녀의 본업은 시중을 드는 것이며 차를 타는 것도 시녀의 일이다. 시녀는 당연한 일을 한 거다. 하지만 김환석의 입장은 다르다.

'나 작업할 때 방해하지 마라'라고 했으면 작업할 때는 아예 근처에도 얼씬거리지 말아야 한다. 물론 김환석이 시녀들에게 방해하지 마라라고 하지 말고, 아예 근처에도 오지 마라라고 말한다면 얘기는 달라졌겠지만 김환석은 시녀들에게 그렇게까지 구체적인 매뉴얼을 주지 않았다.

김환석은 인상을 잔뜩 찡그렸다. 방금, 뭔가 획기적인 방안이 떠오른 것 같은데 기억이 안 났다.

"꺼져. 죽여 버리기 전에."

하여튼 계집아이란 것들은 말을 도무지 못 알아듣는다. 그는 작업을 할 때, 아주 작은 소리가 들리는 것도 싫었다. 집중을 깨버린다. 자신을 방해하는 소리가 있으면 그 소리를 없애 버린다. 사실 예전 같았으면 방금 시녀도 죽여 버렸을지도 모른다. 시끄럽다는 이유 하나만으로. 하지만 그러지는 못했다. 시녀의 얼굴을 보면 왠지 김상희가 떠올라서 요즘 그런 가혹한 방법은 쓰지 않는다. 왜 김상희가 떠오르는지는 그 스스로도 몰랐다.

그때, 목소리가 들려왔다.

"오빠!!!"

작업할 때 그 어떤 소리도 용납하지 않았던 김환석이 벌떡 일어섰다.

'어디냐?'

김상희의 목소리에는 다급함이 느껴졌다. 황급히 마력을 풀어 위치를 찾았다. 아무래도 기록의 관 쪽인 것 같았다. 덩달아 김환석도 마음이 급해졌다. 연구 중일 때 발소리만 내도 히스테리를 부리던 김환석이 순식간에 사라졌다. 일이고 뭐고 다 내팽개치고 달렸다.

한편, 시녀들은 굉장히 놀랐다.

"어째서 오늘은 일찍 일어나셨지?"

김환석이 뭔가에 열중하고 있으면 시녀들은 숨도 제대로 못 쉰다. 혹여라도 발걸음 소리가 그를 방해할까 봐 걷지도 않는다. 기침이라도 할 것 같으면 필사의 각오로 기침마저도 참는다. 하지만 오늘은 그 긴장의 시간이 짧았다. 김환석이 황급히 어디론가 가버렸기 때문이다.

"어쨌든 다행이야. 잠시 쉴 수 있겠어."

"그러게, 갑자기 어딜 가신 건지는 모르겠지만……."

김상희 공주의 외침 때문에 달려 나갔다는 건, 전혀 예상하지 못했다.

김환석이 말했다.

"잠깐 기다려."

김환성이 걸음을 멈췄다.

"형?"

"이거, 가져가라."

"이게 뭐야?"

"네 거 아냐."

"그럼?"

"저거."

이봐, 나는 저거 아니고 사람이라고. 김상희는 말해주고 싶었다. 똥개 취급도 서러운데 물건 취급이라니.

김환석은 김상희에게 가까이 걸어가 김상희의 머리카락을 쓸어 올렸다. 김상희의 귀가 보였다. 김상희의 귓속에 뭔가를 넣었다.

"형, 그게 뭐야?"

"몰라도 돼."

김환석은 김상희를 쳐다봤다. 매우 무표정한 얼굴이었다. 김상희가 김환석을 어려워하는 이유가 바로 이거다. 자신의 행동을 제대로 설명해 주지도 않을뿐더러, 눈치도 살피기 어렵다. 나이를 먹어가면서 표정 읽기가 점점 더 어려워졌다.

"이제 꺼지든지 말든지."

아니, 뭔지는 알아야 할 것 아냐! 김상희는 따지고 싶었다. 지금 경황이 없어 제대로 따지지는 못했지만 그래도 묻기는 물었다.

"오라버님께서 친히 하사하신 선물이 무엇인지 소녀는 너무나 궁금해요. 혹여 알려주시는 영광을 베풀어주실 수는 없을까요?"

"오다 주운 거."

고려 학자들이 들으면 게거품을 물을 소리를 아무렇지도 않게 했다. 저 물건은 이번에 고려 학자와 엔지니어 6명, 김환석이 공동으로 개발한 위치 추적용 마이크로칩이다.

이것은 마력이 없는 사람도 사용할 수 있도록 개발되었으며 반영구적으로도 사용이 가능했다. 주목할 점은 이 프로젝트는 김환석이 주체가 되어 진행한 것이며 김환석 개인 투자 비용만 60억에 이르렀다는 것이다.

그런 엄청난 물건이 '오다 주운 것'으로 둔갑하는 데 걸린 시간은 불과 1초였다. 다만, 아직까지 사람에게 임상 실험을 한 적이 없어 부작용이 염려되는 제품이었다. 김환석은 이 마이크로칩을 함께 개발한 치프 엔지니어 강옥규에게 말했다.

"부작용은 없을 거다."

"예?"

"내가 확인해 봤거든."

"서, 설마……?"

아무래도 김환석 왕자가 자신의 몸으로 실험을 해본 것 같다. 어째서 고귀한 왕자님이 그런 일을 직접 실험한단 말인가! 돈 몇 백만 원만 쥐어주면 임상 실험에 참여하겠다고 할 참가자들이 수두룩한데 어째서! 시간이 조금 걸린다 뿐이지, 왕자가 직접 그걸 몸에 사용할 이유는 없었다.

"왕자님, 어째서……."

"어차피 안전하다고 확신하고 있었으니까."

김상희가 오늘 밤 바로 떠난다는 소식을 듣고 나서 부랴부랴 자신의 몸으로 실험해 봤다는 사실은 밝히지 않았다. 김환석 스스로도 그거 때문에 자신의 몸에 실험을 했다고 생각하지 않았다. 인지 자체를 못했다. 당연히 안전하기 때문에 자신의 몸에 실험했다고 스스로 합리화했다.

김환석은 다시 방 안으로 들어왔다. 달빛이 보였다.

"죽든지 말든지."

신경 안 쓰기로 했다.

"그딴 거, 신경 안 쓰니까."

그러면서도 김상희의 위치를 실시간으로 계속 확인했다. 시녀들은 책상 위에 놓인 새로운 기계, 붉은 점이 깜빡거리는 기계를 발견할 수 있었다.

"저게 뭘까?"

"모르겠어. 하여튼 굉장히 중요한 물건이야."

작업 중에는 절대 한눈을 팔지 않는 김환석이 가끔씩 그 기계를 유심히 들여다볼 때가 있었다.

"작업을 하시다가 쳐다볼 정도면 엄청나게 중요한 뭔가가 있겠지."

"혹시 보물이 있는 곳을 탐지해 주는 물체 아닐까? 퓨리어스라든가."

시녀들도 퓨리어스에 대해 안다. 천고의 보물 퓨리어스, 그걸 알려주는 기계라면 저렇게 애지중지하는 것도 이해가 된다. 그런 거 아니다. 김상희 위치 추적 기계일 뿐이다.

김훈상은 일부러 김상희를 밖으로 내보냈다. 그는 왕이다. 왕이지만 절대 권력을 가진 건 아니다. 김훈상이야 워낙에 칭송이 자자하고 명망이 두터운 왕이지만, 고려 역사에는 힘이 약했던 왕도 분명히 있었다. 신하들의 입김이 강해 왕을 왕좌에서 끌어내린 적도 있었을 정도다. 특히나 '정당한 명분'이 있을 때 신하들은 왕에게 얼마든지 이의를 제기할 수 있었다.

"김상희 공주를 엄히 처벌해야 합니다."

이 세계 상식으로는 절대 일어나서는 안 되는 일이 일어났다. 어찌 한낱 공주 따위가 겨우 왕비가 쓰러진 것 때문에 '아빠'와 '오빠'를 부를 수 있단 말인가. 계집이 남자를 이리 가라, 저리 가라 말하는 것 자체가 일단 모욕적인 일인데 그 대상이 하물며 왕과 왕자다.

'계집이 죽고 싶어 환장을 했구나.'

모두가 그렇게 생각했다. 김훈상도 처음에는 딱히 반박할 말이 떠오르지 않았다. 저들의 말이 맞다. 김상희의 행위는 분명히 잘못된 행동이었다. 지구식으로 표현해 보자면, 북한과 같은 독재국가에서 어떤 소시민이 수령에게 '야이 돼지 새끼야! 이리 와봐!'라고 외치는 것보다도 더 심각한 중죄다. 사형당해도 싸다.

김훈상도 그 사실을 안다. 머리로는 김상희를 엄히 벌해야 한다고 생각하고 있다. 하지만 가슴이 그걸 허락하지 않았다. 신하들이 이렇게 주장할 것을 알고 서둘러 밖으로 내보냈다. 일단 시간부터 끌려고 말이다. 왕궁에 없으면 신하들도 당장 어찌할 수는 없을 것이다.

"폐하! 김상희 공주를 엄히 다스려야 합니다. 왕궁의 기강이 무너질 수 있습니다!"

하물며 남자들도 왕자와 왕을 이리 오너라 하고 부르지 못하는데 어떻게 공주 따위가 그럴 수 있단 말인가! 학자들은 정말로 화가 많이 났다.

결국 김훈상은 말했다.

"……내가 그런 권한을 줬다."

"예?"

"김상희는 왕국의 보배다. 그래서 내가 특별히 나와 왕자들을 부를 수 있는 권한을 줬다."

그런 말도 안 되는 권한, 듣도 보도 못했습니다. 신하들은 따지고 싶었지만 완곡하게 돌려 말했다.

"고금에도 그런 권한이 있다는 것은 들어본 적이 없습니다. 더군다나 폐하께서 그런 권한을 주셨다는 말은 그 어떤 일지에서도 찾아볼 수가 없습니다. 폐하, 김상희 공주를 엄히 벌하여야만 합니다."

김훈상은 남몰래 한숨을 내쉬었다. 신하들의 반응, 당연히 예상했다. 만약 김상희를 밖으로 내보내지 않았다면 어떤 행동파인 놈이 먼저 쳐들어가 '폐하, 이 계집의 목을 제가 땄습니다. 칭찬해 주시옵소서' 했을지도 모를 일이다. 물론 이주형이 막기는 했겠지만.

'어차피 물은 엎질러졌다.'

김훈상은 칠 때와 빠질 때를 본능적으로 안다. 괜히 왕 자리에 있는 거 아니다. 지금은 '칠 때'다. 김훈상의 목소리가 착 가라앉았다.

"내가 너희에게 그런 것까지 일일이 설명해야 하나? 묻겠다. 너희가 나의 왕이냐? 내가 너희의 왕이냐?"

무거운 마력이 왕궁 안을 가득 내리눌렀다. 신하들은 숨 쉬기가 곤란할 정도였다. 신하들은 '이크! 김상희 공주 벌주려다가 내가 죽겠구나' 싶었다. 김훈상은 약간의 공포 분위기를 일부러 조성한 뒤에 엄명을 내렸다.

"이번 사건의 배후를 철저히 파악해라."

그럴듯한 명분도 줬다. '강서영이 쓰러졌으니 남자들이 나서서 사건을 규명해라'라고 말한다면 움직이기 싫어할 거다. 그래서 명분을 줬다.

"내가 최근 강서영과 동침한다는 걸 모두 알고 있을 것이다. 강서영을 통해 나를 독살하려는 배후 세력이 있을 수 있다."

그럴 가능성은 희박하지만 틀린 말은 아니었다. 몸에서 몸으로 이동하는 독약이 있을 수 있으니까.

신하들은 눈을 크게 떴다. 생각해 보니 충분히 그럴 수 있지 않은가. 여자의 몸을 통해 남자의 몸으로 독을 전이시키는 수법. 그러고 보니 아주 오래전, 그렇게 죽은 왕도 있었다. 일이 매우 커졌다.

왕궁에 피바람이 불어닥쳤다. 사건의 배후에는 왕비 중 한 명이 있었다. 역사서에 남겨진 특별한 방식의 독약 같은 건 없었다. 마력을 가진 '남자'들로 이루어진 전문 조사단에 의해 배후는 쉽게 밝혀졌다. 왕비를 질투한 치정극이었는데, 그 결과는 처참했다.

시녀들의 얼굴이 하얗게 질렸다.

"세, 세상에……."

왕궁의 정문에 세 여자의 목이 걸렸다. 장대 위로 피가 뚝뚝 떨어져 내렸다. 실제로 목이 잘려 나가 죽었다. 왕비의 딸들마저도 모조리 죽여 버렸다.

알렉스 역시 그 목들을 봤다.

'국왕 폐하께서 일부러 잔혹한 모습을 보이고 계시는군.'

알렉스는 김훈상을 아주 오래전부터 봐왔다. 어린 시절은 김환성보다 더한 장난꾸러기였고 천진난만한 소년이었다. 지금의 저 모습은 김훈상의 진짜 모습이 아니라는 걸 잘 안다. 여자의 목을 잘라 전시하는 저 행위는 김훈상의 천성과는 맞지 않다.

'일부러 경각심을 주기 위해서야.'

왕의 자리는 무겁다. 하고 싶지 않은 일도 많이 해야 하며, 냉혹하고 잔혹한 일도 서슴지 않고 저질러야 한다. 그게 왕이다.

'또한…….'

또 다른 관점의 접근법도 있었다. 바로 상희학적 관점의 접근이었다.

'이런 무서운 모습을 딸에게 보여주기 싫어서 빨리 내보내신 건가?'

그렇다면 일거양득이 아닌가! 다른 왕비나 공주들에게 경각심도 주고, 김상희 공주에 대한 비난 여론이 일기도 전에 밖으로 내쫓듯 내보냈으며, 덕분에 김상희에게 무자비한 아버지의 모습을 보이지 않아도 됐다.

'실험 샘플 1호에게 연락해 봐야겠어.'

연구욕이 또 타올랐다. 상희학적 관점에서의 가설이 맞다면 국왕 폐하는 분명히 이주형에게 입을 다물도록 시켰을 거다. 왕궁 내 불어닥친 피바람을 아예 모르게 할 확률이 높았다. 만약 이주형에게 입단속을 시켰다면,

'그건 내가 연구하고 있는 상희학이 절대 틀린 학문이 아니라는 걸

증명하는 것이지! 암, 그렇고말고!'

좀 신이 났다.

'기다려랏, 실험 샘플 1호!'

며칠만 기다려 연락을 해보기로 했다. 그걸 상상하니 너무도 행복해졌다.

왕이 강서영을 찾았다. 다행히 강서영은 의식을 되찾았다. 아무도 없는 병실, 김훈상이 그 병실에 들어섰다. 김훈상이 온 것을 발견한 강서영은 억지로 몸을 일으키려고 했다. 왕이 계신데 감히 누워 있을 수는 없지 않은가.

하지만 몸이 움직이지 않았다. 부드러운 무언가가 몸을 구속하고 있는 것 같았다. 몸을 못 움직였지만 무서운 느낌은 아니었다. 오히려 포근하고 따뜻한 커다란 손이 자신을 살짝 덮고 있는 그런 느낌이었다.

김훈상은 무표정한 얼굴로 강서영을 내려다봤다. 한참 동안 그렇게 쳐다보고만 있었다.

'무, 무슨 말을 하시려고…….'

강서영은 지금 김훈상이 조금 무섭다. 감히 왕을 수고스럽게 만들었다. 그 왕은 여자들의 목을 직접 쳐서 정문에 매다 걸기까지 했으니 무섭지 않을 수 없었다.

한참의 시간이 흐르고 나서 김훈상이 말했다.

"……살아줘서 고맙다."

강서영의 눈에서 눈물이 한 방울 똑 떨어졌다.

한편, 김상희는 그날 밤 김훈상에게 내쫓기듯 밖으로 나가야 했다. 김환성, 이주형, 크리스와 함께였다.

언제나 그렇듯 김환성은 활짝 웃으며 천진난만한 얼굴로 물었다.

"이제 데이트하는 거야?"

김상희는 확신했다. 쟤, 데이트의 뜻도 제대로 모른다.

깊은 달밤. 김상희 일행은 서쪽으로 방향을 잡았다. 세계 8대 경관 중 하나라는 프리미엄 그라디아로 향하기 위해서. 무슨 일이 벌어질지 모른 채 말이다.

고려에서 오프로드 카를 사용하여 붉은 산맥을 관통한 뒤 무지개 사막을 건너게 되면 세계 8대 자연경관 중 하나인 '프리미엄 그라디아'가 나오게 된다. 거대한 푸른 암석인데 멀리서 보면 번쩍번쩍 빛나는 보석 바위 같다 하여 푸른색 보석 '그라디아'의 명칭이 붙은 것이다. 어째서 암석이 '자연 경관'이라고 치부되느냐 묻는다면 그 암석이 정말로 거대해서라고 말할 수 있겠다.

그 암석은 길이만 약 17㎞에 이른다. 안에 계곡이 흐르고 있을 정도니 말 다했다. 미스터리한 것은 그것이 오로지 단 한 덩어리로 이루어진 암석이라는 것. 또한 그 아름다운 외양과는 달리 '프리미엄 그라디아' 내에는 그 어떤 생물체도 서식하지 못한다는 것이었다. 그곳에는 그 흔한 나무, 잡초도 자라지 않았다. 그냥 말 그대로 푸른빛으로 빛나는 암석 지대밖에 없었다. 다른 구성 성분으로 이루어진 돌멩이도 없었다. 그곳에는 오로지 프리미엄 그라디아가 있을 뿐이었다.

크리스는 이미 그곳을 다녀온 적이 있다고 했다.

"저녁노을과 어우러진 프리미엄 그라디아는 세계 8대 경이로운 광경 중 하나야."

김환성은 조금 불만이다.

"그냥 날아가면 3시간이면 가는데 왜 굳이 이걸 타야 해?"

"운전은 제가 할 겁니다, 왕자님."

운전은 귀찮은 일이다. 마력을 사용해야 한다. 참고로 김환성은 운전에 별로 자신이 없다. 운전은 '큰 마력량'을 필요로 하지는 않는다. 다만 조금 섬세한 컨트롤이 필요하다. 김환성이 제일 자신 없어 하는 거다. 10만큼의 힘만 쓰면 되는데 100만큼의 힘을 쓰면 기계는 버티지 못하고 부서진다. 물론 부서지지 않도록 마력 커패시터 등이 안전장치로 부착되어 있기는 하지만, 어쨌든 김환성은 운전을 잘 못했다. 괜히 어릴 때 지상을 달리는 탈것을 타고 하늘을 마구 날고 빙글빙글 돌고 그랬던 게 아니다. 재미도 있었지만 정상적으로 달리지 못해서 그런 거다.

"그 얘기가 아니잖아. 빨리 가면 그만인데 왜 굳이 이 이상한 차를 타냐고?"

수륙양용 오프로드 SUV. 험한 산길 등을 이동할 수 있는 오프로드 자동차이긴 한데, 그래도 비행기로 가는 것보다 빠를 수는 없었다.

크리스는 검지를 좌우로 까딱까딱 흔들었다.

"설마 모르실 거라 생각하지는 않지만……."

"난 다 알아."

김상희는 묻고 싶었다. 뭘 알아? 아직 말 나오지도 않았구만. 으이그, 저놈의 허세는 도대체 어디까지란 말인가.

탄식이 절로 나왔다. 크리스는 김환성의 자존심을 교묘하게 건드렸다.

"역시 그러실 줄 알았습니다. 캠핑이라는 것을 아시기는 하지만, 묘미는 모르시는 것 같군요."

"묘미? 나 그거 알아."

김환성은 아직 캠핑을 해본 적이 없다. 야영은 해봤지만 그건 캠핑이 아니니까. 김상희는 캠핑이란 말에 눈을 살짝 크게 떴다.

'진수는 나랑 캠핑 다니는 거 되게 좋아했었는데.'

김상희는 편한 잠자리를 좋아한다. 불편하게 밥 해먹고 씻는 것도 불편한 캠핑 같은 거, 별로 좋아하지 않았다.

'지금 생각해 보니 나 진짜 투덜거리기만 했었네.'

그땐 보이지 않았던 것들, 느끼지 못했던 것들이 하나하나 또 느껴졌다. 김상희의 머리가 진수의 행동들을 하나하나 되새김질했다.

'캠핑 준비도, 운전도, 요리도, 설거지도, 텐트를 설치하는 것도…… 모두 다 진수가 했었는데…….'

나중에야 바뀌기는 했지만, 연애 초기, 김상희는 귀찮다는 이유로 진수와 장도 같이 보지 않았다. 진수가 캠핑을 좋아했던 이유는 딱 두 가지였다.

하나는 김상희와 시간을 같이 보낼 수 있다는 것이었고, 또 하나는 김상희가 자연경관을 보러 다니는 걸 좋아한다는 것. 문제는 자연경관 보는 건 좋아하는데 캠핑하기는 귀찮아했다는 것이다. 그렇게 따지고 보면 김상희는 정말 이기적인 여자였다. 적어도 세상의 관점에서는 말이다.

'나 진짜…… 정말 그렇게 이기적인 년이었어?'

지금 돌이켜보니 진수는 자기 때문에 캠핑을 다녔던 것 같다. 자연경관을 보러 다니는 건 좋아하는데, 허드렛일 하기를 싫어한 김상희를 대신해 모든 일을 도맡아했다.

김상희는 생각에 빠져들었다.

"나는 그냥 너랑 있는 시간 자체가 너무 즐겁고 행복해. 그러니까 너는 가만히 쉬고 있어. 여기까지 나랑 같이 와준 것만으로도 고마워. 너와 함께하는 이 시간이 내겐 최고의 선물이니까."

진수는 궂은일을 하나도 거부하지 않았다. 혹여 김상희가 불편할까 봐 땀을 뻘뻘 흘리며 텐트 바닥을 최대한 평평하게 다듬었고, 김상희가 손 하나 까딱하지 않도록 배려했다. 그리고 팔베개를 해주면서도 스멀스멀 피어오르는 성욕 때문에 잠도 제대로 못 잤다. 그때, 김상희가 이렇게 말했기 때문이다.

"나는 혼전 순결주의자야."

거의 농담식으로 던졌던 그 말에 진수는 끙끙 앓으면서도 김상희를 지켜주려 애썼다. 결국 오랜 시간이 지나고 나서 참다못한 김상희가 먼저 덮치긴 했지만.

깊은 상념에 빠진 김상희에게 크리스가 물었다.

"상희 공주, 상희 공주도 캠핑 좋아하지?"

진수 생각에 빠져 있던 김상희의 귀에는 크리스의 '좋아하지?'라는 말만 들렸다. '좋아하니?'가 아니라 '좋아하지?'였다. '좋아하지'라는 말은 어느 정도 동의를 구하는 말이다. 김상희는 남자의 말에 대부분 동의를 해주는 편이고, 따라서 고개를 끄덕였다.

"네, 좋아해요."

김환성이 활짝 웃었다.

"그럴 줄 알았어."

크리스가 고개를 갸웃했다.

"왕자님은 캠핑 귀찮으시다면서요?"

아, 캠핑 얘기였구나. 김상희는 이제야 무슨 얘기인지 알 것 같았다. 아무래도 '캠핑 좋아하지?'라고 물었던 것 같다. 김환성이 발뺌했다.

"내가 언제? 나 캠핑 완전 짱 좋아하는데."

뒤에서 몰래 지켜보던 이주형은 남몰래 한숨을 내쉬었다.

'방금 전까지 귀찮다면서요? 그냥 비행기 타고 가자면서요?'

아…… 왕자님……. 이주형은 한숨을 두 번 쉬었다. 뭐 저런 왕자님이 다 있나 싶었다.

오프로드 카는 승차감이 매우 안 좋았다. 더구나 산길을 타다 보니 차체가 매우 덜컹거렸다. 지구와는 상황이 아주 많이 다르다. 지구에서라면 차를 가지고 5미터 절벽 아래로 뛰어내리거나 하는 몰상식한 행위는 하지 않는다. 그건 자살행위다. 하지만 여긴 아니다. 일반적인 자동차도 아니고 마력으로 조정하는 자동차이며, 마력으로 보호가 가능하도록 설계가 되어 있다. 5미터가 아니라 10미터 높이에서 뛰어내려도 되도록 설계된 전천후 SUV다.

어쨌든 그런 식으로 붉은 산맥 내를 이동하다 보니 승차감은 '매우' 나빴다. 물론 김환성이나 크리스에게는 전혀 문제가 안 된다. 그들에게는 마력이 있으니까.

하지만 김상희에게는 약간 다른 문제다. 안전하게 설계된 놀이 기구만 타도 심하면 멀미와 구토를 동반할 수 있다. 놀이 기구만 해도 그런데 이 위험천만한(?) 곡예 운전은 김상희에겐 더욱더 무시무시했다.

크리스가 말했다.

"왕자님, 저 운전하느라 신경 쓰기가 힘들어서 그런데, 마력 보호 좀 걸어주세요."

"왜?"

"아니, 저 말고, 김상희 공주요."

"그니까 왜?"

김상희는 속이 뒤집어질 것 같았다. 너무 무서웠다. 안전벨트를 꼭 매고 눈을 질끈 감고 있는데 이곳이 천국인지 지옥인지 도무지 알 수가 없었다. 이번엔 연약한 척이 아니라 진심으로 말했다.

"오라버니, 소녀 너무너무 무서워요."

원래대로라면 여기까지만 말했을 거다. 자신의 감정 상태를 말하는 것-이것 역시 일반 여자들에게는 힘든 일이지만-까지. 하지만 저번 선물 사건 이후로 조금 더 대담해졌다. 이제 다음 단계로 나아갈 때다.

"소, 소녀를 지켜주시어요."

뭔가를 직접적으로 요구하는 거, 이젠 할 수 있었다. '지켜달라'라고 말하는 것 자체가 일단 이 세계에서는 용납될 수 없는 거다. 감히 남자의 행동을 강제하는 거니까. 하지만 김환성은 그것에 대해 이상함을 느끼지 못했다. 다만 이해 자체를 못했다.

"뭔 소리야?"

도대체 뭐로부터 지켜달란 말인가? 뭐 위험한 게 있나 주위를 둘러봤는데 위험한 것 따윈 아무것도 없었다. 위험한 것도 없는데 지켜달라는 게 이상하기는 했지만, 김환성은 언제나 그렇듯 허세를 부렸다. 이럴 땐 특히 허세를 많이 부린다. 뭐가 무서운 건지는 모르겠는데, 일단 지켜주고 보기로 했다. 허세도 잊지 않았다.

"오빠만 믿어."

김환성은 당당하게 안전벨트를 풀었다. 그때, 차가 15미터 낭떠러지 아래로 뛰어내렸다. 김상희가 비명을 질렀다.

"꺄, 꺄아아악!"

김환성은 안전벨트도 없는데 중심을 아주 잘 잡았다. 오히려 아주 편안한 상태로 김상희의 뒤로 돌아가 김상희를 시트 채로 뒤에서 안았다. 아주 자신만만해져서 말했다.

"오빠 믿지?"

오빠가 있는 한 절대로 죽지는 않을 거야. 크하핫! 김환성은 자랑스레 웃었다. 오늘 오빠 노릇 제대로 했다는 기분이 들었다.

저녁이 됐다. 2박 3일의 일정이 거의 끝나간다. 붉은 산맥 내에서 자고, 새벽 일찍 출발하여 프리미엄 그라디아에 방문한 뒤 제국 마력학원으로 돌아가면 된다. 시간적 여유는 충분했다.

텐트를 치고 불을 지핀 크리스가 일어섰다.

"제가 물을 좀 길어올게요."

크리스는 혼자서 물을 뜨러갔다. 그는 얼마 지나지 않아 계곡에 도착했다. 아까 미리 봐뒀던 계곡이다. 크리스는 계곡에서 물을 뜨기 시작했다. 주위에는 아무도 없었다. 하지만 그는 누가 옆에 있기라도 한 듯 말했다.

"마을 하나가 지워진 것 같아. 아무래도 제국 소행이겠지. 일부러 방향을 틀었어. 조금 돌아가기는 하겠지만 마을 하나가 통째로 지워진 걸 보면 김상희가 충격을 받을 것 같거든."

또 말했다.

"어떡하지?"

주위엔 아무도 없다. 당연히 대답 같은 건 들려오지 않았다. 그는 혼잣말을 이어갔다.

"……나 김상희가 정말로 좋아져 버렸는데."

크리스는 언제나 웃는다. 김환성에게 싫은 소리를 들어도, 욕을 먹어도 웃는다. 언제나 활짝 웃는 그 표정은 크리스의 트레이드마크와도 같았다. 지금 역시 활짝 웃고 있었다.

"거짓말 아니야. 나 김상희가 진짜로 좋아졌어. 김상희는 확실히 뭔가 달라. 연기하려고 애쓰는 것마저도 귀여워. 아껴주고 싶고 계속 보고 싶고. 이런 게 사랑이 아니면 뭔데?"

역시 대답은 들려오지 않았다.

크리스는 맑은 물을 쳐다봤다. 자신의 얼굴이 물결을 따라 흔들리는 게 보였다. 크리스의 얼굴은 웃고 있는데, 물속에 담긴 크리스의 얼굴은 웃고 있지 않았다.

스페셜 나이트 이주형은 뭔가가 조금 신경 쓰였다.

'뭔가…… 느낌이 안 좋다.'

논리적이거나 구체적인 이유는 없었다. 그냥 느낌이 안 좋았다. 불행하게도 스페셜 나이트로서의 이러한 직감은 꽤나 잘 들어맞는다는 것.

'이 근처에 마을이 하나 있었던 것 같은데…….'

스페셜 나이트에게 있어서 지형 정보는 귀중한 자산이다. 침투와 기습에 있어서 선결되어야만 하는 조건은 지형을 제대로 파악해야 한다는 거다.

그래서 그들은 머릿속에 지형 정보를 최대한 입력해 놓는다. 바위의 위치, 나무의 위치, 그런 것조차도 그들에게는 정보다. 그런 사소한 정보 하나가 목숨을 구해 주기도 한다.

'분명히 있었는데…….'

여기와 거리는 제법 있다. 그렇지만 이렇게까지 기운이 느껴지지 않을 수가 있나? 그리고 스페셜 나이트들은 자신의 기척을 숨기는 것에 뛰어난 만큼 상대의 기척을 읽는 것에도 특화되어 있다. 애초에 그런 사람들이다. 그런데 사람들의 반응이 전혀 느껴지지 않았다.

'뭐지? 왜 느낌이 안 좋지?'

이주형은 김상희 공주를 쳐다봤다.

"오라버니, 소녀는 숲 속에서 밤을 보내는 것이 처음이어요."

"그래? 처음이야?"

마치 나는 숲 속에서 잠을 잔 일이 아주아주 많으며 굉장히 믿음직한 오빠라는 것을 주장하기라도 하듯 김환성은 또 허세를 부렸다.

이주형은 속으로 혀를 끌끌 찼다.

'왕자님도 야영 두 번밖에 안 했잖아요? 게다가 캠핑은 처음이실 텐데?'

하지만 한편으로는 이해도 됐다. 눈을 동그랗게 뜨고 두 손을 모으고 있는 김상희의 모습은 꼭 깨물어주고 싶을 정도다. 얼마나 귀엽고 예쁜지, 할 수만 있다면 주머니에 넣고 다니고 싶을 정도. 왜 김상희에게만 유독 이런 기분이 드는 건지는 스스로도 알 수 없었다.

"소녀는 아주아주 무서웠지만 믿음직한 오라버니와 스페셜 나이트 이주형 님이 함께하시니 두렵지 않아요."

이주형은 은신을 깨고 말할 뻔했다.

'오구, 그래쪄?'

초인적인 인내심으로 참아냈다. 참 이상한 기분이었다.

'별일…… 없겠지?'

김상희를 보며 흐뭇하게 웃던 이주형은 다짐했다. 왕명이 아니더라도 김상희 공주를 괴롭히는 놈은 어떤 식으로든 복수해 주겠다고. 아니, 애초에 그런 일이 일어나지 않도록 방지해야겠다고 다짐했다.

프리온 나이트의 준장 최익현이 문득 걸음을 멈췄다. 한진수는 그 이유를 알고 있다.

"한진수, 느껴지나?"

"예."

최익현은 순간 조금 기분이 나빴다. 이 기운 방금 느꼈는데, 한진수는 이미 알고 있는 것처럼 대답을 하고 있지 않은가.

"벌써 알고 있었나?"

"예."

"그렇군."

역시 먼저 알고 있었다. 세기의 천재라더니, 과연 그 말이 맞았다. 지금 강대한 기운이 느껴진다. 이동 경로가 겹치는 게, 아무래도 이쪽을 쫓아오는 것 같기도 했다. 단순히 우연으로 치부하기에는 느껴지는 힘의 강도가 너무 컸다.

저 정도 힘을 가진 무언가가 왜 볼 것도 없는 붉은 산맥 안으로 들어왔단 말인가. 비행기가 발달한 지금, 오프로드를 이용하는 사람은 거의 없다고 해도 과언이 아닌데.

"너는 어떻게 생각하지?"

"저희가 방향을 틀자 저쪽도 방향을 틀었습니다."

크리스가 일부러 방향을 틀었다. 사라진 화전민 마을을 거치지 않기 위해서 말이다. 그런데 공교롭게도 프리온 나이트의 진행 방향과 겹쳤다.

"기척을 숨겨라."

"예."

그렇지 않아도 이미 기척을 숨기고 있다. 프리온 나이트는 소환되기 전에는 기척이 없으니, 기척을 숨길 사람은 최익현과 한진수, 두 사람뿐이었다.

최익현이 다시 말했다.

"아니, 이대로 두기에는 찜찜하군. 죽일 수 있겠나?"

"몰래 기습한다면 가능할 것 같습니다. 정면 승부로는 저도 모르겠습니다."

최익현이 고개를 끄덕였다. 저 강대한 기운, 어떤 놈인지 모르겠다. 실제로 이쪽을 쫓아오는 건지 아닌지도 모른다. 하지만 그가 행하는 작전은 기밀을 요하는 극비사항이다. 그는 아주 약간의 불안 요소도 용납하기 싫었다. 한진수의 눈을 쳐다봤다.

"명령한다. 저놈을 기습하여 죽여라."

한진수의 눈동자가 초점을 잃었다. 그는 로봇처럼 대답했다.

"명령을 수행하고 돌아오겠습니다."

한진수의 몸이 사라졌다. 최익현은 한진수의 등을 쳐다봤다.

'영악한 놈.'

최익현은 안다. 한진수가 자신의 힘을 일정 부분 숨기고 있다는걸. 최면을 걸어 확인하기 전까지는 몰랐다. 한진수는 세상에 자신의 힘을 일정 부분 숨기고 있다. 그럼에도 불구하고 세계 최고의 천재라는 칭송을 받고 있다.

'정면 승부로는 힘들다고 말은 했지만 아마 너는 충분히 가능하겠지.'

느껴지는 기운이 강대하다는 건, 그만큼 마력 컨트롤 능력이 떨어진다는 소리다. 그렇다면 한진수의 능력으로 기습하면 충분히 죽일 수 있을 거다.

한진수가 기운을 향해 빠르게 달려가기 시작했다. 최익현이 내린 명령을 잊지 않겠다는 듯 계속해서 중얼거렸다.

"죽…… 인…… 다…… 죽…… 인…… 다……!"

기척이 점점 가까워져 왔다.

현재 제국의 프리온 나이트가 붉은 산맥 내에 있다는 것은 극비 중의 극비다. 정작 프리온 나이트의 작전 장교인 한진수조차도 자신이 왜 이런 임무를 수행하고 있는지 모르고 있다. 당연히 한진수는 자신의 정체를 드러내면 곤란했다.

그래서 지금은 프리온 나이트를 나타내는 문양 같은 건 전혀 가지고 있지 않았다. 정체를 숨기기 위해 복면을 한 상태. 그는 거대한 힘이 느껴지는 곳을 향해 빠르게 달렸다.

그는 의지를 상실한 듯 홀로 중얼거렸다.

"한 명이…… 아니다……. 두 명…… 아니…… 세…… 명……!"

놀랍게도 한진수는 은신 상태인 이주형의 위치까지도 정확하게 감지해 냈다. 하지만 임무를 포기할 수는 없었다.

죽여라.

죽여라.

죽여라.

그 명령만이 머릿속에 맴돌았다. 명령을 받았으면 그 명령을 따라야 하는 것이 바로 프리온 나이트다.

"한…… 명은…… 신경…… 안 써도…… 돼……."

기척은 느껴지되 마력은 느껴지지 않았다. 신경조차 쓰지 않아도 된다. 그렇다면 남은 타깃은 두 개. 두 개의 타깃을 빠르게 죽여야 한다. 그게 안 된다면 최소한 한 명이라도.

"일…… 단은…… 너…… 부터……."

자고로 밖으로 드러난 강함 힘보다는 안으로 갈무리된 힘이 더 무서운 법이다. 한 마력은 그 크기는 매우 강대하고 순도가 높았지만 그걸 제대로 컨트롤하지 못하여 이토록 자신의 위치를 마구 드러내고 있었고, 또 한 명은 기척이 거의 느껴지지 않았다. 마력 컨트롤의 능력이 극에 달했다는 소리다. 한진수는 본능이 이끄는 대로 움직였다.

이주형도 순간 뭔가 이상함을 눈치챘다.

'뭔가 주위에 있는 것 같은데.'

확실하지 않았다. 확실하지 않은 것으로 왕자에게 보고를 할 수는 없는 노릇이다.

'뭔가 불안하다.'

그래도 스페셜 나이트의 직감이 말해주고 있었다. 알 수 없는 위협이 다가오고 있다고 말이다. 그래서 김환성에게 경고를 하려던 그 찰나.

"큭!"

이주형이 가벼운 신음성을 내뱉었다. 그러나 결과는 결코 가볍지 않았다. 이주형의 왼쪽 어깨에서 피 분수가 솟아올랐다. 그나마 빠르게 피했기에 망정이지 잘못했으면 목이 날아갈 뻔했다.

"왕자님, 조심하십시오! 암습입니다!"

다행히 왼팔이 잘려 나갔다. 오른팔은 멀쩡하다. 잘려 나간 팔은 다시 붙이면 그만이다. 지금 당장 괴로운 건, 중요하지 않았다.

'나는 스페셜 나이트다.'

왕자와 공주를 지켜야만 하는 사명이 있는 사람이라고 스스로를 되뇌며 고통을 잊으려 애썼다.

김환성의 얼굴에서도 웃음기가 사라졌다. 스페셜 나이트를 암습했다? 그런데 그 암습이 어느 정도 성공했다? 저건 같은 스페셜 나이트나 혹은 베일에 가려진 프리온 나이트 정도 돼야 가능한 일이다. 김환성은 검을 뽑아 들었다. 강대한 기운이 몰아치기 시작했다. 눈에는 제대로 보이지 않지만 김환성을 중심으로 흙먼지가 피어올라 소용돌이 치고 땅이 흔들리며 나무가 부르르 떨기 시작했다.

'앗차.'

하지만 이내 그 힘을 다시 끌어내렸다. 옆에 김상희가 있기 때문이다. 너무나 농밀한 마력 폭풍 때문에 김상희가 숨을 쉬기 곤란해 했다.

'전력으로 맞서 싸워야 하는데.'

감히 왕자를 노린 기습이다. 어떤 간 큰 놈이 저지르는 일인지는 모르겠지만, 어쨌든 상당한 힘을 가진 세력에서 보낸 놈일 것이다. 스페셜 나이트를 저 지경으로 만들 수 있는 사람은 그렇게 흔치 않으니까. 그래도 스페셜 나이트와 김환성이 힘을 합치면 충분히 제압이 가능하다. 김환성은 그렇게 판단을 내렸다. 그러나 그건 어디까지나 전력으로 싸울 수 있을 때의 이야기.

'김상희 따위!'

힘을 끌어올리려고 했는데,

'젠장.'

불가능했다. 김상희가 다칠 거라고 생각하니 눈앞이 캄캄해졌다. 머리는 힘을 끌어올리라고 말하고 있는데, 몸이 그걸 허락하지 않았다. 김상희도 그걸 알았다.

'나는 지금 짐 덩어리일 뿐이야.'

김상희도 사람이다. 자신이 다른 사람에게 짐이 되고 불편한 존재가 되는 거, 원하지 않는다. 오히려 도움을 주고 싶었다. 하지만 아무것도 할 수 없었다. 이 세계에서 자신은 너무나 초라했다.

"오라버니, 저는 신경 쓰지 마셔요."

"시끄러워, 똥개. 내가 알아서 해."

이럴 줄 알았으면 마력 컨트롤 연습 좀 많이 해 놓는 건데. 김환성은 처음으로 자신의 능력에 대해 분함을 느꼈다. 그는 타고난 천재다. 너무나 능력이 특출나서 여태껏 미치도록 연습을 한 적이 별로 없다. 딱히 연습할 필요가 없었으니까.

'젠장!'

마력 컨트롤을 미리미리 익혀 놓고 다듬어왔다면 이주형을 도와 저놈과 싸울 수 있었을 것이다. 김상희에게 피해가 가지 않도록 신경을 쓰면서 말이다.

그사이, 스페셜 나이트 이주형과 복면을 쓴 의문의 남자의 검이 서로 부딪쳤다. 이주형 역시, 암습을 파악한 이상 철저한 대비를 했다. 왼팔이 없어져서 조금 불편하기는 했지만 방어 정도는 가능한 수준이었다.

김상희는 입술을 깨물었다.

'내가 뭔가 도울 수 있는 방법이 없을까?'

돕고 싶었다. 도울 수 있는 방법도 있었다. 하지만 그걸 말로 꺼내기는 힘들었다. '네 명치를 겁나 세게 때릴 테니 한 대 맞아보렴' 이렇게 말할 수는 없지 않은가. 얼마나 도움이 될지도 모를 일이고.

그때, 김환성이 말했다.

"똥개, 내 명치 때려."

이번에는 김환성에 대한 복수심을 담은 건 아니었다. 그냥 상황이 절박해서 열심히 때렸다.

김환성은 기어코 큭! 비명을 토해내고 말았다. 그리고선 창피했는지,

"하나도 안 아파. 한 대 더 쳐."

라고 허세를 부렸다. 김상희는 확실히 알았다.

'마력 없이 급소를 맞으면 진짜 아프긴 아픈가 보다.'

마력 없이 급소를 맞으면 남자도 아프다. 새로운 정보를 얻었다는 것을 감탄하기도 전에 김환성이 싸움터에 끼어들었다. 김상희는 김환성의 명치를 때리는 것 외엔 아무런 도움도 줄 수 없었다. 사실 도움이 됐는지, 되지 않았는지도 잘 모른다.

하지만 김환성은 확실히 느꼈다.

'확실히 마력 운용이 훨씬 쉬워졌어.'

김환성은 타고난 마력의 크기와 양이 굉장히 많다. 그러나 그걸 제대로 끌어내 쓰질 못한다. 평소라면 문제가 없다.

사실 김환성이 '가진 양'에 비교하여 상대적으로 조금밖에 못 쓴다는 얘기지, 일반인들과 비교하면 이미 엄청난 양을 끌어다 쓸 수 있는 거니까.

어쨌든 김환성은 자신의 마력 컨트롤 능력이 많이 상승했다는 것을 느낄 수 있었다. 과거에 10만큼의 마력을 꺼내 쓸 수 있었다면 지금은 20만큼은 꺼내 쓸 수 있을 것 같았다. 10의 힘은 의문의 남자를 상대하는 데, 또 나머지 10은 김상희를 보호하는 데에 썼다.

이주형은 이를 악물었다.

'어디서 이런 놈이 갑자기 튀어나온 거냐!'

분쟁 지역도 아니고, 붉은 산맥이다. 비행기의 발달로 인해 비록 사람들의 왕래가 끊어지기는 했지만 저런 실력자가 있을 곳은 아니다.

'우리의 행선지가 누군가에 의해 밝혀진 거다.'

저 정도의 실력자가 붉은 산맥에 우연히 있을 리 없다. 이건 분명 계획된 범죄였다. 이주형은 고려 나이트끼리의 수신호를 보냈다.

-왕자님, 제가 시간을 끌겠습니다. 그때 기습하세요.

김환성이 자신의 힘을 완전히 끌어 쓰지 못하는 것처럼, 이주형 역시 마찬가지였다.

사실 따지고 보면 이 둘은 굉장히 비합리적인 전투를 치르고 있는 셈이었다. 김상희 때문에 말이다.

만약 모든 마력을 방출하고, 주변이 초토화되든 말든 신경 쓰지 않고 싸운다면 어쩌면 복면인을 쉽게 제압할 수 있을지도 모를 일이었다.

김환성 역시 수신호를 보냈다.

-오케이.

이주형이 일부러 틈을 보였다. 교묘한 틈이었다. 복면인이 그걸 파고들었다.

'큭!'

이주형은 고통을 참아냈다. 남아 있던 오른팔마저 잘려 나갔다. 피 분수가 튀어 올랐다. 그 잠깐, 약 1초 정도의 틈을 만들어주기 위해 이주형은 오른팔을 희생시켰다. 그 틈을 타서 김환성이 복면인의 등에 칼을 꽂아 넣었다.

콰과광!

폭발음이 터져 나왔다. 이주형이 눈을 크게 떴다.

"이럴…… 수가……."

칼이 몸을 찔렀는데 폭발음이 들렸다. 김환성의 검이 산산조각 났다. 놀라운 건 복면인의 몸엔 상처 하나 나지 않았다는 것이다. 이주형은 믿을 수 없었다.

'김환성 왕자님의 공격을 맨몸으로 받아냈다고?'

현세대의 대천재면 바로 한진수를 꼽을 수 있다. 그런데 그는 아직 2차 각성을 이루지 못했다.

그에 반해 바로 전 세대의 대천재가 있다면 김훈상이다. 김훈상은 2차 각성까지도 이룬 대천재다.

'국왕 폐하라 할지라도 김환성 왕자님의 공격을 맨몸으로 받아내면 다칠 수밖에 없을 텐데.'

저 복면인, 어떤 특별한 방식으로 만들어진 갑옷 같은 것을 안에 받쳐 입고 있는 것 같았다. 그렇지 않고서야 설명이 안 된다. 김환성이 마력 컨트롤 능력이 떨어져서 그렇지, 출력 자체는 자타공인 최강의 왕자가 아니던가.

그때 김환성은 이상한 점을 발견했다.

'김상희에게…… 전혀 타격이 없었어.'

이전까지는 몰랐다. 그 역시 여유가 없었다. 복면인을 상대하면서 김상희에게 비접촉 보호까지 걸어야 했다. 안 그래도 비접촉 보호는 어려운 상위 기술이다. 이 두 가지 일을 동시에 진행하는 거, 김상희의 '명존세'가 없었으면 아예 불가능했다. '명존세'를 받고 나서 그나마 가능해진 거다.

'파편이…… 방향을 바꿨어.'

이주형에게도 그럴 여유는 없었던 게 확실했다. 그렇다면 답은 하나였다.

'저놈이 파편의 방향을 바꿨다.'

왜? 이유는 알 수 없었다. 저놈이 저걸 의식적으로 한 것 같지 않았다. 무의식적으로 저런 짓을 하고 있는 것 같은데.

'도대체 저놈의 정체가 뭐지?'

파악할 수 없었다. 설마하니 한진수일 거라고는 상상조차 하지 못했다.

"죽…… 인…… 다……."

김환성이 코웃음을 쳤다.

"너 따위가 감히 누굴 죽여?"

김환성은 마력을 끌어올렸다. 김상희를 다치게 할 생각은 없었다. 하지만 확인해야 할 필요는 있었다. 이주형이 저렇게 된 이상, 자신이라도 모든 힘을 끌어내야 하니까. 그렇지 않으면 이 자리에서 김상희와 자신, 둘 다 죽을 수도 있다. 그럴 바에야 모험을 하는 수밖에.

김상희는 숨이 가빠져 옴을 느꼈다. 마력은 눈에 보이지 않는다. 일부러 유형화시키지 않는 이상에는 말이다. 그러다가 어느 순간 편해졌다.

김환성의 눈이 번뜩였다.

'저놈이 똥개를 보호하고 있어.'

이유는 모른다. 짜증 나게도 저놈의 마력 컨트롤 능력은 자신보다 한 수 위였다. 자신을 상대하면서 그와 동시에 김상희를 보호하다니. 김환성의 자존심이 상할 대로 상했다. 솔직한 말로 충격도 많이 받았다. 김환성이 마력을 최대치로 끌어올렸다.

"뒤져랏!"

김환성의 몸이 폭발적인 속도로 앞을 향해 치달았고, 갑자기 빨라진 김환성의 속도에 미처 반응하지 못한 복면인은 김환성의 주먹에 복부를 강타당했다.

콰과광!

주먹과 배가 부딪쳤다고는 상상할 수도 없을 만큼의 거대한 폭발음이 다시 일었고, 원형의 충격파가 주위를 휩쓸었다.

흙먼지가 휘날리고 낙엽과 나뭇잎들이 무질서하게 마구 날아다녔다. 그 와중에도 김상희의 주변은 깨끗했다. 폭발의 영향으로부터 자유로웠다.

"헤헷, 어떠…… 어라?"

콰과광!

또다시 폭발음이 터져 나왔다. 김환성이 아주 잠깐 방심한 사이, 복면인이 김환성의 복부에 주먹을 꽂아 넣었기 때문이다.

"와, 왕자님!"

이주형이 비틀거리면서 일어섰다. 이미 왕궁에는 연락을 취해 놨다. 왕궁으로부터 멀리 떨어진 곳도 아니고, 지원 병력이 분명 올 거다. 하지만 지금, 그 병력이 오기도 전에 큰일이 나게 생겼다. 김환성에게 달려가려고 했다가 중심을 잃고 쓰러졌다.

'젠장, 몸이 제대로 말을 듣질 않아.'

마력으로 지혈은 했다지만 임시 방책이다. 피도 많이 흘렸다. 그러나 자신의 몸보다는 왕자의 안위가 더 중요했다. 저만치 멀리서 김환성이 일어섰다. 그의 입가에 한줄기 핏물이 흘러내렸다. 충격이 꽤나 컸는지 다리가 후들거렸다.

"저 개자식이……."

그런데 복면인은 김환성에게 달려가지 않았다. 지금 이 순간, 김환성을 공격할 절호의 기회가 있음에도 불구하고. 복면인은 김환성에게 가지 않고 김상희를 향해 걸어갔다.

"죽…… 인…… 다……."

칼을 들어 올렸다. 김상희는 아무것도 할 수 없었다. 애초에 눈으로 볼 수조차 없는 싸움이었다. 이 세계에서 여자의 힘은 너무나 약했다. 그런데 복면인이 조금 이상했다.

"도…… 망…… 쳐…… 상…… 희……."

복면인의 걸음이 느려졌다. 물론 상대적으로 느려졌다는 소리다. 이제 겨우 세 걸음 정도만 움직이면, 칼을 휘두를 수 있었다. 그렇게 되면 김상희는 꼼짝없이 죽은 목숨이었다.

복면인의 팔이 부들부들 떨리기 시작했다. 그 떨림은 온몸으로 번졌다.

"제…… 발…… 도…… 망…… 죽…… 인……."

그때 목소리가 들려왔다.

"지금 이 상황, 뭐야?"

김상희는 봤다. 웃고 있는 크리스를 말이다. 크리스는 들고 있던 양동이를 땅에 떨어뜨린 상태로 천천히 걸어왔다. 김상희는 처음으로 크리스에게서 두려움을 느꼈다.

웃고 있는 저 모습에서 말로는 표현하기 힘든 끔찍한 어떤 기운을 느꼈다. 그 끔찍한 느낌의 정체를 김상희는 알 수 없었다. 하지만 팔뚝부터 소름이 피어올랐다.

크리스의 웃음이 짙어졌다.

"넌…… 뭐니?"

상황에 어울리지 않게 밝게 웃으며 뚜벅뚜벅 걸어왔다.

"혹시 내가 사랑하는 여자를 어떻게 하려고? 정말 그런 거야? 네가 내 상희, 저렇게 겁에 질리게 만든 거야? 너 따위가?"

제20장
오래 기다리게 해서 미안해.
그리고…… 사랑해

크리스가 뚜벅뚜벅 걸어왔다.

"혹시 내가 사랑하는 여자, 어떻게 하려고? 정말 그런 거야? 네가 내 상희를 저렇게 겁에 질리게 만든 거야?"

나는 저렇게 무서운 크리스의 얼굴을 본 적이 없다. 여태까지 본 얼굴 중 최고로 무서웠다. 웃고 있는데 소름이 마구 돋았다. 그런데 또 이상한 느낌이 들었다. 따뜻하고 포근한 느낌이다. 듬직한 누군가에게 안겨 있는 기분이 들었다.

"너는 빠져라."

어라? 저 인간은 몇 시간 전에 나에게 '내가 네 아버지다'라고, 나조차도 놀란 그런 말을 던지며 나를 왕궁 밖으로 쫓아낸 인간이다. 나는 아직도 아까의 일이 꿈같다. 도무지 믿기가 힘들었다. 개차반이 내게 이마 키스를 하다니? 내게 두려워하지 말라니? 나는 너를 지키는 자라니? 그게 말이나 되는 건가?

'멀리 떨어져 있었더니 좀 애틋해졌나?'

하여간 개차반의 심리가 어떻게 변했고 또 앞으로 어떻게 변할지, 지금 당장 중요한 건 그게 아니었다. 지금 당장 중요한 건 저 의문의 복면인…… 인데…….

'진수…… 인 것 같아.'

나는 목소리를 정확하게 알아들었다. 뭔가 이상한 목소리기는 했지만 진수의 목소리가 틀림없었다. 진수라고 한다면 얘기가 얼추 맞지 않는가. 김환성과 스페셜 나이트를 상대로 우위를 점하고 있는 사람이 세상에 몇 명이나 있을까?

나는 정확하게는 잘 모르지만 아마 나 때문에 우리 망나니가 힘을 제대로 못 쓰고 있다는 건 어렴풋이 알고 있다. 그러한 페널티를 감안한다 하더라도 망나니는 망나니다. 그런 망나니를 이길 수 있는 저 남자, 한진수라면 설명이 되지 않을까?

우리 둘째 망나니가 소리를 버럭 질렀다. 도망치는 저 남자를 쫓아가려는 듯 보였다.

"거기 안 서냐! 이 새끼!"

그걸 개차반 씨가 말렸다.

"김환성, 그만둬."

"하지만 아부지!"

도대체 영문을 모르겠다. 개차반이 어떻게 여기 있는 거지?

개차반이 말했다.

"함정이면 어쩔 테냐?"

스페셜 나이트 이주형은 두 팔을 잃은 상태로도 꾸역꾸역 일어나 예의를 갖췄다.

"이주형, 너는 지금 당장 회복의 관으로 복귀하여 치료를 먼저 받는다."

"하지만 폐하, 제게는 아직 임무가 남아 있습니다."

"당분간 다른 놈을 붙일 거야."

개차반이 내게 가까이 다가오면서 크리스의 어깨를 툭툭 두드렸다.

"너, 기세가 제법이다."

크리스가 한쪽 무릎을 꿇었다.

"……고려의 국왕을 뵙습니다."

"하지만 그 기세가 되려 내 딸을 괴롭게 만든 건 알고 있냐?"

"죄송합니다. 제가 너무 부주의했습니다."

그 말에 김훈상은 피식 웃었다. 나는 우리 개차반 씨의 심리 상태를 대번에 파악할 수 있었다.

'이놈, 뭔가 특이한 놈이다.'

이렇게 생각하고 있을 거다. 보통은 '내 딸을 괴롭게 만든 건 알고 있냐?'라는 질문에 고개를 갸웃하게 마련이다. 이런 건 질문도 아니다. 그나마 김훈상이 했으니까 질문 같은 거지, 다른 사람이 했으면 그게 무슨 개소리냐며 욕해도 될 일이다. 딸이 괴롭든 말든 그게 무슨 상관이란 말인가.

하여튼 크리스는 진짜 특이한 아이다. 뭐가 진짜 얼굴인지 나도 잘 모르겠다.

"마음에 드는구나."

"감사합니다."

개차반이 내게 가까이 다가왔다.

"네가 무서워하는 모습, 별로 보고 싶지 않다고 했다."

"아버님……."

나는 내 실수를 안다. 너무나 충격적인 상황에 놓인 덕분에—누가 상상이나 했겠는가? 우리 개차반 씨가 내게 그런 로맨틱한 아빠의 모습을 보여주다니.

이건 진짜 말도 안 되는 거다—끼를 제대로 못 부렸다. 가는 것이 있으면 응당 오는 것이 있어야 하고, 오는 것이 있으면 응당 가는 것도 있어야 한다. 크리스나 김환석이라면 모를까, 우리 개차반 씨라면 내가 좀 파악하기가 수월하다.

"아빠!"

나는 벌떡 일어나 김훈상에게 와락 안겼다. 마치 주인을 반기는 강아지처럼 볼을 부비며 굉장히 연약한 척을 해줬다. 솔직히 무섭기도 했었고.

"아빠가 와주시다니! 소녀는 지금 꿈을 꾸고 있는 건가요?"

우리 개차반 씨는 자기 멋대로 해석했다.

"꿈처럼 황홀하냐?"

망나니의 허세가 어디서 왔는지 딱 보니 알겠다.

"그럼요! 소녀는 너무나 황홀하여 숨이 넘어갈 것 같답니다."

도대체 여긴 어떻게 알고 온 거지? 거리도 엄청 멀리 떨어져 있을 텐데. 개차반은 몇 시간 전의 모습은 마치 거짓이라고 주장이라도 하듯 시크하게 말했다.

"계집 따위의 황홀함, 내가 알 바 아니다."

"소녀는 아빠를 계속계속 보고 싶어요. 아빠 너무 좋아요."

자, 이 정도 서비스해 줬으면 되겠지? 어라? 근데 개차반, 표정이 조금 별로다. 조금 약했나? 뭔가 마음에 안 든다는 표정인 것 같은데. 꼭 체한 사람마냥 표정이 별로다. 옛다. 서비스하는 김에 오늘은 팍팍 쏜다.

"사랑해요, 아빠."

사실 개차반에게 너무도 고맙다. 사랑한다? 솔직히 이건 잘 모르겠다. 그래도 이런 립서비스야, 해준다고 뭐 어디가 닳는 건 아니잖아.

"시끄럽다. 귀찮으니 내 눈앞에서 사라져."

……와, 얘 오늘 왜 이렇게 시크하냐 진짜? 이 정도 했으면 꿈틀꿈틀 웃을 때도 됐는데. 하긴 내가 왕궁에서 '오빠! 아빠!'를 불러대고 왔는데, 뭐 기분이 좋지 않을 수도 있겠지. 그럼에도 불구하고 이렇게 달려온 걸 보면 화가 난 것 같지는 않은데 왜 그런지는 모르겠다.

개차반은 언제나 그렇듯 시크하게 발걸음을 옮겼다.

"따라와라, 이주형."

개차반은 다친 이주형을 데리고 왕궁으로 향했다.

이주형이 물었다.

"폐하, 괜찮으십니까?"

"그게 네가 내게 할 소리냐?"

이주형은 현재 양팔이 절단된 상태다. 마력으로 상태를 유지시키고는 있으나 얼른 봉합 수술을 받아야 한다. 그러나 이주형은 분명히 느끼고 있었다. 현재 왕의 상태는 정상이 아니다.

'워프를 무리하게 사용하신 게 틀림없어.'

그렇지 않고서야 초음속 제트기를 띄웠어도 왕에게 보고가 올라간 지 겨우 3분도 안 되는 시간 안에 왕궁에서 붉은 산맥까지 왔을 리가 없다.

정답은 워프다. 문제라면 워프는 아직 불완전한 기술이며 몸에 상당한 무리를 준다는 것.

김훈상의 옷이 땀범벅이 됐다.

'폐하께서…… 위독하시다.'

겉으로 보기에는 멀쩡해 보이지만 지금 매우 위중한 상태라는 건 어렵지 않게 짐작할 수 있었다. 김훈상은 언제나 마력을 컨트롤하여 최상의 상태로 몸을 유지시킨다.

김훈상쯤 되는 사람은 그 정도의 일, 식은 죽 먹기로 해낸다. 숨쉬기만큼 자연스러운 행위다. 그런데 그게 안 되고 있다. 숨 쉬는 것처럼 자연스러운 것조차도 제대로 하지 못할 만큼 지금 괴로운 상태라는 뜻이다.

회복의 관에 도착했다. 때는 늦은 시각. 비밀리에 회복의 관 관장인 미첼을 찾았다. 미첼은 한눈에 김훈상의 상태를 파악했다.

"어, 어찌하여 이런……."

"말이 새어 나가지 않게 조심해라."

"폐하!"

미첼의 눈에 눈물이 글썽거렸다. 도대체 어떤 일을 벌였으면 그 엄청난 김훈상이 이런 꼴이 된단 말인가. 아무래도 암습인 것 같았다. 하지만 믿을 수 없었다. 스페셜 나이트의 호위와 김훈상의 무력을 뚫고 김훈상에게 이런 타격을 줄 수 있는 사람이 세상에 몇이나 있겠는가. 아무리 세상에 기인이사가 많다고는 해도, 이건 불가능한 일이었다.

"미첼, 나는 왕이다. 내가 쓰러지면 나의 백성들이 흔들린다. 오늘

안으로 어떻게든 나를 일으켜 세워라."

김훈상은 전혀 흔들리지 않는 꼿꼿한 자세로 가만히 섰다.

'기절…… 하셨다.'

기절했는데 그 자리에서 꿈쩍도 하지 않았다. 망부석처럼 가만히 서 있었다. 과연 왕은 왕이었다. 이주형에게 보고를 받고, 김환석의 위치 추적기로 위치를 확인한 뒤, 불완전한 기술인 워프를 사용해서 김상희가 있는 곳까지 이동했다. 한 번 사용으론 김상희가 있는 곳까지 이동하는 것이 불가능하여 연거푸 사용했다. 그게 몸에 상당히 큰 악영향을 끼쳤다.

'말이 새어 나가선 안 돼.'

미첼은 혼자서 치료를 시작했다.

붉은 산맥. 한진수는 김훈상을 발견하자마자 도망쳤다. 강대한 힘을 가진 존재, 김환성을 죽이라는 명령을 거부한 셈이다. 한진수는 머리를 쥐어뜯으며 울부짖었다.

"으아아아아아아아!"

죽여야 했는데 죽이지 못했다. 그것 때문인지, 아니면 다른 이유가 있는 건지 엄청난 고통이 밀려들었다.

김상희의 얼굴이 떠올랐다. 언제나처럼 웃는 얼굴이 아니라, 겁에 질린 얼굴이었다. 모르겠다. 머리가 너무 아파왔다. 깨질 것 같았다. 차라리 죽어버렸으면 좋을 만큼 괴로운 통증이었다.

'내가…… 내가 김상희를…….'

네가 김상희를 죽일 뻔했어. 누군가가 이렇게 말하는 것 같았다. 왜 이런 통증이 생기는 건지, 그런 건 생각할 겨를도 없었다. 너무나 고통스러웠으니까.

의도한 건 아니었는데, 스페셜 필드를 펼쳤다. 스페셜 필드 내에서 마구 소리를 지르고 뒹굴었다. 한참의 시간이 흘렀다.

한진수에게 목소리가 들려왔다. 이해할 수 없는 일이 벌어졌다.

"진정해. 아무 일도 없었으니까."

한진수는 문득, 자신을 괴롭히던 고통이 사라졌음을 느꼈다. 눈을 들어 올렸다. 그리고 소스라치게 놀랐다.

"괜찮아. 너는 김상희를 죽일 뻔했지만 실제로 죽이진 않았어. 그러니까 진정해. 그만 괴로워해도 괜찮아."

"너, 너는……!"

익숙한 얼굴이었다. 익숙할 수밖에 없었다. 매일 보는 얼굴이었으니까. 거울 속에서 항상 볼 수 있었던 얼굴 말이다.

"괴로운 거 알아. 네가 김상희를 죽일 뻔했으니까. 너는 스스로 인정하진 않지만 김상희를 사랑하고 있거든. 어쨌든 상희 안 죽었으니까 그만 괴로워해."

말을 빠르게 이었다.

"시간이 없으니까 본론부터 말할게. 제발 부탁이니 아무런 말도 하지 말아줘."

한진수는 믿을 수 없었다. 자신과 완전히 똑같이 생긴 사람이 완전히 똑같은 목소리로 말을 하다니."

"느꼈겠지만 나는 너야. 너는 나고. 네 정신이 흐트러진 틈을 타 잠시 밖으로 나왔을 뿐, 난 다시 네 안에 복속되겠지."

"……."

"나는 김상희를 사랑해. 내 목숨보다도 더. 상희가 없는 세상은 내겐 지옥이니까. 지옥 불에 떨어진다 하더라도, 김상희만 내 옆에 있으면 그곳이 바로 천국이니까."

'미친 소리를 하고 있군' 하고 한진수는 말하고 싶었지만 참았다. 그러기엔 눈앞의 한진수가 너무 절박해 보였다.

"내겐 정말 시간이 없어. 나는 앞으로 나오고 싶어도 나올 수 없어. 네 정신이 흔들릴 때, 그리고 보름달이 뜰 때, 그때만 아주 잠깐 내게 시간이 허락돼. 그것도 이제 거의 한계에 이르렀어. 나는 상희가 너무 보고 싶어. 죽고 싶을 만큼 보고 싶어. 하지만 나는 이제 상희를 몇 번 보지 못할 거야. 아니, 어쩌면 한 번도 보지 못할 수도 있어. 그래도 괜찮아. 나는 네 안에서 상희를 볼 수 있으니까. 내가 내 손으로 만지지는 못하지만, 네 손으로 상희를 느낄 수 있고 만질 수 있고…… 상희의 목소리를 들을 수 있으니까. 나는 그거면 돼."

"……도대체 무슨 소리를 하는 거냐?"

한진수는 혼란스러웠다. 또 다른 나라고 주장을 하는 저놈이 도대체 무슨 소리를 하는 건지 모르겠다.

"네게 해줄 말은 하나밖에 없어. 네 마음이 시키는 대로 움직여. 그리고…… 제국을 조심해. 내가 말할 수 있는 건 여기까지야."

바람결에 흩날리듯 한진수의 모습이 조금씩 사라졌다. 한진수의 하반신이 거의 사라졌을 때, 한진수가 말했다.

"그리고…… 언젠간 꼭 말해줘. 내 부탁이야."

"……."

"네 마음이 허락한다면, 언젠간 꼭 네 입으로 상희한테 사랑한다고 말해줘.”

그럴 일 절대 없을 거다. 한진수는 앞을 쳐다봤다. 한진수의 상체가 점점 사라져 갔다.

“사랑한다는 말을 되게 좋아하는 아이거든.”

“…….”

한진수는 마지막으로 의미를 알 수 없는 말을 남기고 완전히 사라져 버렸다.

“사랑해…… 수희야.”

바람결에 흩날리는 한진수의 모습처럼, 그의 목소리도 바람결에 흩날리며 사라졌다.

‘수희는 또 누구냐……?’

한진수는 알 수 없었다. 지구에서 김상희의 이름이 바로 김수희였다는 것을 말이다. 고통이 잦아들었다. 그는 최익현 준장에게 돌아가려 발걸음을 옮겼다.

김훈상과 함께 왕궁으로 복귀한 이주형 대신, 김상희 공주의 호위를 맡게 된 스페셜 나이트의 이름은 강준석이다. 강준석은 이미 패닉 상태에 접어들었다.

‘내가 왜 공주 따위를 호위해야 하지?’

그건 뭐, 왕명이니까 이해할 수 있다. 김상희 공주는 일단 ‘대외적으로는’ 왕국의 보배였으며 형식상 왕국의 보배 대접을 해야 하니까. 이해하려면 할 수는 있다. 기분이 너무 나빠서 그렇지. 얼마나 시킬 짓이 없으면 김상희 공주의 호위를 시킨단 말인가.

그는 그때까지 몰랐다. 김상희 공주를 호위하는 이 직책이 얼마나 좋은 직책인지. '좌천'인 줄 알았는데, 알고 보니 '행운'이었다는 걸 깨닫는데 그리 긴 시간이 필요하지 않았다.

어쨌거나 이때까지만 해도 강준석은 기분이 나쁘다 못해 황당하기까지 했다.

"똥개, 오빠 걱정은 하지 말고 그냥 푹 자."

무슨 상황이고 하니, 야영을 하려면 불침번을 서야 하는데 그 불침번에 김상희도 함께하겠다고 나선 것이다.

"오라버니, 하지만 저도 도움이 되고 싶어요."

공주 따위가 저따위 말대답이라니? 감히 왕자님께. 그런데 왕자님은 그런 공주를 나무랄 생각은 않고 오히려 기분이 좋아 보였다. 뭐 이런 황당한 상황이 다 있단 말인가.

'이게 지금 무슨 상황이지?'

이주형이 처음 느꼈던 그 감정을 강준석이 그대로 느꼈다. 이건 누가 옆에서 설명해 줘도 모른다. 직접 느껴봐야 안다. 황당의 끝을 보는 이 기분 말이다.

"소녀도 잘할 수 있답니다!"

김상희가 팔을 들어 올렸다. 있지도 않은 근육을 자랑하며 배시시 웃었다.

"소녀가 오라버니를 지켜드릴 것이어요!"

미친 소리 좀 작작해! 강준석은 하마터면 소리를 지를 뻔했다. 마력 따윈 한 움큼도 없는 하찮은 계집아이가 오라버니를 지켜? 개소리도 저런 개소리가 없지 않은가!

심지어 지켜주겠다는 상대가 무려 고려 나이트의 제9대대장이다. 무슨 자다가 개 풀 뜯어 먹는 소리란 말인가! 더 황당한 건 왕자의 반응이었다.

"오빠가 더 세."

그건 당연한 거 아닙니까? 그 말 어디에 그렇게 자신만만해하며 우쭐댈 구석이 있단 말입니까? 게다가 오빠요? 자기 자신을 일컬어 '오빠'라고 표현하는 거, 그런 이상한 표현 방식은 어디서 배웠단 말입니까!

한편, 김상희는 여우 짓의 강도를 조금씩 높이기 시작했다. 일부러 배시시 웃으며 눈웃음을 살살 쳤다.

"소녀도 많이 세요!"

그래놓고서는,

"하지만 우리 오라버니는 하늘만큼 강하시겠죠!"

그렇게 말하며 김환성의 품에 안겼다. 물론 속으로는 창피해 죽겠다. 자신의 입으로 저런 말을 내뱉게 될 줄 지구에 있을 때 상상이나 했겠는가.

하지만 어쩔 수 없었다. 원래 상대에게 맞는 대우를 해줘야 한다. 소를 꼬실 때에는 풀로 꼬시고, 호랑이를 꼬실 때에는 고기로 꼬셔야 한다는 게 김상희의 지론이다. 김환성을 꼬실 때엔, 저 무한한 허세욕과 '나 강함'을 무기로 꼬셔야 했다.

"당연하지! 난 하늘보다 더 세!"

도대체 하늘보다 더 센 건 어떻게 센 겁니까? 강준석은 황당함을 넘어서서 이젠 자포자기에 이르렀다. 이 상황, 아무래도 미친 것 같다.

"내가 제일 세다! 다 덤벼라!"

그런데 진짜 문제가 발생했다. 땅이 부르르 떨리기 시작했다.

"뭐, 뭔가 이상한데……?"

크리스가 벌떡 일어섰다.

"와, 왕자님, 일단 도망부터 칩시다!"

크리스가 김상희를 번쩍 안아 들었다. 그리고 냅다 달리기 시작했다. 김환성도 '아이 씨, 모르겠다!' 하고 도망치기 시작했다. 스페셜 나이트 강준석 역시 마찬가지였다.

김상희는 황당해졌다. 이 상황을 이해할 수가 없었다.

'도, 도대체 뭐야? 뭐가 나타났길래 이 세 명이 동시에 도망을 쳐?'

김상희는 평소 김환성을 '허세왕'이라고 생각한다. 평소 김환성을 보면 허세 빼면 시체밖에 안 남을 것 같아서 그랬다. 그런데 무서운 건 그게 다 허세가 아니라 진짜라는 거. 대부분 남자의 경우, '내가 제일 세'라고 말하면 그건 허세다. 두말할 필요도 없다. 그런데 김환성이 말하면 허세가 아니다.

나는 오늘 아침 밥으로 샌드위치를 먹었어. 이 말은 허세가 아니다. 그냥 사실을 말하는 거다. 그것과 비슷한 맥락이다. 김환성의 '내가 제일 세'는 거의 그에 근접한 수준이었으니까. 그런데 이번에는 달랐다.

"저게 왜 여기 있는 거야!"

크리스 역시 빠르게 달리면서 말했다.

"고대 기록을 살펴보자면, 아주 오래전 붉은 산맥에서 발견되었었다고 합니다."

스페셜 나이트 강준석 역시 이를 악물고 달렸다. 잘못 걸리면 뼈도 못 추스르게 생겼다. 그도 여태까지 단 한 번도 본 적이 없었다. 저건 사람이 절대로 못 잡는다. 적어도 전투기나 탱크 정도는 동원되어야 한다.

"아무래도 왕자님의 고성이 저놈의 단잠을 깨운 것 같은데요?"

이번만큼은 '내가 제일 세! 덤벼!'라고 말하지 못했다. 김상희의 생각과 달리 김환성은 허세를 부리지 않았다. 애초에 김환성은 허세를 부린 적이 없다. 사실만 말해왔으니까.

"아이 씨, 이쪽을 향해 브레스를 쏘진 않겠지?"

기록에는 분명히 남아 있다. 저 괴물의 이름은 샤벨 드래곤. 그 크기가 무려 700미터에 이르는 거대한 드래곤이다.

크오오오오!

샤벨 드래곤이 포효를 내질렀다. 땅이 울리고 나무가 떨렸다. 새로이 합류하게 된 강준석이 스스로 생각하기에 나름대로 현명한 대책을 내놨다.

"김상희 공주를 버리고 가야 할 것 같습니다."

기록에 의하면 샤벨 드래곤은 여자아이를 즐겨 잡아먹는다고 했다. 같은 음식(?)이 있으면 남자보다는 여자를 선호했다. 그렇다면 김상희 공주를 던져 놓고 대피하는 것이 논리적으로 맞는 말이었다.

'대외적으로는 왕국의 보배긴 하지만…….'

그렇다고는 해도 샤벨 드래곤은 자연재해다. 자연재해 때문에 죽는 건 어쩔 수 없는 일이지 않은가. 김환성이 인상을 찡그렸다.

"너부터 죽고 잡냐?"

"예?"

스페셜 나이트가 된 이후로 저렇게 모욕적인 언사는 처음 듣는다.

"그, 그게 무슨……?"

"닥치고 달려. 너 오늘부터 찍혔어. 두고 볼 거야."

영문을 모르는 강준석은 울상을 지었다.

'아니, 내가 왜……?'

그는 이유를 알 수 없었다. 만약 알렉스가 이 상황을 봤다면 말해줬을지도 모른다. '지금 자네에게 필요한 건 상희학이라네'라고 말이다. 물론 속으로는 실험 샘플 3호다!를 외치고 있겠지만.

김상희 일행을 습격했던 한진수가 복귀했다.

"죄송합니다. 임무에 실패했습니다."

최익현은 인상을 찡그렸다.

"실패했다고?"

아니, 그럴 리 없다. 최익현은 한진수의 능력을 안다. 비록 지금은 힘을 숨기고 있지만 한진수의 본신 능력은 아까 느껴졌던 그 기운보다 훨씬 더 강했다. 더군다나 기습의 상황이라면 충분히 죽일 수 있었을 텐데?

"기척을 감지하지 못했던 인원이 세 명 더 있었습니다."

그 말은 사실이었다. 스페셜 나이트 이주형의 기척과 크리스의 기척을 놓쳤다. 거기에 전혀 예상하지 못했던 김훈상까지.

최익현은 신음성을 내뱉었다.

"세 명이라고……?"

보통의 경우, 마력을 밖으로 표출하는 것보다 마력을 안으로 갈무리하는 것이 더 어렵다. 그러니까 상식적으로 생각해 보면 마력을 숨긴 사람이 더 강하다는 뜻이다. 이쪽은 저쪽을 파악하지 못했다는 말이니까.

"그놈보다 강한 놈이 세 명이나 있었나?"

한진수는 고개를 끄덕였다. 스페셜 나이트 이주형, 백제의 왕자 크리스.

'게다가…… 국왕 폐하까지.'

언제 나타났는지는 알 수 없었다. 김훈상까지 있었다. 하지만 한진수는 그걸 말하지 않았다. 말하고 싶지 않았다.

'내게 그따위 명령을 내리다니.'

죽여 버리고 싶었다. 만약 그때, 조금이라도 멈칫하지 않았다면 김상희는 죽었을지도 모를 일이다. 김상희의 모습이 떠올랐다. 공포에 질려 있던 그 모습을 생각하니 다시 머리가 아파왔다.

쿵!

심장이 내려앉는 느낌이 또 들었다.

'또 다른 내가 김상희를 사랑하고 있다고……?'

그렇게 생각하자 마음이 조금 가라앉았다. 그렇다. 자신이 김상희를 사랑하는 게 아니다. 잘은 모르겠지만 또 다른 '나'가 김상희를 사랑하고 있는 거다.

'김상희…….'

가슴이 또 아파왔다. 보고 싶었다. 하지만 그 마음의 외침을 또 다른 '나'의 마음이라고 단정 짓고선 내색하지 않았다. 마음의 소리를 애써 무시했다.

그때, 강대한 기운이 느껴졌다. 기운뿐만이 아니었다. 최익현이 먼저 하늘에 떠 있는 무언가를 발견했다.

"저, 저건……!"

엄청난 몸집, 대략적으로 살펴봐도 수백 미터는 될 법한 괴물이었다. 한진수도 발견했다.

"샤벨 드래곤?"

멀리서도 확연히 보였다. 샤벨 드래곤은 자연재해급의 괴물이다. 한진수가 물었다.

"……처치합니까?"

사람은 처치할 수 없다. 하지만 프리온 나이트라면 가능하다. 세기 정도 파괴될 것을 각오한다면 샤벨 드래곤을 잡을 수 있을 터.

"잠시 기다려라."

아무래도 오랜 잠에서 깨어난 것 같았다. 준장 최익현이 상부에 보고를 넣기 위해 잠시 시간을 끌었다. 잠에서 깨어난 샤벨 드래곤은 당분간 이동하지 않는다.

그게 습성이다. 사람들은 그걸 일컬어 '기지개'라고 표현하고 있다. 물론, 기록상에서 말이다. 최근 100년 동안 샤벨 드래곤은 모습을 보인 적이 없었으니까.

'샤벨 드래곤은 여자아이를 즐겨 먹는다고 알려져 있는데…….'

쿵!

또 심장이 내려앉는 느낌이 들었다.

'김상희!'

샤벨 드래곤이 공중에서 빨아들이기만 해도 김상희는 속절없이 저 거대한 입속으로 빨려 들어가고 말 거다.

'안 돼.'

마음이 다급해졌다. 움직이고 싶었다.

'아니, 움직일 수 없어.'

내가 왜 그까짓 계집 때문에 이렇게 동요하고 있는 거냐?

'나는 프리온 나이트다!'

프리온 나이트는 군인이며 제국의 명령을 받드는 자다.

'단독 행동은 할 수 없어.'

하지만 김상희의 얼굴이 눈에 아른거렸다. 김상희는 아까도 공포에 질려 무서워했었다. 다른 사람도 아니고 자신 때문에.

'그깟 계집애 때문에 내가 동요하다니.'

그럴 수는 없는 법이다. 한진수의 몸이 사라졌다.

"하, 한진수! 어딜 가는 거냐! 멈춰! 기다리란 말이다!"

결국 최익현은 한진수를 따라갔다. 한진수에게 따라붙은 최익현이 말했다.

"한진수, 이번 행동에 관하여 엄중한 책임을 묻겠다."

한진수는 그 말을 듣지 못했다. 최익현은 이미 보고를 끝마친 상태. 상부로부터 샤벨 드래곤을 사냥하라는 지시가 떨어졌다. 다만, 주변에 생물체는 없어야 했다. 그 말인즉, 목격자가 없어야 한다는 뜻이다.

최익현은 바로 옆에서 빠르게 달리고 있는 한진수를 쳐다봤다.

'설마…… 저들을 일부러 죽이지 않은 건가?'

최익현은 아까 느꼈던 강대한 기운의 주인공을 알아봤다. 바로 고려 왕국의 셋째 왕자 김환성이었다. 한진수는 고려의 사람이다. 임무에 실패했다고 말하고선 일부러 저들을 공격하지 않았을 가능성도 배제할 수 없었다. 하지만 이내 고개를 저었다.

'아니지. 그땐 완벽한 최면 상태에 빠졌었어.'

최면을 거부하는 건 있을 수 없는 일이다. 여태껏 단 한 번도 없었던 일. 그럴 리 없었다.

'하긴 스페셜 나이트도 따라붙어 있을 테고…… 저 이상한 놈은 기척이 잡히질 않으니.'

납득은 된다. 김환성 하나만 해도 쉽지 않은 상대인데 또 까다로운 놈들이 둘이나 붙어 있으면 후퇴하는 게 맞겠지.

'그런데 저들이 어째서 붉은 산맥에 있는 거지?'

캠핑하러 왔다고는 절대 생각하지 못했다. 그는 프리온 나이트이며 각국의 주요 인물에 대해서는 어느 정도 파악을 하고 있는 상태다.

'김환성 왕자는 비행기를 타고 이동하는 것을 좋아해. 굳이 산길을 택할 이유가 전혀 없지. 뭔가 다른 이유가 있다!'

하지만 이유는 별로 중요하지 않았다. 샤벨 드래곤을 사냥해야 했다. 상부에서는 샤벨 드래곤을 잡으면서 입게 될 피해보다 샤벨 드래곤을 잡고 나서의 이득을 훨씬 크게 봤다. 샤벨 드래곤의 사체는 굉장한 효용 가치를 가지고 있으니까.

어쨌든 샤벨 드래곤을 사냥하기 위해서는 프리온 나이트를 소환해야 한다. 프리온 나이트는 극비다. 아무도 보면 안 된다. 그 말인즉,

"죽여라."

저들 역시 이곳에서 죽어야 한다는 소리다. 한진수의 눈동자가 흐릿해졌다.

"금기를 발동한다. 저들을 무조건 죽여라."

금기까지 발동시켰다. 위급한 경우가 아니면 사용하지 않는다. 몸

에 무리가 많이 가며 체내 마력 회로가 손상될 가능성이 있다. 하지만 지금은 그런 것보다 목격자들을 처리하는 게 더 중요했다. 어차피 여기서 죽이면 목격자도 없다. 마침 샤벨 드래곤이 나타났으니 더 잘됐다. 샤벨 드래곤에게 죽은 것처럼 위조하면 되니까.

이곳에 프리온 나이트가 있다는 사실은 아무도 모르니 시체만 완벽하게 처리한다면 고려도 어쩔 수 없을 터. 애초에 완벽하게 처리할 자신이 없었으면 죽일 생각도 하지 않았다. 고려는 쉽사리 상대할 수 없는 나라니까.

'프리온 나이트는 최대한 아껴야 한다.'

그래야 샤벨 드래곤을 잡을 수 있다. 전력 손실을 최소화하려는 거다. 현재는 금기까지 발동시킨 상황. 지금의 한진수라면 스페셜 나이트 한 명과 김환성 왕자 정도는 상대할 수 있을 터.

'저 정체 모를 놈은 내가 상대한다.'

그림이 그려졌다. 머릿속으로는 일단 괜찮았다.

'금기를 발동시킨 이상 한진수는 모든 힘을 끌어낼 수 있을 거다.'

그러라고 금기를 발동시킨 것 아니겠는가. 부작용은 있겠지만 뭐, 그 금기를 억지로 거부하지만 않는다면 그렇게 큰일은 일어나지 않을 거다. 그리고 한진수가 명령을 억지로 거부할 일은 거의 없다고 보면 됐다. 아니, 애초에 아예 거부하지 못하도록 되어 있는 금제다. 여태까지 실패한 적이 단 한 번도 없는 제국 프리온 나이트만의 금제 말이다.

"왕자님, 저놈, 브레스를 쏘려는 것 같은데요?"

"아씨, 망했다. 이쪽으로 쏘면 우리 다 죽겠네."

강준석은 주장하고 싶었다. '그러니까 김상희 공주를 버려두고 다른 길로 도망치자고요!' 하고 외치고 싶었지만 그러지 못했다. 그렇게 말했다가는 정말 얻어터질 것 같은 그런 이상한 기분이 들었다.

최익현과 한진수는 김상희 일행과 일부러 거리를 벌렸다. 지금이야 샤벨 드래곤을 피해 도망치고 있는 상태라 경황이 없을 테지만 너무 접근하면 이쪽이 들킬 수도 있다. 빠르게 접근하여 순식간에 죽여야 했다.

약간의 거리를 유지하면서 기습하기로 했다. 샤벨 드래곤이 신경 쓰이는 상태이긴 했지만 아직은 괜찮았다. 잠에서 깨어난 샤벨 드래곤은 상당히 둔하니까. 공격하려는 기미를 발견하면 그때 처치해도 늦지 않을 거다. 그런데 한진수의 머리가 아파왔다.

죽여라.

죽여라.

죽여라.

누군가 머릿속에 크게 외쳤다. 머릿속이 웅웅거렸다. 어지러웠다.

'죽인다……!'

달렸다. 모든 힘을 개방시켜서라도 저놈들을 죽여야 했다. 놈들이 보이기 시작했다. 백제 왕자 크리스와 고려 왕자 김환성, 그리고 스페셜 나이트라 짐작되는—현재는 은신해 있는—자의 기척이 느껴졌다.

그런데,

'김…… 상…… 죽…… 인…… 희…… 안…… 다…… 돼…… 상…… 희…… 내…… 사…… 랑…….'

머리가 터질 듯이 아파왔다. 몸 안의 마력이 제멋대로 날뛰었다.

구역질이 일었다.

"한진수, 김환성 왕자와 스페셜 나이트를 죽여라. 내가 다른 놈을 죽일 테니."

죽인다!

한진수가 검을 빼 들었다. 아니, 김상희는 죽일 수 없어.

"한진수!"

왜냐하면,

"이, 이, 개, 개새끼가……!"

김상희는…… 내가 사랑하는 사람이니까.

누군가의 목이 하늘로 높이 날아올랐다. 그와 동시에 한진수는 비명을 질렀다.

"크아아아아아아악!"

마력이 폭주했다. 마력을 전부 개방한 것처럼 그의 몸에서 아지랑이가 피어올랐다. 금제를 거역한 대가는 끔찍했다. 그는 모든 것을 잊고 바닥을 굴렀다. 그의 몸과 부딪친 나무가 우지끈 부서지고 그의 비명이 산맥 전체에 울렸다. 한진수의 눈, 코, 입, 그리고 귀에서 시뻘건 핏물이 줄줄 흘러나왔다.

샤벨 드래곤의 눈동자가 가늘어졌다. 방금 소리가 난 곳을 쳐다봤다. 100년 만에 잠에서 깨어났다. 마침 매우 배가 고팠다. 아주 맛 좋은 먹이가 보였다.

샤벨 드래곤은 본능적으로 마력을 느낀다. 더 정확하게 말하자면 '마력'을 느끼는 것이 아니라 '마력의 순도'를 느낀다. 저 먹잇감은 아주 맛있는 먹잇감이었다. 샤벨 드래곤의 날개가 조금씩 움직이기 시작했다.

그때 김상희도 그 소리를 들었다. 크아아아아아악! 하는 비명. 굉장히 귀에 익은 목소리였다.

'진수의 목소리야!'

마음이 급해졌다. 진수의 비명이었다. 괴로움에 울부짖고 있는 목소리. 찾으러 가야 했다. 반드시, 진수의 목소리가 있는 곳으로 가야만 했다.

'진수야……!'

눈물이 차올랐다. 진수가 저토록 괴로워하고 있다. 그 목소리를 듣고 있는 것만으로도 김상희는 너무나 괴로웠다.

'나는 어떻게 해야 해?'

방법을 찾아야만 했다.

나는 이상한 알림을 들은 것 같은 기분이 들었다.

–한진수에겐 네가 필요해.

모르겠다. 신이 있다면, 그 신이 내 머릿속에 속삭이는 것 같은 그런 기분이 들었다.

–네가 가야 한진수가 살아.

왜 이런 목소리가 들리는 건지 알 수 없었다.

–어떻게든 한진수에게 가.

누구냐고 물을 수도 없었다. 크리스의 목소리가 들려왔다.

"김상희 공주, 너 왜 그래? 너 좀 이상해."

지금 이 순간, 내가 할 수 있는 건 없었다. 적어도 '내가' 내 손으로 할 수 있는 건 아무것도 없었다. 하지만 나는 가야만 했다. 괴로워하는 진수를 외면할 수가 없었다. 아무런 도움이 될 수 없다고 해도 나는 가야만 했다.

"크리스 학우님, 제발 저를 놓아주셔요."

"그게 무슨 말이야? 저거 샤벨 드래곤이라고."

크리스는 내 말은 들을 필요도 없다는 듯 계속 달렸다.

"제발 부탁이어요. 제발요. 저는 가야만 해요."

"어디를?"

진수의 목소리가 들리는 곳으로 가야 해.

"설마 저 비명이 들리는 곳으로?"

김환성이 옆에서 고개를 절레절레 저었다.

"미쳤어? 누군지는 몰라도 저놈이 시선을 끌어주고 있을 때 얼른 도망쳐야 돼. 나는 무지 세지만 저 괴물은 나보다 아주 조금 더 세다고."

"오라버니, 소녀는 가야만 해요."

어차피 이 일행의 리더는 김환성이다. 김환성만 잘 구슬리면 된다. 나도 안다, 바보 같은 거. 네가 가서 뭘 할 수 있냐고 묻는다면, 아무 대답도 할 수가 없다. 바보 같고 미련하지만, 나는 혼자서라도 가야 했다.

"소녀를 보내주셔요. 오라버니께 민폐를 끼칠 수는 없으니 혼자서라도 가겠어요."

"아이씨, 너 왜 그래?"

"소녀가 사랑하는 분이 괴로워하고 계셔요. 소녀는 가야만 해요. 오라버니께 폐를 끼칠 수는 없어요. 혼자서 가겠어요."

"아……."

나도 안다. 아마도 은신 상태를 하고서 뒤쫓아 오고 있을 스페셜 나이트 강준석은 정말 황당해하고 있을 거다. 나를 미친 계집년으로 생각하고 있을 것이 틀림없었다. 왕자의 행동에 딴죽을 걸고 자신의 의견을 피력하는 공주라니. 나도 상황이 이렇지만 않았다면 이런 짓은 안 했을 거다. 후, 이거 2연타네, 2연타야. 오빠, 아빠 소환 사건에 이어 '말 머리 돌려, 오빠' 아니겠는가.

크아아아악!

진수의 목소리가 또 들려왔다. 도대체 무슨 일이 벌어지고 있는 거야?

우리 둘째 망나니가 말했다.

"아씨, 진짜. 나 죽으면 네가 나 평생 책임져라."

한진수는 바닥을 떼굴떼굴 굴렀다. 금제를 어기고 상관을 죽여 버렸다. 그 부작용으로 인해 마력이 폭주했다. 온몸에 거미줄 같은 실핏줄이 피어오르고, 그 사이로 붉은 핏방울이 새어 나왔다. 그가 입던 옷은 이미 갈가리 찢어진 지 오래. 한진수는 거의 나신이 된 상태로 비명을 지르며 바닥을 굴렀다.

샤벨 드래곤은 비명이 들리는 곳을 향해 눈동자를 움직였다.

크오오오오!

한차례 괴성을 질렀다. 천천히 움직여도 충분히 잡을 수 있는, 맛좋은 먹잇감이 틀림없었다. 그런데 더 맛있는 냄새가 났다. 샤벨 드래곤은 하늘 위에 천천히 떠서 주위를 훑어봤다. 이것은 맛 좋은 인간 암컷 냄새다. 콧김이 뿜어져 나오기 시작했다. 뭐니 뭐니 해도 세상에서 제일 맛있는 건 인간 암컷이니까.

김상희는 크리스의 품에서 김환성의 품으로 옮겨졌다. 김환성이 '내 똥개는 내가 안아'라고 억지 아닌 억지를 부려서 그랬다. 그러거나 말거나 김상희는 별로 신경 쓰지 않았다. 지금 누구에게 안겨 있느냐가 중요한 게 아니었다. 또 환청 비슷한 목소리가 들려왔다.

―가서 한진수를 구하렴.

가서 뭘 어떻게 해야 하는지는 알 수 없었다. 환청인지 모를 이 이상한 소리도 정답을 알려주지는 않았다. 그런데 이상한 환청이 계속 이어졌다.

―네가 옆에 있는 것만으로도 한진수를 구할 수 있어.

정작 김상희는 그 이상한 알림에 집중하지 못했다. 한진수가 괴로워하는 게 보였기 때문이다.

'진수야……!'

한진수는 정말 괴로웠다. 아무것도 들리지 않고 아무것도 보이지 않았다. 마력이 용암처럼 부글대며 끓어오르고, 그에 따라 몸속의 피도 같이 부글부글 끓어오르는 것 같았다. 그런데 뭔가가 눈에 보이기 시작했다.

'김…… 상…… 희…….'

아무것도 안 보이고, 아무것도 안 들렸다. 분명 그랬었는데, 지금은 아니었다. 너무나 괴롭지만 희뿌연 세계 속에 오로지 김상희만 또렷하게 보였다. 누군가에게 안겨 있는 것 같았는데 누군지 제대로 보이지는 않았다.

김환성도 한진수를 발견했다.

"한진수잖아?"

이상했다.

"왜 발가벗고 있…… 어라?"

김환성도 충분히 느꼈다. 지금 저놈, 정상이 아니다. 마력이 폭주하고 있다.

"무, 무슨 일이야!"

다른 사람도 아니고, 천재 중에서도 대천재라 불리는 한진수가 저런 상황에 처했다는 건 굉장히 심각하다는 뜻이다. 보통 10만큼의 위험이 일반 사람에게 위험하다면, 한진수에게 10은 아무런 위협도 안 된다.

지금 한진수의 상태로 보건대, 10이 아니라 100, 아니, 1000 이상의 위험이 닥쳐 있는 상태라 볼 수 있었다.

"김…… 상…… 희……."

한진수는 머리카락을 쥐어뜯었다. 어떻게든 일어섰다. 지금도 여전히 괴롭고 힘들지만 김상희를 보니 일어설 수 있었다. 온몸이 바르르 떨려왔다. 차라리 죽고 싶은 고통이 온몸을 짓이겼다.

"오라버니……."

김상희는 한달음에 달려가 한진수를 안았다. 한진수의 몸이 힘없이 쓰러져 내렸다.

김환성은 뭔가 마음에 안 들었다. '아씨, 뭔가 짜증이 나는데……' 하고 중얼거리면서 하늘을 쳐다봤다. 거대한 몸체를 가진 샤벨 드래곤이 천천히 이쪽을 향해 몸을 돌리고 있었다. 크기가 수백 미터에 달하다 보니 움직임이 굉장히 굼떴다.

'이쪽을 발견하기는 한 것 같은데…….'

이거 상황이 쉽지 않다. 샤벨 드래곤은 인간의 힘만으로는 사냥이 불가능하다. 전투기나 미사일 정도는 나와 줘야 상대가 가능한 괴물 중의 괴물이다.

'빨리 튀어야 되는데.'

하여튼 다 마음에 안 들었다. 심지어,

'저놈 알몸이잖아.'

한진수의 상태가 워낙 말이 아니다 보니 별달리 간섭은 안 하고 있지만 그래도 마음에 안 드는 상황이다. 왜 저놈이 지금 저런 꼴로 이곳에 있는 건지, 왜 김상희는 저 녀석을 안아 들고 있는 상황인지 이해가 안 됐다. 사실 이해하기도 싫고.

"일단 애 데리고 도망쳐야 해."

김환성이 보기에 한진수의 상태는 정말 위독했다. 최상급 의료진이 빨리 투입되어야 했다. 그러나 이곳에 그런 의료진이 있을 리 없다.

'생명이 위독할 정도야.'

그때, 김환성은 순간 온몸에 소름이 돋는 것을 느꼈다.

'위치를 완전히 들켰어.'

샤벨 드래곤의 기척이 느껴졌다. 저놈, 이곳의 위치를 완벽하게 파악했다. 이곳을 향해 천천히 날아왔다. 마치 '너희는 절대 도망칠 수 없어'라고 여유라도 부리듯 말이다.

한진수가 비틀대며 일어섰다.

"……비…… 켜……."

그의 온몸에서 피가 마치 땀처럼 마구 흘러내렸다. 거미줄처럼 새겨진 실핏줄에서 피가 자꾸만 새어 나왔다. 김상희의 옷 역시 한진수의 피에 흥건히 젖어버렸다.

김상희의 눈에 눈물이 고였다.

"오라버니, 제발……."

"……비키라고…… 했다……."

한진수는 지금 비명을 지르고 싶었다. 그렇지 않고서는 이 고통을 참을 수 없을 것 같았다. 하지만 그럼에도 불구하고 비명을 참았다.

'내가 여기서 비명을 지르면…….'

그렇게 되면 김상희가 정말로 엉엉 울어버릴 것 같았다. 김상희가 우는 모습은 보고 싶지 않았다. 웃는 모습을 지켜주지는 못할망정 울게 할 수는 없었다. 이유는 모르겠지만 하여튼 그랬다.

"……꺼…… 져. 거슬…… 리니까……."

김상희를 어떻게든 여기서 쫓아내야 했다. 김환성보다 기감이 훨씬 발달한 한진수는 지금 샤벨 드래곤이 누구를 노리고 있는지 정확하게 알았다.

한진수가 김상희를 확 밀쳤다.

"꺼지라고!"

그리고 말했다.

"혼자 있고 싶습니다. 왕자님, 부탁이니 절 혼자 내버려 두십시오."

김환성은 그 말을 냅다 받아들였다. 저 자식, 지금 알몸이다. 알몸인 상태로 동생에게 안겨 있고, 때문에 동생의 옷이 피범벅이 됐다. 상태가 영 이상하긴 하지만 뭐, 자기가 혼자 있고 싶다는데. 게다가 샤벨 드래곤이 이쪽을 발견했으니 어떻게든 빨리 도망쳐야만 했다. 저 놈은 강하긴 해도 속도는 느리니까 마음먹으면 도망칠 수 있을 거다.

사실 한진수는 그 말을 하는 것에도 초인적인 인내심이 필요했다.

지금 당장에라도 숨이 넘어갈 듯 괴로웠지만, 김상희가 그것을 알게 하고 싶지 않았다. 김상희가 걱정할 테니까.

하지만 김상희는 떠날 수 없었다. 한진수가 괴로워하고 있는 걸 안다. 내색하지 않으려고 해도 눈에 훤히 보인다. 애초에 몸에서 땀처럼 생긴 피가 송골송골 피어오르고 있는데, 이상함을 눈치채지 못하면 그게 더 이상하다.

"하지만 오라버니…… 소녀는……."

한진수가 버럭 소리를 질렀다.

"꺼지라고!"

……이제 한계야. 버틸 수 없었다. 기절해 버릴 것 같았다. 다행히 김환성 왕자가 김상희를 데리고 자리를 먼저 피했다.

입술을 꽉 깨물었다.

'절대로…… 김상희를 노리게 하지 않는다.'

일부러 김상희를 멀리 보내 버렸다.

'표적은 내가 되어야 하니까.'

역시 논리적인 이유 따윈 없었다. 그저 김상희를 지켜야겠다는 사명감만 들 뿐.

한진수는 패널을 꺼내 들었다. 손이 바들바들 떨려왔지만 꾸역꾸역 참아냈다. 시야가 아득해지고 죽을 것 같지만 참아냈다. 혼자라면 절대로 못 참았다. 이미 죽었을지도 모른다. 그 어떤 사명감으로도 이 고통의 마력 폭주를 이겨내지는 못했을 거다. 하지만 김상희의 모습을 보고 나니 가능해졌다.

'나는 김상희를 지켜야 하니까.'

"프리온 나이트, 소환."

프리온 나이트들을 소환했다.

"크!"

고통이 밀려와 짧은 비명을 토해냈다. 하지만 또 참았다. 또 크게 비명을 질렀다간 김상희가 듣고 말 테니까. 마력이 뒤엉킨 상태라서 소환을 하는 것 역시 힘들었다.

'여기서…… 죽어도 좋다.'

아마도 자신은 여기서 죽을 거라고 생각했다. 그렇게 생각하고 나니 오히려 마음이 편해졌다.

'내가 죽어서 김상희를 지킬 수 있다면.'

정말 황당한 생각이다. 죽을 때가 되니 스스로 미쳤다고밖에 설명할 길이 없었다.

'그래서 김상희가 행복하게 살 수 있다면.'

그렇다면 괜찮았다. 이 한 몸, 이 목숨 같은 거 죽으면 어떻겠냐는 생각이 들었다.

'나는…… 그걸 위해 여태껏 살아왔는지도.'

말도 안 되는 생각이 자꾸만 들었다. 하지만 이번만큼은 그 마음의 소리를 거부하지 않았다. 어차피 죽는 마당인데 뭐가 두렵고 뭐가 이상하겠는가. 마음이 외치는 소리에 부응했다.

프리온 나이트들이 모습을 드러냈다.

"발포!"

괴로웠다. 프리온 나이트들을 조종하는 것은 상당한 정신력과 마력이 소모된다. 정상적인 상태라면 모를까, 지금 같은 상황에선 원래대로라면 절대 불가능한 일이다. 그런데 그 불가능한 일이 일어나 버렸다.

'김상희를…… 지키는 거다.'

소환된 프리온 나이트 7기가 초광자포를 쏘아댔다.

김환성은 도망치면서도 샤벨 드래곤에 대한 경계를 늦추지 않았다. 샤벨 드래곤의 주 무기는 브레스다. 브레스는 어지간한 중소 도시 정도는 한 방에 날려 버리는 강대한 위력을 갖고 있다. 만약에라도 샤벨 드래곤이 브레스를 발사하려 한다면 정말 목숨을 다해 피해야 했다. 그런데 이상한 일이 벌어졌다.

"저…… 저게…… 뭐야……?"

7개의 거대한 빛다발이 샤벨 드래곤의 몸통을 관통했다. 아니, 빛다발이라기보다는 오히려 빛기둥에 가까웠다. 불그스름한 빛을 띤 거대한 빛기둥이 샤벨 드래곤의 몸통에 거대한 구멍을 냈다.

크오오오오!

샤벨 드래곤은 괴성을 지르며 땅으로 추락하기 시작했다.

"저거…… 설마 한진수가 저렇게 한 거야?"

한편, 김상희는 지금 충격에 빠져 있는 상태다. 그녀는 한진수의 눈을 봤다. 한진수의 눈은 '너를 사랑해', 그렇게 말하고 있었다. 다른 사람도 아니고, 한진수의 눈이다. 진심이 담긴 그 눈빛을 느낄 수 있었다.

그런데 꺼지라고 했다. 그렇다는 말은 분명, 뭔가 자신을 쫓아내야만 하는 이유가 있다는 것. 그걸 눈치챘다.

김상희는 김환성에게 애원했다.

"제발 돌아가요, 오라버니."

진수가 있는 곳으로 돌아가야 해. 잘은 모르겠지만 아까 진수에게 절박함이 느껴졌다. 어쩌면 진수를 다시는 못 볼 것 같다는 생각마저 들었다.

"안 돼. 저놈, 브레스 발사한다고."

떨어져 내리고 있는 샤벨 드래곤이 입을 크게 벌렸다.

"심각한 부상을 입어서 위력은 많이 약해졌겠지만, 그래도 너무 위험해."

"그러면 진수는요!"

그러면 진수는 어떡하라고? 안 그래도 위험한 상황이었는데, 우리 구해 주려고 더 무리한 거잖아요! 그렇게 말했다. 강준석은 발끈할 뻔했다.

'저 미친 계집이 진짜 보자 보자 하니까!'

개념이 너무 없지 않은가. 왕자님께 소리를 지르다니. 지금 당장 목을 베어버려도 시원찮을 것 같은 기분이 들었다.

"소녀는 오라버니를 평생 원망하며 살 것이어요."

오냐. 그 목숨, 그냥 여기서 끊어주마. 감히 왕자님을 협박해? 강준석이 움찔하자 김환성이 강준석의 뒤통수를 후려쳤다.

"야, 너 왜 마력을 끌어올려?"

"그, 그것이……."

김환성은 김상희를 땅에 내려놓았다.

"그럼 내가 갔다 올게. 어쨌든 데려오기만 하면 되는 거지?"

"하, 하지만……."

"너 있으면 오히려 방해라고."

그 말이 맞았다. 김상희는 가봐야 도움이 안 된다. 물론, 한진수가 버틸 수 있었던 거, 한진수가 쓰러지지 않았던 건 전적으로 김상희 덕분이라고 봐도 됐다. 하지만 이들은 그 사실을 몰랐다. 김상희도 김환성의 말에 수긍했다.

"갔다 올게."

강준석이 말렸다.

"하지만 왕자님, 브레스가 토해질 수 있습니다."

직격으로 맞으면 왕자님도 절대 무사할 수 없습니다. 그 말은 삼켰다. 말이 씨가 될 수 있으니까.

김환성이 윙크를 했다.

"괜찮아. 내가 제일 세거든."

그리고 달리며 혼자서 중얼거렸다.

"똥개한테 평생 원망 듣느니……."

그러느니 그냥 죽음의 위협 같은 거, 무릅쓰기로 했다. 아마도 곧 브레스가 쏘아질 거다. 그리고 아마도 한진수는 지금 쓰러져 있는 상태. 평소라면 위치를 찾지 못했겠지만 지금은 아니었다. 한진수의 마력이 마구 폭주하고 있는 상태라 찾기 쉬웠다.

'간당간당하겠는데?'

마력을 끌어올리며 빠르게 달렸다. 브레스가 쏘아지면 그 이후로는 답이 없었다. 그 전에 한진수를 데리고 탈출해야 했다.

저만치 앞, 기절한 한진수가 보였다. 온몸이 피범벅이다. 죽지 않은 게 신기할 정도.

"아씨, 미치겠네."

마지막으로 갈등했다. 땅으로 추락한 샤벨 드래곤이 브레스를 쏘아내기 일보 직전. 이대로면 죽게 생겼다. 이 순간, 발걸음을 돌리면

죽지 않을 수도 있다. 하지만 그러기엔,

"아, 짜증 나! 내가 기필코 오빠 소리 백 번 듣고 만다!!!"

김상희의 간절한 모습이 떠올라 외면할 수 없었다. 달렸다. 샤벨 드래곤의 브레스가 쏘아졌다. 뒤따라온 강준석이 다급하게 외쳤다. 아무리 봐도 무모했다. 저대로 내버려 두면 한진수는 물론이고 김환성까지 죽게 생겼다.

"와, 와, 와, 왕자님!!!"

드래곤이 거대한 에너지 기파를 토해냈다. 샤벨 드래곤이 브레스를 발사한 거다. 김환성이 쓰러져 있는 한진수를 구하기 위해 달려갔다.

'이런, 젠장! 젠장! 젠장! 내가 왜 이런 미친 짓을 하고 있는 거야!'

아무리 위력이 약화되었다지만 그래도 드래곤의 브레스다. 까딱 잘못하면 비명횡사하는 수가 있다.

'아오! 저놈은 왜 저기 발가벗고 쓰러져 있는 거냐고!'

그때, 한진수가 눈을 번쩍 떴다.

"……김상희!"

온몸을 괴롭히던 괴로움도 이젠 사라졌다.

'내 몸이 정상으로 돌아왔다.'

이유는 알 수 없었다. 굳이 이유를 꼽아보자면, 아까 김상희가 껴안듯 부축했을 때, 그때 마력 흐름이 일시적으로 좋아졌었다. 하지만 그것이 갑작스런 2차 각성의 이유는 되지 않을 거라고 생각했다.

'어째서 갑자기?'

벌떡 일어섰다. 이유 따윈 지금 중요하지 않았다. 강대한 기운이 가까이 다가오는 게 느껴졌다.

김환성 왕자다. 어째서 저렇게 무모하게 달려오고 있는지 모르겠다. 땅으로 추락한 샤벨 드래곤이 마지막 힘을 짜내어 브레스를 발사하려는 게 훤히 보이는데 말이다.

저 멀리, 김상희도 보였다. 이쪽을 향해 달려오려는 게 보인다. 김상희가 달려가지 못하도록 크리스가 막고 있었다.

'나는…… 김상희를 지켜야 해.'

만에 하나 브레스의 파편이라도 저쪽으로 튄다면 김상희가 다칠 수도 있다. 김상희가 '다칠 수도 있다는 가능성'이 있는 것 자체가 싫었다. 이 기분, 이제 인정할 수 있을 것 같다.

상태를 완전히 파악했다.

'2차 각성이…… 이루어졌어.'

불가능한 일이 일어났다. 원래대로라면 죽었어야 했다. 하지만 삶을 포기하려던 순간, 김상희가 나타났다. 삶에 대한 의지가 활활 타올랐다. 김상희는 모르고 있지만, 김상희는 자신도 모르는 사이에 한진수의 목숨을 구했다.

'나는…… 김상희를 지킨다.'

마지막에 다다른 순간, 그는 알 수 있었다. 스스로가 김상희를 사랑하고 있다는 걸. 내 안의 또 다른 내가 아니라, 그냥 내가 김상희를 좋아하고 있는 거라는걸. 이 세상에 다른 모든 것이 사라진다고 해도 괜찮았다. 딱 한 명, 김상희만 옆에 있으면 됐다.

김환성은 한진수가 일어선 것을 발견했다.

'어라, 저 자식?'

그는 단번에 상황을 판단했다.

'이유는 몰라도 제정신이다.'

마력 흐름도 굉장히 안정화되어 있다. 아니, 이젠 오히려 무서워졌다. 원래 얕은 앞바다에는 파도가 거세게 친다. 그러나 깊은 바다는 다르다. 지금의 한진수를 보면 끝이 보이지 않는 시꺼먼 바다를 보는 먹먹함이 밀려들었다. 보이지 않는 강대한 힘이 내재되어 있는 것 같았다.

'일단 나는 튀고.'

그렇다면 위험을 무릅쓸 필요가 없다. 저기까지 달려가서 저놈을 구하는 것보다 저놈이 혼자서 도망치는 게 나을 테니까.

"야, 인마! 일단 튀어!"

그와 동시에 한진수가 외쳤다. 저 멀리 김상희가 똑바로 들을 수 있도록. 사실 조금 망설이기는 했다. 하지만 말해야만 했다. 이 마음, 꼭 알아주면 좋겠다. 하나뿐인 내 약혼자가 말이다.

"김상희!"

브레스가 쏘아졌다.

"사랑한다!"

그와 동시에 체내의 마력을 증폭시켰다. 저 브레스, 위력이 많이 약해진 브레스다. 한 방 정도는 맞아도 될 것 같다. 정확한 이유는 모르겠지만 2차 각성을 이루었고, 그와 동시에 몸이 완전히 정상으로 회복됐다.

약해진 브레스 정도는 맞아도 된다는 예감, 아니, 확신이 들었다. 브레스 역시 일종의 마력덩어리다. 저 마력덩어리는 자신의 마력보다 약했다.

김상희는 똑똑히 들었다. 김상희, 사랑한다. 단 7글자가 김상희를 울렸다. 저 목소리, 진수의 목소리다. 한진수의 목소리가 자신을 사랑한다고 말해줬다.

눈물이 흘러내렸다. 하지만 기쁘지 않았다. '김상희, 사랑한다'가 한진수의 유언처럼 느껴졌기 때문이다.

한진수는 혹여라도 브레스의 파편이 김상희에게 튈까 봐, 그 작은 가능성도 싫어서 저 위험천만한 브레스를 온몸으로 받아내려는 거지만, 김상희에게는 다르게 들렸다. 저걸 피하기는 이미 글렀으니 마지막으로 사랑한다고 고백하고 죽으려는 것처럼 보였다. 김상희는 지금 한진수가 2차 각성을 마친 상태라는 것도 전혀 모르고 있으니까. 그래서 오해가 생겨 버렸다.

김상희가 풀썩 주저앉았다.

"나도…… 나도 사랑해…… 사랑해 진수야……."

다른 말은 나오지 않았다. 브레스가 한진수에게 닿는 그 순간, 김상희는 정신을 잃고 말았다.

목소리가 들려왔다.

"아, 그러니까, 언제까지 그러고 있을 거냐고?"

"제 약혼녀입니다. 제가 알아서 합니다."

"아직 결혼 안 했잖아. 내 똥개거든?"

"왕자님, 제 약혼녀는 개가 아닙니다. 제가 사랑하는 여자입니다. 똥개 취급, 제가 거절합니다."

"네 약혼녀이기 전에 내 똥개였어!"

"김상희 공주는 태아일 때부터 제 약혼자였습니다만."

김환성은 말문이 막혔다. 젠장, 이거 지는 느낌이다. 신경질을 냈다.

"아, 그니까! 사랑이 뭔데?"

"사랑은 위대한 겁니다."

……지금 무슨 말이 오가는 거야? 나는 이해할 수 없었다. 일단 계속 눈을 감고 있었다. 아무래도 나, 정신을 잃었던 것 같은데, 지금 이거 꿈인가?

진수의 목소리가 들려왔다.

"여태껏 저는 제 스스로를 이해하지 못했습니다. 누군가 김상희를 미워하라고 머릿속에서 외쳤죠. 하지만 그것이 거짓된 소리라는 걸 이번에 알 수 있었습니다."

"아니, 그니까 그거랑 지금 이거랑 뭔 상관인데?"

도대체 무슨 말을 하는 걸까? 누군가 김상희를 미워하라고 외쳤다고? 나도 이상한 환청 같은 걸 들은 것 같은데, 한진수에게 가라고. 한진수도 그런 이상한 소리를 계속 들었던 걸까?

"제가 사랑하는 여자를 제 허벅지에 눕히고 있는데, 왜 왕자님이 그렇게 불쾌한지 도무지 이해가 안 되는군요."

……나 지금 무슨 상황인지 이해가 잘 안 된다. 나뿐만 아니라 이 세계의 모든 사람이 이해하지 못할 대화가 지금 오가고 있다. 차라리 확 눈 떠볼까? 눈으로 보면 좀 더 알기 쉽지 않을까? 크리스는 어디에 있는 거야? 스페셜 나이트 강준석 씨는 어디에 있는 거지? 지금 엄청 황당해하고 있을 텐데. 사랑은 위대한 거라든가, 이 세계 기준으로는 말도 안 되는 개소리가 지금 왔다 갔다 하고 있는 것 같은데.

진수의 목소리가 또 들려왔다.

"왕자님, 혹시 지금 질투합니까?"

"질투는 개뿔. 그건 또 뭐야?"

"그러니까 사랑하는 여동생을 저한테 완전히 빼앗길까 봐 전전긍

궁하고 계신 거 아니냐, 이 말입니다."

"내가? 너를?"

"네, 아무래도 그런 것 같은데요?"

"헹!"

망나니가 코웃음을 쳤다. 아, 나, 어떻게 해야 해? 일어나? 말아? 그리고 쟤 질투하는 게 맞는 거 같다. 아니라고는 말 안 했으니까. 저럴 때 보면 단순하다고 해야 할지, 순진하다고 해야 할지, 아니, 그냥 멍청한 건가?

진수가 내 머리카락을 쓸어내렸다. 내가 그토록 그리워했던 목소리, 그 따뜻했던 목소리가 내 귀를 어루만졌다.

"일어났어?"

"그러니까 사랑하는 여동생을 저한테 완전히 빼앗길까 봐 전전긍긍하고 계신 거 아니냐, 이 말입니다."

김환성은 코웃음을 쳤다.

그럴 리가 없지 않은가. 김상희는 언제나 '세상에서 가장 사랑하는 오라버니'라고 말을 해왔다. 물론 그 오라버니가 가끔 바뀌기는 했다. 때로는 김환석이 될 때도 있었고 때로는 김환성이 될 때도 있었지만 김환성은 항상 자기 좋을 대로만 해석했다.

'헹! 김상희가 제일 좋아하는 건 바로 이 몸이다'라는 걸 말해주고 싶지만 말하지 않았다. 김상희가 깨어났기 때문이다. 괜찮냐고 물어보려고 했는데 저놈의 얄미운 한진수가 또 선수를 쳤다. 저놈 저거 왜 저래? 뭐 잘못 먹었나? 마치 큰형님 김형석을 보는 것 같은 느낌이 들었다.

“일어났어?”

그리고 한진수가 양해를 구했다.

“잠시 스페셜 필드 좀 펼치겠습니다.”

흥, 네깟 놈의 스페셜 필드, 나중에 부수고 들어가야지. 내 똥개한테 무슨 이상한 짓 하기만 해봐라. 아주 그냥 목을 따버릴 테다. 김환성은 속으로 이를 바드득 갈았다.

스페셜 필드가 펼쳐졌다. 김환성이 고개를 갸웃했다.

“어라……?”

솔직히 말해서 지금 제정신이 아닌 강준석도 고개를 갸웃했다.

“기척이…… 전혀 느껴지지 않습니다. 어떻게 이런…….”

스페셜 필드는 스페셜 나이트의 전유물이다. 정확한 의미에서 한진수가 펼치는 이 필드는 스페셜 필드라고 하기에는 조금 무리가 있었다. 한진수는 스페셜 필드를 펼치는 방법을 배운 적이 없으니까.

“도대체 이건…….”

강준석도 한진수가 대천재라는 건 안다. 하지만 브레스를 맨몸으로 받아내고, 기척조차 아예 느껴지지 않는―심지어 눈앞에서 펼치는 걸 봤음에도 불구하고―필드를 펼쳐 낼 줄은 몰랐다. 스페셜 나이트조차도 느끼지 못하는 필드라니.

김환성은 인상을 잔뜩 찡그렸다. 애꿎은 허공에 주먹질을 해댔다.

“아씨! 어디 있냐!”

김환성이 주먹을 내지를 때마다 나뭇잎들이 우수수 떨어져 내리고 흙먼지가 일었다. 오기가 생긴 김환성은 마력을 방출시켰다. 우지끈, 나무가 부서지고 바위가 박살 났다. 하지만 스페셜 필드는 어디에 있는 건지 꼼짝도 하지 않았다. 컨트롤이 안 되면 일단 힘으로 박살 내려던 김환성은 진땀을 뻘뻘 흘렸다.

"젠장! 내 똥개 데려와! 데려오라고 이 도둑놈아!"

한편, 김상희는 얼굴이 조금 붉어졌다. 내 똥개 데려오란다. '나 똥개 아니거든' 하고 말해줄 수도 없고. 스페셜 필드 안에서 바라본 세상은 조금 이상했다.

굳이 표현해 보자면 시간이 정지해 있는 느낌. 바로 옆에 김환성이 있으나 다른 차원에 있는 것 같은 오묘한 느낌이었다. 보이기는 보이되 머릿속으로는 없는 것 같은 그런 느낌이었다.

한진수가 김상희에게 가까이 다가갔다.

"김상희."

"오라버니."

"여태까지 나는 나를 인정하지 않았어."

"……."

한진수가 말을 이었다.

"무슨 말부터 해야 할지 모르겠지만…… 일단 사과부터 할게."

"오라버니가 어찌 미천한 소녀에게 사……."

미천한 소녀에게 어떻게 사과를 하냐고 말하려고 했는데 한진수가 김상희의 입을 막아버렸다.

"미천하다는 말, 하지 마. 넌 절대 미천하지 않아. 세상에서 유일하게 내가 사랑하는 여자니까."

"……."

한진수가 살짝 웃었다.

"할 수만 있다면 나 여기서 너랑 평생 그냥 같이 있고 싶어. 마지막 순간이 되니까 알겠더라."

한진수는 마지막 순간, 깨달을 수 있었다. 김상희가 아니면 안 된다는 걸. 다른 거 다 없어도 김상희만 있으면 된다는걸.

"오래 기다리게 해서 미안해."

"……."

김상희는 말을 할 수 없었다. 따뜻한 느낌의 무언가가 입을 콱 틀어막고 있었기 때문이다. 한진수는 김상희의 턱을 살짝 들어올렸다.

한진수가 말했다.

"그리고…… 사랑해."

김상희는 눈을 감았다. 말은 나오지 않지만 두렵지 않았다. 눈은 감았지만 느낄 수 있었다. 진수의 얼굴이, 그리고 진수의 입술이 가까이 다가오고 있는 게. 입술에 뭔가가 닿았다. 김상희는 저도 모르게 발뒤꿈치를 살짝 들어올렸다.

김상희가 팔을 들어올렸다. 한 손으로는 한진수의 듬직한 허리를 감싸 안고, 또 한 손은 그의 등에 댔다. 가슴이 아닌 등에 손바닥을 댔음에도 불구하고, 한진수의 심장이 미칠 듯이 요동치고 있는 것이 느껴졌다.

한진수가 입술을 뗐다. 시간이 흘렀다. 김상희는 눈을 슬며시 떴다. 김상희의 눈에 가느다랗던 세상이 조금씩 커졌다. 그 세상에는 한진수의 얼굴이 큼지막하게 자리 잡고 있었다.

"더하면 나 스스로를 못 참을 것 같아서, 여기까지만 할게."

"오라버니……."

김상희는 기뻤다. 이 한진수가 그 한진수라거나, 그 한진수가 이 한진수라거나 그런 건 중요하지 않았다. 지금 눈앞에 있는 이 남자가 자신을 미칠 듯이 사랑하고 있다는 사실 만큼은, 그 진심만큼은 전해져 왔으니까.

"그리고…… 또 사과할게."

사과를 한단다. 김상희가 고개를 저었다.

"아니어요. 사과하지 마세요. 저는 괜찮아요."

이제 다 괜찮다. 과거는 다 잊을 수 있었다. 지금의 이 순간, 지금의 이 시간이 그녀에게는 너무나 소중하고 행복한 시간이니까.

"내가 안 괜찮아."

무슨 말인지 이해할 수 없었다.

"김상희."

한진수가 다시 한 번 김상희를 불렀다. 김상희는 이유를 알 수 없는 불안감에 휩싸였다. 그 불안감을 떨치지 못한 김상희가 한진수를 껴안았다.

"잠시만요. 잠깐만요……."

한진수는 김상희를 껴안은 상태로 김상희의 등을 토닥여주었다. 그러면서 김상희의 등을 쓸어내렸다. 마치 아이를 달래듯 말이다. 김상희는 눈물이 터져 나왔다. 모르겠다. 무슨 무서운 말이 들려올지 정말 무서웠다. 왜 그런지는 몰랐다. 정말 싫은 건, 이런 불길한 예감은 어김없이 맞아떨어진다는 거였다.

한진수가 김상희의 등을 계속 쓸어내렸다. 그의 손길에는 김상희를 향한 사랑이 가득 담겨져 있었다. 적어도 김상희는 그렇게 느꼈다.

"내 욕심인 거 아는데……."

이건 욕심이 맞다.

“내가 너를 진심으로 사랑하고 있다는 사실 잊지 않아 줬으면 해.”

당연히 욕심이다. 욕심일 수밖에 없다. 왜냐하면,

‘기억을…… 지워야 해.’

기억을 지울 거니까. 지금 이 순간. 이 행복했던 순간은 자신만 기억할 테니까. 한진수는 입술을 깨물었다. 그의 눈에도 눈물이 맺혔다. 가슴이 아팠다. 내가 이토록 이 여자를 사랑하는 거, 이 여자가 기억해 주면 좋겠다. 하지만 그럴 수 없다. 이렇게 아픈 거, 혼자만 아프면 족하다.

‘나는…… 반역자다.’

제국의 프리온 나이트 준장을 죽였다. 빠르든 늦든 이 사실은 발각되고 말 거다. 일반적인 경우라면 하극상으로 처벌될 테지만 이런 경우는 아니었다. 제국의 금제까지 풀어버리고, 제국 프리온 나이트의 비밀까지도 일부 알아냈다. 프리온 나이트에 관한 것은 극비다. 분명히 자신을 반역자라 몰고 처벌할 것이다. 여기서의 처벌은 곧 죽음을 의미하는 거고.

‘나와 함께 있으면 김상희가 너무 위험해.’

마음 같아선 언제까지나 함께하고 싶지만 안 된다. 김상희가 행복하려면, 지금의 이 순간을 잊어버려야 했다.

‘나 혼자만 아프면 돼.’

한진수가 김상희의 이마에 입술을 살포시 맞대었다. 다시 한 번 가볍게 키스를 했다.

“사랑해.”

한진수의 모습이 사라졌다.

아, 시끄러워. 김상희는 인상을 살짝 찡그렸다. 눈이 부셨다. 산새 소리가 들려왔다. 김환성의 목소리도 들려왔다.

"빨리 안 일어나냐?"

내용 자체는 퉁명스러웠지만 그의 말투는 전혀 퉁명스럽지 않았다. 김환성은 거들먹거렸다.

"이봐, 크리스."

"네, 왕자님."

김환성이 키득키득 웃었다.

"이것이야말로 무릎베개지. 그렇지?"

"네, 맞는데요."

강준석은 묻고 싶었다.

'그러니까 왕자님, 공주 따위를 허벅지에 눕혔는데 그게 도대체 왜? 어디가 그렇게 자랑스러우신 겁니까?'

앞으로도 가야 할 길이 멀었다. 도대체 이주형은 어떤 정신머리로 이 해괴한 광경들을 보며 견뎌냈는지 이해할 수가 없었다.

크리스가 말했다.

"시간이 없어요. 일단 이동하겠습니다."

이제 하루만 지나면 제국의 마력학원으로 돌아가야 했다. 일단 목적지인 프리미엄 그라디아로 향했다.

김상희는 고개를 갸웃했다.

'이상해…….'

무슨 꿈을 꾼 것 같은데…… 잘 모르겠다.

'왜 나 눈물이 나지?'

알 수 없었다. 가만히 있는데 눈물이 났다. 그걸 본 김환성은 허세를 부렸다. 아무래도 김상희가 이 오프로드 카를 타는 것을 무서워한다고 오해하고 있는 모양이었다.

"오빠만 믿어. 하나도 안 무섭게 해줄게. 크히히힛!"

자동차가 절벽으로 떨어져 내렸다. 김환성의 목소리가 더욱 커졌다.

"오빠 믿지!!!"

우리는 프리미엄 그라디아에 도착했다. 프리미엄 그라디아는 푸른빛으로 빛나는 광석이다. 저녁놀과 부딪쳐 산산이 부서지는 푸른빛은 내가 이 세계에서 본 자연경관 중에서도 최고로 아름다운 장면이었다고 자부할 수 있다.

그런데 그런 감상평은 별로 중요한 게 아니었다. 내가 생각하건대 이 자식, 사이코가 틀림없다. 나를 위해 준다고 하고는 있지만, 또 나를 아낀다고 생각은 하고 있겠지만, 진짜 사이코다.

으, 속이 울렁거린다. 토할 것 같다.

"재미있었지?"

너 같았으면 재미있겠냐? 아오, 진짜! 넌 명존세다. 명존세를 부르는 기이한 능력을 가지고 있다고, 이 자식아!

무슨 뜻이냐고?

"왕자님, 그런 짓 하시면 김상희 공주는 하나도 재미없습니다."

"에이, 설마. 짱 재미있었는데."

무슨 뜻인지 아주 쉽게 설명하자면, 김환성 이 망나니가 나를 프리미엄 그라디아의 절벽 밑으로 밀어버렸다. 정확하게는 잘 모르겠는데 높이가 40미터 정도는 되는 절벽이었다. 일반적인 여자라면 떨어지면 그냥 죽는다. 그런데 얘는 그 밑으로 날 밀었다. 당연히 난 죽음의 공포를 맛봐야 했다. 내가 왜 죽음의 공포를 맛봐야 했냐고?

"'오빠' 하면 구해 줄게."

이게 무슨 말이냐 하면, 얘가 내 옆에서 같이 똑같은 속도로 낙하하며 싱글벙글 웃으면서…… 아, 화나. 말하다 보니 열이 뻗치네. 하여튼 나랑 같이 떨어지면서 웃는 낯으로 말한 거다. 오빠라고 하면 구해 준다고. 그럼, 오빠라고 안 하면 안 구해 줄 거냐? 이 자식아!

하지만 난 필사의 각오로 '오빠' 소리를 참았다. 이 소리, 너무 자주 해주면 절대 안 된다. 이놈이 원할 때마다 해줄 수는 없는 노릇이다. 날 정말로 죽이지는 않겠지. 않을 거야.

나는 그렇게 다짐하며 공포를 이겨냈다. 그러니까 이놈은 오빠 소리를 듣고 싶어서 나를 40미터 아래 절벽으로 밀어버린 거다. 아무리 생각해도 사이코 맞지?

이유는 또 있었다. 아, 말하다 보니 계속 화나. 나 어떡하지?

"재미있었을 텐데!"

한 가지 이유가 오빠 소리를 듣고 싶어서라면, 또 한 가지 이유는 내가 정말로 재미있었을 거라고 생각한다는 거다. 누가 망나니 아니랄까 봐. 여자에 대한 이해를, 크리스나 알렉스 학자님의 반의반의 반만이라도 좀 따라가 주면 어디가 덧나냐? 이딴 게 재미있을 리 없잖아. 이건 그냥 살인 행위라고!

나는 저 말이 진심이라는 게 더 짜증 난다. 쟤는 분명 즐거워했다.

내가 무서워할 거라는 걸 조금 알기는 아는데, 그게 피부로 와 닿지는 않는 모양이다. 그래도 크리스의 설명 덕분에 내가 무서워했다는 사실을 깨달은 김환성은 고개를 갸웃했다.

"아니, 그게 왜 무서워?"

아오, 진짜 명존세.

"오빠가 옆에 있는데 그게 왜?"

저 말이 틀린 건 아니다. 저 망나니에게 40미터 높이의 절벽 따위는 아무것도 아니겠지. 하늘도 훨훨 날아다니는 망나니인데. 저 녀석은 하늘을 나는 망나니니까.

그러니까 애 입장에서는, 음, 굳이 비유를 해보자면 이런 행동은…… 음, 뭐가 있을까? 아 그래, 애인의 입에 밥을 떠먹여 주는 행위를 떠올려보면 되겠다. 그런 행위, 전혀 위험하지 않다. 혹시라도 숟가락이 목젖을 건드려 목젖이 이상 반응을 일으키고 기도를 막아 질식사가 일어날…… 그런 일이 일어날 가능성이 얼마나 있을까? 그런 가능성을 염두에 두고 애인에게 밥을 떠먹여 주는 행위를 하는 사람은 아마 없을 거다.

'저 망나니한테도 그렇겠지.'

밥을 떠먹여 주는 행위로 인해 상대가 죽을 거라고 생각하지 않는 것처럼, 저 망나니의 머릿속에서 40미터 절벽으로 떨어뜨리는 행위는 전혀 위험하지 않은 놀이일 거다.

나도 그걸 머릿속으론 알기는 아는데 그래도 무섭다. 심장마비 걸릴 것 같다. 하다못해 놀이기구를 타기만 해도 무서운 게 사람인데, 안전장비도 없이 40미터 아래로 떨어진다고 생각해 봐. 진짜 미치고 팔딱 뛰겠는데, 그 옆에는 싱글벙글 웃고 있는 망나니가! 그때 명치를 세게 후려 쳤어야 했는데. 아 화나. 화가 난다.

나는 화를 삭였다. 어차피 이런 일, 하루 이틀 겪는 일도 아니잖아. 아예 말귀를 못 알아먹는 우리 둘째 망나니님, 이제 좀 더 조련의 강도를 높여도 되겠지요?

"오라버니, 소녀는 그런 거 하나도 즐겁지 않아요."

나는 이제 자신감이 조금 생겼다. 애한테 뭔가를 직접 시키기까지 했다. 왕자가 가면 안 된다고 했는데, 기어코 나는 뜻을 이뤄냈다. 한진수를 데려오라고 명령 아닌 명령까지 내린 셈이다. 과정이야 어찌됐든 결과만 놓고 보면 그랬으니까. 어? 그러고 보니…… 한진수는 도대체 어디로 사라진 거지?

'기억이…… 아무것도 안 나.'

한진수를 봤던 것까지는 기억이 난다. 그런데 그 한진수가 어떻게 하고 있었는지 아무것도 기억이 안 난다. 망나니의 말을 들어보면, 샤벨 드래곤이라는 것의 기세를 받아 기절했다고 했는데 아무리 그렇다고 해도 뭔가 조금 이상했다. 이유는 모르겠는데 가슴이 아파왔다. 눈물이 핑 돌 정도로 말이다. 기억이 만약 종이처럼 생겼다면 누군가 날카로운 칼로 그 종이의 일부를 싹둑 잘라낸 것 같은 기분이 들었다.

'기분 탓이겠지?'

어쨌거나 나는 그 상황을 빌어 망나니의 마음도 상당 부분 알아낼 수 있었다. 얘는 단순히 똥개 이상으로 나를 아껴준다. 솔직한 말로 나도 고맙다. 고마운데 얄밉다.

내가 말했다.

"소녀를 죽일 생각이시라면 기꺼이 목숨을 내놓고 말겠어요."

진짜냐고? 미쳤냐? 나 죽을 생각 없다. 죽어도 얘 멍치는 후려치고 죽을 거다.

"어떤 놈이 너 죽인대? 다 데려와. 오빠가 다 패줄게."

……야, 진지한 얼굴로 허세 좀 부리지 마. 그리고 지금 네 얘기하는 거거든. 하아, 한숨만 나온다. 얘는 내가 지 얘기를 하는 줄도 모른다. 아예 개념이 없다.

"소녀는 오라버니가 그런 장난을 치실 때마다 너무나 고통스러워요."

"응?"

확실하다. 망나니, 지금 충격받았다.

"고통스러워?"

한진수를 떠올리니 이상하게 눈물이 나왔었다. 그래서 눈가를 훔쳤다. 울려고 했던 건 아닌데, 타이밍 좋게 눈물이 나왔다.

"……야, 야…… 너 왜 그래? 아이씨, 진짜."

망나니는 내가 눈물을 훔치자 어쩔 줄 몰라 했다. 그래, 넌 여자를 달래본 적이 없으니까!

"아, 짜증 나. 내가 잘못했어."

스페셜 나이트 강준석은 귀를 의심해야만 했다.

지금 왕자님이 설마 잘못했다고 말하신 건가? 믿을 수 없었다. 어떻게 왕자님이 잘못했다고 말한단 말인가! 왕자님이 저런 말을 할 상대는 오로지 국왕 폐하와 황제 폐하밖에 없다.

'이런 무엄한 계집년 같으니라고!'

왕자님은 살인을 해도 잘못한 게 아니다. 살인당한 놈이 나쁘다. 살인당할 만한 죄를 저질렀으니까 살인당하는 거다. 적어도 상대가 왕자일 때는 그렇다.

그런데 왕자님의 입에서 잘못했다는 말이 나오게 하다니! 이건 즉결 처분 대상이다! 화가 나서 미칠 것 같았다. 저깟 계집이 뭔데! 아무래도 왕자님이 이상하다. 하지만 함부로 움직이지는 않았다. 잠자코 조금 더 지켜봤다. 조금 더 선을 넘는다면 그땐 가차 없이 죽여 버릴 것이라고 다짐하고 또 다짐했다.

김상희가 물었다.

"오라버니께선 무엇을 그렇게 잘못하셨나요?"

"으, 응?"

김환성은 당황했다. 태어나서 자기 입으로 자기가 뭘 잘못했다고 말해본 적이 전혀 없는 사람이다. 이런 상황은 익숙하지도 않고 해본 적도 없어서 잘 모르겠다. 그런데 뭔가, 뭐라도 잘못한 것을 찾아내야 할 것 같은 오묘하고도 기묘한 기분이 들었다.

"오라버니는 잘못한 것이 하나도 없어요. 미천한 소녀가 못났을 뿐이어요. 소녀가 아주 못된 계집년이어요."

그러자 김환성은 더욱더 이상한 감정에 사로잡혔다. 김상희는 분명 자신이 나쁜 계집이라고 스스로를 욕하고 있는데,

'뭐, 뭔가 잘못되어 가고 있다!'

김환성은 느꼈다. 이거, 뭔가 잘못되어 가고 있다. 이유는 모르겠는데 내가 다 잘못한 것 같은 기분이 들었다.

"아냐, 내가 다 잘못했다니까?"

"소녀는 오라버니께서 무엇을 잘못하였는지 알 수 없어요. 혹여 알려주실 수 있을까요? 알려주신다면 소녀의 마음속 짐이 조금 덜어질 것 같아요."

지구식으로 표현해 보자면, '오빠가 뭘 잘못했는데? 말해봐!'다. 그걸 이 세계식으로 완곡하게 돌려서 표현했다. 김환성은 식은땀을 흘렸다.

"어, 그, 그게 그러니까……."

뭘 잘못했는지도 모르는 김환성은 머뭇거렸다.

"소녀를 위하여 거짓말을 하실 필요는 없어요. 소녀가 나빠요."

김환성은 울고 싶어졌다.

"아씨, 그냥 내가 다 잘못했다니까?"

김환성은 당황한 얼굴로 스페셜 나이트 강준석을 불렀다.

"강준석, 네가 말해봐."

참고로 강준석은 지금 김환성에게 찍힌 상태다. 샤벨 드래곤이 나타났을 때, 김상희를 제물로 던져 주고 도망치자고 제안해서 그렇다. 그 이후로, 김환성은 강준석을 막대하고 있다.

"제, 제가 감히 그걸 어떻게 말합니까?"

왕자의 잘못을 캐내어 말을 하라니, 엄연한 하극상이다. 아무리 시켰다고는 해도 절대 할 수 없다. 그리고 강준석의 눈으로 봤을 때도, 김환성이 잘못한 것은 단 하나도 없었다.

'뭐, 뭐지……?'

김상희의 말엔 틀린 게 없었다. 김상희는 스스로를 일컬어 미천한 계집이라고 표현했고, 스스로가 나쁘다고 표현했다. 모두 맞는 말이다. 그런데 도대체 왜! 왜 왕자는 자신의 잘못이라고 굳이 저렇게 억지를 부리고 있단 말인가! 심지어 없는 잘못까지 찾아내라고 하면서 말이다. 강준석은 또 울고 싶어졌다.

김환성이 잠시 화장실을 간 사이, 크리스가 말했다.

"스페셜 나이트님께서 아마 지금 듣고 계실 거라고 생각하고 말하겠습니다."

"……."

강준석은 모습을 드러내지 않았다. 김환성이 나오라고 시킨 것도 아닌데, 모습을 드러낼 수 없기 때문이었다.

"아마 많이 혼란스러울 겁니다. 왕자님이 왜 김상희 공주를 그토록 신경 쓰는지."

"……."

강준석은 모습을 드러내지는 않았지만 저 말에 격하게 공감했다. 크리스가 말을 이었다.

"앞으로도 계속 혼란스러울 겁니다."

"……."

"제가 팁을 하나 드리죠. 김상희 공주를 귀한 왕자님이라고 생각해 보십시오. 그러면 모든 게 환해집니다."

왕자님도 이상한데, 저 크리스란 놈도 이상하다. 어떻게 공주 따위를 왕자님처럼 생각할 수 있단 말인가.

크리스는 힐끗 옆을 쳐다봤다. 김상희가 바람을 맞으며 저녁놀을 구경하고 있었다. 프리미엄 그라디아의 장관에 빠져서 감탄에 감탄을 더하고 있었다.

크리스가 작게 말했다.

"왕자님처럼 생각하고 행동하는 게 좋을 거예요."

"……."

김상희가 이쪽을 쳐다봤다. 크리스가 김상희를 보며 환하게 웃었다. 손까지 흔들어줬다. 김상희도 손을 흔드는 크리스를 발견하곤 배시시 웃으며 고개를 숙여 보였다. 웃는 얼굴의 크리스가 작게 말했다.

"그렇지 않으면 내가 당신을 죽일지도 모르거든."

나는 마력학원에 돌아왔다. 겨우 2박 3일의 일정이었는데 너무나 많은 일이 있었던 것 같다. 온몸에 힘이 쭉 빠지는 느낌이 들었다. 그런데 나는 놀라운 소식을 들을 수 있었다.

'진수가 프리온 나이트에서 직위 해지가 됐다고……?'

프리온 나이트에서 추방당했을 뿐만 아니라 차석 교관의 자리까지 빼앗겼다.

'진수가 왜…….'

충격적인 소식은 거기서 끝이 아니었다. 한진수는 제국의 공적이 되어버렸다. 프리온 나이트였던 한진수가 상관을 죽이고 도피 중이라는 소식이 들려왔다. 지위 고하를 막론하고 한진수를 숨겨주거나 비호해 주는 세력은 제국의 심판을 받게 될 거라는 엄명까지 내려왔다.

'진수가 도대체 왜……?'

진수는 출세가 보장된 사람이다. 그런 진수가 어째서 상관을 죽이고 달아났는지 나는 이해할 수가 없었다. 한진수만 없어진 것이 아니었다.

'프리지아는 또 어떻게 된 거야?'

뭐가 뭔지 잘 모르겠다. 성매매를 하는 뒷골목에 갔다가 왕궁에서 대사건-오빠, 아빠 소환 사건-을 일으킨 뒤, 샤벨 드래곤에게 쫓긴

다음, 프리미엄 그라디아의 40미터 절벽 아래로 추락하는 스펙터클한 2박 3일을 경험하고 왔더니 한진수가 제국의 공적이 되어 있었고, 프리지아 교관이 실종되어 버렸다.

'뭐가 이래……?'

샤벨 드래곤이 나타나는 게, 전란의 징조라는 말을 들은 적이 있는 것 같기도 하다. 정말 많은 일이 일어나고 있는 것 같다.

한편, 황궁의 밀실.

황제가 자리에서 일어나더니 단상에서 걸어 내려갔다.

"어디 한번 얼굴을 보자꾸나."

대외적으로 실종되었다고 알려진, 제국이 지금 눈에 불을 켜고 찾고 있다고 알려진 프리지아가 양손이 결박된 상태로 황제를 쳐다보고 있었다.

"폐, 폐하……."

"많이 놀란 모양이구나."

프리지아는 이 상황을 이해할 수 없었다. 왜 자신이 결박된 상태로, 존재조차도 몰랐던 밀실에 이렇게 갇혀 있는 건지.

황제가 씨익 웃었다.

"얼마 전, 1차 각성을 했더구나."

황제는 프리지아의 볼을 쓰다듬었다. 프리지아는 뭔가 두려웠다. 이유는 알 수 없었지만 본능적인 혐오감이 들었다. 아버지의 손길인데도 그랬다.

"폐하…… 어째서……."

황제가 프리지아를 쳐다봤다. 얼핏 보면 자애로운 눈빛이었으나 프리지아는 그렇게 느끼지 못했다.

"폐…… 폐하……."

"궁금하지 않느냐? 내 딸인 네가 왜 여기 이렇게 있는지."

"저는 폐하와 제국에 티끌만큼의 잘못도 한 적이 없습니다."

프리지아는 최대한 담담하게 말했다. 그녀는 여자로서는 더 이상 오르지 못할 위치까지 올랐다. 제국의 6황녀, 제국의 꽃이었으며 여자의 몸으로 마력학원을 졸업하여 지금은 마력학원의 교관 노릇까지 하고 있다. 여성으로서는 성공한 삶이 틀림없었다. 그런데 갑자기 왜.

"너는 1차 각성을 끝냈다."

황제는 아쉬운 듯 입맛을 다셨다.

"생각보다 시기가 조금 늦어지기는 했지만. 맞아, 너는 잘못한 것이 하나도 없지."

"하면 어째서……."

프리지아는 혼란스러웠다. 마치 죄인처럼 잡혀와 있다. 왜 이런 건지 도무지 모르겠다.

"여자가 1차 각성을 하게 되면 조금 특이한 점이 발현되거든."

황제는 즐거운 듯했다. 마치 소중한 보물이라도 얻은 것처럼.

"프리지아, 너 같은 경우는 잉태 쪽으로 발현이 되었더구나."

"무슨 말씀이신지 전혀 모르겠습니다."

잉태 쪽이라니, 그게 무슨 말이란 말인가. 그리고 자신은 세계 유이-고려에 김상아 공주가 있으므로-한 마력을 가진 계집이다. 그런데 황제는 마치, 마력을 가진 계집을 많이 봐왔던 것처럼 얘기하고 있다. 1차 각성을 여러 번 봤던 것처럼 말이다.

"우리 제국이 가장 원하는 능력 중 하나지. 이럴 때 한진수가 옆에 있었다면 참 좋았을 텐데."

한진수!

프리지아는 눈을 크게 떴다. 한진수, 그녀가 사랑하는 남자의 이름이다. 물론 그는 자신을 돌아보지도 않고 있지만, 그래도 첩으로라도 들어가도 좋다고 생각하던 중이었다.

"한진수의 씨를 받아야 하는데…… 한진수가 사라져 버렸으니."

그 시점부터 프리지아는 자신의 안위보다는 한진수의 안위가 더 신경 쓰이기 시작했다. 그녀는 지금 한진수가 어떻게 되었는지 모르는 상태다.

"한진수는…… 프리온 나이트에 있잖아요."

"그 한진수가 제국을 배신하고 도망쳤다. 프리온 나이트 7기를 탈취해서."

프리지아는 이해할 수 없었다. 프리온 나이트 7명이 아니라, 프리온 나이트 7기란다. 그렇다면 프리온 나이트는 사람이 아닌 건가? 혼란스러웠다.

"한진수는 이미 물 건너갔고, 김훈상은 무력으로 제압할 수가 없고."

황제는 인상을 살짝 찡그렸다.

"마음 같아선 내 씨라도 받게 하고 싶지만……."

프리지아의 얼굴이 하얗게 질렸다. 지금 이 상황, 뭔가 너무 무섭다. 한진수가 제국을 배신하고 도망치다니? 그렇다면 사형당할 것이 뻔하다. 한진수가 지금 위험에 처해 있는 상태다. 뿐만 아니라 한진수의 씨나 김훈상의 씨를 받는다니.

'그건 설마…….'

불안함이 실체를 가지고 다가오기 시작했다.

"폐, 폐하……!"

"걱정 마라, 너를 범하지는 않을 테니."

황제가 씨익 웃었다. 마음 같아서는 프리지아를 임신시키고 싶었지만 잠시 참기로 했다. 아주 오랜만에 얻은 '여왕'이다. 제국은 고대로부터 이 능력자를 '여왕'이라고 불렀다. 여왕이 잉태할 수 있는 생명의 숫자는 정해져 있다. 그렇다면 최대한 효율적으로 사용해야 한다.

황제가 아무도 없는 허공에 말했다.

"한진수를 발견하면 절대 죽이지 말고 무조건 살려서 데려와라."

아무도 없던 허공에서 누군가가 나타났다.

"피해가 커질 수 있습니다. 상대는 한진수이며, 프리온 나이트 7기를 가지고 있는 상태입니다."

"프리온 나이트 10기가 파괴되어도 상관없다. 10기까지는 감당할 수 있는 선이야. 어떻게든 목숨은 붙여서 데려와. 놈의 씨가 필요하니."

"알겠습니다."

황제는 미소를 지으며 말했다.

"프리지아가 자살하지 못하도록 혀를 묶어라. 그리고 죽지 않게 관리 잘하도록. 프리지아를 강간하는 놈은 결코 편히 죽지 못할 것이다. 네게 관리를 일임하겠다."

프리지아는 최대한 침착하려 애썼다. 여왕, 한진수의 씨, 강간. 몇 가지 단서들을 통해 퍼즐을 맞췄다.

'내가…… 여왕이라고?'

여왕이라는 것이 뭔지는 알 수 없었다. 다만 '무언가'를 잉태하는 능력을 가지고 있다는 것 같았다.

'내가…… 도대체 뭘?'

그 잉태를 하는 데에 필요한 것은 아무래도 '남자의 씨앗'인 것 같았다. 쉽게 말해 아이를 가져야 한다는 뜻 같은데, 황제의 말을 들어보면 단순히 '아기'를 잉태하는 것 같지는 않았다. 그렇다면 지금 이런 꼴을 당하고 있을 리도 없겠지.

프리지아는 대외적으로 실종되었다고 발표됐다. 하지만 그녀는 황궁 깊숙한 곳, 황녀인 그녀조차도 모르는 비밀 감옥에 갇혔다. 어두웠다. 아무것도 보이지 않았다. 목소리만 들려왔다.

"절대로 건드리지 마라."

"맛 좋아 보이는 계집인데 참으란 소리요?"

"여왕이다."

"아…… 그렇다면 더더욱 잡아먹고 싶은데. 아랫도리가 벌써 불끈불끈 솟는구만. 어리고 탱탱하니 예쁘던데. 속살은 더 뽀얄 거 같고."

"황제 폐하의 엄명이 있었다. 씨받이의 기능이 끝났을 때, 그때 주도록 하지."

누군가가 킬킬대고 웃었다.

"에이, 그때는 이미 걸레가 되고도 남았을 시기인데, 됐수다. 어쨌든 황제의 명령이라니 말을 듣기는 들어야지. 내가 저년 건드리는 놈들은 고추를 다 잘라 버리지."

제국의 마력학원에 인사이동이 있었다. 그간 비어 있던 수석 교관의 자리에 과거 제국의 나이트 연대장 출신-프리온 나이트가 아닌 일반 나이트-빌헬름이 부임하게 되었고, 한진수가 맡고 있던 차석 교관의 자리엔 도렉스 왕국 출신 검투사인 야시로가 오게 됐다.

김상희는 그들을 잘 모른다. 대략적인 정보만 안다. 둘 모두 지극히 평범한(?) 이 세계의 남자들이었다. 그 말을 달리하자면 여자를 깔보고, 똥개만도 못한 취급을 한다는 것, 마력학원에 여자라는 존재가 있는 것만으로도 충분히 기분 나빠할 수 있는 사람들이라는 것, 그 정도만 안다.

'다행히 직접적으로 부딪칠 일은 없으니까.'

그런데 또 한 명, 다른 사람이 교관으로 부임했다. 일반 교관이며 암호 해독 및 고어 해석을 담당하는 교관이었다. 바로 프리지아를 대신하는 교관. 암호 해독 및 고어 해석 클래스의 학생들도 누가 부임해 오는지는 몰랐다.

'누굴까?'

그리고 그날 아침, 김상희는 익숙한 얼굴을 발견할 수 있었다.

'형석아!'

나는 행복해졌다. 이 세계에서 유일하게 처음부터 마음 주고 정 주었던 첫째 오빠 김형석이다. 볼 때마다 눈이 즐거워지고 마음이 따뜻해지는 저 바람직한 남자의 표본! 아니, 바람직한 오빠의 표본…… 이라기보다는 어쨌든 현실에서는 절대로 없고 드라마에만 있을 법한 다정다감, 자상한 오빠의 완성판. 오빠계의 끝판왕 등장이시다.

그래도 직책이 교관인지라 나를 편애할 수는 없는 듯, 나를 보며 살짝 윙크를 해줬을 뿐 별다른 얘기를 하지는 않았다.

'우리 형석이가 고어 해독도 잘했었나?'

사실 나는 잘 모른다. 그래도 자격이 되니까 이곳에 왔겠지. 아, 눈이 즐겁다. 환성이나 크리스도 잘생긴 건 맞지만 그래도 내 스타일은 역시 형석이다. 저 훤칠한 키, 넓은 어깨, 게다가 결정적으로 따뜻한 마음가짐까지. 너란 오빠, 하, 넌 왜 오빠로 태어난 거니.

그런데 우리 형석이가 이상한 말을 했다. 수업이 끝나는 종이 울림과 동시에 말이다.

"아, 그리고 김상희 학생은 오늘 수업이 파하면 시간을 비우도록 해요."

……음? 시선이 나한테 쏠렸다. 그래도 요즘은 조금씩 적응해 가고 있다. 물론 시간은 걸리고 힘들겠지만 이 클래스의 학생들을 내 편으로 만들기 위한 물밑 작업도 조금씩 진행하고 있는 중이다. 물론 좋은 표현으로 '물밑 작업'이고 나쁜 표현(?)으로 조련이기는 한데 어쨌든. 흠흠.

어쨌든 최상의 조련은 조련하는 듯, 하지 않는 듯 아주 천천히 몰래몰래, 당하는 당사자도 모를 만큼 비밀스럽게 해야 하는데 그러려면 선결 조건이 갑자기 너무 눈에 확 띄거나 해서는 안 된다는 거다. 아주 자연스럽게 스며들어야 한다.

내가 왜 이 짓을 해야 하냐고? 당연한 말이지만 나는 힘이 없다. 내가 힘이 없으면, 내 주변 사람들이라도 힘이 있어야 한다. 그런 의미에서 이 학생들은 미래 세대를 이끌어갈 세계의 중추들이다, 이 말이다.

'별로 안 그래 보이긴 하지만…….'

그렇게 보여도 이게 사실이다. 제국의 마력학원은 전 세계 각국의 초엘리트들만 오는 곳이다. 이곳, 제8관 학생들이 비록 다른 학생들에 비해 조금 뒤처지기는 해도, 역시 각국의 천재들이며 각국의 머리들이다. 나는 이 학생들을 반드시 내 편으로 만들어야 했다. 내가 할 수 있는 최선이 바로 그거니까.

우리 형석이가 환하게 웃었다.

"왜요? 내가 김상희 학생을 편애하는 거 너무 눈에 보여요?"

장난스런 그 말투에 학생들은 어이없다는 듯 피식 웃고 말았다. 편애? 저건 또 어디 암호인가 싶다. 물론 뜻은 안다. 편애의 사전적인 의미는 '어느 한 사람이나 한쪽만을 치우치게 사랑함'이라는 뜻이다.

그러나 이게 계집과 어울리는 단어이냐? 절대 아니다. 계집과는 공존할 수 없는 고귀한 단어다. 계집을 편애한다니, 말도 안 되는 소리다.

"나는 김상희 공주의 오라비예요. 성적에 있어서는 공명정대하겠지만, 그래도 나는 내 동생 예뻐할 수밖에 없다는 거, 미리 말해둘게요."

……오빠, 오빠 사람아, 너 왜 그래? 무, 물론 마음은 고맙긴 한데 굳이 그렇게까지 날 편애하고 있음을 표현하지 않아도 되는데…… 아니, 기분이 나쁜 건 아닌데, 그래도 좀 민망하다.

이쯤 되자 클래스의 학생들은 생각할 수밖에 없었다.

'도대체 김상희는 뭐지?'

안 그래도 이상한 계집이었다. 계집 주제에 마력학원에 들어온 건 그렇다 치더라도, 크리스가 항상 좋아한다고 따라다니고 있고, 고려의 둘째 왕자 김환성은 마치 경호원이라도 되는 양 이따금씩 들러서 김상희의 안위를 확인하고 간다. 그래서 요즘은 김상희를 건드리는 사람이 없다. 물론 친해질 생각도 없다.

적당한 거리를 유지하고 있는 시기다. 징계위원회가 열렸을 때에는 고려에서 왕실 학자라는 사람이 초음속 제트기를 타고 날아오질 않나. 심지어 이번에는 고려 왕국의 첫째 왕자가 나타나 나는 김상희를 편애합니다, 라고 공공연하게 말하질 않나.

하여튼 이해 안 되는 거 투성이다. 학생들만 그런 게 아니다. 사실 제일 큰 멘붕 상태에 빠져 있는 건 바로 스페셜 나이트 강준석이다.

김상희를 지켜라.

이 불친절한 명령서는 도대체 뭐란 말인가. 뭐로부터 김상희를 지켜야 하는지, 또 얼마나 지켜야 하는지 이해할 수가 없었다. 이주형이 밟았던 멘붕의 전철을 강준석도 밟고 있는 상태. 그나마 크리스의 조언이 있었던 데다가,

"아주 고귀한 왕자님이라고 생각하고 움직이게. 폐하의 의중과 진심을 읽고 행동하는 것이야말로 스페셜 나이트의 가장 큰 덕목 아니겠는가? 자네의 충정을 믿어 보겠네."

라고 말하는 왕실 학자 알렉스-심지어 이 사람은 왕실의 경비 카드까지 쓸 수 있는 실세 중의 실세다. 나이트들 사이에선 그런 소문이 돌고 있다-의 조언까지 있어서 그나마 정신을 추스르고 있는 중이었다.

'왕자님처럼 생각을 하라니…….'

강준석과 달리 김상희는 강준석의 심리상태를 정확하게 이해하고 있었다. 눈칫밥 먹은 지 벌써 15년이다. 강준석의 심리 상태를 읽는

거, 일도 아니다. 비록 지금 은신하고 있어서 눈에 보이지도 않고 만져지지도 않지만.

"듬직하신 이주형 나이트님께선 도대체 어디에 계신 건가요?"

일부러 자존심 좀 긁었다. 분명 듣고 있을 테니까.

"소녀는 이주형 나이트님의 비호 없이는 살아갈 수 없는 미천한 계집인데……."

그쯤 되자 강준석은 조금 기분이 나빠졌다. 아니, 왜? 내가 있는데? 내가 이주형보다 못한 게 도대체 뭔데?

김상희는 속으로 회심의 미소를 지었다. 한 번 길들여본 경험이 있는 스페셜 나이트다. 한 번도 했는데 두 번은 못하랴. 채찍을 줬으니 이제 당근을 줄 차례다. 하루 이틀로는 안 되겠지만 그래도 가능하다.

"아참, 내 정신 좀 봐."

다시 한 번 말하지만 김상희는 옆에 강준석이 있다는 걸 안다. 하지만 모른 척했다.

"호, 혹시…… 강준석 나이트님께서 옆에 계시는 걸까요……?"

일부러 주위를 더듬었다. 이렇게 더듬는 걸로 걸릴 정도면 스페셜 나이트 못 됐다. 하지만 김상희는 열심히 주위를 더듬는 척했다. 이렇게 하면 스페셜 나이트의 은신을 잡아낼 수 있다는 것처럼. 그리고 엄청 안심하는 척했다.

"다행이어요. 소녀의 말을 듣지 못하신 것이 분명하군요."

강준석은 좀 황당해졌다. 계집들이란 게 원래 멍청하다는 건 알고 있다. 두뇌 회전 속도 자체가 남자와는 비교가 안 되니까. 그런데 저런 걸로 안심을 하고 있다니. 보아하니 아마도 저 계집은 자신이 옆에 있다는 것조차 정말로 잊고 있는 듯했다. 멍청하니까.

김상희는 열심히 손 글씨를 썼다.

소녀는 첫째 오라버님과 식사를 하기 위하여 식당으로 이동을 해야만 해요. 스페셜 나이트님께 드릴 것이라곤 제 작은 성의밖에 없네요. 정말 죄송해요. 그래도 소녀의 애정이 듬뿍 담긴 딸기와 바나나랍니다. 셋째 오라버니께서 보시면 금방 다 빼앗아 드실 테니 얼른 드셔요.

강준석은 어이없다는 듯 쪽지를 읽었다.

'소녀의 애정? 웃기는군.'

그런데 묘하다. 포크에 저절로 손이 갔다. 그는 원래 딸기를 별로 안 좋아하는데 말이다. 오밀조밀한 글씨가 눈에 들어왔다. 어떻게 이렇게 당돌한 계집이 있을 수 있는지 모르겠다. 다른 사람도 아니고, 스페셜 나이트에게 음식을 강권(?)하는 계집이라니.

'뭐지? 이거 맛있네?'

원래 딸기 안 좋아하는데, 이상하게 오늘은 좀 맛있는 느낌이다.

'뭐지?'

조금 혼란스러워졌다.

'이 기분, 뭔가 묘한데?'

한편, 김상희는 첫째 오빠인 김형석과의 식사를 위해 식당으로 향했다. 그리고 김상희는 문득 몸에 이상이 생겼음을 깨달았다.

"오라버니……."

정말 이상했다. 몸이 뜨거웠다. 단순히 열이 나거나 아픈 느낌이 아니었다. 무서운 느낌이 들었다. 갑자기 몸속에서 불길이 치솟아오르는 것 같은 느낌이었다.

김형석은 그런 김상희의 상태를 보고 뭔가 이상함을 알아차렸다.

'이상하리만치 높은 체온, 불그스름하게 변하는 피부, 갑자기 배출되는 땀.'

김형석의 머리를 스치는 것이 있었다.

'설마…… 1차 각성 징후인가?'

보통 남자의 경우, 대략적으로 언제쯤 1차 각성이 나타날지 알고 있기 때문에 미리 준비해 놓는 게 일반적이다. 김환성 같은 특수한 케이스가 아니면 진통제를 항시 구비하고 다닌다. 아주 오랜 옛날, 진통제가 제대로 발달하기 전에는 이 1차 각성 때의 고통을 이기지 못하고 죽는 어린 소년이 많았다고 전해진다.

'상희는 마력이 없는데 어째서?'

생각은 그렇게 길지 않았다. 정확한 건 의사를 만나 봐야 알겠지만 일단 파악할 수 있는 건 1차 각성의 징후와 비슷했다.

"상희야, 너 많이 아프니?"

"오, 오라버니, 소녀는 괜찮……."

김상희는 식은땀을 뻘뻘 흘렸다. 얼굴이 창백하게 질렸다. 참아 보려고 했는데 너무 아팠다.

'너무…… 아파…….'

그런데 또 이상했다. 단순히 아프기만 한 게 아니었다. 가슴이 시렸다.

'나는 또 왜……?'

뭔가가 보일 듯 말 듯 보이지 않았다. 누군가가 괴로워하고 있는 것 같은 기분이 들었다. 이를테면 한진수가 아파서 바닥을 구르고 있는 것 같은, 그런 말도 안 되는 환영이 눈에 보이는 것 같았다. 진수가 그럴 리 없지 않은가. 마력 컨트롤 능력이 그렇게 대단한 남자인데 그런 고통을 느낄 리도 없다.

'너무…… 너무 아파…….'

신음이 저절로 새어 나왔다. 형석은 김상희를 업어 들고 일단 의무 교관이 있는 곳으로 달려갔다.

"저, 저거 또 김상희 학우 아냐?"

예전에 한차례 이슈가 되었었다. 고려 왕국의 셋째 왕자 김환성이 김상희를 직접 안아 들고 걸었었다. 그 당시 학생들은 김상희가 시체가 아닌가 하고 생각했었다.

그런데 시체가 아니었다. 아주 충격적이게도 시체가 아니라, 정신도 멀쩡하고 사지도 멀쩡한 계집아이를 안아 들었던 거다. 다른 사람도 아니고 그 대단하다는 고려 왕국의 왕자가 말이다. 그런데 이번에는 셋째 왕자도 아니고 첫째 왕자다. 왕자임과 동시에 교관이다. 이쯤 되자 학생들은 혼란에 빠질 수밖에 없었다.

"도대체 저 계집이 뭔데 저러지……?"

대관절 저 조그마한 계집이 뭔데 왕자들이 저렇게 나서서 업고 들고 난리를 치는 건지 모르겠다. 대외적으로 왕국의 보배라지만 왕이나 왕자들이 공주 따위를 '진짜 보배'라고 생각할 리가 없지 않은가.

그때, 고어 해독 및 암호 해석 클래스의 한 학생이 중얼거렸다.

"가끔 김상희 공주를 보면 좀 이상한 기분이 들기는 해."

"어? 너도 그래?"

"뭔가 좀 묘한데……."

처음에는 계집 따위가 감히 한 클래스에 있다는 것 자체가 불쾌했다. 그런데 시간이 지나면 지날수록 그 불쾌함이 좀 사그라들었다. 이상한 일이었다. 하지만 표면적으로 인정하지는 않았다.

"저 계집, 도대체 뭘까?"

한편, 의무 교관 김재식은 깜짝 놀랐다.

"아, 아니, 이건 1차 각성 징후 아닙니까!"

계집아이가 1차 각성이라니, 이게 무슨 말도 안 되는 경우란 말인가! 그의 의사 생활 30년간 이런 경우는 처음 본다.

"교관님, 이유는 중요하지 않아요. 어떻게든 빨리 손 좀 써주세요."

"예? 예. 자, 잠시만요. 알겠습니다. 이, 일단 진통제부터 좀 먹이고…… 그, 그런데 문제가 좀……."

김재식은 너무나 당황스러웠다. 마력이 없는 여자아이가 어떻게 1차 각성을 한단 말인가. 그런데 이건 아무리 봐도 1차 각성이다. 원래 마력이 있어야 1차 각성이 가능하다. 그게 정설이며 정론이다. 그런데 마력이 없는 계집이 1차 각성이라니, 현시대를 이루는 근본 자체가 흔들리는 예외적인 경우 아닌가.

어쨌든 그러한 것들은 논외로 치고서라도 '마력이 없다는 것'은 상당히 문제였다.

"1차 각성 시 먹는 진통제들은 마력이 있어야 반응합니다."

더 정확하게 말하자면, 이 진통제들은 마력을 다스리는 데 도움을 주며, 마력이 폭주하지 않도록 길을 잡아주는 역할을 한다. 진통제는 통증을 잡아줌과 동시에 1차 각성을 무사히 끝낼 수 있도록 도와주는 촉매제 같은 역할이라는 뜻이다. 그 촉매제를 제대로 발동시키려면 마력이 필요하다는 소리고.

"저도 압니다. 제가 할게요."

"하지만 교관님은……."

'교관님은 마력이 없는 남자가 아닙니까'라고 말하고 싶었지만 참았다. 마력이 없다고는 해도 그는 고려 왕국의 첫째 왕자다. 마력석 알론을 구입할 수 없는 사람이라면 모를까, 충분한 경제적 능력이 되는 사람이라면 괜찮다. 적어도 일상생활에 문제는 없으니까.

"괜찮아요. 제가 합니다."

품속에서 마력을 품은 알론석을 꺼내 먹었다.

"하지만 그렇게 하시면 몸에 무리가……."

그때, 김상희 공주의 신음이 들려왔다. 그녀는 너무 괴로워 아무것도 보지 못하고 아무것도 듣지 못했다. 다만 옆에 김형석의 목소리가 들리고 있다는 것 정도만 알았다.

"오라버니……."

"지금 나한테 중요한 건 이 아이입니다. 내 몸 같은 거, 어떻게 되어도 상관없습니다. 빨리요."

결국 김재식은 진통제를 투여했다. 그리고 김형석은 정신을 집중했다. 김상희의 가슴에 손을 얹었다.

'상희야, 제발 이겨내라.'

과거에는 마력을 가진 남자들도 고통 때문에 죽어 나갔었다. 하물며 마력이 없는 여자의 몸으로 저 고통을 어떻게 견딜지. 상희의 고통을 직접 느끼지는 못하지만 김형석은 그것 이상으로 가슴이 아팠다. 눈에 넣어도 아프지 않은 사랑스러운 동생이니까. 그런데 이상했다.

'몸이…… 무겁…… 다…….'

본능이 경고했다. 빨리 상희에게서 손을 떼라고, 이대로면 뭔가 위험하다고. 하지만 그 경고를 무시했다.

'나보다 우리 상희가 훨씬 괴로워.'

이겨내자. 왜 이런지는 모르겠지만 나는 이겨낼 수 있다. 정신을 똑바로 차리려고 노력했다. 온몸의 기가 다 빨려나가는 것 같은 기분이 들었다.

'정신 똑바로 차려.'

머리가 어지러웠다.

'안…… 돼…… 정신…… 차…….'

김상희의 가슴 위에 손을 얹고 정신을 집중하고 있던 김형석이 풀썩 쓰러졌다. 김재식이 깜짝 놀라 소리쳤다.

"왕자님!"

이, 이게 도대체 무슨 날벼락이냐! 김재식은 식은땀을 흘렸다. 미치겠다. 그래, 상희 공주가 어떻게 되든 말든 그건 전혀 중요하지 않다. 그런데 고려 왕국의 첫째 왕자가 이곳 의무실에서 쓰러졌다? 이건 큰일이다. 의사 커리어에 상당한 흠집이 되며 고려 왕국과 제국의 눈치가 보인다. 지금 김형석은 상당히 특별한 위치에 있다.

고려 왕국의 첫째 왕자이면서 제국에 볼모로 잡혀 있는 상태다. 볼모임에도 제국에서도 각별히 신경 쓰는 왕자다. 상대가 고려기 때문이다. 뿐만 아니라 만에 하나라도 김형석이 잘못된다면 제국은 또 다른 볼모를 고려에 요구할 수 있을까?

상당히 민감한 문제다. 고려 입장에서는 첫째 왕자를 볼모로 보내는 수모를 맛봤다. 하지만 고려는 강하다. 전면전은 힘들어도 게릴

라전으로 제국을 충분히 괴롭힐 수 있다. 저번의 무력시위에서도 보지 않았는가. 고려가 마음만 먹으면 어지간한 왕국쯤은 하루 만에 접수할 수 있다는걸.

'김형석은 무조건 살려야 돼.'

그때, 누군가가 나타났다.

"누, 누, 누, 누구십니까!"

아무런 기척도 없었는데 나타났다. 스페셜 나이트 강준석이었다. 강준석은 여전히 불만이었다. 왜 고귀한 왕자님께서 계집을 직접 업고 달리셨는지, 정말 이해가 안 된다. 그러면서도 한편으로는,

'예전만큼 화가 안 나는 것 같은 묘한 기분인데.'

라는 생각이 들어 좀 황당했다. 절대 아침에 먹은 딸기랑 바나나 때문은 아니다. 딸기랑 바나나, 그중에서도 특히 딸기는 별로 안 좋아하는 과일이다. 물론 전부 다 먹기는 했지만, 절대, 절대로 안 좋아한다. 어쨌든 강준석은 김재식을 밀쳤다.

"비켜!"

강준석이 김형석의 몸에 손을 댔다. 체내 마력, 그러니까 마력석 알론으로부터 섭취한 마력이 전부 빠져나가는 것이 느껴졌다. 김상희의 몸이 마치 블랙홀처럼 김형석의 마력을 빨아들이고 있었다. 이대로라면 김형석은 말라 죽어버릴 것이다.

"젠장."

마력을 끌어올렸다.

'이건 도대체…….'

엄청나게 거대한 괴물이 커다랗고 시꺼먼 입을 크게 벌리고 자신을 빨아들이는 것 같았다. 자신은 아주 작은 돛단배였으며 그 괴물

은 새까만 바다처럼 느껴졌다.

'마력이…… 빨려 들어간다.'

뭔지 모르겠다. 하지만 마력을 더욱 끌어올렸다.

'저깟 계집년 때문에 내 마력이 마른다고?'

그럴 리는 없다. 괴물이 빨아들인다? 그렇다면 그 괴물의 배를 터뜨려 버리면 그만이다.

'어디 한번 해보자.'

그랬는데, 그럴 수 없었다. 그는 순식간에 정신을 잃어버렸다.

김재식은 당황했다.

"이, 이봐요!"

보아하니 고려 왕가를 지키는 스페셜 나이트 같은데, 그쯤 되는 자가 여기서 쓰러졌다. 김재식은 식은땀을 흘렸다. 눈앞이 캄캄해졌다. 왕자 하나가 쓰러진 것만으로도 이미 벅찬데, 거기에 무려 스페셜 나이트가 쓰러지다니, 의사 인생 최대의 고비가 닥쳐왔다.

'아, 뭐 이딴 경우가 다 있어!'

미치겠다. 미치겠는데 또 미치겠는 상황이 발생했다. 문이 벌컥 열렸다.

"똥개!"

김재식은 저 소년을 안다. 이름은 김환성. 이곳 제국 마력학원에 교관으로 와도 손색이 없을 전직 고려 나이트 제9대대장이다.

"아씨! 비켜."

애꿎은 의무 교관 김재식은 저만치 날아갔다. 김환성이 별로 힘 안 주고 툭 쳤는데 그렇게 됐다.

'아이고, 삭신이야.'

마력 컨트롤 능력이 떨어진다더니, 그게 진짜인 것 같다. 뭐 이렇게 무식한 힘이 다 있나 싶다.

김환성이 강준석의 몸에 손을 댔다. 마력이 빨려 나가는 게 느껴졌다. 이거, 알 수는 없지만 굉장히 위험한 기분이다. 손을 대면 안 될 것 같다. 젠장! 그래도 내 똥개랑 우리 형님이 쓰러져 있잖아. 짜증 난다. 똥개 같은 거, 그냥 죽어버리라고 모른 척하고 싶은데 그게 안 된다. 절대 그렇게 내버려 둘 수가 없다.

"나 죽으면 똥개 니가 진짜 책임져야 된다."

'그래도 김환성 왕자쯤 되는 엄청난 인물이 왔으니 괜찮겠지' 하고 생각하며 김재식은 그나마 한숨을 쉬었다. 지금 보아하니 영문은 모르겠지만 김상희 공주가 마력을 흡수하고 있는 모양이다.

'아니, 이건 오히려 기회야.'

이런 거, 학회에서도 의료계에서도 단 한 번도 발표된 적이 없다. 난생처음 보는 진귀한 광경이다.

'이걸 논문으로 발표한다면……!'

심지어 그냥 1차 각성도 아니고 1차 각성 시 마력을 흡수하는 여자.

'이게 잘만 되면…….'

세간에 알려지기로 김환성 왕자가 가진 마력의 양은 거의 세계에서도 탑급. 아마 이 상황을 잘 헤쳐 나갈 수 있으리라. 기대감으로 그의 눈이 번뜩였다.

'좋아……!'

……좋지 않았다.

"아씨, 똥개! 이 돼지 똥개가 진짜……."

김환성마저 말도 끝맺지 못하고 풀썩 쓰러졌다. 김재식은 침을 꿀꺽 삼켰다. 아니, 인간적으로 이건 너무하지 않는가. 외교적으로 굉장히 중요한 인물인 고려 왕국의 첫째 왕자가 쓰러지고, 고려 왕국의 귀중한 전력인 스페셜 나이트가 쓰러졌으며, 심지어 이번엔 무력에 관한 한 대천재라는 김환성 왕자까지 쓰러졌다.

'나만 멀쩡해?'

아, 이거 죽은 척이라도 해야 되나 싶다. 생각해 보라. 이들이 다 쓰러지고 다쳤는데 그만 멀쩡하다면…….

'내가 고려왕이라도 괘씸하겠다.'

고려왕에게 괘씸죄로 찍히면 아마 살아가기 힘들 거란 생각이 들었다. 무서워졌다. 차라리 기절해 버리고 싶었다.

그런데 또 누군가가 찾아왔다.

"역시나가…… 역시나네. 1차 각성이야."

의무 교관 김재식은 눈을 들어 목소리가 들려온 입구 쪽을 쳐다봤다.

'학생?'

학생 같은 느낌이다. 의무 교관은 학생들의 얼굴을 잘 모른다. 걸어 들어오는 남자가 학생 같기는 한데, 확실하지는 않았다.

"자네 소속과 이름은?"

"암호 해독 및 고어 해석 클래스. 이름은 크리스입니다만……."

크리스는 김재식에게 가까이 걸어갔다. 김재식은 크리스를 보며 고개를 갸웃했다.

'뭔가 묘하다.'

잘생긴 건 확실했다. 잘난 놈들이 잔뜩 모여 있는 이 학원에서도 두각을 드러낼 정도의 미남이다. 그런데 또 이상한 건,

'저 정도 인물을 가졌으면 내 기억에도 있을 법한데.'

보통 잘생긴 것이 아니라 아주 많이 잘생겼으면 기억에 남는 법이다. 그런데 기억에 전혀 없다. 별거 아니라면 아니지만 이상한 기분이 들었다.

"잠시 누워 주셔야겠네요."

"그게 무슨…… 컥!"

의무 교관 김재식은 그 자리에서 풀썩 쓰러졌다. 크리스가 손날로 김재식의 목 뒤를 내려쳐서 기절시켰다.

"하아……"

김상희의 옅은 신음이 들려왔다.

"일단…… 진통제 먼저 먹이고."

김상희의 입을 벌리고 알약을 하나 넣은 크리스는 기절한 김재식의 몸을 발로 툭 찼다.

"아니, 의무 교관이 뭐 이따위야? 제대로 처방을 해야지. 아무 진통제나 먹이면 장땡인 줄 아나."

그리고 크리스는 혼자서 중얼거렸다. 주위에는 아무도 없는데, 혼자서 말이다.

"아니, 임무 때문은 아닌데. 말했잖아, 나 김상희가 정말로 좋아져 버렸다고. 아, 괜찮아. 어차피 상희는 지금 내 말 못 들어. 못 듣는 상황이니까. 아 거참, 잔소리 많네. 알았어. 내가 알아서 해."

크리스는 김상희의 등에 손을 댔다. 크리스의 표정이 조금씩 진지해지기 시작했다.

"이거…… 설마……."

제국 정보부의 국장 김국현은 조금 행복해졌다. 요즘 안 그래도 실적을 제대로 올리지 못해서 실의에 빠져 있던 때였다. 고려 왕국의 행보를 놓쳤지, 한진수의 행방은 묘연하지. 그러던 차에 굉장한 소식을 알아냈다. 한달음에 황제를 찾았다.

"폐하, 드디어 김상희가 1차 각성을 했다고 합니다."

"오호? 우리가 예상하고 있는 게 맞나?"

황제는 일부러 김상희를 건드리지 않았다. 여태까지는 말이다. 계집들 중 그러한 특별한 경우가 있는데, 오랜 시간 동안 경험해 온 바에 의하면 계집들은 자신이 각성을 하게 된다는 것을 알게 되고, 거기에 부담감을 느끼면 아예 1차 각성을 못 하는 경우가 제법 되었다. 그래서 근방에 두고 지켜보기만 했다. 더군다나 김상희는 아주 특별한 경우였다. 제국에서도 탐내는 특별한 경우.

"맞습니다. 일단 1차는 그런데…… 문제가 조금 생겼습니다."

"좋은 의미의 문제냐, 나쁜 의미의 문제냐?"

"상당히 좋은 의미의 문제입니다."

김상희의 능력은 굉장히 특별하다. 그래서 예전부터 눈독을 들여왔다. 1차 각성이 끝나면 처우를 결정하려고 했다. 그런데 그렇게 하기엔 한 가지 걸리는 점이 있었다.

"아무래도…… 조금 더 미뤄야 할지도 모르겠군."

김국현을 내보내고서 황제는 밀실에 혼자 남았다.

"김훈상이 문제야."

일단 공식적으로 김상희는 고려 왕국의 보배다. 김상희를 실제로 보배라고 생각하지는 않지만, 어쨌거나 죽이 되든 밥이 되든 고려는 김상희를 보배라고 우겨야 할 판이다. 두 나라에서 깽판을 쳤고 그 이유가 보배 때문이었으니까.

"김훈상이 김상희를 정말 왕자처럼 아낀다고 가정하고 움직여야 해."

가정이 아니라 실제지만 황제는 전혀 예상하지 못했다. 모로 가도 목적지만 가면 되는 법이다. 결론은 비슷하다. 왕자처럼, 아니, 그 이상 아끼고 있으니까.

"고려와의 전쟁을 불사하고서라도 얻어야 하는 계집이라……."

원래대로는 그렇다. 김상희의 능력은 제국에 반드시 필요하다. 천 년에 한 번 나올까 말까 한 인재니 무조건 잡아야 한다. 제국이 한 단계 더 위로 성장할 수 있는 기반을 마련해 줄 거다. 그러나 지금은 아니다. 김훈상이 이끄는 고려가 강성한 상태다. 고려와의 전쟁은 마음만 먹으면 못 일으킬 것도 없다. 고려를 쓸어버리는 건 그렇게 어려운 일이 아니다.

"하지만 그랬다간 내가 잠을 편히 자지 못하겠지."

고려를 쓸어버리는 건 일도 아니지만, 스페셜 나이트와 김훈상의 능력이 정확하게 파악되지 않았다. 저번에 순간 이동 같은 이상한 기술을 사용하는 것도 알게 되지 않았던가. 얼마나 더 많은 것을 숨기고 있을지 모른다.

"고려를 구슬려서 김상희를 얻을 수 있는 방법은……."

뭐가 있을까를 생각해 봤다. 무력이 언제나 옳은 건 아니니까.

다음 날, 제국의 정보국장 김국현이 굉장히 좋은 아이디어를 가지고 왔다.

"폐하의 양녀로 들이는 것이 좋을 것 같습니다."

제국의 꽃 프리지아가 지금 실종 상태다. 조만간 시체로 발견될 거다. 평민 계집아이 아무나 하나를 잡아다가 시체로 발표할 거니까.

"황제 폐하께선 시름에 잠기신 겁니다."

"내가 계집 따위 때문에 시름에 잠긴다고?"

김국현은 자신 있게 말했다.

"말도 안 되는 이야기지만 고려가 이미 선례를 보였습니다."

말도 안 되는 이야기로 타국을 쳤다. 고려쯤 되는 힘을 가지고 있는 나라라서 다들 아무런 말도 못 했다. 하물며 이건 전쟁을 일으키자는 얘기도 아니고 그저 딸 아이 하나를 입양하겠다는 거다.

"전쟁을 일으키자는 것도 아닙니다. 고려 측에 막대한 보상을 제시하면 어렵지 않을 것 같습니다. 게다가 지금은 멀리 보고 계신 상황 아닙니까?"

그렇다. 최소 3년을 보고 있다. 김상희의 능력은 그 정도의 투자 가치가 있다. 기록에 의하면 3년 이내에 또 다른 능력이 발현될 테니까. 지금 당장 계집을 취하는 것보다 3년 정도 기다리는 게 이득이 된다.

황제는 고개를 끄덕였다.

"추진해 봐라."

한바탕 난리가 났다. 믿을 수 없는 소식이 전 세계 각지로 퍼져 나갔다.

"황제 폐하께서 딸을 잃어버려 수심에 잠기셨다고?"

물론, 프리지아는 특별한 여자이기는 했다. 마력을 가진 여자였으니까. 그러나 아무리 그래도 여자다.

"그게 말이나 돼?"

"뭔가 상류층 세계에는 새로운 바람이 불고 있는 거 아닐까?"

저번에는 고려의 왕 김훈상이 딸 때문에 화났다고 전쟁까지 일으키지 않았던가. 한 명도 아니고 두 명이나. 그것도 이 세계의 절대자라 할 수 있는 황제와 고려왕이 그러니까 사람들은 조금 동요했다.

"딸에게 우리가 모르는 뭔가가 있는 거 아닐까?"

"이봐, 아무리 그래도 그건 비약이 너무 심하잖아."

그렇다. 그건 비약이 너무 심한 거다. 어떻게 계집 따위에게 뭔가가 있을 수 있단 말인가.

놀라운 소식은 거기서 그치지 않았다.

"황제 폐하께서 딸을 입양하고 싶다는 뜻을 밝히셨는데……?"

"개소리하고 있네."

"나도 처음에는 개소리라고 생각했는데 진짜야."

"선동질하지 마. 무슨 개소리가 그렇…… 헉. 진짜네?"

개소리 중에서도 상 개소리로 치부되던 황제의 딸 입양설은 정말이었다. 뉴스와 인터넷이 온통 그 얘기로 시끌벅적했다.

김훈상은 인상을 찡그렸다.

'무슨 속셈이지?'

프리지아가 시체로 발견되었다는 소리는 들었다. 안타까운 일이기는 하나, 김훈상은 별로 감흥이 없다. 프리지아 같은 계집 따위, 죽어 자빠지든 말든 알게 뭐란 말인가. 문제는 그로 인해 황제가 실의에 빠졌다는 거다.

'개소리가 따로 없군.'

처음에는 그렇게 생각했는데,

'……개소리는 아닌가.'

다른 사람은 전부 개소리라 생각해도 김훈상은 그렇게 생각할 수만은 없었다. 그에게는 김상희라는 딸이 있다. 다른 사람들한테 최대한 티를 안 내려고 노력은 하고 있으나 그는 이미 마음속으로는 인정했다. 다른 딸은 몰라도 그 딸은 눈에 넣어도 아프지 않을 딸내미다. 만약 그 딸내미가 어디 가서 프리지아와 같은 꼴을 당했다면 그 수백 배로 갚아줄 생각이다. 만약 산사태 때문에 사고를 당했다면, 그 산도 통째로 밀어버릴 기세다.

"폐하, 제국의 제안은 고려에게 무척 이득이 되는 제안입니다."

신하들의 입장에서 김상희는 계륵과 같은 존재다. 일단 대외적으로 보배라서 함부로 할 수는 없지만, 또 그렇다고 뭔가 커다란 효용성이 있는 건 아니다.

두 나라를 치고 고려의 힘을 과시함으로써 외교력을 확보하고 강한 힘을 드러낼 수 있었다. 김상희의 용도는 딱 거기까지다. 계집 따위에게 더 많은 용도를 기대하긴 어렵다.

"나도 고려 중이다."

제국의 제안은 받아들여야만 했다. 계륵 같은 존재인 김상희를 막대한 재화를 받고 제국에 넘겨 버릴 수 있는 좋은 기회니까. 이성적으로 생각하면 당연히 받아들여야 한다.

'하지만 싫다.'

김상희를 입양 보낸다고? 이제 내 딸이 아니라고? 절대 허락 못한다. 그 말이 목구멍 밖으로 튀어나오려는 걸 억지로, 억지로 겨우 참았다. 그는 딸을 누구보다 아끼지만 일국의 왕이다. 왕이라면 반드시 저 제안을 수용해야 한다.

이미 이 충격적인 얘기는 전 세계에 퍼졌다. 고려가 황제의 제안을 거부한다는 건 모양새가 굉장히 안 좋다. 제국을 우습게 여기는 것처럼 보일 수 있으니까. 실제야 어찌 됐든 제삼자가 보기에 그러면, 제국은 또 제국 나름대로 우습게 보이지 않기 위해 어떠한 제스처를 취해야 한다. 국제 관계란 그런 거다.

'김상희를 보내는 게 무조건 이득인데.'

돈으로 생각해 보면, 이득으로 생각해 보면 분명히 그런데 그러고 싶지가 않다. 돈보다, 이득보다 훨씬 중요한 무언가가 있었다. 그게 뭔지 정확하게 구체적으로 알기는 어려웠지만 분명 뭔가 있었다.

제국의 마력학원.

"저거…… 김환성 왕자 아니야?"

김환성 왕자가 운동장을 열심히 뛰었다.

"내가 세어봤는데 오늘 하루 동안 39,349바퀴 뛰었어. 그것도 저 속도로."

"지금 마력 방출시키는 거야?"

"어쨌든 저 근처로는 절대 가면 안 돼. 까딱 잘못했다간 죽는다고."

김환성은 한진수만큼 마력을 컨트롤하지 못한다. 같은 속도로 달려도 한진수가 달리면 먼지 하나 피어오르지 않지만 김환성이 달리면 땅이 진동하고 유리창이 떨린다. 저 속도로 달리고 있는 김환성과 부딪치면 적어도 어디 하나는 부러지고 말 것이다.

김환성은 절치부심했다.

'나는…….'

김환성은 천재다. 누구나가 인정하는 바다. 하지만 노력하는 천재는 아니었다. 하지만 이젠 느꼈다.

'한진수는 나보다 훨씬 강해.'

저번에 샤벨 드래곤을 만났을 때 느꼈다. 한진수가 자신보다 훨씬 강하다는걸. 뿐만 아니라 이번에는 김상희를 구하지 못할 뻔했다. 정확한 건 잘 모르겠다. 크리스가 '휴, 겨우 살렸네요. 정말 위험할 뻔했어요'라고 말하는 건 들었지만 상황이 어떻게 진행되었는지는 알 수 없었다.

'내가 마력 컨트롤을 조금만 더 잘했어도…….'

그는 여태껏 노력할 필요가 없었다. 필요성도 느끼지 못했다. 그에겐 '효율'이라는 것이 별로 중요하지 않았으니까. 강대한 마력과 풍만한 마력량을 바탕으로 뭐든지 할 수 있었으니까. 하지만 이젠 아니었다.

'이대로면 나는 아무것도 못 해.'

그래서 마력을 일단 방전시키기로 했다. 이제부터라도 마음잡고, 수련에 수련을 거듭하기로 했다. 하나뿐인-사실 여러 명이지만-여동생의 얼굴이 떠올랐다. 김환성은 달리면서 이마의 땀을 닦았다.

"내가 제일 세야만 하니까."

거짓말할 수는 없었다. 제일 세긴 개뿔, 하나도 안 세다. 그렇다면 세져야 했다. 절대 오빠 최고란 말이 듣고 싶어서 이러는 게 아니다. 일단 그렇게 스스로를 속였다.

하여튼 천재인 김환성이 이제 노력까지 하기 시작했다. 단 한 명의 여자 때문에.

고려의 왕, 김훈상은 편지를 받아 들었다.

'사랑하는 아빠에게'로 시작하는 편지였다. 김훈상은 저도 모르게 씨익 웃고 말았다. 그리고 저도 모르게 중얼거리고 말았다.

"그렇지, 사랑하는 아빠지."

김훈상은 화들짝 놀라 주위를 둘러봤다. 다행히 주위에는 아무도 없었다.

'다행이군.'

정말 창피할 뻔했다. 모두에게 위대한 왕이어야만 하는 자신이 이렇게 한심한 모습을 보이다니, 스스로도 이해할 수 없을 지경이었다.

'1차 각성이라…….'

스페셜 나이트 강준석에게 듣기는 들었다. 1차 각성을 한 것 같다고. 그러나 특별한 변화는 없었다고 했다. 일단 1차적인 보고에서는 그랬다.

'계집의 1차 각성이라…….'

1차 각성 같은 거, 아무래도 좋다. 김상희가 쓰러졌다가 다시 일어났다는 거, 그게 중요했다. 1차 각성 같은 거 하면 어떻고 안 하면 어떻단 말인가. 마력이 있으면 어떻고 없으면 어떻단 말인가. 있어도 좋고 없어도 그만이다.

이를테면 그런 거다. 엄청난 부자─일반적인 부자가 아닌 정말 상상할 수도 없는 부자─의 아들딸은 놀고먹어도 된다. 일을 하면 좋은 거지만 안 해도 상관없다. 얼마든지 놀고먹어도 되니까.

김훈상에게 김상희가 그랬다. 김훈상은 김상희가 평생 손가락 하나 까딱하지 않고 살아갈 수 있도록 만들어줄 수 있다. 허세가 아니라 진짜다.

김훈상은 편지를 읽고 또 읽고, 한 번 더 읽었다. 별 내용 없었다. '소녀는 무탈하니 아빠 힘내세요. 소녀가 있잖아요'와 같은 시답잖은 내용뿐이었다. 그 내용이 왜 이렇게 눈에 쏙쏙 들어오는지 알 수 없었다.

김훈상은 김상희를 어떻게 할지 결정을 내렸다.

신하들은 서로 모여서 쑥덕거렸다.

"제국의 제안, 당연히 받아들이시겠죠?"

"당연하죠. 계륵 같은 김상희를 버릴 수 있는데다 제국에서 막대한 보상을 지급하기로 약조하였으니."

"황제가 미치지 않고서야 어떻게 그런 제안을 할 수 있죠? 하여튼 고려에는 엄청난 이득이니 폐하께서는 당연히 받아들이시겠죠."

신하들은 기분이 좋아졌다. 공주 하나 팔아서 막대한 재화와 외교 조건을 얻을 수 있으면 이득 아니겠는가. 이득이 커지면,

'우리도 보너스다!'

보너스를 받을 확률이 매우 높아진다.

김훈상이 모습을 드러냈다. 그리고 말을 하기 시작했다.

"우리 고려는……."

보너스를 기대하는 신하들의 눈도 말똥말똥 빛나기 시작했다. 이건 무조건 100프로다. 100프로의 확률로 왕이 제국의 제안을 받아들일 것이 분명했다.

3권에서 계속…